田村泰次郎の戦争文学

中国山西省での従軍体験から

尾西康充

笠間書院

田村泰次郎

1 誕生から早稲田まで

四日市の生家

中学校では剣道部主将。母のお手製の白袴を着用。

富田中学時代

1915年６月17日、早稲田大学入学当時。
大隈講堂前。

家族とともに。前列向かって右から叔父・大西正太郎、父・左衛士、姪・登美子、母・明世。
後列向かって右から泰次郎、嫂・直子、姪・節子、兄・正衛、姉・光枝。

2 青年文士として

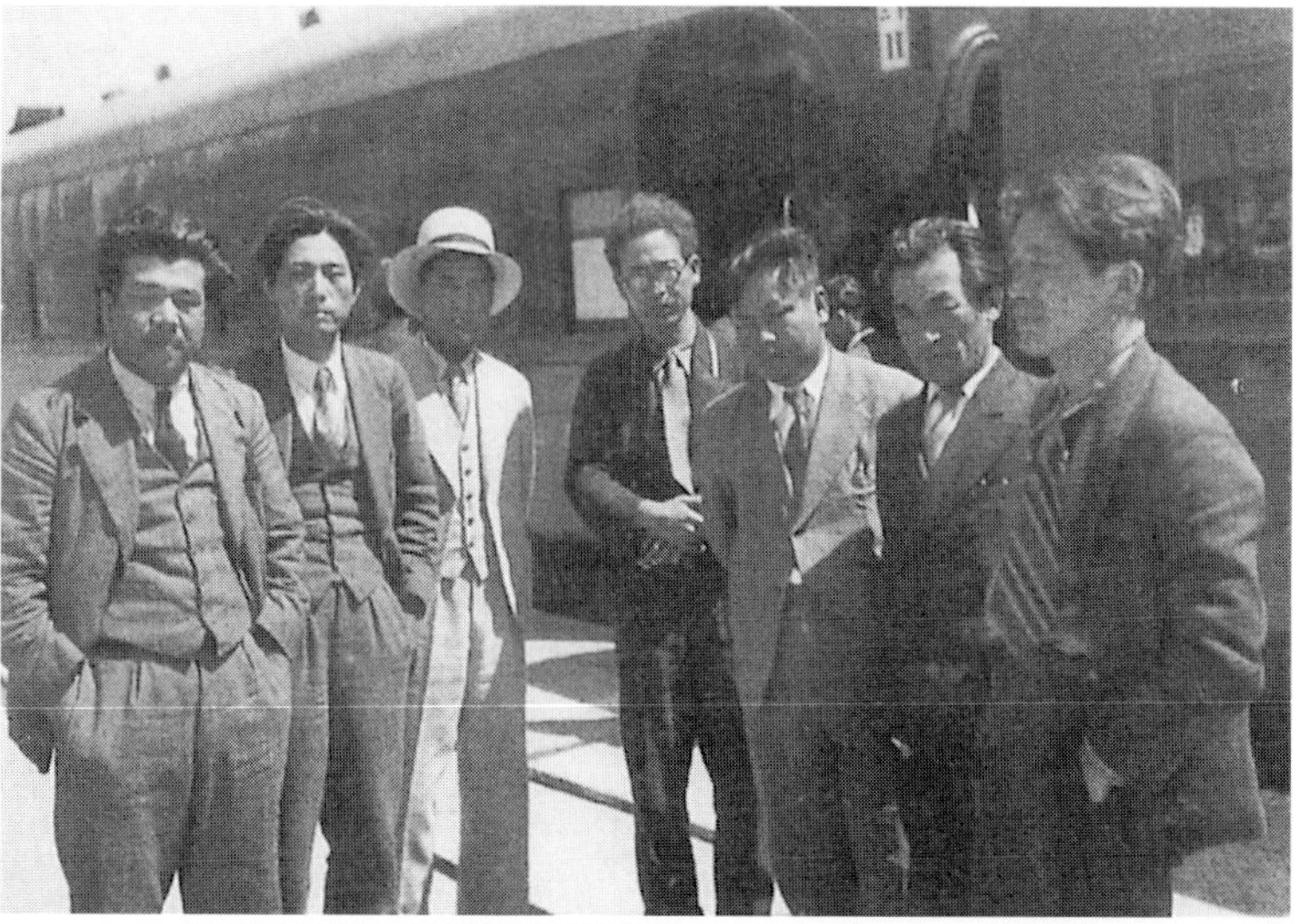

「1939 年 6 月、大陸開拓文芸懇話会のメンバーとともに。伊藤整・福田清人・湯浅克衛たち。中国の張家口駅」（泰次郎記）

北京駅前で

京劇の関羽に扮して。

満映のスタジオ前で

1939年８月、雲崗の石窟（第13窟）前。

3 中国大陸へ出征

1940年４月29日、東京駅での見送り。石川達三・高見順・伊藤整たちと。

東京駅で

4　山西省晋中市左権県の前線で（一九四〇、四一年頃）

「1940年　華北前線にて　入隊当時、
陽泉（石太線）にて」（泰次郎記）

津33連隊の教育召集で

東本願寺で

1940年５月、母明世と。

1940年11月、出征直前に東本願寺で家族と面会。

「1941年１月元旦　北支前線にて」(泰次郎記)

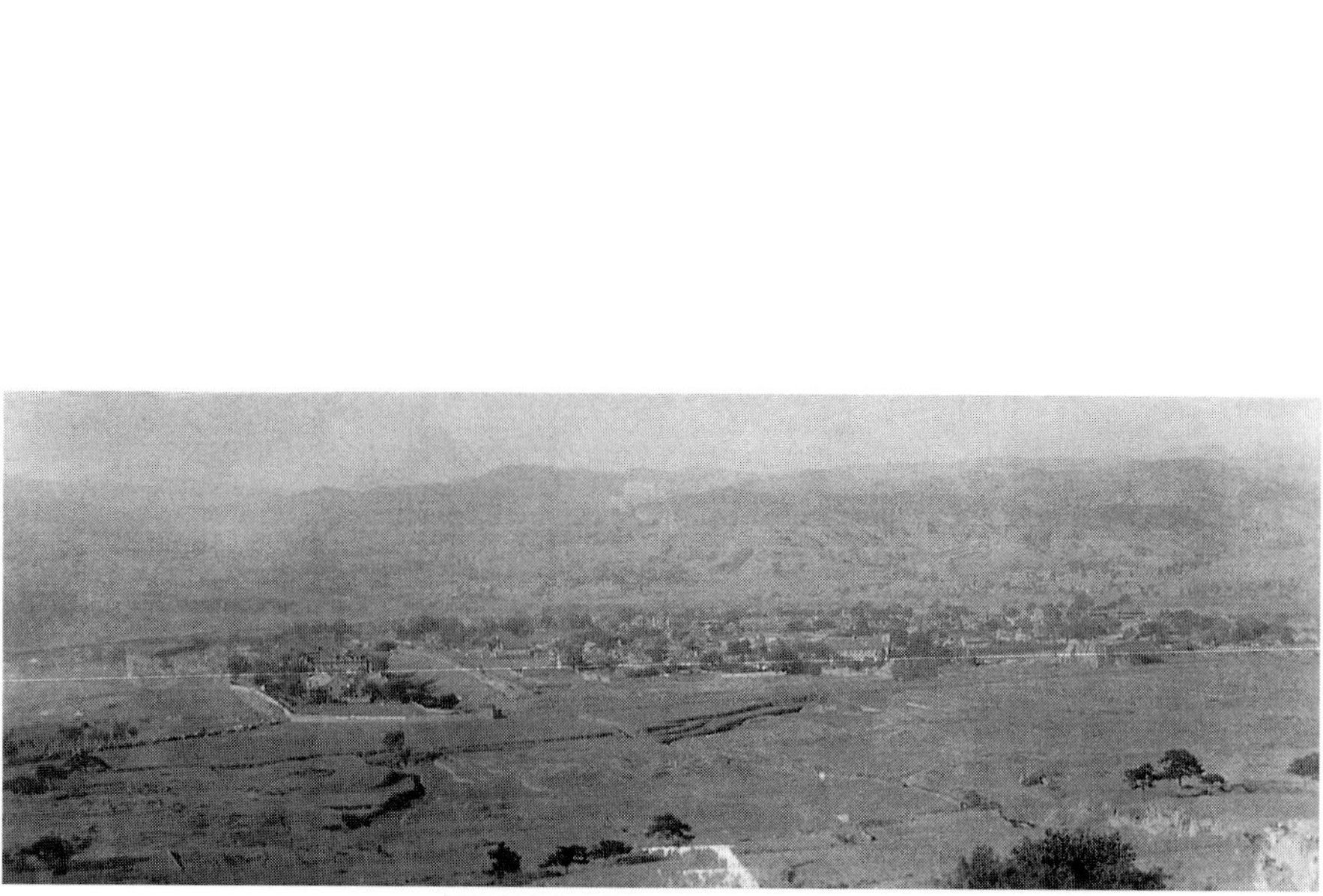

山西省晋中市左権県の県城を遠望。

「1941年３月　雪の元宵節、山西省にて」（泰次郎記）

「左権にて　よく働いてくれた小孩（子供）と1941年３月」（泰次郎記）

愛犬ロンと

1941年６月10日（泰次郎記）

左権県、小孩たちとともに。

5　山西省陽泉県陽泉の旅団司令部で（一九四二年頃）

a　宣撫班員として

「1942年　山西省司令部にて」（泰次郎記）

「1942年　カ第3591部隊（独立混成第４旅団独立歩兵第13大隊）記念撮影」（泰次郎記）

「1942年４月　山西省晋中市寿陽県にて
特別工作隊の頃」（泰次郎記）

中日官民
協力建設
明朗陽泉

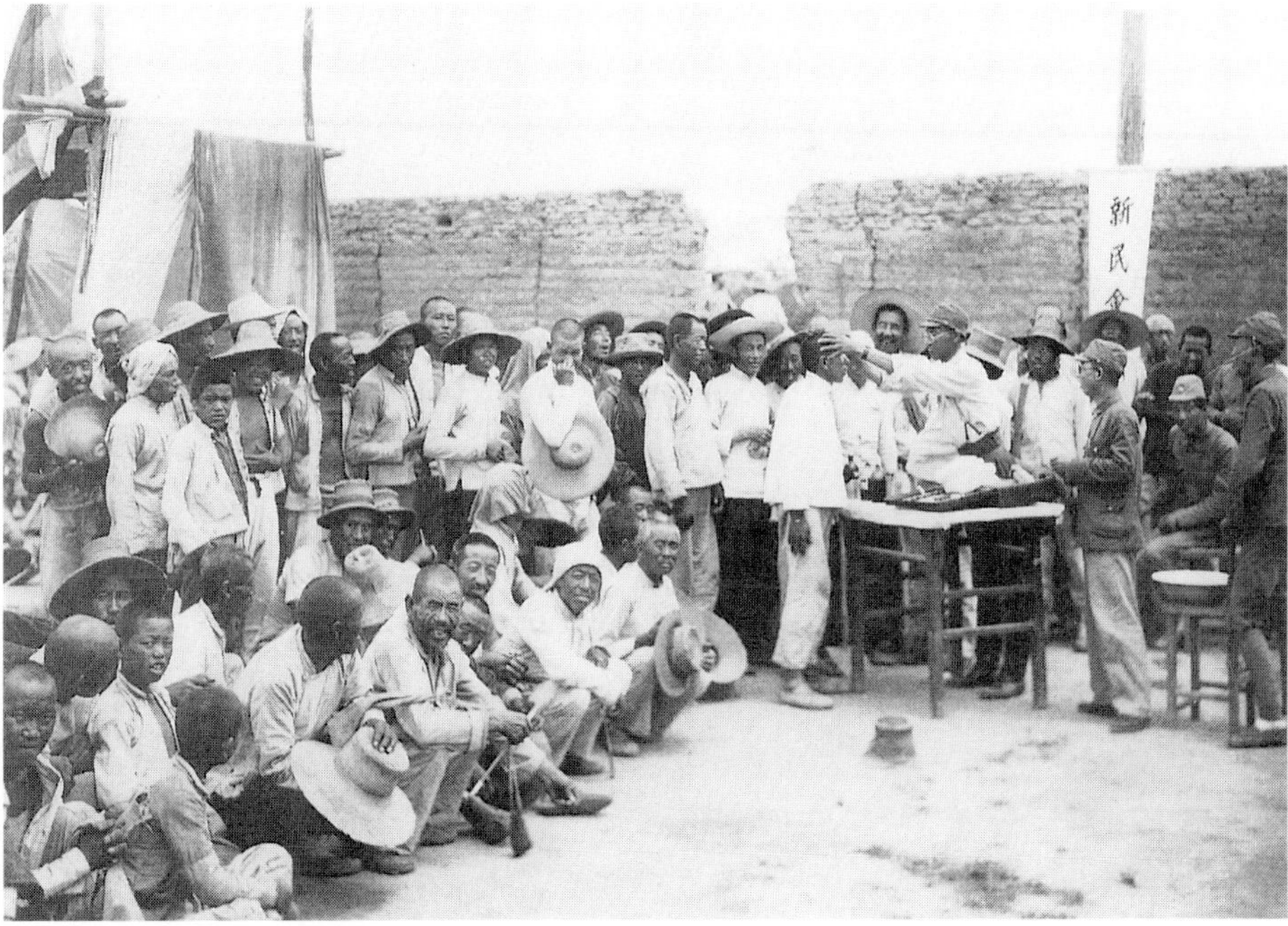

新民会の活動

b　和平劇団の活動

和平劇団の事務所前

1942年夏、和平劇団の移動（右端の先頭を歩いているのが泰次郎）。

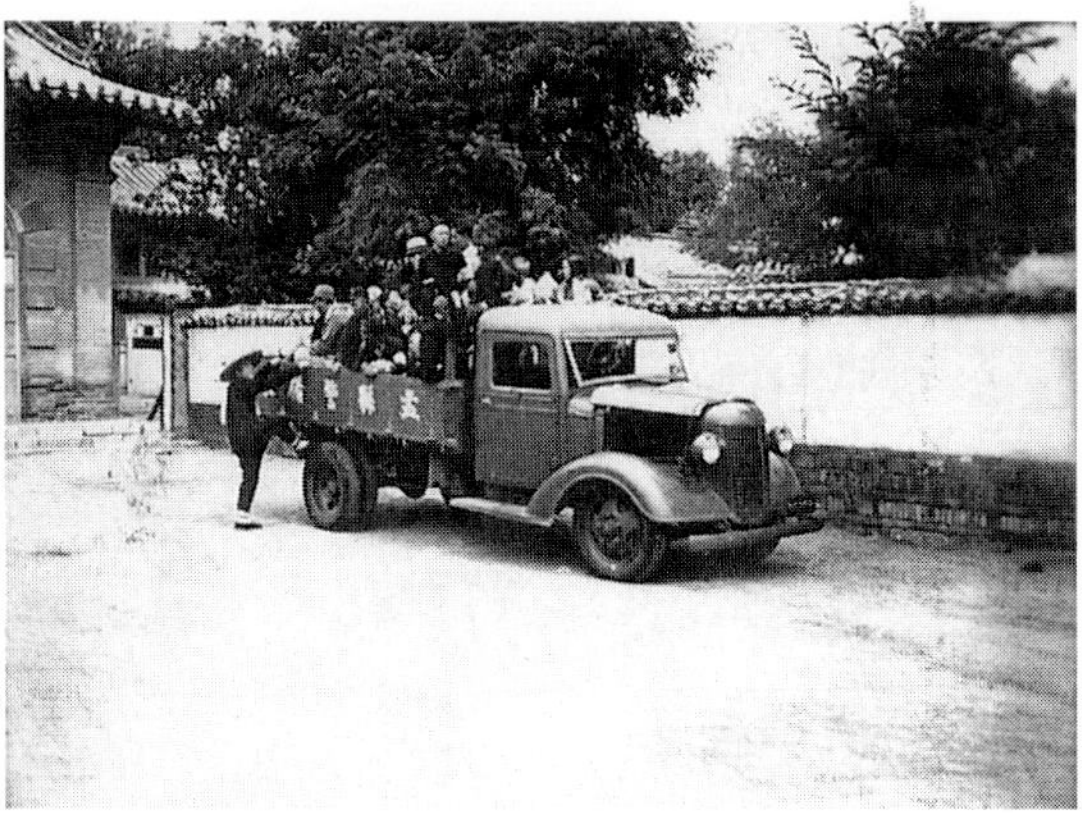

和平劇団の宣伝大会に出発。

和平劇団の第１回公演（1941年７月20日～23日、陽泉劇場）

和平劇団「毛三爺」上演

主人公・張沢民のモデルとなった女性。

右側は切られて左の女性だけを残していた写真があったことを考えると、泰次郎の愛情の深さが分かる。

モデルとなった女性と２人で撮影

政治工作班のメンバーと（後列右から３人目は張沢民のモデルとなった女性）

6 戦場の日々（一九四三年頃）

「1943年山西省陽泉 31歳 銃剣試合で入賞」
（泰次郎記）

「1943年５月20日　十八春太行作戦より還りて」（泰次郎記）

捕虜たちと

石第3593部隊（第62師団独立歩兵第13大隊）本部前

（写真提供：三重県立図書館）

「1943年　華北　清華大学陸軍病院にて」（泰次郎記）

田村泰次郎の戦争文学

目次

はじめに　田村泰次郎と鈴木泰治　5

Ⅰ 「肉体の悪魔」研究　35

「肉体の悪魔」作品関連年表　36
1 はじめに　44
2 晋冀豫辺区粛正作戦（C号作戦）　46
3 死地からの脱出と集団屠殺（虐殺）　57
4 「剿共指針」の「共産党員識別法」　61
5 中原作戦（百号作戦）　66
6 和平劇団日記　75
7 太行山劇団第二分団　88
8 中国共産党軍の演劇運動　91

9 一八春太行作戦（「ヨ」号作戦） 103
10 太行軍区第二軍区 111
11 黄河大合唱 118
12 左権県石匣郷七里河 124
13 おわりに 133
14 エピローグ 趙洛方編『太行風雨 太行山劇団団史』 136

II 田村泰次郎の自筆原稿 145

1 「肉体の悪魔」 146
2 「肉体の門」 162
3 「渇く日日」 174

205

Ⅲ 田村泰次郎の戦争小説

1 「春婦伝」 206
2 「蝗」 217
3 劉震雲「温故一九四二」 235
4 「沖縄に死す」 251
5 ある文芸作品 山西省残留部隊の戦犯手記 262
6 田村泰次郎の文学
一 田村泰次郎の戦時書簡 280
二 田村泰次郎への旅 抗日戦勝六〇周年山西省陽泉を訪れて 286
三 劉震雲『温故一九四二』と田村泰次郎『蝗』の比較 288
四 代表団での訪問を終えて 隣国を愛することからはじめよう 290

Ⅳ 資料紹介 田村泰次郎「和平劇団日記」 293

初出一覧 325

本書に掲載した図版の出典 325

参考文献一覧 326

あとがきに代えて 331

【凡例】

一、田村泰次郎の本文は日本図書センター版『田村泰次郎選集』(全五巻)に依拠した。

一、旧字体は新字体にあらためルビは適宜省略している。

一、日本語読者のために簡体字はできる限り繁体字にあらためている。

一、中国の人名・地名・団体組織名などの固有名詞に関するルビは中国語の原音で表記している。

一、本書の引用文には、今日の人権感覚からすれば不適切な表現があるが、それらの表現がおかれた歴史的社会的背景を考察するために変更を加えずに引用している。

【口絵写真説明】

口絵の写真はいずれも三重県立図書館所蔵。母明世が保存していたものを、泰次郎没後に美好夫人から寄贈され、現在は田村泰次郎文庫の資料として保管されている。戦地で撮影された写真の裏には、「済検閲／19・3・2／日本憲兵隊楡次隊」という印が押されている。独立混成第四旅団から改編された第六二師団が京漢作戦に動員されて目的地に向けて出発した際に、所持品の処分が求められ、これらの写真は内地に郵送されたのだろう。『肉体の悪魔』の主人公張沢民のモデルになった女性が撮られた写真の存在は、川村湊氏「戦場のツーショット」（「日本経済新聞」二〇〇六年一一月一九日）で紹介された。

田村泰次郎の戦争文学——中国山西省での従軍体験から

なかでも、山西時代は、私の一生の決定的エポックである。海抜三千メートル以上の峻峰がつらなる、あの酷寒の太行山脈は、ある意味で、私の魂の故郷だ。そこで、私は三十歳を超えた。年齢的に三十歳を青春の最後の齢とすれば、太行山脈はまた、私の青春の墓場である。自分の青春の終りのいのちの灯を、その場所で、自分の能力の最大限にまで、ぱあっと光らせて、私は燃えあがることが出来た。私の肉体の生きているかぎり、太行山脈は、私の胸の大空のなかに、嵬峨としてそびえ、つらなっている。

（『わが文壇青春期』）

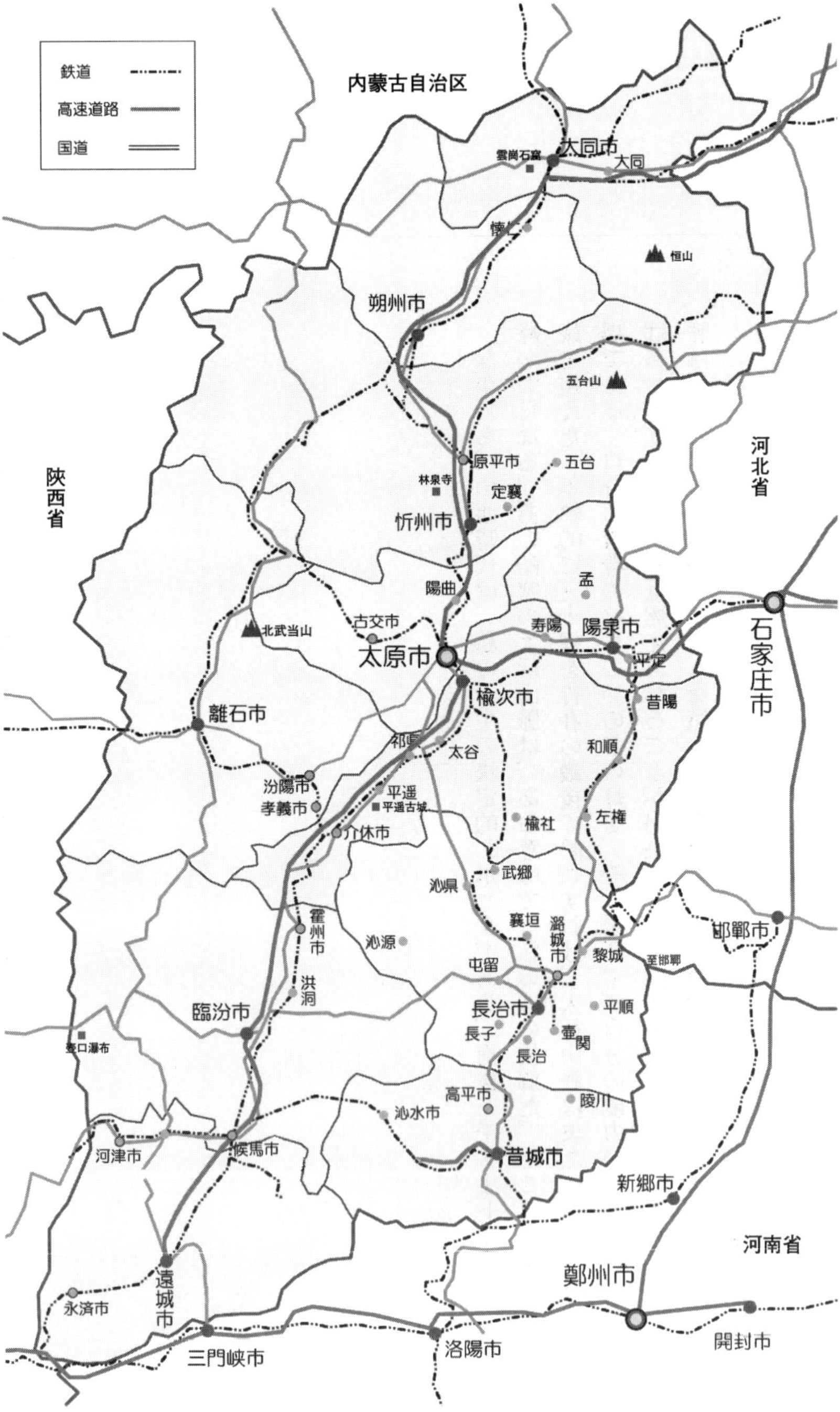

鉄道
高速道路
国道
内蒙古自治区
雲崗石窟
大同市
大同
懐仁
恒山
朔州市
五台山
河北省
陝西省
原平市
五台
林泉寺
定襄
忻州市
陽曲
盂
古交市
寿陽
陽泉市
北武当山
太原市
平定
石家庄市
楡次市
昔陽
離石市
祁県
太谷
和順
汾陽市
平遥
平遥古城
孝義市
介休市
楡社
左権
武郷
沁県
襄垣
潞城市
霍州市
沁源
黎城
至邯鄲
邯鄲市
屯留
洪洞
長治市
平順
臨汾市
長子
壺関
壺口瀑布
長治
高平市
陵川
沁水市
侯馬市
河津市
晋城市
新郷市
河南省
遠城市
鄭州市
永済市
三門峡市
洛陽市
開封市

現在の山西省地図

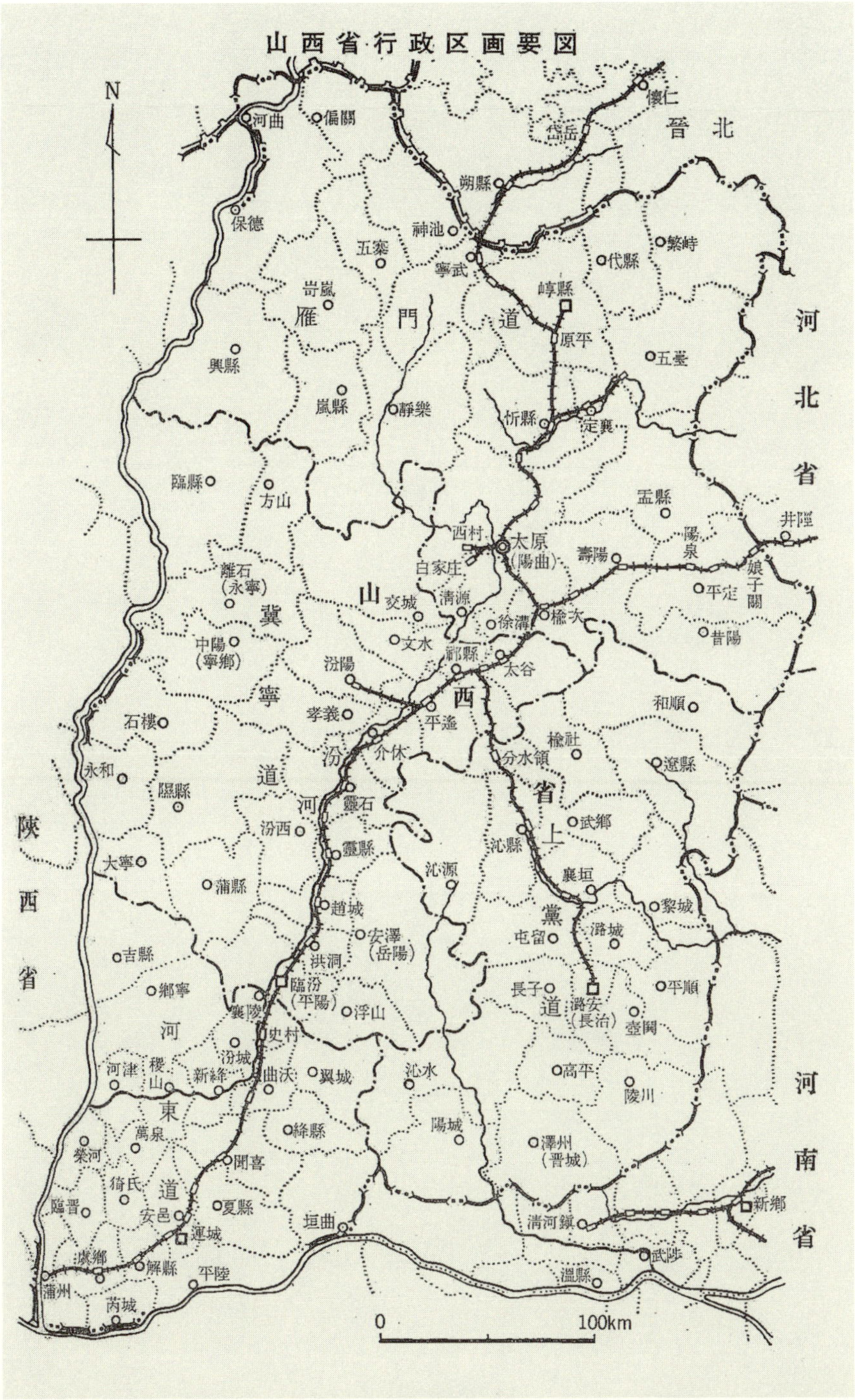

1941年当時の山西省地図

はじめに――田村泰次郎と鈴木泰治

1

数多くの戦争小説を創作した田村泰次郎は晩年に至るまで「『戦場』は、私の一生賭けてのテーマである」と語り続けた。彼の戦争小説の精華を収録した作品集『蝗』（一九六五年、新潮社）の「後書」には、戦後二〇年を経てすべてのものが「忘却という分厚い幕のむこう」に次第にへだてられてゆくのに比べて、戦場だけは忘れることがないと記されている。彼によれば、戦場の真実を知りたいという欲求が一層強まるに従って「素朴な事実の強さよりも、もっと強力なレアリティー」を追求するようになって、記憶のなかの「あるがままの戦場よりも、もっと戦場らしい戦場へと、デフォルマション」がおこなわれたという。戦場とはどのような場所であったのか、時系列に沿って個々の事実を積みあげるのではなく、脳裏に焼きつけられた戦場の典型的な光景にデフォルメを加えることによってリアリティーがより強力なものになると考えるのは、泰次郎が歴史家ではなく小説家であったことの証しであろう。戦場の体験でなくとも自分が体験したことを正確に読者に伝えようとするのは困難を極める。泰次郎の場合、過去を懐かしむといったセンチメンタルなものは皆無であり、むしろそれとは正反対の「絶望的な勇気、他人に知られたくない卑怯さ、集団のなかの孤独、生命への慢性的な不安、気ちがいじみた情欲、あらゆる瞬間における獣への安易な変身、戦場にある、そういう一人の兵隊に執拗につきまとうもの」を真剣に追求したいという意欲に支えられていた。通常ではとても理解できない戦場の強迫された心理と行動を端的に示すことにデフォルメが使われており、安易なヒロイズムや誇張などとは無縁のものであった。

文学の研究は文献資料を扱うことが重んじられる。まず表記の異同をチェックしながら本文を校訂し、掲載誌や書籍の体裁や内容、成立の背景などをまとめた書誌を作成する。そして注釈を付して本文の正確な解釈を試み、作品の影響関係などを明らかにしてゆく。しかし近年の新しい研究スタイルである言説研究においては、作品がどのような〝語り〟によって構成されているかを文学以外のジャンルのものと比較したり、メディアによる操作を明らかにしたりしながら検証する。たとえば戦争小説であれば、作品に描かれている戦闘が実際にあったかどうかではなく、その作品が書かれた同時代あるいは同地域に共通して見られる〝語り〟のフレームをさまざまなテクストから読みとり、そこに異種の〝語り〟が混入していないか、もしくは相反するベクトルを持った語りが交錯していないかなどを冷静に見極めることによって作品のオリジナルな相を浮かびあがらせる。作者にとってみれば意識的にそう書いたのか、あるいは無意識的であったのかも判然としないグレーゾーンに踏み込んで〝語り〟の力学を明らかにするのが言説研究である。戦争体験が急速に風化される昨今、どのように戦争の記憶を継承するかという議論は喧しい。体験者の証言を記録すれば済むような話ではなくそれを記録する者の姿勢が問われている。さまざまな内容を持った証言をどのような観点で記録し、どのような方針で編集するかは〝語り〟の闘争の火線に位置するものであるからだ。

一九四〇年一一月、田村泰次郎は召集令状を受け取って独立混成第四旅団独立歩兵第一三大隊第三中隊に入隊する。泰次郎と同じ大隊の第二中隊にいたのが三重県桑名市の近藤一氏である。近藤氏は日本・中国・韓国の歴史学者が共同編集した東アジア近現代史『未来をひらく歴史』（高文研）に過去を証言する元日本兵士として登場する。山西省でみずから体験した一般住民に対する虐待や慰安婦の問題、そして沖縄戦での過酷な戦闘をリアルに語っている。酷寒の山岳地帯で多数の凍傷患者や落伍者を出しながら行軍する兵士たちを督励するために、部隊の中央に裸の女性を歩かせたという泰次郎の小説『裸女のいる隊列』は、近藤氏の目撃した光景にほぼ重なること、しかも実際はさらに残虐であったことなどは戦争の非道さを痛感させられる証言である。その他近藤氏に直接当時の話を尋ねると、泰次郎の小説はどれもほぼ戦場で実際にあったできごとを踏まえて書かれていることが分かる。

二〇〇五年三月に東京高裁で控訴が棄却された元従軍慰安婦裁判の原告は山西省《シャンシイション》陽泉市《ヤンチュアンス》盂県《スユイシェン》に住む女性たちで、泰次郎とは大隊が一つ異なる第一四大隊によって戦時性暴力を受けた。現地を訪問し被害女性を支援し続けるグループは、周到な調査にもとづいた『黄土の村の性暴力―大娘たちの戦争は終わらない』（創土社）を刊行しビデオも制作した。書籍は石田米子氏と内田知行氏が編者となって盂県での現地聞き取り調査をまとめた報告書に六本の論文を付している。ビデオは池田恵理子氏が撮影・編集・構成を一手に引き受け、今日に至るまで続く被害女性の苦しみを現地で撮影した映像を通して伝えている。他方、前述の近藤氏の戦場体験を記録したのが『ある日本兵の二つの戦場―近藤一の終わらない戦争』（社会評論社）である。内海愛子氏・石田米子氏・加藤修弘氏が編者となって近藤氏の証言を中心にその解説となる論考が収録されている。

これらのすぐれた証言集を読んでみると現地で〝声〟を聞くことがいかに重要なことかを再認識させられる。テクストとして記述される前の〝声〟そのものにまず耳を傾けることではじめてテクストの構成を真にとらえることができるのではないか。無論その〝声〟は純粋なものではなくすでに言説の力学が侵入し働いているのだが、それを拾い集めることによってテクストとして加工される以前にあった複数の暴力の所在を明らかにすることができる。たとえば元慰安婦なら、彼女たちの証言を阻んできたのが旧日本軍に対する協力者として彼女を排除した村民や、戦争が終わった後もただ傍観して彼女たちの生活を支援しなかった中国政府であった。旧日本軍による戦時性暴力の被害が一次的なものとすればそれらの暴力は二次的な、しかし二次的とはいえ戦後長く孤独な生活を強いられて自殺する女性まで出るという悲劇的なものであった。現地の声を拾うことによって証言者が口にすることさえできなかったそれらの歴史が次第に分かりはじめるのである。とりわけ池田氏のすぐれた論考「田村泰次郎が描いた戦場の性—山西省・日本軍支配下の売春と強姦」（『黄土の村の性暴力』所収）を読むと泰次郎の小説の舞台を訪問してみたいという思いが強くなった。戦後六〇年を迎えた二〇〇五年、これまでの宿願であった『田村泰次郎選集』（全五巻）を日本図書センターから上梓できたこともあって、黄土高原の酷暑がようやく収まった二〇〇五年九月一日から四泊五日の行程で中国山西省を訪れることにした。

2　北京市焦庄戸地道戦址記念館

中部国際空港を一三時に離陸して約三時間、出発が一時間余り遅れた中国国際航空の旅客機は現地時間の一六時に北京国際空港に到着した。時差は一時間で中国の方が日本よりも遅い。空港の待合室でスルーガイドの中国婦女旅行社の梁吉東《リアンジィドオン》氏に迎えてもらい、早速、北京市の郊外にある焦庄戸《ジアオジョアンフウ》地道戦址記念館に向かった。空港から約六〇キロの順義《シュンイ》区龍湾屯《リオンワントゥン》鎮位置にある同館は、盧溝橋《ルウゴウチャオ》や宛平城《ワンピンチョン》、北大紅楼《ベイダホオンロ》などとともに国家発展開発委員会二〇〇四〜〇七年重点建設の〝紅色旅游《ホンズリュイイオウ》〟風景区として北京市発展改革委員会によって指定されている。国家発展開発委員会は愛国主義教育を強化するために宣伝部、国家旅游局等部門と共同で「全国紅色旅游景区建設計画」を組織し、全国一二の地域に重点をおく三〇の〝紅色〟観光コースを開発して一〇〇

焦庄戸地道戦址記念館の地下坑道

余りの愛国教育観光基地の建設を進めている。二〇〇五年は抗日戦争六〇周年を記念し、抗日戦争の歴史にちなんだ〝紅色旅游区〟の建設に着手して焦庄戸地道戦址記念館の新館がオープンしたのである。

北京五輪に向けた新国際空港や郊外の高層アパート群などの大規模な建設ラッシュが続いており、街の景観を見れば北京市が著しい経済成長を遂げていることは一目で分かる。路傍には牛や馬に荷車を牽かせる農民の姿が見られる一方、木炭車やオート三輪にはじまって最新型のベンツやアウディまで自動車の歴史を一所に展示したような風景に驚かされる。民族および地域の多様性に加えてこのような経済的格差を抱えてしまうと、歴史の記憶を共有することによってしかナショナルアイデンティティーは確保できない。戦後六〇年が経過してにわかに着手された〝紅色旅游区〟

のプランもこのような政府の施策によるものであろう。

現地到着が遅かったこともあって焦庄戸地道戦址記念館の新館はすでに閉館していたが、旧館と地下の坑道は見学することができた。地下三〜四メートルの深さに掘られた地下道は全長一二キロ、四つの村の約四〇〇戸をつなぐ坑道である。もとは坑内一・二メートルの高さで大人が一人がようやく通り抜けることができるだけの大きさであったが、今は拡げられ電燈によって照らされている。旧日本兵によって見破られにくいように坑道の地上への出口が井戸や飼葉桶、ベッド、竈に隠されていたり、毒ガスや細菌兵器による攻撃を受けてもそれらから逃げられるようにさらに深くバイパスが掘られていたりとさまざまな工夫が見られる。

かつてウィーン市中央のシュテファン教会の地下にあるカタコンベを見学したことがある。モーツアルトがコンスタンツェと結婚式をあげたことで有名なその教会の地下には、何層にもわたって掘り下げられた坑道があり、中世にヨーロッパで大流行したペストによる死者とされる白骨が積み重なるようにして埋葬されていた。ウィーンの地下坑道と北京のそれとはそもそも施工の目的が異なるが、今でも過去の隠された記憶を保存し続けている点では共通するし、そこから死者の叫びが聞こえてくるようであった。

3　山西省陽泉市（1）――百団大戦紀念碑

郊外から市内に戻って北京西駅から二一時四〇分発太原《タイユアン》行きの寝台特急に乗った。北京《ベイジン》から保定《バオディン》、石家《スジイア》庄北《ジュアンベイ》、陽泉《ヤンチュアン》、楡次《ユイツ》を経由して太原へと向かう石太線沿線の地名は、どれも泰次郎の小説に登場するものばかりである。泰次郎が終戦後に激しい戦闘に巻き込まれたのは保定であったし、出征後すぐに配属されたのは華北地方の治安を維持し石太線（石家庄―太原）を警備するための旅団であった。寝台車では、四人部屋コンパー

陽泉市内の獅脳山にある百団大戦紀念碑

獅脳山を望む。

トメントでエアコンが完備された軟臥《ルウワンウォ》に乗った。清潔で乗り心地は上々、翌三時五七分に陽泉駅に到着するまで安心して休むことができた。深更であったにもかかわらず同駅の改札口には現地通訳の山西省中国国際旅行社の耿非祥《ゴンフェイシアン》氏が運転手とともに待ち、すぐに陽泉賓館に案内してくれた。陽泉は良質の無煙炭の産地として有名であり、ホテルの客室まで窒素酸化物のむせるような臭いがした。

翌朝、市内の南西にある獅脳山《スナオシャン》へ百団大戦の紀念碑の見学に出かけた。かつて旧日本軍と中国共産党軍との間で七昼夜にわたって激闘が演じられた場所は今では森林公園になっていて、小雨のなか一、〇〇〇段以上ある石段を登って標高一、一六〇メートルの頂上にたどり着いた。紀念碑はオベリスクと横長の碑の二つが建てられていて、いずれも濃霧で先端が霞むほど巨大なものであった。陽泉は正太線（正定―太原、石太線の別称）の中央にあり晋察冀《ジンチャジィ》（晋と察は山西省、冀は河北省）と晋察魯豫《ジンチャルウユイ》（魯は山東省、豫は河南省）から侵攻してきた旧日本軍に対して、中国共産党軍は山西省内に革命根拠地を形成し遊撃戦を展開していた。

一九四〇年八月二〇日夜、中国共産党軍の晋察冀軍区の第一二九師団と第一二〇師団は朱徳《ジュデエ》司令と彭徳懐《ポンデエホアイ》副司令の指示を受けて、当時旧日本軍の支配下にあった石太線と石家庄西の井陘《ジンジン》炭鉱との攻略を柱にする作戦を開始した。作戦開始から三日目には中国共産党軍の部隊は民兵を含めて一〇四団（連隊）、四〇万人に達したことから同作戦は百団大戦と呼ばれるようになる。「一本のレールも残さず、一本の枕木も残さない」の呼びかけに応じて河北省だけでも一〇万人以上の民衆がこの鉄道破壊に加わったといわれ、中国共産党軍が華北地方でおこなった抗日戦争のなかで最も大規模かつ長期的な作戦になった。五ヶ月におよんだ戦闘の結果、戦死者は日本側二万余、傀儡軍五千余、中国共産党軍一万七千余にも達し、満州鞍山《アンシャン》製鉄所の燃料供給源であった井陘炭鉱は半年間も採炭不能におちいった。中国共産党軍が組織的な力を持っていることを目の当たりにした旧日本軍は、それまで「匪賊」「共匪」としての認識しか持たなかったことをあらためると同時に、一般市民の主体的な参加があったことを憂慮して「掃蕩《そうとう》作戦」「清剿《せいそう》作戦」を徹底させた「燼滅《じんめつ》作戦」をおこなうことを決め、スパイの摘発を理由にして一般市民の虐殺を本格化させるようになった。

それまで過小評価していた中国共産党軍に大敗を喫した旧日本軍は劣勢を挽回するために内地で大規模な動員をかけた。現在アジア歴史資料センターで公開されている軍事機密文書のなかに、このときの記録がいくつか遺されている。参動一一九一号九六六四号文書「在支部隊補充交代要員派遣可能人員ノ件」(石原莞爾京都師団長発、陸軍大臣東条英機宛、昭和一五年一〇月五日)には一一月中旬に第一〇六師団および独立混成第四旅団、独立歩兵第七一大隊の補充交代要員の派遣可能な人員数が具申され、実際これにもとづいて召集がおこなわれている[1]。このとき名前のあがっている独立混成第四旅団(通称力部隊)の独立歩兵第一三大隊第三中隊は泰次郎が配属された部隊である。陽泉から南西約一〇〇キロのところにある楡社の治安警備をしていたが、百団大戦の際には中国共産党軍によって藤本芳樹中隊長を含めて中隊の八割が戦死、辻本徳三郎曹長と伊東宗七軍曹が藤本中隊長の首を軍旗に包んで持ち、生き残った一五名の隊員たちとともに中国服を着て変装し、大隊本部のある左権《ジュオチュアン》県(遼県)にまで敗走した。独混四旅副密第一〇七号「陸軍秘密書類焼却の件報告」(片山省太郎独立混成第四旅団長発、東条英機陸軍大臣宛、昭和一五年一二月八日)は同隊がいかに混乱して敗走したかを示す文書である[2]。一九四〇年九月二四日、陸軍省の軍事秘密書類と八九式重擲弾筒射表(八九式榴弾)一部を辻本徳三郎曹長が焼却したという。この文書によれば、そのときの顚末は以下の通りである。

九月二三日二二時頃ヨリ楡社警備隊(陸軍大尉藤本芳樹以下九七名)ハ約四千(山砲二、追撃砲八、重機

関銃六、軽機関銃三〇余ヲ有ス）ノ優勢ナル敵ノ包囲攻撃ヲ受ケ以来中隊長以下決死勇敢ナル応戦ニ努メ敵ニ多大ノ損害ヲ与ヘタルモ兵力我ニ数十倍ヲ有スル敵ハ依然頑強ニ抵抗攻撃シ来リ翌二四日午後ニ至リ我軍奮戦力闘ノ効モナク将兵敵弾ニ相ヒ次テ殪レ弾薬又欠乏スルニ至レリ、此ノ時敵ハ城壁近クニ迫リ山砲迫撃砲ノ射撃益々猛烈ヲ極メ之レカ砲弾ト共ニ爆薬ニ依リ陣地防衛施設ノ半ハ崩壊セラレ敵一挙ニ我ニ我ニ近迫シ其一部ハ遂ニ陣内ニ侵入ス、此処ニ於テ中隊ハ僅少ナル予備隊ヲ以テ肉弾戦ヲ演シツヽ之ヲ撃退スル事三度ニ及ヘリ然ルニ衆寡敵セス遂ニ陣地ノ一角奪取サル、敵ノ一部既ニ陣内ニ入リシヲ知リタル中隊長ハ愈々警備隊ノ全滅ヲ覚悟シ暗号書始メ本射表等重要書類ノ保全期ス能ハサルヲ虞レ九月二四日二〇時頃暗号書ト共ニ本射表ノ焼却ヲ決シ此レヲ辻本曹長ニ命ス、中隊長ハ之ニ先タチ重要書類ノ焼却スル旨大隊長池邊中佐ニ電報ヲ以テ報告シアリ
焼却ノ命受ケタル辻本曹長ハ事務室ニ到リ暗号書並ニ本射表ヲ保管箱ヨリ取出シ石油ヲ振リカケ燐寸ニ依リ点火、延焼中ハ厳ニ監視ヲシ完全ニ焼却シ終リタルヲ確メ更ニ灰ヲ両足ニテ踏ミ後此ノ旨中隊長ニ報告セリ

百団大戦時、楡社を警備していた第三中隊九七名は重火器を持った四、〇〇〇名の中国共産党軍に包囲され敗走を余儀なくされた。その際、敵の手に渡らないように暗号書と射表《しゃひょう》を焼却したという。射表とは狙った距離に砲弾を落とすために角度と火薬をどれだけの量にすればよいかを気温や湿度、風向、風速の条件の下で計算した表である。武器が不足していた中国共産党軍は旧日本軍のものを奪って使うことにしていたので、もし暗号表や射表が敵の手に渡れば軍の配置や武装を知られ大きな打撃を受けることになる。そこで機密情報の

管理には神経をとがらせていたのだが、この報告を受けた軍本部は「前述如キ状況下ニ於テ実施セル該処置ハ状況真ニ已ムヲ得サルモノト認メ処分セス」としている。

このように百団大戦で壊滅的な打撃を受けた独立歩兵第一三大隊第三中隊に欠員補充兵として泰次郎は配属されたのである。大学を卒業している者は普通「幹部候補生」の将校として入隊するが、「一日でも早く、召集解除になりたくて、幹部候補生を志願しなかった」という。(3) 泰次郎の回想録に「潮田大尉」として登場し、剣道の稽古で泰次郎に容赦なく打ちすえられたとされる後田清人大尉は特別志願八期、長野県の生まれで豊橋予備士官学校の教官を務めていた。「葉隠」をいつも読むような硬派の軍人で、一九四一年四月から第三中隊長を務めた。後に一三大隊本部副官になって大隊とともに沖縄戦に参加し、一九四五年四月一九日に自決している。泰次郎は配属された当時の模様をつぎのように小説に描写している。

曾根平吉が山西省の太行山脈の中に駐留してゐる野戦部隊で独立混成第四旅団の独立歩兵第一三大隊補充要員として大陸に渡つたのは昭和一五年の秋であつた。その頃石太鉄路一帯を警備してゐた旧日本軍は中共軍の所謂百団大戦と称する反攻によつて、相当の損害を出した直後だつた。曾根の配属になつた中隊も、楡社といふところで全滅同様の打撃を受けて、そこから十里ほどの遼県といふ大隊本部のある県城まで生き残つた僅か三十数名が引揚げてきて、またいくらも過ぎないときだつた。辻本曹長といふのが戦死した隊長の首を国旗につつんで、背中に負つて帰つたのであるが、曹長はその隊長の血の染んだ国旗をいつまでも大切にして居室に飾つてゐるのを、曾根たち新兵は不思議に思つて眺めてゐたことを思ひだした。

右の一節が含まれた「渇く日日」は文芸誌「饗宴」第四号（一九四六年一〇月、日本書院）に掲載された小説で、泰次郎が復員直後の心境を素直に表現した傑作である。前掲の陸軍文書と照らし合わせると、「辻本曹長」という名前に至るまで史実に近い内容が語られていることが分かる。〝肉体作家〟としてのイメージが強すぎたために、泰次郎には何かいかがわしさがつきまとうのであるが、彼の戦争小説は実際に自分が戦場で体験したことにもとづいて誠実に書かれている。フィクションを使わなくとも戦場をありのままに描きさえすれば、それだけで人間の想像を絶するような、人間の〝生〟とは何かを究極的に問う作品になる。いうまでもなく「戦場は人間の住むところではなく、人間以外のものの生きる場所である」ために、言葉を使ってそれを描こうとするのは至難の技といえる。だからこそ泰次郎は「かつての戦場で、自分が人間以外のものであつたことをみずからに認めるために、そのときの原体験の忠実な表現者でなければならない」と主張したのであった。(4)

中国大陸の土を踏んだ泰次郎が最初に任務についたのは「陽泉からトラックで九時間ほどの南方、海抜三、〇〇〇メートルの山のなか」であった。その地で戦死した左権副参謀長を悼んで今は左権県と名前が変わった遼県の「気温は、ときに零下四十度を超え、地表一メートルも凍つた土は、最早、土というのではなくて、死んだ石かなにかのような感じであり、銃身には白い霜の花が咲き、夜、歩哨に立つと、防寒帽には氷柱が垂れた」ほどの寒さであった。「朱徳のひきいる八路軍の総司令部と、それを護る一二九師は、指呼の距離に相対」していたが「その空間上の距離はわずかでも、攻撃をかける場合の距離はほとんど無限に遠く、敵の情報網でとりまかれている最先端の拠点にある日本軍の行動は、どんな小さいことでも、先方に筒抜けで、幾度、敵の総司令部を急襲しても、効果はなかつた」という。(5) 八路軍《バルウジュン》とは西安事件を受けて第二次国共合作が実現した後、一九三七年八月二五日に中国《ジョオングオ》工農紅軍《ゴォンホォンジュン》と西北紅軍《シィベイホォンジュン》が解散し、新たに中国国民革命軍第八路軍として誕生した中国共産党軍を指す。

4　山西省陽泉（2）――旧日本軍軍門址他

獅脳山《スナオシャン》の見学を終えて陽泉市内に戻ってきた。山西省第三の都市陽泉は良質の無煙炭と高品位の鉱石が採れることで有名である。附近の住民は無煙炭を手掘りで掘り出し、驢の背に左右一塊ずつ縛って運んでいた。無煙炭と砿石を売ることで高収入を得ていたという。同省の石炭埋蔵量は全国総量の三分の一に当たる二、六一二億トンに達し、その支配を狙った旧日本軍と中国共産党軍との間で激しい戦闘があった。資本主義経済が急速に進む現代の中国社会には、安全対策が不十分なまま一攫千金を狙って採鉱を強行する炭鉱主がおり、同省では二〇〇六年は七月までにガス爆発など九〇件の炭鉱事故が発生し三一六名が犠牲になっている。炭鉱事故の続出に対処する措置として省政府は昨年、事故を起こした炭鉱主に対して犠牲者の各遺族に二〇万元を賠償することを義務づけ、二〇〇六年も死亡者一人につき一〇〇万元（約一、四〇〇万円）の罰金を科すことを決めた。しかし郊外に住む貧しい農民を低賃金で雇って劣悪な環境で労働させ、行政官僚を収賄し違法操業を続けているケースが多いようである。また都市周辺には数千トンほどのポケット状砿脈が散在し赤、褐鉄砿が採掘できる。都市北端の陽泉河の北には旧日本軍が管理していた陽泉鉄廠があり、二〇トン高炉一基を設置していた。

陽泉は独立混成第四旅団司令部がおかれた都市であり、泰次郎の読者には「肉体の悪魔」（『世界文化』第一巻八号、一九四六年九月）の舞台として知られている。「肉体の悪魔」は、泰次郎が旅団司令部営外の街中にあった公館で中国共産党軍兵士の俘虜を含めた宣撫班員たちと一緒に起居していた頃のエピソードにもとづいて創作されている。旅団司令部は町の西北端の煤砿公司の建物を使い、将校の宿舎は満鉄の鉄路職員の宿舎を一部開放してもらっていた。北支方面軍第一軍司令部の情報部調査班長をしていた美術家の洲之内《すのうち》徹とはそこで知り合った。砲弾の飛び交う前線を離れ旅団本部附の勤務にならなければ、このような体験はできなかったわけだが、泰次郎の転属を依頼したのは郷里の先輩丹羽文雄であった。田村泰次郎宛丹羽文雄書簡（一九四一年二月一三日付、三重県立図書館所蔵）によれば、この書簡を記す前夜に帝国ホテルで支那派遣軍報道部長から陸軍報道部長へと昇進した馬淵報道部長の歓迎会が開かれた。わざわざ丹羽がそこに出かけ、田村の転属を彼に直接依頼したとある。このような経過を考えると泰次郎が旅団司令部直属の宣撫班員に転属になったのは、一九四一年三月頃と推定される。ちなみに泰次郎は一九四三年八月一日伍長に任命され、一九四四年八月一日軍曹に昇級し、そのまま敗戦を迎えている。

九〇年代以降の改革開放路線の影響を受け、陽泉市内の旧い建物は次々に壊され新しいものに替わっていたが、今はもう使用されていない陽泉駅の旧駅舎を見つけることができた。この駅舎は旧日本軍が陽泉を占領していた時代から一九八九年まで使われていたものだという。また駅北の通りには「東営盤《ドオンインパン》社区《シェチュイ》便民《ビエンミン》市場《スチャン》」という名前の市場があり、名物の刀削麺や白酒、新鮮な野菜や果物を求めて多くの市民が集まっていた。「営盤」とは駐屯地の意味で旧日本軍が支配していた頃の名残が町の名前としてある。東と西の二つの営盤があったそうであるが、当時の遺構があるのは東だけで、憲兵隊が建てて使った軍門が遺っていた。かつては鉄扉があり門の両側には守衛がいたという。

陽泉の旅団司令部が周辺の革命根拠地にいかに神経をとがらせていたかを示す資料がある。前掲の資料と同じようにアジア歴史資料センターで公開されているもので、極秘原資料「石太線ヲ襲撃セル共産党軍ノ対民衆工作其ノ他ノ状況」（陽泉附近ニ蟠踞中ノ一二九師ガ民衆ニ対シテ為シタル事項及民衆ニ語リタル言ノ蒐録其ノ他）[6]である。

旧日本軍が占領していた頃の陽泉駅の旧駅舎

東営盤にある憲兵隊の軍門跡

「片山部隊参謀部調整、乙集団参謀部印刷、昭和一五年九月一日」と記されており、百団大戦の緒戦で片山部隊すなわち独立混成第四旅団によって作成されたものであることが分かる。その内容は以下の通りである。

一、共産軍ハ陽泉附近駐兵間支那住民ニ対シ何ヲ為シタルヤ、又何ヲ言ヒタルカ

1．農民ヲシテ確実ニ宣伝員タラシメントセシモノノ如シ

例

共産軍進出ト同時ニ各村々長又ハ保衛団員等ヲ拉致シ左ノ如キ各項ヲシテ日本軍ニ対スル宣伝ニ使用セントシタルモノト認ム

(イ) 我共産軍ノ後方ニハ日本人約四百名アリ吾等ハ特別ニ彼等ヲ優待シアリ。又彼等日本人ノ為ニ特ニ白米ノ多数有セリト。

(ロ) 獅脳山上ニハ十五支里ノ射撃能力ヲ有スル大砲ヲ設置セリト

(ハ) 五日間（二一日ヨリ）ハ絶対ニ獅脳山ヨリ後退セスト

(ニ) 糧食ハ非常ニ豊富ニ所有セリト

(ホ) 弾薬ヲ豊富ニ所有セリ

(ヘ) 支那民衆ニ対シテモ非常ニ鄭重ナリタリ等ト拉致セラレタル後逃走シ来リタル農民ノ言ハ大半同様ナル報告ヲナシタリ

2．支那民衆ニ対シ明ラカニ共産軍進出ノ目的ヲ明示セリ。

例

拉致セル農民或ハ各村々民ニ対シ士兵ヲシテ左ノ如ク宣伝セシメタリ。
(イ) 吾軍今回ノ進出使命ハ北京以南河北山西ノ各鉄道ヲ完全ニ破壊スルト共ニ軍管理工場ノ奪取破壊ニアリテ何等民衆ニ対シ迷惑ヲ及ボサヽルニ付安心スルト共ニ民衆ハ抗日戦ノタメニ協力スヘシト
(ロ) 京漢線モ大半ハ破壊セラレタリ、又同蒲線モ東潞線モ全ク破壊セリ……等々

3. 共産軍ノ農民ニ対シ実施セル事実行為
(1) 抗日戦ノ名ヲ以テ相当多数各村ニ対シ糧秣徴発ヲナシタリ（之ニ対シテハ応召セサリシ愛護村モ有リタルカ如シ）
(2) 弾薬糧秣傷病兵ノ輸送ハ悉ク農民ヲ使役セリ。（之ニ対シテハ何等ノ報酬モナシアラズ）
(3) 糧秣不足ノタメ敵軍駐留地ノ農作物ハ彼等ニ依リ其ノ大半ハ荒ラサレタリ
(4) 彼等駐兵地各村ニハ七、七、三周年紀念ノ宣伝ビラヲ相当数散布セリ
(5) 部隊名ヲ農民ニ対シ嘗テ無キ程ニ厳秘ニ附シタリ

4. 共産軍ノ将来ニ対スル言明（農民ニ対シ）我等ハ今回ノ企図ハ大半達セラレタルモ未ダ完全ナラズ例ヘ我等後退スルモ二〇日以内ニハ必ズ再ビ攻撃シ来ルヘシ、依而各村ニ於テハ糧秣等充分集結シ置クヘシ……ト（農民ノ言、密偵報）

二、共産軍ハ何ヲ恐レタルヤ
(1) 何カ苦痛ナリシヤ
(イ) 糧秣ノ欠乏
三日間ハ各自携帯シアリタルガ如キモ其ノ後ハ飢餓ト戦ヒタルガ如シ

(ロ)　降雨ト宿泊ニ欠乏
降雨ニハ甚ダシク弱リタルガ如ク発病者多数アリタリト
(ハ)　日軍ノ飛行機
日軍飛行機ニハ極度ニ恐レタルモノ丶如ク飛行機ノ攻撃ノ機会ニ逃亡ノ機ヲ窺ヒタルモノモアリタルカ如シ
(ニ)　靴ノ欠乏
敵軍士兵ノ大半ハ草鞋ヲ使用シタルカ如キモ之ガ代用ナキタメ多クハ素足ニテ徒歩シアリタリト
(2)　何ガ不平ナリシヤ（幹部ニ対シ）
(イ)　言語不通ニ対スル不平
幹部ハ概ネ四川省人多キタメ言語ノ不通ヲ洩シタル兵アリ
(ロ)　其ノ他不詳
三、何故ニ陽泉ヲ攻撃セサリシヤ出来サリシヤ
(1)　陽泉ニハ太原方面ニ補充セラレル士兵約二千名近ク下車セリ……トノ言支那人間ニ有リタリ
此ノ兵力ヲ恐レタルナランカ？　嘗テ農民ニ対シ敵兵ガ陽泉ニハ三千位ノ兵力ガ居ルカト質問シタル事アリ
(2)　軍管理第三工場ノ営業継続ハ敵ヲシテ日軍ノ数量ヲ過大視セシメタルカ如シ、農民ニ対シ第三工場ノ警備兵ヲ再三質問セリト
四、彼等ノ企図遂行ヲ不充分ナラシメタル事項

(1) 飛行機ニ対スル恐怖
(2) 陽泉ニ対スル二一日以後ノ情報蒐集不可能
（敵ハ陽泉ニ対スル情報蒐集ニハ相当努力シ小陽泉大陽泉義東溝附近迄モ便衣ヲ派シタルモ完全ナル成果ヲ挙ケ得サリシガ如シ）
五、事前ニ攻撃ノ徴候トシテ認メラレシ事項
(1) 七、七紀念日ノ前後敵側ノ共産党工作ガ治安地ニ対シ積極的ナリシ事
(2) 其ノ他不明

予想以上の頑強な抵抗を受けた旅団は至急その対策を準備するための情報を集めている。中国共産党軍に多くの農民が協力したことを憂慮し、それ以後は情報戦、すなわち敵軍を誹謗し自軍に有利な情報を流して民心を収攬するための戦いに力を注ぐ。その要員として泰次郎は司令部に呼ばれ情報戦対策の宣撫班員となって、俘虜を使った劇団を立ち上げたのである。

5　山西省潞城市（1）――鈴木泰治の戦没地

陽泉での見学を一三時までに終え、午後は三〇〇キロ南の長治《チャンジ》市内にある潞城《ルウチョン》市に向かった。中国の行政単位は「市」の下に「県」があって日本とは逆である。「潞城市」の場合は省の直轄市なので「長治市潞城県」とはいわない。陽泉から南に三〇〇キロといっても直線距離での数字で、太行山脈の峰伝いに走る国道二〇七号線の実際の距離はそれをはるかにこえるものである。石炭を満載した大型のトラックが数珠つなぎに往来す

るために道路は激しく傷んで陥没し、運転には細心の注意が必要であった。しかも、いつ作業が終わるのかさえ知らされない道路工事の現場や土砂崩れが放置されたままという通行禁止箇所が五ヶ所もあって、合計八時間も要してようやく二一時に、その夜宿泊する予定になっていた天脊賓館《ティエンジィビングアン》に到着した。潞城市に向かった理由は、泰次郎とは旧制富田中学校（三重県立四日市高校）の同級生であったプロレタリア詩人鈴木泰治が同地で戦死したとされており、現地をぜひ訪れて、夭折した詩人の供養をささやかながらもおこないたいと考えたからである。(7) 輜重兵をしていた泰治も通行したと思われる国道二〇七号線は昔からある省内の主要幹線道路で、中国共産党軍最大の秘密武器工場であった長治市黎城県の黄崖洞《ホウアンイアドン》を経由するために旧日本軍と中国共産党軍とがその支配をめぐって激しく衝突した。

富田中学卒業後、泰治は大阪外語学校独逸語科に在学中にマルクス主義の影響を受けて共産青年同盟員になり、三年生の一九三二年一一月に検挙される。不起訴処分になったものの放校処分となって一時故郷に戻るが文学の志を捨てることができずに上京し、新井徹や小熊秀雄、遠地輝武たちとともに雑誌「詩精神」を創刊しプロレタリア詩を書き続ける。しかし盧溝橋事件直後に応召し京都第一六師団輜重兵第一六連隊に入営して中国山西省に出征、一九三八年三月一六日に潞城市で戦死した。享年二六。検挙されるまで彼は日本共産党のテーゼに従った激烈な階級闘争の詩を創作し、「凱旋」という代表作では中国からの帰還兵の視点を借りて、日本の労働者や農民が戦う相手は中国の労働者や農民ではなく、むしろ両者は連帯して資本家や地主を相手にして共闘すべきであると訴えていた（「大阪ノ旗」創刊号、一九三二年八月）。それはまさしく「インターナショナル」な階級闘争の視点である。思想犯としての前科のために輜重兵とされ、隊内でも憲兵の監視が付けられていたと思われる。一般歩兵から軽蔑の対象にされた輜重兵は武器も携帯せず、行軍時には最後尾で牛馬の世話をし

潞城建神頭之戦紀念碑

ながら荷役の作業をこなしていた。侵略戦争には決して加担するつもりのなかった彼がどのような心境でいたのか、その手がかりを得るために彼が戦死した現地を一目見てみたかった。
　翌朝、ホテルの従業員に泰治が戦死した場所とされる「神大村《シェンダチュン》」はどこにあるのかを尋ねてみた。ところがそんな名前の村はないという返事であった。軍の資料には「神大村」と記載されていたし、遺族にもその地名を伝えられている。もう一度尋ねてみると、「神大村」ではなく「神頭村《シェントウチュン》」か「神泉村《シンチュアンチュン》」ならある、その「神頭村」はかつて旧日本軍が支配していたことでよく知られているという。ガイドの梁氏と耿氏によれば、「頭」は簡体字の「头」でありおそらく「大」と勘ちがいしたのだろうというのだが、簡体字の使用は一九五六年からなので泰治が戦死した頃にはその話は当てはまらないように思われた。しかし「神大村」がない以上「神頭村」の可能性が高いわけで早速そこに出かけてみることにした。
　潞城市中央から北東約一〇キロに微子《ウェイジ》鎮神頭村がある。石炭を燃やしたときに発生する窒素酸化物のむせるような臭いがこの町でも充満しており、石炭を満載した巨大なトラックが早朝から往来する。二人乗りの青年がヘルメットを被らずにスピードを上げる。泰治の甥に当たる四日市室山の法蔵寺住職鈴木晃氏によれば、泰治の部隊は谷間の道を進んでいるときに両側の山から激しい銃撃を受けて全滅した。おびただしい数の戦死者の遺体を収容することもできず、実家に帰ってきた遺骨箱のなかには何も入っていなかったという。

車を走らせて約二〇分、ようやく神頭村に到着した。郊外の静かな農村で住民はみな農作業に出かけていてひっそりとしている。戦争を知る老人がいないかどうかを村に残っていた数名に尋ねてみると、まず丘の上の紀念碑を見にゆけという。指示に従ってその場所にゆくと大きな紀念碑と廟がある。碑文の正面には「潞城建神頭之戦紀念碑」と書かれており、裏面には一九三八年三月一七日に旧日本軍によって村人が虐殺されたとある。その日は泰治が戦死した翌日でその偶然の一致に驚いてガイドに碑文を訳してもらうと、三月一六日に潞城を出発し長治に向かって南西に進んでいた旧日本軍に対して、前夜から潜伏していた中国共産党軍が九方面から攻撃し日本側一、五〇〇名、中国側二一〇名の戦死者が出た。翌日、すでに長治に達していた旧日本軍主力部隊が急遽戻ってきて、村民のなかに中国共産党軍への協力者が潜んでいたという理由から報復をおこない、村民三七〇名の内一三七名（男性八九名、女性四八名）が虐殺された。六世帯二一名は家族全員死亡、銃剣で殺された者八二名、生き埋めにされた者一五名、焼死した者四〇名、焼かれた部屋七六一室、破壊された住居四三戸に上ったという。

6　山西省潞城市（2）――秦春炎氏の取材

　この村であったという虐殺の歴史を知って、泰治の供養をしようという最初の目的は吹き飛んでしまった。往時の様子を知る老人を探してもらったところ、今でも二人存命ということである。その一人秦春炎《チンチュンイエン》氏に話を伺うことができた。一九二六年四月生まれの秦氏は七九歳、そのときのいきさつをよく覚えておられた。一九三八年一月一九日頃から旧日本軍が一八キロ北の黎城《リチョン》県から進軍してきた。黎城から長治に向かう道は神頭村を通る道路一本しかなく、黎城と神頭村との間にある東洋関《ドォンヤングアン》で激闘があった。三月一六日、旧日本軍は長治への侵攻を目指して移動していたが、その最後尾の部隊が神頭村を過ぎようとしたとき、それまで村に潜伏していた中国共産党軍が一斉に蜂起した。朝食時から夕食時まで続いた戦闘ではヤオトン（黄土高原特有の横穴式住居）のなかに入って手榴弾を投げていた旧日本軍兵士もいたが最後は全滅した。秦氏によれば最後尾の部隊というのは兵士の食料や生活用品を積んだ馬車のグループであったといい、それこそ泰治の輜重部隊であったと思われる。輜重兵は武装もせず、いつも山道に難渋させられながら兵団の最後尾で荷役の作業をこなしていた。

　一、五〇〇名とされる戦死者の報復をするために旧日本軍は翌日村に戻ってきて虐殺をおこなった。当時一三歳であった秦氏は偶然山に逃げることができたが、足の悪かった母は銃剣で突き殺され、祖母は石で撲殺され、兄嫁は井戸に投身自殺したという。秦氏は逃げる途中、旧日本軍がヤオトンの入り口を藁でふさいで火を放ち、そこに逃げ込んでいた村民を焼き殺す光景を目撃している。おそらく話の内容が残酷すぎるものであっただろう、ほとんどは通訳してくれなかったのだが会話の雰囲気から大要を察することができた。六〇年が経過してもなお心の傷は少しも癒えず秦氏は当時のいきさつを話しながら涙をこぼした。それを聞いている私た

秦春炎氏に取材（向こう側は二男）

ヤオトンでの取材

秦氏と二男夫妻

農家に見られる棗の樹

ちも涙を流して戦争の非道さを噛みしめた。

だが私は、思いつくかぎりの暴行を働いた〝日本鬼子《ルイベングォイズ》〟のなかにも決して戦争に賛成していなかった人間がいたこと、そして馬車の部隊にいてこの地で戦死した兵士のひとりは反戦詩を書いて検挙され、憲兵に監視されながら兵団の最後尾を歩かされていたことなどを話した。すると秦氏は、そのことはよく分かっていると答えてくれた。秦氏によれば、旧日本軍に徴発されて黎城まで道路工事にでかけていたときに病気になった。すると工事現場の班長は日本から持ってきた食料や薬を自分に与え、自動車に乗せて村まで連れて帰ってくれた。いつ中国共産党軍が攻撃してくるか分からないのに、明日もまた看病に来るよと優しくいってくれたという。まさか秦氏にこのような理解を示してもらえるとは思っていなかったので、この話を伺って再び驚かされた。

現在秦氏は二男夫婦と一緒に生活している。取材を終えて帰る際、長い棹を使って棗の樹から実を落とし、自動車に乗り込む私たちに渡してくれた。ちょうど農家の庭先に棗や胡桃が実る季節であった。その日私は長治を経由して太原へ行きそこで宿泊、その後列車で北京に戻ってもう一泊してから日本に帰った。「今でも癒えることのない悲しみを日本人に必ず伝えます」という秦氏との約束を果たすために、帰国して早々複数の誌紙に取材記事を投稿し、そして本書を執筆しはじめた次第である。さらに鈴木晃氏に依頼して泰治の生家法蔵寺で、神頭村で戦死した泰治たち日本兵とそのときに虐殺された村民一三七名との合同供養をおこなってもらうようにした。私が訪れた数日間中国では抗日戦勝六〇周年を記念する多くの式典が開かれていたが、私を日本人と知って顔色を変える人は秦氏を含めて一人もいなかった。それに比べて「反日デモ」の過大な報道を流して両国の反目を過剰に煽る日本社会の浅ましさには呆れてしまう。泰次郎は「いかなる大義名分のある戦争も、私は拒否する。正義の戦争というものは、理論上は成立するかも知れないが、人間の名において、私はどのような戦争もみとめることはできない」と語った。(8)彼が語るように「人間の名」において戦争を拒否すること、それが戦争の記憶を継承する理由である。

註

（1）JACAR（アジア歴史資料センター）Ref. 04122470600、陸軍省陸支密大日記S15-106-201
（2）JACAR Ref. C04122793900、陸軍省陸支密大日記S16-17-40
（3）『わが文壇青春記』（一九六三年三月、新潮社、一八五頁）
（4）「戦争と私　戦争文学のもう一つの眼」（「朝日新聞」一九六五年二月二四日夕刊）
（5）前掲（3）と同書、一八三頁
（6）JACAR Ref. C04122339700、陸軍省陸支密大日記S15-94-189
（7）鈴木泰治の作品と伝記に関しては岡村洋子と共編書『プロレタリア詩人鈴木泰治　作品と生涯』（二〇〇三年、和泉書院）をご覧下さい。
（8）前掲（3）と同じ。

附記　アジア歴史資料センターの「鉄道軍事輸送ニ関スル件通牒」（林一造発、川原直一陸軍省副官宛、第一鉄道輸送司令官昭和一五年一一月三〇日）は、独立混成第四旅団諸隊の輸送計画が通達されている。これを見れば同旅団に所属する独立歩兵第一一、一三、一四、一五大隊および砲兵隊、工兵隊、通信隊が輸送されたスケジュールが分かる。泰次郎よりも一ヶ月遅く出征した近藤一氏を含む第一三大隊は将校七名、下士官および兵九二九名が客車一三両に分かれて、京都駅一二月四日一〇時三八分発、浪速駅五日一時一九分着、乗船とある。京都に集合し大阪から輸送船に乗ったのは泰次郎も同じであったと思われる。（JACAR Ref. C04122510100 陸軍省陸支密大日記S15-120-215）

I　「肉体の悪魔」研究

「肉体の悪魔」作品関連年表

年	泰次郎の年齢	摘要
一九三八年	27	五月七日に朱瑞中国共産党中央北方局員・軍事部長が山西省晋城市晋城県に党組織を結成した際、国民革命軍第一八集団軍第八路軍晋冀豫辺区太行山劇団（略称太行山劇団）を創設。男女大小演員二五名の太行山劇団は趙洛方団長、趙迪之政治指導員、阮章競芸術指導員、王炳炎生活大隊長によって指導され、劇作家の李伯釗による演出指導を受けながら、抗日運動を呼びかける劇や郷土演劇を上演していた。朱愛春は河南省濮陽市清豊県の生まれ。清豊女子師範学校に在学中、教師の高鎮五に連れられて抗日運動に参加。
一九四〇年	29	四月二六日、召集令状が四日市市富田の実家に届く。下北沢で母と同居生活を送っていた泰次郎に兄が電報で知らせる。二八日、内幸町大阪ビル地階のレインボー・グリルで壮行会。広津和郎・片岡鉄兵・岡田三郎・保高徳蔵・尾崎一雄・窪川鶴次郎・佐多稲子を含む六二名が集合。翌朝、東京駅に丹羽文雄・石川達三・高見順・新田潤・伊藤整・井上友一郎・十返肇・張赫宙（野口赫宙）・永島一朗・小田嶽夫・牧屋善三・岡部千葉男たちが見送りのために集まる。三重県津市久居にある津三三連隊に入営。教育召集で第一期の訓練を三ヶ月余受けると召集解除になる。母は四日市に帰郷して日曜毎に面会に訪れた。除隊後は淀橋区諏訪町八二諏訪森ホテルに移転。 一一月七日、丸ノ内のマープルで壮行会。総勢五六名。壮行会の後、東京駅まで見送って

くれる。この前日、石川達三が友人を代表してクローム皮の腕時計を送別のために買ってくれていた。一〇日、再応召し京都伏見の深草にある独立混成第四旅団（通称力、旅団長は片山省太郎中将）に入営。東本願寺の境内で家族と面会後、軍用列車に乗って広島駅まで移動。宇品港から輸送船に乗って河北省塘沽港に上陸。軍用列車に乗って石太線を移動し山西省陽泉市陽泉で下車。輸送トラックで九時間ほど南方の山西省晋中市左権県（遼県）に到着。独立歩兵第一三大隊第三中隊に配属。北支那方面軍の第一二軍に編入された旅団は陽泉市陽泉に司令部をおき、石太線および周辺地区の治安警備を任務としていた。「その日から、最前線の厳しい生活がはじまった。気温は、ときに零下四十度を超え、地表下一メートルも凍った土は、最早、土というのではなくて、死んだ石かなにかのような感じであり、銃身には白い霜の花が咲き、夜、歩哨に立つと、防寒帽には氷柱が垂れた」。「朱徳の率いる八路軍の総司令部と、それを護る一二九師は、指呼の距離に相対していた」。泰次郎が配属された中隊は、この年の九月二四日、百団大戦と呼ばれた中国共産党軍の反撃にあって山西省晋中市楡社県で中隊長以下八割が戦死していた。泰次郎は中隊の欠員補充のために送られてきた。「一日でも早く召集解除になりたくて、幹部候補生を志願しなかつた」ために二等兵から出発した。大隊長は安尾正綱大佐、中隊長は四一年三月から後田清人中尉。

一二月、「集団生活の一面」（「文学者」第二巻一二号）発表。新庄嘉章は丹羽文雄に手紙を書いて「今日貰つた『文学者』の田村君の小説『集団生活の一面』をよみ、涙が出て仕様がなかつた。軍隊の生活を経験してゐるせいかも知れないが、とにかく異様な気持をおぼえました」と記した。

この年「応召前後」（「婦人画報」）「『照れぬ文学』について」（「文学者」第二巻一一号）を発表し、『強い男』（昭和書房）を刊行した。出征後、一九四一年一月には石川達三・丹羽文雄・永島一朗・井上友一郎の尽力によって『銃について』（高山書院）が刊行された。

一九四一年	30

丹羽文雄が陸軍報道部長の馬淵逸雄中佐に依頼し、泰次郎は旅団本部直属の宣撫班に転属された。班長は勝川正義中尉。陽泉市内の公館で俘虜と起居をともにする。

二月一八日、独立歩兵第一三大隊第一中隊は左権県合玉溝村で「惨案」を引き起こし、二月二七日、左権県の北地垴で「惨案」を引き起こす。また左権県の県城から西へ向かう公道の紅土山に砲台を設けて「惨案」を引き起こし、さらに四月一〇日、左権県石匣郷上会村で村民を拉致して惨殺する。

五月七〜一五日、独立混成第四旅団は中原作戦（百号作戦）を実施、南部太行山脈と中条山脈に拠点をおく衞立煌の重慶軍第一戦区（重慶国民党中央軍一五個師団、地方軍二〇個師団、約一八〇、〇〇〇名）に対して攻撃を加えた。中国側はこの戦闘を冀中区一九四一年春季反掃蕩戦役と呼ぶ。

六月二三日、泰次郎は「和平劇団日記」を付けはじめる（九月一六日まで）。この頃、泰次郎は一等兵。日記の冒頭には「太行山劇団第二分団の団員十名」が五月二三日に山西省晋中市昔陽県巻峪溝村で「警備隊」によって俘虜にされ陽泉に連行されたとある。

七月七日に左権県桐峪鎮で晋冀魯豫辺区政府成立の大会が開かれ、太行山劇団は「群魔乱舞」、魯迅実験劇団は「巡按」、抗日大学文工団は「亡宋鑒」、一二九師先鋒劇団は「雷雨」を上演。

七月二〇日〜二三日、和平劇団第一回公演。

八月一四日〜一〇月一五日、独立混成第四旅団は第二次晋察冀辺区粛正作戦を実施。聶栄臻の中国共産党軍に対して攻撃を加えた。中国側はこの戦闘を晋察冀一九四一年秋季反掃蕩戦役と呼ぶ。日本側は北支那方面軍の岡村寧次司令官が指揮する第二一・二六・三六・四一・一一〇師団、独立混成第二・三・四・八・九・一五旅団の各一部を含む七万余名が動員されたのに対して、中国側は中国共産党軍の聶栄臻司令が指揮する晋察冀軍区の四万名が応戦した。

一九四二年	31	一一月一八日、左権県石台頭村で「惨案」が引き起こされる。 一二月、独立歩兵第一三大隊は左権県から太原へ警備地域が変更になった。

二月一日〜三月四日、独立混成第四旅団は冬季山西粛正作戦（一号作戦）を実施、山西省内全域にわたる「剿共」作戦をおこなった。中国側はこの戦闘を太行区春季反掃蕩作戦と呼ぶ。日本側は独立混成第四旅団・第三六師団主力に加えて第一一〇師団・独立混成第一旅団の各一部を含む一、二万余名が動員されたのに対して、中国側は中国共産党軍の太行軍区第二・三・四軍分区が応戦した。

二月一四日、左権県王家峪村で「惨案」が引き起こされる。

二月、泰次郎は北京に赴き、小島政二郎・片岡鉄兵・佐佐木茂索たちと再会する。市内の蘇州胡同にある李香蘭（山口淑子）の家を訪問。

五月一五日〜七月二〇日、独立混成第四旅団は晋察豫辺区粛正作戦（C号作戦）を実施。第一期は山西省晋城市の沁河河畔、第二期は河北省邯鄲市渉県の北、第三期は渉県の南に進出して中国共産党軍を撃破することが計画された。劉伯承司令と鄧小平政務委員の太行軍区や薄一波司令の太岳軍区などが含まれる総兵力三二、〇〇〇名の一二九師は河北省邯鄲市渉県に拠点をおいていた。また重慶国民党中央軍第二七軍（劉進）・第四〇軍（龐炳勛）・新編第五軍（孫殿英）は山西省晋城市陵川県から河南省林州市林県に至る南部太行山脈に拠点をおいていた。本作戦はこれらの部隊に対する攻撃を加えようとするものであった。中国側は第一、二期を太行太岳夏季反掃蕩作戦と呼び、第三期を冀魯豫区夏季攻勢作戦と呼んだ。日本側は第三六・四一師団・独立混成第三・四旅団主力と第六九師団・独立混成第一・八旅団の各一部が動員された。泰次郎はこの戦闘で左の向脛に迫撃砲弾の破片を受けた。晋冀豫辺区粛正作戦の開始時、河北省邯鄲市渉県懸鐘村にいた太行山劇団総団は左権県に北上したが、東西方向から挟撃されそうになったので長治市平順県石城鎮豆峪村まで後退した。一二九師参謀訓練隊と合流して六月二五日に出発し、国民党軍の孫殿英部隊と旧日本軍の間の戦闘をかいくぐって翌日、平順県東寺頭郷井底村に到着した。だが「武郷営」と名乗る〝偽軍〟（傀儡軍）が襲来、章杰儒・陳九金・郝玉璽・王芸人の四名が戦死し、阮章競・常振華・康方印・袁秀峰・崔家俊・夏洪飛の六名が負傷した。総団のメンバーのうち四分の一が死傷するという大きな犠牲を払うとともに朱愛春が俘虜になった。「肉体の悪魔」冒頭の場面は一九四二年六月九日、平順県石城鎮でのことと推定される。

七月二六日と八月初めの二回、北支那方面軍第一軍の司令部がおかれていた山西省太原市小東門外の競馬場で、独立歩兵第一三大隊は新兵の肝を試すために三四〇名の捕虜を生きたまま刺突する訓練を実施した。

夏、泰次郎は太原市内の慰安所で拳銃一挺を紛失。そのとき一緒にいた戦友に助けられて事なきを得たが「一挺の拳銃の亡失は、その後の私の生存競争の場での自信と、自分自身に対する信頼感を失わせてしまった。そのことは、厳密な意味で、私の、このように生きたいと思う人生の亡失にほかならない」。この頃、泰次郎は上等兵。

さらにこの夏、泰次郎は河南省を列車で移動中に、満州映画会社の映画「黄河」の撮影に向かう李香蘭（山口淑子）と同じ車両に乗り合わせた。彼女の回想によれば、「長髪で色白の新進作家はいま、坊主頭、赤銅色に日焼けした顔」に変わっており、「鄭州の山の奥にもう三年も立てこもっていますよ。いやな戦争、いやな軍隊だ」と吐き出すようにいった。そして彼女は何枚も自分のブロマイドにサインをして彼に渡したという。

一〇月二〇日〜一一月三〇日、独立混成第四旅団は全山西秋季剿共作戦を実施。重慶国民党中央軍の新編一〇旅を攻撃した。中国側はこの戦闘を太行太岳区秋季反掃蕩作戦と呼んだ。第三六・三七・六九師団、独立混成第四旅団の各一部を含む一、六万余名が動員された。

泰次郎は陽泉で八月一九日に右上膊部を骨折負傷し、二三日に陽泉陸軍病院に入院。九月一〇日に北京に搬送されて一一日に北京清華大学陸軍病院に入院。一一月二五日、訓練隊に転入しリハビリをはじめた。

一九四三年	32	四月二〇日～五月三一日、独立混成第四旅団は一八春太行作戦（ヨ号作戦）を実施。重慶国民党中央軍第二四集団と中国共産党軍第一八集団司令部・一二九師に攻撃を加えた。中国側は第一期を北岳区一九四三年春季反輾転掃蕩戦役と呼び、第二期を太行一九四三年夏季反掃蕩作戦と呼ぶ。第一期は第一一〇師団・独立混成第三・四旅団主力と第三七・六九師団の各一部を含む一、二万余名が動員された。第二期は第三六師団・独立混成第三・四旅団主力、第三七・六九師団の各一部を含む一、五万余名が動員された。 五月一日、独立混成第四旅団は同第六旅団と合併し第六二師団（通称石、師団長は本郷義夫中将）に改編命令され北支那方面軍の第一二軍に編入された。六月二八日、編成完結。師団司令部は晋中市楡次県におかれた。第一軍の司令部は太原市におかれ、対共調査をしていた洲之内徹と出会う。 八月一日、泰次郎は伍長に昇進。 夏の終わり頃、泰次郎と朱愛春たちの政治工作班は左権県石匣郷七里河の「実態調査」に出かけた。「肉体の悪魔」では張沢民は「私」の眼を盗んで村の裏山に逃げようとしたとされる。 九月一六日～一二月一〇日、第六二師団は一八秋冀西作戦（オ号作戦）を実施。中国側はこの戦闘を北岳区一九四三年秋冬季反掃蕩戦と呼ぶ。北支那方面軍の岡村寧次司令官が指揮する第二六・六三・一一〇師団の大部分、第六二師団・独立混成第一・二・三旅団の各一部を含む四万余名が動員された。 一〇月二日～一二月一〇日、第六二師団は大岳地区粛正作戦（モ号作戦）を実施。中国側はこの戦闘を太岳区一九四三年秋季反掃蕩作戦と呼ぶ。第三七・六二・六九師団の各一部を含む二万余名が動員された。
一九四四年	33	三月三日～六月二九日、第六二師団は京漢作戦（コ号作戦）を実施。この直前、朱愛春は汽車に乗って移動し泰次郎と別れる。第六二師団は第九・二四師団と独立混成第四四旅団とともに第三二軍戦闘序列に入る。京漢作戦は大陸に建設された米空軍の基地殲滅と、大

一九四五年	
34	
四月、第七独立警備隊が京漢鉄道沿線地区の警備を目的として保定に新設されると、泰次郎の中隊はその隷下におかれ保定防衛の前哨部隊として清苑県張登鎮に進駐。 五月三日、長尾光直は沖縄首里の北東にある浦添市前田で戦死。 八月二二、二三日、第七独立警備隊は保定市清苑県北大冉村で中国共産党軍と激闘。	陸を南北に打通して交通線を確保するために、湘桂・粤漢・南部京漢鉄道沿線の要所を攻撃する。北支那方面軍の第一二軍（第三七・六二・一一〇師団、戦車第三師団、独立混成第七・九旅団、騎兵第四旅団）と第一一軍（独立歩兵第一一旅団）、第一三軍（第六四・六五師団の各四大隊）、第一軍の一部、第五航空軍の一部が動員され、湯恩伯副長官が指揮する重慶国民党中央軍三一集団第一戦区九・一〇軍、総勢三五～四〇万人を攻撃した。開封市北門大街三七号にある河南大学附属中学校で従弟の長尾光直と再会。長尾は第六二師団独立歩兵第一四大隊に所属。 六月、京漢作戦終了後に河南省開封市に集結。独立歩兵第一三大隊は鄭州市と開封市の治安警備を任ぜられた。 七月二四日、第六二師団は台湾軍司令隷下の第三二軍戦闘序列編入され、沖縄転進のために開封市に集結し改編される。泰次郎たち古年兵は内モンゴル自治区フフホトに大隊本部のあった第一二野戦補充隊に転属になった。九月に本部の命令下、彼の中隊は保定に移動し周辺地域の警備を任務とした。 八月一日、泰次郎は軍曹に昇進。 八月一六日、第六二師団は江蘇省呉淞港から対馬丸で沖縄に輸送される。八月一九日、那覇港に到着し翌日上陸。独立歩兵第一三大隊はこの後、一一月三〇日まで中頭郡宜野湾村大山から伊佐附近で防衛準備。一二月一日に中頭郡宜野湾村嘉数に移動し防衛準備。四五年三月二三日から米軍との戦闘を開始して六月二〇日には摩文仁北方与座附近で全員戦死。大隊総員一、〇六〇名の内、復員できたのはわずかに九二名。

		一二月、北京郊外にある豊台捕虜収容所に移動。
一九四六年	35	一月末、河北省塘沽港から米軍のＬＳＴ船に乗って佐世保港に帰還。二月、四日市市富田の実家に復員する。 九月、「肉体の悪魔」（「世界文化」第一巻八号）を発表。「黄塵の吹き荒れる太行山脈のなかでの、日本軍の一兵士と、中共軍の一女俘虜との愛と憎しみのせめぎあう恋愛と愛欲をとりあつかった」作品。復員後はじめて、下北沢にいた井上友一郎の下宿に配給米を入れたリュックを背負って上京したとき、新橋駅前の「凡十」という酒場で、「世界文化」の水島治男編集長と逢ったのが発表のきっかけとなった。「張り切って百枚ほどの枚数を、約十日間で書きあげた」。 一〇月、「渇く日日」（「饗宴」四号）を発表。
一九四七年	36	三月、「沖縄に死す」（「風雪」第一巻三号）「肉体の門」（「群像」第二巻三号）を発表。 四月、「春婦伝」（「日本小説」創刊号）はＧＨＱの検閲によって削除。削除の理由は「韓国人への批判」があげられた。『肉体の悪魔』（実業之日本社）を刊行。 五月、『肉体の門』（風雪社）、『春婦伝』（銀座出版社）を刊行。

附記　青木正美氏によれば、泰次郎が従軍生活を記録した『山の兵隊――十五年冬より春へ』というノートには「戦場での生活の中では、いつも考へて行動するなどといふことはゆるされない。まづ行動があるのだ。自分の行動が倫理上でどういふ意味になるのか、何もわからない」という内省的な記述があるという（『古本商売蒐集三十年』、一九八四年七月、日本古書通信社、四一三～四一四頁）。これは中国大陸に出征した直後の日記であると推定され、泰次郎はさらに「私はヒユウマニズムといふことは何だらうかと思つた」とし、「誰が我々を何と見ようとも、我々は闘はねばならないのだ。ここでの、この瞬間のことは、ここでのこの瞬間に、生死の中にゐる我々戦友だけの知つてゐることで、見たことで、行つたことで、そのほかの誰も知らないのだ」と記している。自分が平時に抱いていたモラルが戦場の生活では通用しないこと

に「私はいままでの自分からのがれられないのを、どうしてものがれなければならないのだ。敵と闘ふことと、同時に、私は自分とも闘はねばならない。自分を殺すこと、これが必要だ」と痛感させられている。「肉体の悪魔」のなかで「私」が張沢民に「戦争そのものを否定する一つの原型的な人間像」を投影したのは、たとえ敵弾が自分の身体をかすめる危険におかれていても、泰次郎が「ヒユウマニズム」に対する信頼を失わないように苦心していたことに符合する。

1　はじめに

「肉体の悪魔」（「世界文化」第一巻八号、一九四六年九月）は「黄塵の吹き荒れる太行山脈のなかでの、日本軍の一兵士と、中共軍の一女俘虜との愛と憎しみのせめぎあう恋愛と愛欲をとりあつかつた」小説で、田村泰次郎にとっては「長い戦場生活での辛酸や、夢が、もつともなまなましく出てゐる」感慨深い作品であった。

　高い青い空、峨々とした標高三千メートルの黄土の波、その波の底にある白壁の部落、陽にきらめく棗の葉、漳河の清い流れ、そこに住む住民たち、――太行山脈の風物は、私にとつて、心の故郷である。(1)

山西省に訪れたことのある者ならだれでも、華北平野と黄土高原の間を北東から南西へ四〇〇キロメートルに伸び一、五〇〇～二、〇〇〇メートルの平均標高に二、八八二メートルの最高峰を持つ太行山脈、そして標高八〇〇～一、七三九メートルのところに高低差一、〇〇〇メートルにおよぶ黄土の岩壁が断層を形成する太行大峡谷の宏大な景観を忘れることができない。白泥で壁を塗り固めた四合院の村には落葉高木の棗が植えられ、夏には黄緑色の花を咲かせ、秋には暗赤褐色の実をつける。太行山脈の東南に発源する漳河《ジャンホー》は、上流の大部分が標高一キロの高さを流れ、一八、二〇〇平方キロの流域面積を持つ。その地で一兵士として生死を賭けた戦闘に関わった泰次郎には、太行山脈をめぐる風景が強く記憶にとどまっていたはずである。

無事郷里に復員してから「一日も早く、東京へ出た」かった泰次郎は、四日市で落ち着く暇もなく、配給米をリュックにつめて上京した。出征前に自分が借りていた下北沢の家にいた井上友一郎の許を訪れ、最初の一日は井上に連れられて焼け跡の東京の街を見学し、「廃墟という言葉のぴったりとあてはまる様相」に驚かされる。このときは約一週間しか東京に滞在できなかったのだが、新橋駅前の居酒屋「凡十」で雑誌「文芸」の水島治男編集長に会って原稿の依頼を受けた。四日市に帰った後ただちに「母の間借り先である、うす暗い六畳の部屋の湿った夕タミの上」や「焼けずにすんだ兄の工場のすすけた片隅」で原稿を書き進め、「張りきって百枚ほどの枚数を、約十日間で書きあげたもの」が「肉体の悪魔」として「文芸」に発表された。「戦地から帰った直後」は「いま思いかえしてみても、あれが実際に自分であったのかと思えるほど、書くということに、苦痛を自覚しなかった」と後年になって回想しているが[2]、その一方で当時の実感として「七年近くもペンを持つ生活からひきはなされてゐた」ために、戦場で自分がどのような生き方をしてきたかを表現しようとすると「ほとんど完全な失語症患者」になってしまっていた。自分の焦燥感が「出口をふさがれた炎のように渦巻」くだけで、「戦場の実相」はそこで生きた兵士以外の人間には到底伝えられないという「諦めと絶望感」におちいっていたという[3]。

だが「肉体の悪魔」は青野季吉によって評価され、日本ペンクラブ編『現代日本文学選集』第二巻(一九四九年一一月、細川書店)に採録された。正宗白鳥「戦災者の悲しみ」、久米正雄「虎」、広津和郎「訓練されたる人情」、室生犀星「あにいもうと」、尾崎一雄「虫のいろいろ」などにならぶ戦後の名作として位置づけられたのである。また横光利一も「肉体の悪魔」を「夏目漱石賞」の候補作として推薦しようと考えていた。「夏目漱石賞」は漱石没後三〇年と漱石全集の刊行記念として桜菊書院によって一九四六年に創設され、第一回は渡辺伍郎「ノバルサの果樹園」、西川満「会真記」、春日迪彦「フライブルグの宿」、森川譲「ホロゴン」が受賞している。しかし第二回の選考途中で賞自体が消滅してしまい、泰次郎がこれを受賞することはなかったのだが、「肉体の悪魔」の成功によって文芸誌からの原稿依頼が次々に舞い込むようになる。

2　晋冀豫辺区粛正作戦（C号作戦）

「肉体の悪魔」は「君をはじめて私が見たのは、太行山脈のなかの、漳河に沿うた或る部落の、夏の或る日の赤い夕映えのなかだつた」という印象的な場面からはじまる。この「赤」は夕映えの色のみならず、戦場で流されたおびただしい鮮血や、主人公の女性が忠誠を誓った中国共産党の色、そして敵味方をこえて愛し合った人間たちの情熱を表現する色でもある。作品の冒頭場面は「明日はいよいよ河南の平野に降るといふ日の黄昏」どきに「宿営のためにはいつた部落」で、「私」は「先着の者たちが『おい、女の俘虜がゐるといふぜ』と騒いでゐる」のを聞く。早速仲間たちと見にゆくと、「ある家の中庭に多勢の俘虜たち」が休んでいるのを眼にする。「その隅の方の柘榴の実の見事に生つている枝かげ」に、「八路軍の萌黄色の軍服」を身に付けていたのですぐには判別できなかったが「断髪が帽子のうしろから垂れているのでそれとわかる娘たち」が「五名ほど腰を降していた」という。

みんな汗と黄土の埃とでまだらになつた顔をしてゐたが、そのなかに一人、よく光る大きな眼をし、彫り

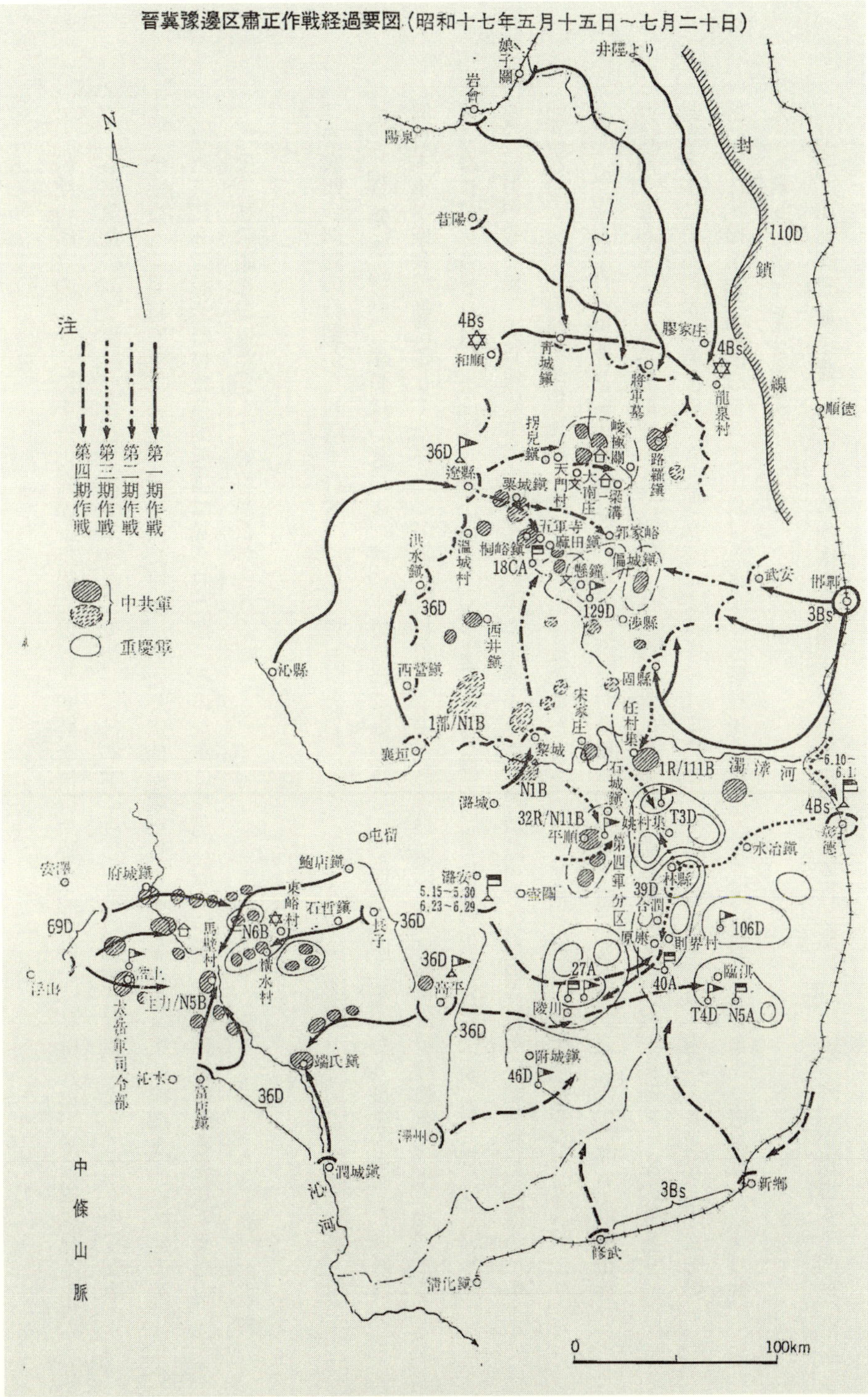

晋冀豫辺区粛正作戦経過要図

の深い顔立の、そして十分に発達した陽に焼けた四肢を持つた娘がゐるのを、私は見た。その娘は見るからに気位の高さうなつんとした顔つきをしてゐて、日本軍に対して骨の髄から憎悪に燃えてゐるやうな冷やかさを全身に見せてゐた。その娘だけが、あまりに他の娘たちと駆け離れた反抗的態度を、——他の娘たちにもそれぞれに反抗的態度は見られたが、そのなかに特別に眼立つて、さういふ態度を見せてゐたので、私の眼をひいた、——それが君だつたのだ。

泰次郎の部隊の行動から判断すれば、「君をはじめて私が見た」という「或る部落」とは山西省長治市平順《ピンシュン》県石城鎮《シィエシーチョンジェン》を指し、「明日はいよいよ河南の平野に降るという日」とは一九四二年六月九日を指す。石城鎮は旧日本軍が作戦行動に際してたびたび宿営した村で、このとき各兵団は一〇日から作戦行動をはじめた。このような作品の背景には一九四二年夏の旧日本軍による晋冀豫辺区粛正作戦がある。山西省《シャンシィション》（晋）と河北省《ホベイション》（冀）、河南省《ホナンション》（豫）の省境附近の山岳地帯には、朱徳司令と彭徳懐副司令に指揮された中国共産党軍第一八集団約六〇、〇〇〇名が革命根拠地を設けていた。そのなかでも劉伯承《リューブォチェン》司令と鄧小平《ドンショーピン》政務委員の太行軍区や薄一波《ブォーイーブォ》司令の太岳軍区（沁河中流河畔地域）などが含まれる総兵力三二、〇〇〇名の一二九師は河北省邯鄲《ハエンダン》市渉《シェ》県に拠点をおき、士気を高めていた。軍民一体となった「遊撃隊」が各地でゲリラ戦を展開し、中国共産党は封建地主による収奪にあえいできた農民層に支持を拡げていた。それに対して旧日本軍は、共産党工作員を標的にした「掃蕩《そうとう》戦」ではなく、工作員はもとより一般村民を含めて村ごと抹殺してしまう「燼滅《じんめつ》戦」に切り替えて「剿共《そうきょう》作戦」を強化した。

他方、山西省晋城《ジンチョン》市《シ》陵川県《リンチュエンシィエ》から河南省林州《リンジィエ》市林《リン》県に至る南部太行山脈には、蒋介《ジィアンジエ》石《シ》が指導する国民党臨時政府の重慶軍が華北地方唯一の国民党拠点として精鋭部隊を配備していた。中央軍第二七軍（劉進）と第四〇軍（龐炳勛）、新編第五軍（孫殿英）が勢力の温存に努め、共産党軍と地盤の獲得を争っていた。山西省の地方軍閥閻錫山《イエンシシイエン》は、重慶軍第二戦区司令長官（地方軍二四個師団、約六〇、〇〇〇名）を務めていたが、自分の山西軍を温存させるために、「対伯工作」と日本側から呼ばれた秘密交渉を旧日本軍の現地首脳との間でおこなっていた。

　このような情勢のもとで北支那方面軍第一軍は一九四二年四月一六日に晋冀豫《ジンジィユイ》辺区粛正作戦（C号作戦）計画の大綱を示達した。五月一五日から七月二〇日まで予定された作戦は全体が三期に分かれ、第一期は山西省晋城市の沁河《チンホォ》畔、第二期は河北省邯鄲市渉県の北、第三期は渉県の南に進出して中国共産党軍を撃破することが計画された。中国側は第一、二期を太行太岳夏季反掃蕩作戦と呼び、第三期を冀魯豫《チャルゥユイ》区夏季攻勢作戦と呼んだ。五月二五日には左権中国共産党軍副参謀長が山西省遼県と河北省渉県との交界にある十字嶺で戦死する。名参謀の死を悼んで遼県は左権県と名前があらためられた。泰次郎が配属されていた独立混成第四旅団は五月一八日に山西省晋中市和順《ホション》県から東に向かって進出し、渉県北側の封鎖線を構成して一二九師を包囲した。そして一部の部隊を南下させ南東から一二九師を包囲させると同時に、河南省安陽《アンヤアン》市（彰徳）に達した主力部隊は山西省長治市平順県の東、河南省林州市との省境附近にいた重慶国民党中央軍第四〇軍に対して攻撃を加えた。旅団としての全体の攻撃目標は当初一二九師に定められていたが、急遽、重慶国民党中央軍第四〇軍に変更されたのは、旅団に「樹功の機を与える含みがあった」とされる。(4) そもそも独立混成旅団は専ら「守備任務ニ任スル」（編制ニ関スル軍令）ための編制で、司令部と独立歩兵大隊五（定員八一〇名）、砲兵隊（六二〇名）、工兵隊（一七六名）、通信隊（一七五名）からなる五、〇四八名の〝小型〟師団であった。作品のなかにある「河南の平野に降りると、こんどは私たちは中央軍と戦はねばらなかつた」という表現は、右のような軍内部の事情があった。

林県附近の暫編三師との戦闘もひどかつたが、それよりも、林県から二十四集団軍司令部のあつた合澗鎮にはいるまでの何とも形容を絶したやうな凄い死闘の一夜、——そこで私自身も、左の向脛に迫撃砲弾の破片を受けたのであるが、——日本軍の数知れぬ負傷者が足の踏み場もないほど路上に並べられて、いづれも苦痛にたへきれず打ち呻いてゐたあの夜明けの合澗鎮の大通り、——ああ、私はあの凄惨な場面をどうして忘れられよう、——恰度そのとき、行李が到着して、糧秣が分けられるといふので、傷ついた兵隊たちの間を縫いながら、行李のある場所を探して駆けまはつてゐた私は、またばつたりと君たちの一隊とぶつかつた。私はそれが君たちだとわかると、すぐと君の姿をそのなかに求めた。

「樹功の機を与える」ための作戦の結果、泰次郎たちは「何とも形容を絶したやうな凄い死闘の一夜」を迎え、「数知れぬ負傷者が足の踏み場もないほど路上に並べられて、いづれも苦痛にたへきれず打ち呻いてゐた」という光景を目の当たりにした。泰次郎の部隊が実際にどのように進攻したのかを調べてみると、「私」が右のように語っているのと同じコースをたどっており、泰次郎と「私」は基本的に同じ光景を目撃していたことが分かる。「私自身も、左の向脛に迫撃砲弾の破片を受けた」とあるように、泰次郎もこのときの戦闘で左足の向脛に砲弾を受け、晩年に至るまで皮膚がえぐれた痕が残っていた。林州市県城から合澗鎮までの約一三キロの省道には「数知れぬ負傷者が足の踏み場もないほど路上に並べられて、いずれも苦痛にたへきれず打ち呻いてゐた」という光景が展開し、それを目の当たりにした「私」は「あの凄惨な場面をどうして忘れられよう」

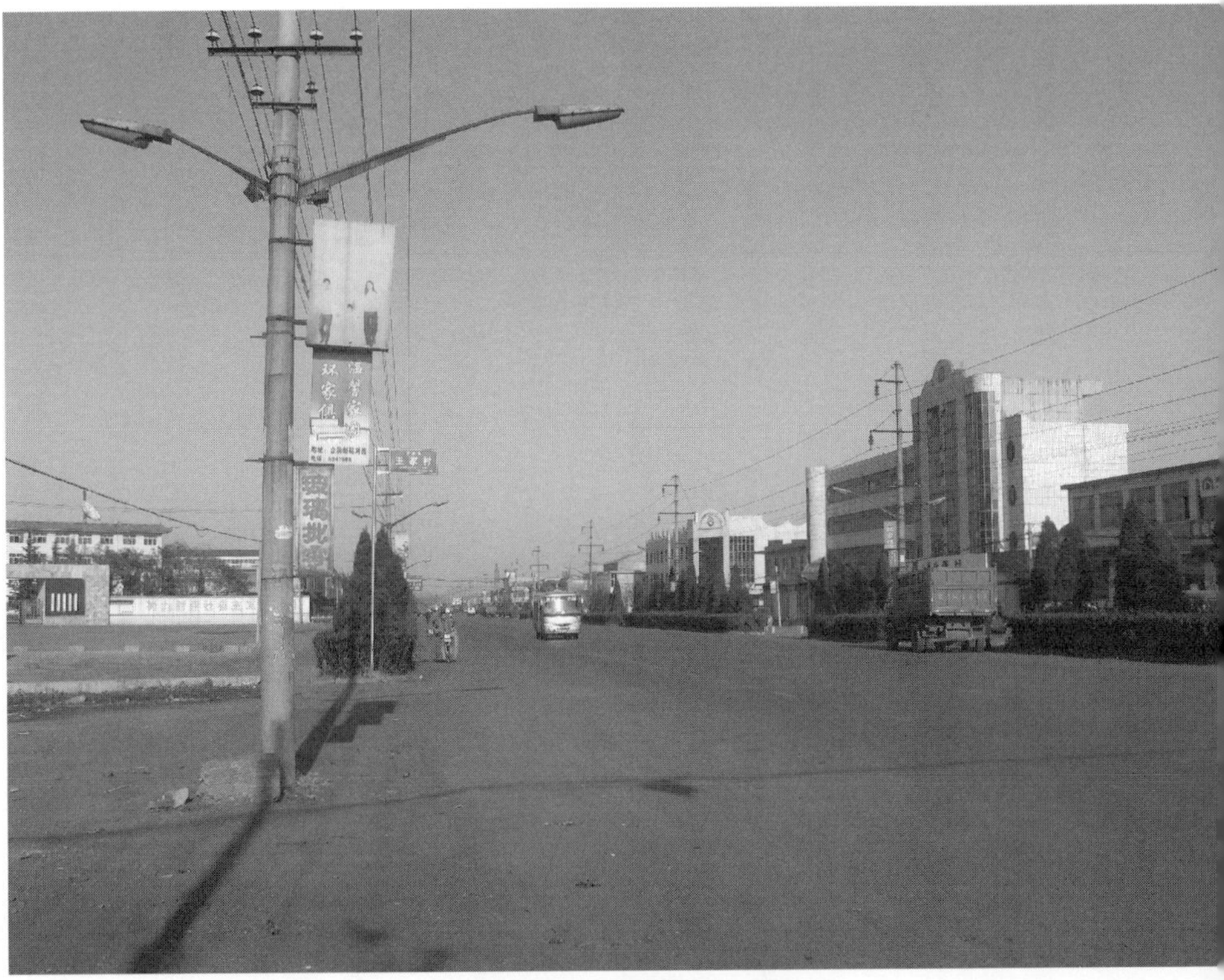

林州市県城から合澗鎮に至る省道

というほどの絶望にとらわれた。ちょうどそのとき行李が到着して糧秣が分けられるというので、「傷ついた兵隊」たちの間を縫いながらそれを探し回っていると、「またばつたりと君たちの一隊」とぶつかった。

君たちの仲間のなかに、君はゐた、――わづか数日の間に君の身に着けてゐる服は一層よごれ、君の眼のつめたい光は一層鋭くなつてゐた。路上いつぱいに横たはつて呻いてゐるおびただしい日本軍の負傷者、血と黄土とで練り固められたその軍衣、あたりに立ちこめてゐるむつとするやうな生臭い血の匂い、――それらを眺める君の眼の光や、そのすこし分厚い唇のあたりには、意識的な皮肉なつめたさが漂つてゐるやうに思へた。

「私」はすぐに彼女を発見するが、「わずか数日の間」に彼女の服は「一層よごれ」、「眼のつめたい光」は「一層鋭くなつて」いた。そして路上に横たわって呻いているおびただしい数の負傷者や、彼らの「血と黄土とで練り固められた」軍衣、辺りに立ちこめている「生臭い血の匂い」のなかで、彼女の「意識的な皮肉なつめたさ」が「眼の光」や「すこし分厚い唇」に漂わせているように感じられたのである。

けれども、そのときふと私はこんなことを考へた。本当は君は何も考へずに、むしろあまりの凄惨な場面にぼんやり気抜けがしてたたずんでゐるのかも知れない。君の中につめたさの存在することを想像するのは、実は私自身の勝手な期待であり、君を一つの理想的な人格に考へることによつて、私は自分の内部のどこかにある、戦争そのものの根元的な罪悪に対する人間らしい否定を、外部に具体化して、私自身とむかひあはせてみたいのではないだらうか、長い月日、私は戦場で兵隊をして生きながらも、――いや、兵隊として生きて来たがために、戦争そのものを否定する一つの原型的な人間像を空想し、それを渇ゑ求めてゐたことは事実である。さういふ架空の、けれどもさうあらねばならぬと信じられる人格、実際に自分の内部にあつて戦争といふ現実を生きてゐる行動人とを、仮借なく対決させてみたい慾望に、私は憑かれてゐた。それが、その前夜の戦闘で、私自身からうじて生き抜けたとはいえ、多くの仲間の生命が一夜のうちに消えてしまつたことの衝撃が生々しいときだけに、よけいにさう思へたのかも知れないが、――君の眼の光や唇のあたりに見えたと思はれる皮肉なつめたさは、本当は君自身の内部のものではなくて、ひよつとすると、さういふ私自身の内部の投影を、私はそこに見たのかも知れなかつた。

彼女は「あまりの凄惨な場面」に直面して、ただ「ぼんやり気抜けがしてたたずんで」いただけなのかもしれなかったが、「私」は「あの凄惨な場面をどうして忘れられよう」というほどの絶望にとらわれていたために、「自分の内部のどこかにある、戦争そのものの根元的な罪悪に対する人間らしい否定を、外部に具体化して、私自身にむかひあはせてみたい」と思うようになっていた。「戦争そのものを否定する一つの原型的な人間像」を彼女に投影したのは、「実際に自分の内部にあつて戦争といふ現実を生きてゐる行動人」とを「仮借なく対決させてみたい慾望」にとらわれたからで、彼女の「眼の光や唇のあたりに」見られた「皮肉なつめたさ」は、「私自身の内部の投影」であったかもしれなかった。

だが「皮肉なつめたさ」は一体だれのものであったのかは、さらなる激戦のなかで判明することになる。泰次郎の部隊は林州市の県城および姚村《イアオツウン》鎮の国民党中央軍を各個撃破することはできたが、寨底《ジャイディ》鎮（県城北西

太行大峡谷

約一二キロ）附近の天嶮を利用した複郭陣地による暫編三師の頑強な抵抗に遭遇した。そして「私たち兵隊が後に『地獄谷』と名づけてよんだ」という「南部太行硤底附近の苦境」は「三百メートルもある真直な絶壁で両側を囲まれた谿間で、逆に優勢な敵に包囲せられた」のであった。現在は太行大峡谷と呼ばれて観光名所にもなっている「南部太行硤底」は、河南省西北部にある南北五〇キロ、東西四キロにおよぶ大峡谷である。標高八〇〇～一、七三九メートルのところにある高低差一キロをこえる渓谷には、断崖が崛起して群峰がならび、飛瀑が四カ所に見られる。そのような場所で泰次郎の部隊は逆に包囲されてしまったのである。

夜となく昼となく、懸崖より射ち降す砲弾と手榴弾とに曝されて、白味を帯びた肉片とどす黒い血に塗りつぶされた岩と岩との間の死角に蛙のやうに身をへばりつけて、食糧の補給を絶たれた私たちは飢ゑと死の恐怖に打ちひしがれながら、そこで三日間を過ごした。またおびただしい死傷者が出た。敵の攻撃の合間を狙つては私たちはそこらの磧に散らばつてゐる死んだ仲間の屍体をかき集め、岩かげの水気のある石ころの多い砂地を円匙で掘つて、彼等を埋めてゐた。将軍も、参謀も、もうどうしていゝのかわからないかのやうに、呆然とそれを見てゐるだけだつた。さういふ私たちを眼がけて、狙撃弾がぴしつと来て、岩に当つて高い音を立てるのだ。

昼夜を問わず懸崖から砲弾と手榴弾が浴びせられる。兵士たちは「白味を帯びた肉片とどす黒い血に塗りつぶされた岩と岩との間の死角」に「蛙」のように身体をへばりつかせ攻撃に耐えた。食糧の補給も絶たれて「飢えと死の恐怖」に打ちひしがれながら三日間を渓谷で過ごした。さらに死傷者が増え、「私たち」は敵の攻撃の合間を狙って「そこらの礒に散らばつてゐる死んだ仲間の屍体」をかき集め、「岩かげの水気のある石ころの多い砂地」を「円匙」で掘って埋葬した。旅団に「樹功の機を与える」ための作戦の結果、「将軍」も「参謀」も呆然自失するような絶体絶命の窮地に追い込まれたのであった。

戦場の凄まじい光景を目の前にして岩間に身を潜めている「私たち」を眼がけて、さらに狙撃弾が飛んでくる。「私」は狙撃弾が弾着する高い音を聞きながら、騒がれる前に俘虜を殺してしまった方がよいという話し声を耳にすると、とっさに「敵眼に曝露してゐる三十米ほどの蹟を走つて」張沢民たちが息を潜めて隠れている場所に向かった。「はるかな懸崖を掠めてさし込んで来る、ぎらぎらした真昼の陽射しが、この飢ゑと、死と、血糊とでこねまさわれたむごたらしい谿間を照らしてゐた」という戦前の新感覚派に特徴的な擬人法を使って、このとき「私」の眼にした光景が即物的に描写されている。俘虜たちのなかには「流弾で新しい血にまみれている者や、戦傷が化膿して蠅をたからせて呻いている者もいたが、「私」の姿を見ると「口々にかぼそい声」で飢えを訴えた。「私」は素早く張沢民の居場所を見つけると、飛瀑に濡れた雑嚢から乾パンを一握りつかんで彼女のいる辺りに投じた。俘虜たちは争ってそれを口にしたが、張沢民だけは手を伸ばそうとせずに、そのような仲間を「じつとつめたい眼」で見ているだけだった。「直接君に与えることは、私には照れくさかつたので、君の拾つてくれることを期待して」乾パンを投じた「私」は、自分の思惑が受け入れられなかった「恥かしさと、憎らしさで、さつと顔の赤らむ」のを感じ、それと同時に「君の眼が軽蔑と敵意とで、妖しくかがやいている」のを目撃する。

そのとき、私は見た、——君の眼を、——君の眼が軽蔑と敵意とで、妖しくかがやいてゐるのを。そして、私ははつきりと知つた。長い戦場の生活を通して、私が求めてゐるものが、そこにあり、私がこれまで何故に君に惹かれてゐたかといふ、そのまぎれのない理由を。
その瞬間、私は自分の全身に、それはまるで何か運命のやうな厳粛な衝撃を覚えた。それは戦慄といつてもいい。私はぼんやりと立つてゐた。胸がかあつと熱くなつて、眼には涙さへたまつた。けれども、すぐと私は、こんな自分の考へ方が単にひとりよがりの甘い空想に過ぎなくて、すくなくも、いまの君と私との間にはいくつかの絶望的な客観的条件が存在してゐることに気づいた。

「軽蔑と敵意」によって「妖しくかがやゐて」いる張沢民の眼のなかには「長い戦場の生活を通して、私が求めてゐるもの」が存していたという。もはや彼女こそ「戦争そのものを否定する一つの原型的な人間像」を体現していることは疑いを容れない。俘虜として生殺与奪の権を奪っておきながら乾パンを振る舞って生命を案じていることを示そうとした「私」の行為は、アジアの解放を謳いながら侵略支配をおこなったにすぎない旧日本軍のジレンマにも通じ、「軽蔑と敵意」によって「妖しくかがやゐて」いる張沢民の眼は、身体は拘束されているが精神は決して売り渡さない〈抵抗する主体〉の位置から、それらの虚偽を一気に告発するものであった。

3　死地からの脱出と集団屠殺（虐殺）

張沢民に「何か運命のやうな厳粛な衝撃」を覚えたものの、「私」はすぐに彼女と自分との間に「いくつかの絶望的な客観的条件」が存在していることに気づく。その第一は、自分たちがおかれた今の場所である。「昨日も、一昨日も、夜が来ると、私たちの決死隊は断崖をよじ登つて、要点を占領するために攻撃を敢行した」のだが、いずれも「失敗にをはつてゐるやうな現在の環境」では、とても「無事に血路をひらいて脱出することと」ができるとは思われない。第二に、かりに「この死地を奇蹟的に脱れ得た」としても「私」は「軍規といふ不自由な規則で縛られてゐる下級の兵隊」のひとりにすぎない。将校とはちがって「人間であるといふ最小限度のどんな行動の自由もない」兵士の身分である自分には、彼女と交際ができる自由があるとは思われない。第三に、これが最も決定的な条件と思われる「君が中国人、私が日本人」ということである。私たちは単に民族のちがいということでは片づけられない、少なくとも中国人の方では「死んでも妥協することを承知しない」ような「宿命的な関係」におかれていた。

日本軍が中国でやつたことを知つてゐて、その表情にごまかされずに、中国人の心の底をみつめやうとする者にとつては、この諦観は極めて常識的のことではあつたが。中国の女性が日本人を愛するといふことが、低俗な映画や小説の世界では安易にくりひろげられるとしても、現実ではそんなもののヒントになるやうな事実のかけらさへも落ちてはゐないにちがひない。中国の四億の人間のうちの果たして幾人の女が、かつて日本の男を愛したらうかとさへいへるかも知れない。殊に、私たちの場合、君は中国の共産党員であり、——君を一眼見たとき、すでに私にはさう信じられた、——私は、君たちの憎しみと呪いの対象である「日本鬼子」の一人ではないか。ところが、これらの絶望的条件は、私の君に対する熱情を弱めるどころか、絶望であればあるほど、かへつてその絶望は一層私自身の執着を狂ほしいものにするのみであつた。

旧日本軍が中国でおこなったことを知っている人間が、その表情にごまかされずに中国人の「心の底」をみつめようとすると「諦観」に襲われる。中国の女性が日本人を愛するということが「低俗な映画や小説の世界」なら「安易にくりひろげられる」かもしれないが、現実ではそのようなものの「ヒント」になるような「事実のかけら」さえも落ちていないにちがいない。しかも中国共産党員と確信される張沢民にとって、自分は「憎しみと呪いの対象」である「日本鬼子」の一人である。だがこれらの「絶望的条件」は「熱情」を弱めるどころか、絶望であればあるほど、かえってその絶望は一層「執着」を狂おしいものにしたという。

右にあげられた三つの「絶望的条件」のうち、第一の条件は独立歩兵第一三大隊第一中隊の活躍によって活路が開かれた。中隊長の山本好江大尉は第三期作戦の完了後の七月三一日に軍司令官から感状を授けられた。

右ハ中隊長陸軍大尉山本好江指揮ノ下ニ、昭和十七年六月晋冀豫辺区粛正作戦第三期作戦ニ参加シ、河南省林県西北地区ニ於テ、太行山脈ノ標高二〇〇〇米ニ近キ絶壁上ニ攀登シ、六月十五日払暁、天嶮ヲ恃ミ数線ノ既設陣地ニ拠リ頑強ニ抵抗スル敵ヲ勇猛果敢ニ突進セリ。而シテ同十一時三十分徴候ニ依リ中隊長ハ退却中ノ敵部隊ニ暫編第三師ノ司令部アリト判断シ独断之ヲ捕捉スルニ決シ炎暑ノ下三日間不眠不休ノ中隊ヨリ特ニ将兵二二名ヲ選抜シテ自ラ之ヲ指揮シ途中抵抗スル約三〇〇ノ敵ヲ撃滅シ十六時更ニ敵約五〇〇ヲ短溝西側懸崖南端ニ圧縮セリ

而シテ十八時頃、中隊長ハ、敵師ノ司令部ガ断崖中腹ノ洞窟ニ潜伏シアルヲ探知スルヤ、周到ノ創意ト果敢ナル奮戦トニ依リ、二十時迄、容易ニ投降ヲ肯ンゼザリシ師長劉月亭以下幕僚等十六名ヲ俘虜トシ、敵約二〇〇ヲ捕獲シ、且其ノ他ノ敵約三〇〇ヲ断崖ヨリ墜死セシメ、悉ク之ヲ殲滅セリ

以上ノ行動ハ、中隊長ノ適切ナル機眼ト烈々タル闘志並部下将兵ノ旺盛ナル攻撃精神ヲ以テ積極的ニ任

務ニ邁進セル結果ニシテ、其ノ功抜群ナリ(5)

右の感状によれば山本中隊は「太行山脈ノ標高二〇〇〇米ニ近キ絶壁上ニ攀登」し「天嶮ヲ恃ミ数線ノ既設陣地ニ拠リ頑強ニ抵抗スル敵」に対して「勇猛果敢」に突進した。退却中の敵部隊のなかに「暫編第三師ノ司令部」があると判断して「三日間不眠不休ノ中隊ヨリ特ニ将兵二二名」を選抜し「約三〇〇ノ敵ヲ撃滅」するとともに「敵約五〇〇ヲ短溝西側懸崖南端」に追いつめた。さらに司令部が「断崖中腹ノ洞窟」に潜伏しているのを探知し「師長劉月亭以下幕僚等十六名ヲ俘虜トシ、敵約二〇〇ヲ捕獲シ、且其ノ他ノ敵約三〇〇ヲ断崖ヨリ墜死」させたという。俘虜となった劉月亭《リィユユエティン》は新編第五軍副軍長で、他の俘虜とともにこの後〝偽軍〟（傀儡軍）に参加している。このように勇猛果敢な山本中隊のおかげで泰次郎たちは死地を脱することができたのだが、この作戦終了後に軍首脳は「軍の統帥が武断主義に過ぎ、作戦に膺接する治安工作の努力と民心把握の施策に欠けており、また第一線の実情に即さぬ無理な指揮運用がおこなわれた」と総括している。(6)石田米子氏がすでに指摘しているように、このとき感状を受けた山本中隊長は一般住民を虐殺した行為によって中国側の罪行資料にたびたび登場する人物である。罪行資料には、山本隊長が身の毛のよだつような殺害方法によって一般住民を虐殺したことが記録されており、泰次郎も「裸女のいる隊列」（別冊「文藝春秋」四二号、一九五四年一〇月）などの作品でその一部を描き出している。(7)第四期作戦は七月二〇日まで続けられ、泰次郎の部隊は六月末頃から原駐地に帰還しはじめているが、実は張沢民にとって大いに関係があるような「集団屠殺（虐殺）」が発生したのである。

一九四二年七月二六日と八月はじめの二回、北支那方面軍第一軍の司令部がおかれていた山西省太原市小東門外の競馬場で、新兵の肝を試すために三四〇名の捕虜を生きたまま刺突する訓練が実施された。独立歩兵第一三大隊長の安尾正綱大佐の命令にもとづいて一九四一年度徴集現役兵の第一期教育検閲課目中の「仮標刺突訓練」に、晋冀豫辺区作戦と南部太行作戦で捕虜にした約三四〇名が「実的」として使われたのであった。このとき初年兵集合教育教官として刺突訓練を指揮した少尉は戦後、戦犯として実刑一一年の有罪判決を受けた。太原戦犯管理所に収容されていた間にまとめた本人の口述筆記の文書によれば「旅団長少将津田守彌の一貫した中国人民屠殺の方針『日本から新しく来た将兵には必ず中国人を斬殺あるいは刺突する機会を与えその度胸試しをしなければならぬ』と云う『訓令』にもとづいて「一九四二年七月二十六日の朝、検閲官である大隊長安尾正綱大佐は山本春江《ママ》大尉以下、私をも含めた補助官を集合させ、今回の受験課目仮標刺突は実的即ち中国人捕虜を使用して行うことになつたと伝達した」という。(8) このとき刺突訓練の「実的」にされたのは張沢民と同じようにこの作戦で俘虜になった「約五十名の抗日大学の女学生達」であった。死に際して彼女たちは「憎悪に燃えたまなざしで」日本兵をにらみつけるが、「血だるまになりまだ生きている」彼女たちに対して「兵は狂つたように襲いかか」ったという。大隊長自ら検閲官となって一大行事となった新兵の刺突訓練は、旅団司令部に宣撫班員として勤務していた泰次郎の耳にも届いていたにちがいない。泰次郎は三四〇名の犠牲者を悼みながら非道な暴力に対して憤りを感じ、張沢民に「戦争そのものを否定する一つの原型的な人間像」を投影したと考えられるのである。

4　「剿共指針」の「共産党員識別法」

泰次郎の旅団司令部は、河北省石家庄市と山西省太原市を結ぶ鉄道石太線に沿った炭鉱町の陽泉におかれて

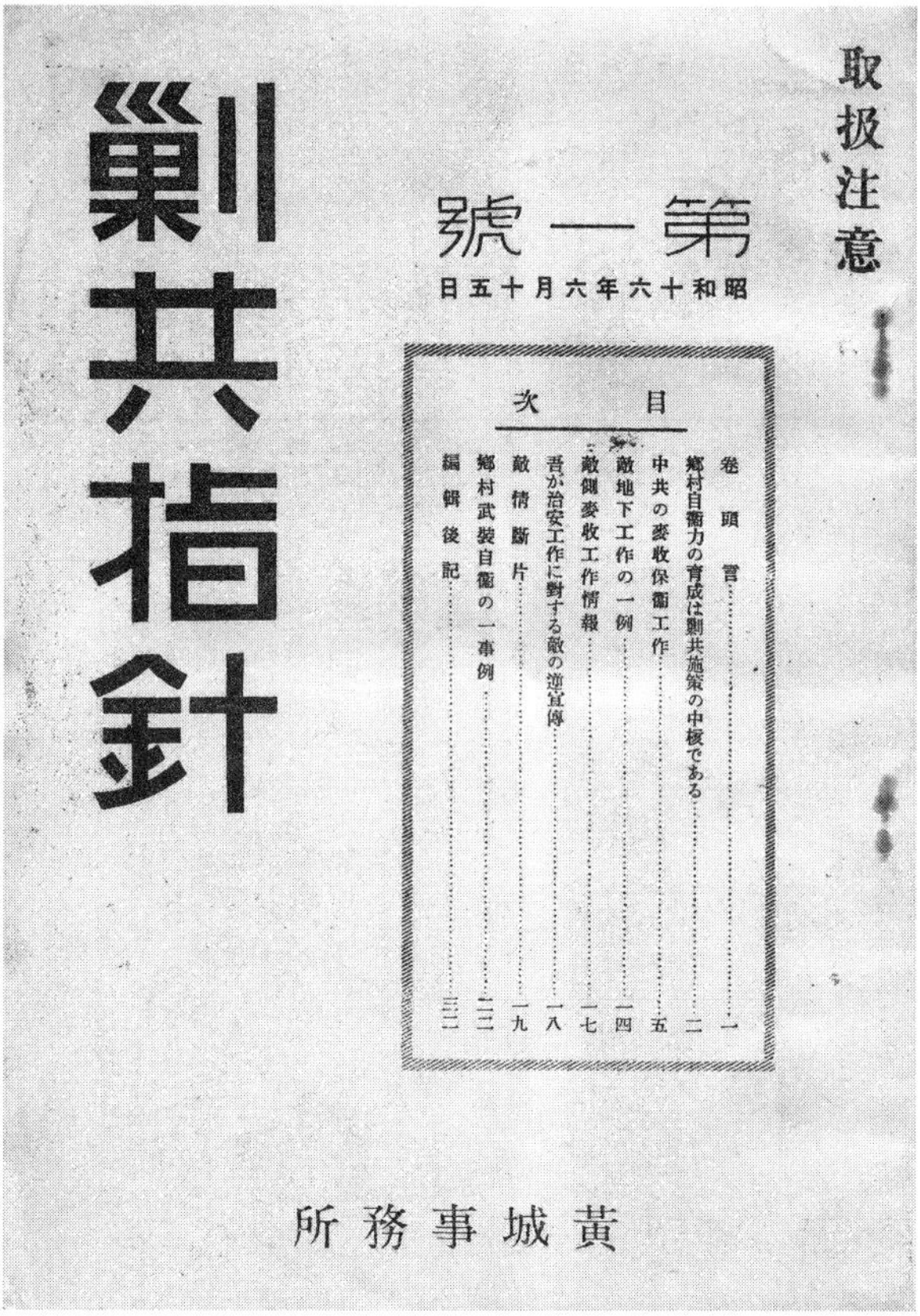

取扱注意

剿共指針

第一號

昭和十六年六月十五日

目次

巻頭言……一
郷村自衛力の育成は剿共施策の中核である……二
中共の麥收保衛工作……五
敵地下工作の一例……一四
敵側麥收工作情報……一七
吾が治安工作に對する敵の逆宣傳……一八
敵情斷片……一九
郷村武装自衛の一事例……二二
編輯後記……二三

黄城事務所

「剿共指針」第１号

いた。駐屯地に帰還すると「高原の町にはすでに秋風が立ちはじめてゐた」という。同じ政治工作班の猿江上等兵は「私」に向かって「おい、この前の女の俘虜たちを、福星劇団でつかへといふんだがね、まるつきり素人ではどうかと思ふんだよ」と相談を持ちかける。「福星劇団」とは「その前の年の春、中共側の太行山劇団第二分団といふ民衆宣伝のための劇団を、前線の部隊が襲つて捕へたのを、編成し直して、その後日本軍の宣伝劇団として活動」させている劇団で、内地にいたとき素人芝居を手がけたことのある猿江が指導を任されていた。猿江をはじめとして班長の小野田中尉は彼女が「八路軍の病院の看護婦」と自称していたことに疑いを持ち、彼女が中国共産党員ではないかと感じていたのだが、「日本軍の体面」にこだわって正体を暴かなくとも彼女を宣伝工作に利用できればそれで構わないと考えていた。彼らの話を聞いた「私」はすぐに、彼らのなかに「日本軍の思いあがつた考え方」、つまり「絶えず私たち兵隊をいためつけて、私たちの自由をしばりつけてゐる日本軍特有のあの救ひ難い頑迷固陋な考へ方」、そして「中国の人々をして腹の中ではみんなそつぽをむかしめてゐる日本軍のあの独善的で傲慢な考え方」を見いだした。しかし張沢民が刺突訓練の「実的」とならずにすんだのは、彼女が軍で働きながらも看護婦であるとともに、実際に殺された「約五十名の抗日大学の女学生達」のような共産党員ではないと自称したためであった。「私は恐れたのだ、——君が日本軍に共産党員であることを告白したときに、日本軍が君をどうするのかを、——また、もしかしたら君自身、日本軍に自分が共産党員であると看破られたと思つたときに、われを忘れて君は君自身をどんな破局にみちびかないでもないといふことについて、私は恐れたのだ」と、「私」は彼女の正体が見破られてしまうと彼女は処刑されるか、自殺するかのどちらかの破局に至ることを心配していた。

張沢民が中国共産党員であることを確信したのは、「私」が「方面軍からでてゐる『剿共《そうきょう》指針』といふ書類のなかにあつた『共産党員識別法』」という文章を覚えていたからである。「女の共産党員の特徴」として「俘虜となつても、気位が高く、男の共産党員よりも反抗的態度が露骨に表面に現れる」という項目があり、それはまさに張沢民の態度に符合するものであった。またそこには「共産党員はどんな烈しい追求を受けても、自分が共産党員であることを自白することはまれである」とも記されていた。なぜなら共産党員であることを自認することは「自分から自分を殺してくれといふに等しい」と信じられていたからである。

ここで「私」が読んでいる「剿共指針」というのは、北支方面軍参謀部第二課の外郭団体ともいえる北支那滅共委員会が発行していた雑誌であった。北支那滅共委員会は支那駐屯憲兵隊総務部長の大野廣一大佐の提案によって一九三八年一一月に発足し、北京市内の「黄城」に設けられたので「黄城事務所」と呼ばれるようになった。黄城事務所は急速に勢力を拡大していた中国共産党に関する調査研究にもとづいて対共施策の提言や宣伝啓蒙などを主要な業務とした。そして「剿共指針」は「八路軍側の各種情報を綜合し、彼等施策工作を考究し、同時に吾芳の対共施策の各種事例を弘報して現地各位の御参考に資する」という目的を掲げて一九四一年六月一五日に創刊された。中国共産党軍が「政治七分軍事三分」の態度で人心を収攬しながら反撃していることを警戒し「郷村自衛力の育成は剿共施策の中核である」という方針を打ち出した。(9)「剿共指針」第四号(一九四一年一〇月一日)には「中国共産党員の鑑別法――俘虜取調べによる体験に基づきて――」が掲載され、中国共産党員という疑いの持たれる俘虜に対する「科学的鑑別」の方法が明らかにされている。「威迫的自白強要」のような「単なる場当り的取調べは非科学的であつて、譬令成功したとしても稀有に属し確実な方法」ではなく、「党員の非党員と異なる特徴、党員気質、入党手続の実際的運用、訊問に依り党員を発見せる実例の科学的分類、入党者の原職、経歴、階級、年齢等に関する統計的研究」にもとづいて取り調べをおこなう必要があるという。

中共党員取調べの終局目的は単に党員非党員を鑑別するだけのものではない。積極的に党員をして共産主義を放棄せしめ、逆に中共党の組織覆滅に協力せしむるにある。取調べに当るものは取調べを通じ、党員をして転向せしめずんば已まずとの熱意と信念とを以て対処せねばならぬ。然らざれば取調べは機械的に堕し、死を賭して思想運動に従事しある中共党員の心を動かすに由なく、華北の思想戦は常に受動的態勢に止まらざるを得ぬ。

右は党員をして党員たるを自白せしむる上にも必要な心構へであつて、真の自白をなさしめんが為には共産主義の誤謬を衷心より自覚し、過去の思想と行動を清算して過去を懺悔する心境に到らしめねばならぬ。故に党員の鑑別上、科学的鑑別法は極めて大切であるが之に於ては取調当事者のみが相手の党員たるを確信するに止るものなれば、党員取調べの要諦は此の確信に基き信念と気魄とを以て相手に迫り、彼をして衷心より転向自白せしむるにあるを忘れてはならぬ。即ち科学的鑑別法は転向的自白を促す一個の手段に過ぎないのである。

取り調べの「終局目的」は、党員に共産主義を「放棄」させ「中共党の組織覆滅」に協力させることにある。取り調べに当たる者は「熱意と信念」をもって対処しなければ、「死を賭して思想運動に従事」している党員の心を動かすことはできない。彼らから「真の自白」を得るためには「共産主義の誤謬を衷心より自覚し、過去の思想と行動を清算して過去を懺悔する心境」に到らせなければならない。「党員取調べの要諦」は相手が党員であるという「確信」にもとづいて、「信念と気魄」をもって相手を「衷心より転向自白」させることにあり、「科学的鑑別法は転向的自白を促す一個の手段に過ぎない」という。「華北の思想戦」を制するために「転向」党員を最大限利用しようとしたのは、治安当局が「思想運動」に対して日本国内で見せていた姿勢に重なる。さらに「遊撃隊中の党員及婦女党員鑑別法」として、つぎのような記述がある。

軍隊の党に属する婦女党員は極めて少ないが、地方党に於ける婦女党員は相当の数に達し枢要の地位にあるものも少くない。婦女党員の数は地区により著しく異り冀中地区に於ては全党員の三〇％に達してゐる。婦女党員は旧習を打破せんとする気風強く、服装、態度、言語、頭髪等に男性を模倣してゐる。婦女党員は虚言を弄する場合多きも、多くは方法幼稚にして且虚栄心に基くこと多きを以て此等を参酌し自白し易き心境に置く工夫が必要である。

「婦女党員は虚言を弄する場合多きも、多くは方法幼稚にして且虚栄心に基くこと多き」という見方は、当時の日本人男性が持っていた女性に対する偏見が反映されているように思われる。「私」が張沢民を前にして「俘虜となつても、気位が高く、男の共産党員よりも反抗的態度が露骨に表面に現れる」という「女の共産党員の特徴」を思い出したのは、実際に「剿共指針」にそのような言葉があったからではなく、「女性」にそのような態度を「私」が期待していたからに他ならない。むしろ一般党員の特徴として「一種の志士的自負心を有し且反抗心熾烈なるを以て、かゝる自負心、反抗心即ち所謂党員気質は必ず日常の挙動態度に現れる」と記されていた。ここにも「私」が張沢民に「戦争そのものを否定する一つの原型的な人間像」を投影しようとしていたことが分かるのである。

5 中原作戦（百号作戦）

ところで張沢民が女優として加わった福星劇団は「その前の年の春、中共側の太行山劇団第二分団といふ民衆宣伝のための劇団を、前線の部隊が襲つて補へた」ものを編成し直した劇団であった。「その前の年の春」とは一九四一年春を指し、五月七日から六月一五日にかけて北支那方面軍が主戦力をもって南部太行、中条山脈に拠点をおいていた衞立煌《ウェイリーホウアン》の重慶軍第一戦区（重慶国民党中央軍一五個師団、地方軍二〇個師団、約一八〇、〇〇〇名）に対して攻撃を加えた。旧日本軍が中原作戦（百号作戦）と呼んだこの作戦は「敵軍に与えた損害は捕虜約三・五万名、遺棄死体約四・二万」を数えたのに比べて「日本軍の損害、戦死六七三名、負傷二、二九二名」という「支那事変を通じても稀に見る」戦果をあげたとされる。[10]「剿共」を第一目標に掲げていた北支那方面軍

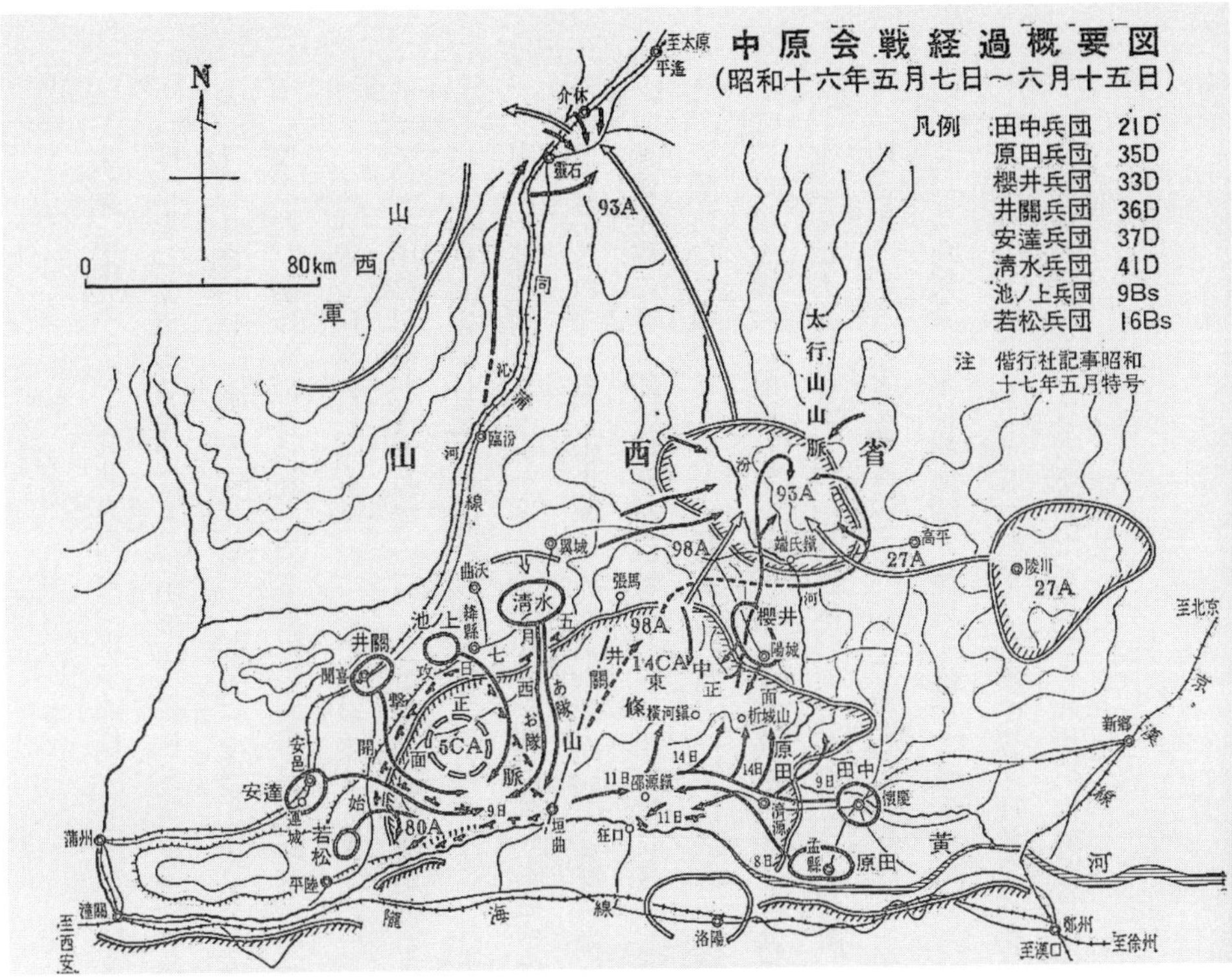

中原会戦経過概要図

が重慶軍を攻撃対象に選んだことについては、「剿共」を優先させようとする参謀部第二課の反対意見があったが、「晋南の重慶軍のため日本軍三コ師団が拘束されているので、まずこれを撃破して行動の自由を得たのち、全力をもって剿共に当たる」とする参謀部第一課の意見が採用されたからだという。(11) 泰次郎の独立混成第四旅団はこの作戦には参加しておらず、周辺地域の警備を担当していた。

中国側はこの戦闘を冀中《ジージョン》区一九四一年春季反掃蕩戦役と呼び、中国共産党軍一二九師は重慶軍が敗退する隙に乗じて河北省林州市から出撃し、山西省晋城市陵川県や沁河上流などそれまで重慶軍が支配していた地域に勢力を伸ばした。このとき一二九師は主に重慶軍と交戦しており、太行山劇団第二分団が捕らわれたのは、戦闘を避けて山中を彷徨していた間のできごとであった。太行山劇団は一九三八年五月七日に朱瑞《ジュルウイ》中国共産党中央北方局員・軍事部長が山西省晋城市晋城県に党組織を結成した際、国民革命軍第一八集団軍第八路軍晋冀豫辺区太行山劇団（略称太行山劇団）を創設したのがはじまりである。男女大小演員二五名の太行山劇団は、趙洛方《ジャオルウオファン》団長、趙迪之《ジャオディージ》政治指導員、阮章競《ルウエンジィアンジン》芸術指導員、王炳炎《ワンビンイエン》生活大隊長によって指導され、劇作家の李伯釗による演出指導を受けながら公演活動をおこなっていた。

三重県立図書館に所蔵されている田村泰次郎文庫には、泰次郎が政治工作班員として「和平劇団」を指導していた頃の日記が遺されている。三重県立図書館司書を務めていた鈴木昌司氏によって翻刻されており、すでに「田村文庫の日記と書簡」（『丹羽文雄と田村泰次郎』、日本図書センター、二〇〇六年一〇月）に紹介されて、その内容の一部を知ることができる。「和平劇団日記」と名づけられた日記は、中原作戦直後の六月二三日から付けはじめられている。泰次郎が旅団司令部直属の宣撫班員に転属になったのは、丹羽文雄が陸軍報道部長の馬淵逸雄中佐に泰次郎の転属を依頼した一九四一年二月一二日の後と推定されるので、それは新しい職務をはじめて間もない頃のことであったと思われる。[12] 北京にあった軍特務機関宣撫班本部は、渡辺登志夫を班長とする第二〇班を陽泉に配置していた。彼らの職務は、華北政務委員会の指導を受けた民間協力団体の新民会や憲兵隊などの協力を得ながら、山西省内の県公署および区公所、村公所の組織を指導することであった。しかし一九四〇年一二月、支配地域の宣撫工作を強化するために北支那方面軍は、それまで県指導員の派遣などをおこなっていた新民会に軍特務機関宣撫班を統合させて再編した。新組織として再出発した新民会は支配地域に総会と弁事処を設けるとともに、民事工作班や従軍政治工作班を組織し、軍民一体となった宣撫工作を展開した。泰次郎の宣撫班も、統合された新民会の政治工作班として活動していた。

政治工作班編成表　昭十六・八・十三

区分階級	氏名	摘要
班長　中尉	勝川正義	
憲兵　軍	小林芳俊	
伍	車谷　薫	
長	浅井信夫	
上	小林一郎	
一	田村泰次郎	
	山中吉美	
	河村義平	
新民会日系	鍋田　博	
先鋒隊長	新井茂平	
新民会華系　通訳	韓春秀	
〃	李讐全	
〃	尚金生	
先鋒隊	李財	
〃	□立明	
〃	張世英	

宣撫工作実施要目一覧図

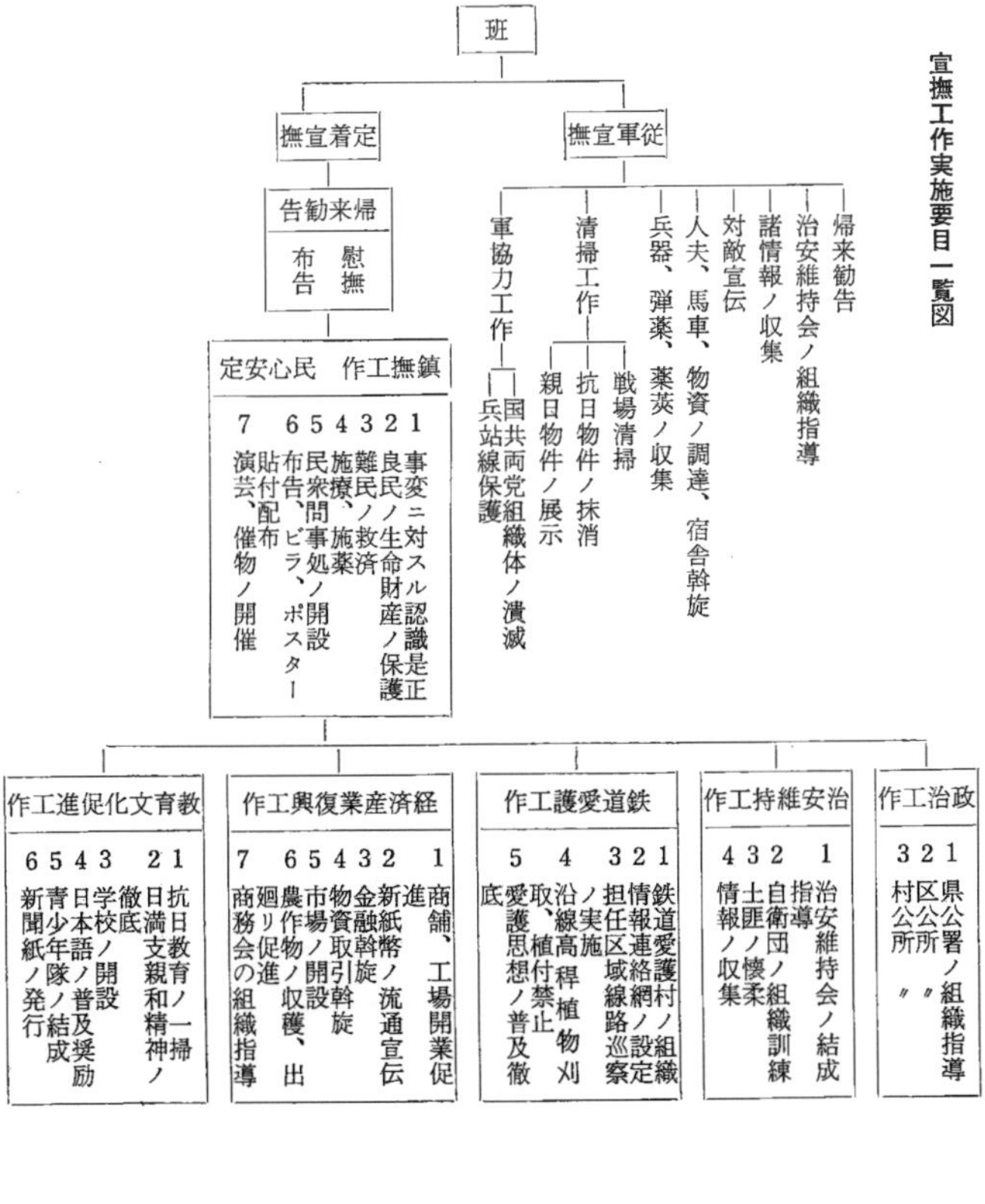

〃　　　　　廉従礼
〃　　　　　張埼
〃　　　　　強世文
〃　　　　　李現和
〃　　　　　王愛享
〃　　　　　高青山
〃　　　　　李華富
〃　　　　　卜培雲
〃　　　　　李吉良
〃　　　　　栄刀云
〃　　　　　趨保秋
〃　　　　　李連書
張復生（中原会戦捕虜）山東人
中央軍陸軍第五集団軍所属第十二師司令部中尉
李九貴　山西軍　伍長
政治工作班
宣伝班兵二

憲兵一
配属兵三
先鋒隊一七
俘虜（逆用）二三　劇団一四　馬夫一三
七二名
馬　一三頭

勝川正義中尉は「肉体の悪魔」の小野田中尉のモデルになった班長である。一九四〇年一〇月に山西省に出征したばかりの泰次郎はこのときまだ一等兵である。当初は中国人の民間団体であることを建前としていた新民会にも日本人が加わるようになり、彼らは〃華系〃に対して〃日系〃と呼ばれた。先鋒隊は中国人で構成され、農村に潜入して民衆獲得の工作をおこなっていた。さらに名簿の最後には、旧日本軍の現地首脳と密約を交わしていた閻錫山《イエンシシイエン》の山西軍からも李九貴《リージィユグウィ》伍長が参加していたことが分かる。

ところで泰次郎の「和平日記」の冒頭には、旅団司令部にいた泰次郎の許に「太行山劇団第二分団の団員十名」が連行されてくるという記述がある。「太行山劇団第二分団の団員十名」は一九四一年五月二三日に山西省晋中《ジィンジョン》市昔陽《シャアン》県巻峪溝《ジュエンユイグォ》村で「警備隊」によって俘虜にされ山西省陽泉市に連行された。王揖唐《ワンイータン》委員長による反共親日の傀儡政権である華北政務委員会は、「警備隊」を省市県レベルで配備し、治安総署（警務局）が統轄するという治安強化策を推進していた。その結果、県知事による直接の指揮下におかれた県警備隊が「剿共に重要な役割」を演じ「その成果は見るべき者があった」という。[13] これは中国側の資料でも「一九四二年五月

和平劇団があった陽泉劇場の跡地にある陽泉市豫劇団の事務所。

の反〝掃討〟作戦において、太行山劇団と八路軍部隊は協力して敵を迎撃したが、戦闘中に何人かの劇団が犠牲になった」と記録されている。[14]「太行山劇団第二分団の団員十名」のうち女性は二名、少年は一名であった。はじめて彼らに面会した日に付けられた泰次郎の日記をつぎに引用してみよう。工作班長の勝川正義少尉は早速彼らに芝居をさせてみて宣伝活動ができるかどうかを試している。陽泉劇場は今も当時の場所にあり、河南省の伝統劇「豫」の劇団事務所が入っている。

六月二十三日、昔陽巻峪溝（昔陽西方四二粁）警備隊で一ケ月前（五月二十三日俘虜）に捕へた敵第三専員公署所属の劇団（太行山劇団第二分団）の団員十名来る。女二名。少年一名。陽泉劇場で、勝川少尉ら一寸芝居させて見る。善木曹長と自分、町へ昼食をたべさせにつれて行く。よく食ふ。麺を四枚食つたのもゐた。あまり汚いので、はじめて見たときはおどろいた。山から山を毎日猿のやうに歩いてゐたとか。芝居は月二、三回、廊のやうなところや、高台で催すらしい。後は日本軍に迫はれたりして、山嶽地を遊動してゐたらしい。食物もひどかつたと。事変以来三年間つづけて来てゐて、総勢三十五名とか、旧劇の大一座なり。夜、軍楽隊の演奏、陽泉クラブであるので、つれて行つて、聞かせる。

泰次郎は昼食で腹をすかせた俘虜たちが「麺を四枚」も食べたことに驚くと同時に、彼らの服装が「あまりに汚いので、はじめて見たときはおどろいた」という感想を率直に記している。彼らによれば、芝居を月に二、三回「廊」のようなところや「高台」で上演した後は、敵に追われて山岳地を「猿」のように「遊動」する生活を送り、食べものもひどかった。「事変」以来三年続いてきた総勢三五名の「旧劇の大一座」であるという。山西省には、北京の京劇よりも長い歴史を持つ「晋劇《ジインジイユ》」という郷土演劇の伝統があった。彼らはそれを上演しながら宣伝啓蒙をおこなう中国共産党軍の劇団であった。

六月二十四日、野戦倉庫へ彼らをつれて行つて、粟、白麺を受領する。戦斗で負傷した少年（左腕の貫通）と足部化膿の青年とをつれ、軍医部で治療を頼む。彼らの軍隊式訓練にはたまげた。十五才の少年も五十才の老頭児も、一様に整列する。

山西省は白麺《バアイミイエン》が主食で、刀削麺《グアオシイアオミイエン》などいろいろな種類の麺がある。警備隊との戦闘で負傷した少年と青年を軍医部に連れてゆき治療を依頼する。彼らは年齢の区別なく整列することには「たまげた」という。

六月二十五日　勝川少尉、精勤教育に通訳をつれて出かけたらしい。支那茶を五十銭買ひ、彼らに与へる。

劇団長の鄭にいつて置いた劇団員の姓名表が出来てゐる。

右にある勝川少尉が鄭　彦根《ジェンイエンゲン》に命令して作成させたという姓名表は、つぎの通りである。

太行山劇団第二分団姓名表（十四名）

職制	姓名	年齢	性別	籍貫	学歴	備考
団長	李浴橙	二〇	男	昔陽県城裡	高級小学校肄業	兼任旧劇指導
隊長	鄭彦根	二三	男	和順県串村	太原私立友仁中学肄業	兼任音楽及歌詠指導
団員	畢世寛	二〇	男	和順県南関	高級小学校肄業	話劇演員
	馬小五	二〇	男	和順県后略村	初小三年	旧型劇演員
	郭慶泰	二一	男	五台県郭家寨	高級小学校肄業	話劇演員吹笛子
	馬来田	一五	男	和順県北関	初級小学校読書	舞踏
	超二元	三〇	男	太谷県東関	読書五年	旧型劇演員
	王沢民	一八	女	和順県西関	高級小学校読書	話劇演員
	南玉英	二〇	女	楡次県東巷村	未曽読書但疎通文字	話劇及旧型劇演員

	張抔礼	四二	男	河北省井陘県南張城	未曽読書	旧型劇音楽打鼓板
	李成合	五八	男	楡次県小越村	未曽読書	旧劇音楽拉胡芦
事務員	笹魁文	三〇	男	昔陽県皋落鎮	読書一年	
火夫	曹月仝	五四	男	和順県東関	未曽読書	
	朱宝玉	三五	男	河北省南楽県朱家村	未曽読書	

6　和平劇団日記

福星劇団のモデルとなった和平劇団の活動に関して、泰次郎は一九四一年六月二三日から九月一三日まで日記を付している。この和平劇団日記（「NOTEBOOX」薄紫・布張、タテ二〇センチ×ヨコ一五センチ、縦書き）は憲兵による検閲を受け「検閲済　陽憲」㊞と押印されている。つぎに和平劇団日記を参考にしながら、泰次郎たちがどのような活動をしたのかを具体的に見てみよう。

六月二十六日、
特ムキ関の軍属の人（もと僧侶とか）、毎日、勝川少尉に頼まれたとかいつて、精勤訓練するらしい。煙草をこつそり持つて行つてやる。
酒賀通訳と行き、彼らをして、それぞれ故郷に手紙をかかせるやうにする。便箋、封筒は、北京の李香蘭君の家から贈られた支那式のもの。彼らの役に立つならば、便箋、封筒も生きるだらう。すこしづつ、自分になついて来る。

和平劇団日記（三重県立図書館所蔵）

六月二十七日、

朝、軍医部へ、治療患者二名をつれて来る途中、街で、玉葱と、芹のやうなもの五十銭買つて与へる。彼らの嚢中一文もないのを考へると、可哀さうで仕方がない。

六月二十八日

今日は本部営庭で戦没将兵の慰霊祭があるので、軍医部へ、治療患者をつれて来るのは午後にする。朝、彼らの宿舎へ行つてそれをいふと、おとなしくうなづく。今日は殊に腕が痛むといふ。この暑気で、化膿が悪化したのだらうか。

自分の顔を見て、すこし笑ひかけるやうになつて来た。うれしい。彼らのためには、自分は一兵士ではあるが、出来るだけのことは、してやりたいと思ふ。

「毛三爺」の脚本を渡す。話劇は不得手だといふのを、下手でもかまはんといつて、やらせることにする。夕方、午後九時頃、彼らのところへ行き、全部つれて、陽泉の街を歩き、河原へ行つて、遊ぶ。まだ明るい。

灯のついた街へ、杏を小夜子と姑娘とに、五十銭山中が与へて、買ひにやる。それを買つて来て、みんなに分ける。杏を食ひながら、黄昏れて行く河原で、歌をうたふ。みんな、本当に楽しげにふるまふ。南、王、両女、抗日歌「黄水謡」、それから「送情郎」をうたふ。

ハーモニカを四個、太原へ頼んであつたのが来たので、与へる。彼らは早速それにとびついて吹きだした。

貧しい俘虜の身の上を案じ、友人の李香蘭（山口淑子）から贈られた便箋や封筒を彼らに渡して故郷に手紙を書かせている。また夕バコや夕マネギ、芹のようなものを与える。「彼らの嚢中一文もないのを考へると、可哀さうで仕方がない」という。泰次郎の誠意は通じはじめ「すこしづつ、自分になついて来る」、「自分の顔を見て、すこし笑ひかけるやうになつて来た」とある。「彼らのためには、自分は一兵士ではあるが、出来るだけのことは、してやりたいと思ふ」と考えている。陽泉は鉱山に囲まれた炭鉱都市で、町の中央を東西に桃《タオ》河《ホオ》が流れ、川沿いに町が発達している。その一隅には日本人向けの歓楽街もあり慰安婦も存在した。黄昏の河原で俘虜たちは「本当に楽しげにふるまゝ」い抗日歌「黄水謡《ホウアンショイヤオ》」を歌う。目の前で俘虜に抗日歌を歌わせるのは寛大すぎるようにも見えるが、泰次郎は彼らの「執拗な民族意識を、自分をかへつて頼もしく思ふ」と感じていた。

六《ママ》月一日

言葉のわからない支那人《ママ》の劇団をつくりあげるのは骨が折れる。けれども、自分は何んな努力をしても、こいつを物にしたい。敵側では総員三十五名から四十名近くゐたらしい。月一回ぐらゐ芝居をして、あと

陽泉市内、特務機関があった場所。今は駅前の商店街。

陽泉市内、日本人の住宅があった場所。再開発でほとんど取り壊された。

陽泉市内、日本人向けの歓楽街があった場所。再開発で取り壊し中。

陽泉小劇場のあった場所。日本の劇も上演された。

は山を移動してゐたといふ、その執拗な民族意識を、自分はかへつて頼もしく思ふ。今日はじめて、拙い支那語《ママ》で、日本人と君たちとは、朋友でなければいかんといふ。
歌の本を買つてやる。
夜、酒賀通訳と一緒に、彼らを河原へ連れて行き、稽古する。雨上がりの河原では、濁流が唸りながら流れてゐる。その石ころだらけのところで、「毛三爺」を稽古する。自分は、何もかも鄭（劇団長）に任せて、いはない。いろいろ、演技の上でもいひたいことがあるけれど、支那人の舞台での習慣、約束もあるだらう、当分何もいはないことにする。演技する彼らは本当に楽しさうだ。いつもの憂鬱さうな顔付も、そのときだけは消え、笑ひ声など高らかにひびく。

右の原文には「六月」とあるが前後の関係から「七月」の誤記と思われる。泰次郎は「骨が折れる」ものの何とか劇団を「物にしたい」と考えている。「月一回ぐらゐ芝居をして、あとは山を移動してゐた」という彼らの「執拗な民族意識を、自分をかへつて頼もしく思ふ」とある。「毛三爺」とは李恕忠が創作した「反共話劇」であった。彼らにとって演技すること自体は楽しいのか、「反共」をテーマにした作品でありながら「いつもの憂鬱さうな顔付も、そのときだけは消え、笑ひ声など高らかにひびく」とある。

七月五日
「和平劇団」といふ名に、きまつたさうだ。将校の人たちが相談して、投票で決めたらしい。ほかに、晋中劇団、「東亜劇団」「滅英劇団」といふ名もあつたさうだ。「和平劇団」といふ名も、すこしぼんやりしてゐるやうに思つてゐたが、それにきまつたとしてみると、案外はつきりしてもゐるやうだ。

七月七日

事変記念日。劇団員の食糧、明日一日で全部なくなるとのこと。支那楽器を商務会から借りて来て、支那劇《ママ》をやる。喧しい音楽だけれど、中国人のこれを好むは想像以上なものあり。沢山の支那人あらはれ、自分は殆ど、片隅に存在を失ひさうであつた。はいつていけない、民族のちから、——さういふものを感じて、寂しくなつてゐた。打ちのめされた気持。けれど、新しい勇気となる事起さう。

「和平劇団」という名前に決められ、名実とも劇団の立ち上げになった。華北政務委員会は盧溝橋事件記念日の七月七日から第二次治安強化運動をはじめ、「保衛華北」をスローガンに掲げて反共意識の浸透を狙った。この日にあわせて和平劇団も中国劇の上演をおこなったが、「沢山の支那人あらはれ、自分は殆ど、片隅に存在を失ひさうであつた」という。泰次郎は彼らに「はいつていけない、民族のちから」を感じて「寂しく」「打ちのめされた気持」ちになってしまう。一見すると協力関係にあるように見えるものの、両者の間には決して埋めることのできない溝があることを痛感させられる体験であった。だがそれにくじけることなく「新しい勇気」を奮い起こし、「捩亜」というペンネームで自分が創作した治安強化脚本「郷土英雄」を上演するために舞台稽古にとりかかる。七月一五日には「今日、稽古中に自分の襦袢のボタンがとれた。それを見て、南はすぐと針と糸とをだしてつけてくれた。この間、自分がやつた針と糸だ。彼女たちは、これで、犬飼一卜兵の画いた劇団の徽章（丸い中に和平とセピア色で抜きだしてある）を、黒く染めた帽子に縫ひつけた」という記述がある。「南」は二〇歳の女性俘虜で、「犬飼一卜兵」は「肉体の悪魔」のなかで猿江上等兵のモデルになった人物である。劇団のメンバーには小説の一場面さながらの心を通わせ合うひとときがあったと思われる。

ところで七月二〇日から三日間、陽泉劇場で和平劇団の第一回公演がおこなわれた。初日は「三時開演の頃は、案ずるまでもなく、満員」になり翌日も入場者は「八百名」を数えた。公演の演目および配役はつぎの通りである。

和平劇団首次大公演目次（裏面　歌詠歌詞）

反共話劇「毛三爺」　李恕忠作

毛三爺—畢世実

毛夫人—王沢民

毛子　—馬来田

毛女　—南玉英

張媽　—趙二元

八路軍正太大隊長—馬小五

副隊長　　　　—鄭彦楨

強化治安世話劇「郷土英雄」捩亜作

陳捩華（自衛団）—畢世実

高—（々）馬小五

劉——（〃）趙二元
朱子桂（村長）鄭彦楨
偽県政府吏員—郭慶泰
敵工作員—南玉英
陳母—王沢民
旧型歌劇「新釘缸」鄭彦楨
張大—趙二元
王員外—曹月全
王翠英—南玉英
八路軍—馬小五
歌詠
我們奮闘在亜洲上
和平反共小調
明朗世界
合力輿東亜
舞曲
航空舞（馬来田）

「毛三爺」で王沢民はヒロイン役を演じており、張沢民のように彼女は人目をひく女性であったことが分かる。そして最終日は独立第四旅団の旅団長片山省太郎中将が観覧に訪れる。

二十二日 今日は片山閣下が見られる。午後七時半開演　閣下は七時四十分から約三十分、恰度「新釘缸」を見られる。今日は兵隊だけが見ることになつてゐたのだが、定刻になると、中国人がどんどん押し寄せ、下士官席にとつて置いた二階の左側から下の方を一杯に占める。定刻すぎ、続々と兵隊来る。すこし暑い夜ではあるが、立錐の余地もない大入満員に、場内はむせて呼吸ぐるしい。今日はまた全員熱演だ。畢は痛いのを我慢して頑張つてゐる。夜はねてから、明朝七時半、平定に出発、そこで演ずるやうにと、勝川少尉殿からいはれる。帰つて寝たのが十二時。

この日ははじめは兵隊だけが観ることになっていたが、中国人が「どんどん押し寄せ」、最後は「立錐の余地もない大入満員に、場内はむせて呼吸ぐるしい」ほどになる。「今日はまた全員熱演」で、俘虜として捕えられた際の戦闘で負傷した畢世実も、左腕の貫通創が痛むのをこらえて舞台に上がった。大好評を博して公演は終了し、演劇による宣伝効果が大きいことを知った旅団は「民衆獲得戦」を制するために、和平劇団に命じて山西省内の村々を巡回公演させることにする。七月とはいえ、高原の町では朝は寒い。装甲列車に乗って移動するときの印象を「朝の間の美しい陽ざしが、貨車の中まではいりこんで来る。昼近くなり、やうやく灼熱となり、峨峨たる山岳地帯を、列車はのぼつて行く。灼けて輝く赤土。岩の肌」（七月二五日）と記している。やがて第二次晋察冀《ジンチャジィ》辺区粛正作戦（一九四一年八月一四日〜一〇月一五日）がはじまって和平劇団も移動し、新たな占領地域で反共劇を上演する。中国側はこれを晋察冀一九四一年秋季反掃蕩戦役と呼び、日本側七〇、〇〇〇余名と中国共産党軍側四〇、〇〇〇名とが戦闘を展開したとする。

八月二一日

鄭と李と呼び、今日から二人で、劇団の責任を持つて貰ふことをいふ。李が団長、鄭が生活隊長。厳正な生活を強ひる。李、新作の旧型劇を書き下す。「花燭の夜」新婚の夜といふのだ。八路軍に掠奪された良民の娘が、婚礼の夜、貞操を守つて、自殺する話らしい。早速、猛練習。盂県城の東関や南関から、音楽をやる者、三名ばかりあつめる。みんな農民だ。山西にはどこに行つても、支那《マ》芝《マ》居をやる者があり、音楽をやる者がゐる。どこの村にも、衣裳や楽器がある。彼らはふだんは百姓をしてゐて、廟の祭りとか、さういふときに、三日間位ぶつつづけに芝居をする。さういふときは、近くの村から、或は五十支里もある村から見に来て、親類縁者をたよつて、そこに泊まりこんで、芝居を見物するのである。食物としては粟やたうもろこしの粉を持つてゐるだけだ。

九月十三日

東関東坡底で、夜演じる。私は、彼ら若者たちが、一度舞台に立つと、まつたく劇中の人となるのをときどき新鮮なおどろきで見ることがある。二元などは、今日老人になり、若い女になり、最後に壮士の頭になつて、青龍刀で大立廻りを見せた。芸の力といふか、私は自分がまつたく「芸」といふものに関係のない人間でないだけに、彼らのさういふ肉体に圧迫を感じる。立廻りのとき、中国人の惨虐を好むのを知つた。山西梆子だから、山西の特徴かも知れない。(燕趙悲歌の士)日本なら掛声のあるところ、支那では口笛を吹くのも初めて知つた。(後略)

八月二一日には劇団員に劇団運営の責任を持ってもらうことを告げている。「山西にはどこに行つても支那芝居をやる者があり、音楽をやる者がゐる」と民衆芸能の浸透ぶりを感嘆している。だが「立廻りのとき、中国人の惨虐を好むのを知つた。山西梆子だから、山西の特徴かも知れない」という感想も率直に記している。「山西《シャンシ》拍子劇《パイズジュイ》」(陝西省から流行した旧劇の一種)とは、拍子木を敲きながら歌の節回しをする趣向を取り入れた伝統的な地芝居の総称で、山西省と陝西《シャンシシェン》省の省境にあった山西・陝西拍子劇に起源を持つ。節回しの感情や音声が高くて激越なところに特徴があり、次第に東や南へと伝えられて山西拍子劇・河北拍子劇・河南拍子劇・山東拍子劇などの地域によってちがう個性を持つ拍子劇に発展した。

和平劇団は巡回公演をつづけるとともに、右のような日課を設定し芝居の稽古もこなしていた。

和平劇団作息時間表(夏季)日課表

1 起床 六
2 早操(散歩或深呼吸) 六・三〇―七
3 発音 七・一〇―七・三〇
4 自習 七・三〇―八
5 早飯 八

6	唱歌	九―一〇
7	上課	一〇―一二
8	午飯	一二
9	午睡	一―三・三〇
10	排演（劇・舞）	三・三〇―六・五〇
11	晩飯	七
12	音楽練習	八―八・四〇
13	練歌	八・四〇―九
14	自習	九―九・五〇
15	睡覚	一〇

朝六時から夜一〇時まで「厳正な生活」が劇団員には強いられた。宣撫官として山西省太原市に派遣され、泰次郎と同じように中国人捕虜一五名を使って「興亜新劇団」を運営していた福田次男氏は、省内巡回公演の途中、泰次郎に出会ったときのことを回想している[15]。盂県の「洞窟」のなかで「酒を酌み交わし」ていると、泰次郎は「うちでも芝居や映画をやるが、気の利いた奴は一人も観に来ないとぼやいた」という。どれほど熱心になろうとも、支配者と被支配者の間には決して埋めることのできない溝があることを痛感させられていたのである。

7　太行山劇団第二分団

省関係の文書資料を収蔵管理している山西省档案館《ダンエングエン》は太原駅の東、衣類一般や日用雑貨などをあつかう卸売業者が軒をならべる太原市朝陽街《チャオイアンジェー》にある。この近くにはレンガで造られた一三層の八角塔がならぶ双《シュアン》塔寺《タース》がある。王春生主任の協力を得ながら档案館査閲室で抗日戦争時代の資料を調べていると、太行山劇団第二分団に関する資料が二点遺されていることが分かった。第一は中国共産党晋冀豫辺区政府の太行第三行政督察専員公署第二弁処による「劇団毎月演出費不足可否在――計算中臨時費内報銷」（一九四一年四月二三日）である。第二は太原の南東、和順県に近い楡社や武郷《ウーシイアン》、襄垣《シイアンユエン》などの地域を管轄していた太行第三行政督察専員公署第二弁処の「第三専署第二弁事処」の用箋を使って記され、「二教弁第三三号」という番号が付された「請示」文書である。これは警備隊に捕らわれて俘虜になる直前の太行山劇団第二分団の状況を知る手がかりとして貴重な資料である。

請示

劇団毎月演出費不足可否在――計算中臨時費内報銷

楊薄戎主任

一、本処太行山第二分団按演出費毎月規定十五元但近三四月價内毎月平均演出七次致毎月十五元的演出費不符開支似此應如何報銷可否在毎月計算中臨時費内報銷開支

二、太行山二分団現在急需購買天幕八丈与汽灯波璃砂罩以及化装需用之油彩可否編造予算購買

希迅速支遵照処理

主任劉亜雄

監印栗　格

校対王徳

右の文書によれば、「太行山第二分団」には毎月一五元の演出費が支給される規定になっているが、この三、四月は毎月平均七回公演をおこなっているために赤字が生じている。毎月計算している臨時費から決算支出してもよいか、そして天幕八丈（約二四メートル）とガラスのランプ、化装用の油彩が急に必要になったので予算を組んで購入してもよいかと問い合わせている。これに対して楊薄戎《イアンボアージェン》主任はつぎのように答えている。

指令

――劇団演出費及購買費処理的弁法――

劉主任

一、太行二分団劇団特殊情形出演次数較多出演賞可以実支数作報銷但毎両月総計不得超過四〇文

二、所需購買之天幕汽灯波璃罩砂罩及化装品等可編造予算購買在劇団経費内開支不得超過、希即知照

大会　楊薄戎主任

右は「請求」に対する「指令」で、「稿紙」という下書き用の紙に記されている。楊薄戎主任は「太行二分団劇団」が月に七回も上演しているという報告を不審に感じ、既定の四〇文の予算内で演出費を済ませることを指示している。この文書は五月一三日に作成されており、五月七日から六月一五日までの中原会戦で太行山劇団第二分団が警備隊に捕らわれたことを考えれば、俘虜になる直前に発令された文書であったことが分かる。劇団員の許に届いたかどうかさえ不明であるが、彼らが敵に追われて山岳地を「猿」のように「遊動」する生活を送り、食べものもひどかったと泰次郎に話していた内容に符合する。ただ泰次郎には彼らが芝居を月に二、三回上演していたと話していたが、右の申請書では月七回と報告しており、上演回数のちがいが見られる。

つぎに太行山劇団第二分団に関する第二の資料は、「太行工商局工商分局太行劇団幹部職工登記表」である。これも山西省档案館に所蔵されていた資料で、「太行工商局工商分局」が所管する「太行劇団」三〇名の情報が記された「登記表」のなかに、和平劇団で働いていた「馬来田」の名前が含まれている。和平劇団日記には「馬来田／一五／男／和順県北関／初級小学校読書／舞踏」という経歴が記されていた馬来田《マーライティエン》は、つぎのように登記されている。

氏名　馬来田

住所　和順

年齢　二二
階級　貧農
身分　学生
経歴　宣伝隊県専署劇団四五年参加分隊　和順解放後、又於劇団、四一年被俘、三八年参加専署
党員　否
備考　些流氓意識。被俘一次、在敵区学習。

この「登記表」がいつ作成されたのかは不明であるが、一九四一年当時一五歳であった馬来田がこのとき二二歳になっていることから一九四八年と推定される。彼は貧農の出身で学生、抗日戦争の終結後すぐに「宣伝隊県専署劇団」に復帰し、国共内戦で和順が解放された後に「太行劇団」に参加したという。抗日戦争中は一九三八年に「専署」に参加し、一九四一年に「被俘」になった。備考欄には「やや無頼の意識」を持ち、いちど俘虜になったとき「敵地区」で「学習」したことがあると記されている。この「登記表」にある名前で和平劇団の名簿に記されていたのは馬来田だけであるが、俘虜となりながら生きて戦後を迎えられた人間が一人でもいたということは誠に喜ばしい発見である。ただし備考欄の記述を見ると、旧日本軍協力者として苛酷な運命が彼の前に待ち受けていたことは想像するに難くない。

8　中国共産党軍の演劇運動

張沢民は自分が「河北省清豊県の出身、年齢二十三歳、百二十九師三百八十五旅衛生部の看護婦」であると

称していた。当時は清豊県は河北省（冀）に属していたが現在は山東省《シャンドンシェン》（魯）に近い河南省（豫）の北東、濮《プー》陽《イアン》市にある。福星劇団の女優として公演の稽古を毎日続けていたが、「どうせ俘虜であるといふ諦観」のためか、身体中に「倦怠と自棄」がみなぎっていた。「私」はいつでも彼女と会えるような環境になったのだが、予期に反して彼女に近寄ることができなかった。なぜなら「私がはじめて君を見たとき、君が私に対して見せたあのひやりとする氷のやうな冷やかな態度」が相変わらず示されたために、「私」はすっかり腐らせられると同時に「自尊心」も傷つけられてしまったからである。そこで「あいつは反抗心が強いよ。いまでも日本軍に対して絶対に屈服してゐないね」と、「それが表だてば潔癖な日本軍の立場として絶対にさういふ存在をそのままにして置かぬにちがひないことまでいつて君を否定」したのである。それは自分の「自尊心」が傷つけられたことの報復であったが、それ以上に、張沢民に「熱中」しはじめた猿江上等兵に対して「何とかして猿江の熱を下げたいために、君がそれほどのものでないといふことを強調」したのであった。その結果「私が君を悪くいつたことを覚えてゐる猿江を含めてのみんなは、私が君を愛することになるなどとは、夢にも思はなかつた」という効果をもたらした。

そのようなある日、「私」は張沢民が稽古場の真ん中にうつ伏しているのを目撃する。彼女が倒れている傍でしきりに何か叫んでいた猿江上等兵に事情を聴くと、急に舞台にでないといいはじめたので彼女を殴ったという。だがすぐに、それが「女は強い者にかへつて惹きつけられるといふ習性がある」という「確信」を「安つぽい映画や通俗小説」から得ていた猿江の「芝居」であったことを察知する。そして猿江はそのような「芝居が予期に反して失敗に終り」そうになると「急にあわてだし」て「殆ど半狂乱の態」になったのであった。そこで「私」は二人を仲裁するために張沢民を起こして事務所に連れてゆく。二人で話してみたいと常々思っていたが、これほど早くその機会が訪れようとは思わなかったので戸惑ってしまい、何を話していいのか判断がつかないほどであった。

晩秋の黄昏のひやつこい空気が窓ガラスのむかうで慄へてゐる、そして、遠く夕方特有の街のざわめきの潮騒のやうに聞えるその室の中で、私たちは長いことむきあつてゐた。私は何を君に話し、君は何を私に訴へたらうか、そのときでさへも、私ははつきりとそれを記憶してゐない。それほど私は夢中だつた。ただ私は、君が私が想像してゐたよりはずつと烈しい怒りに昂奮してゐたことを覚えてゐる。けれども君の昂奮は憑かれたやうな態度で、きれぎれな断片の言葉を無暗と吐き散らすといふのではなく、それは白熱した焔のつめたいたたずまいといつたものであつた。

「私は、——日本軍に捕われぬ以前から信じてたわ、私たちと日本帝国主義とは絶対に相容れぬといふことを、——そこで、私は俘虜になつて以来、こんな日の来ることは当然覚悟してゐたわ、その日が来たのに過ぎない」君の暗愁にとざされた眼には、憎悪と自棄の感情がまるで暗いなかで光る火花のやうにきらめいてゐた。

「日本人は中国人を殴る、中国人は黙る、——けれども、中国人の腹のなかでは、日本人は一層悪者になる、——そして日本人はますます中国人を殴らねばならぬし、中国人はますます日本人を憎まねばならないの」

君の論理は白熱した冷静さで繰りひろげられたのであるが、私は君の言葉をそんなやうにきれぎれにしか覚えてゐない。何故なら私は、君の吐く言葉の意味が、そして、その意味を通して見られる君の内部が、あまりに絶望と憎悪と呪詛に満たされてゐるのに圧倒されて、――いや、それらの底に横たはつてゐる真実に圧倒されて、――君の民族の置かれてゐる不当な立場に私はうしろめたい気持を覚え、この場だけでも、それをどうして君の前にとりつくろつたらいいか、そんな愚かなことばかりに気をとられてゐたからだつた。

一体何をどのように話したのかは覚えていないが、「私」は張沢民が予想以上に「ずつと烈しい怒りに昂奮」し、しかもそれが「きれぎれな断片の言葉を無暗と吐き散らす」のではなく「白熱した焔のつめたいたたずまい」を感じさせるものであった。彼女の内部に「絶望と憎悪と呪詛」が満たされていることに、そして「それらの底に横たわつてゐる真実」に圧倒されてしまい、「二つの民族が絶対に相容れぬ」ことを一層明確に知るようになる。しかし二人で話してみると「君が私という者の存在をみとめてくれてゐるといふことは事実」で「君が私に一層近い存在になつた」ことも感じる。

この日のできごとは小野田中尉の耳に入り、張沢民は「私たちの住んでゐる宿舎の一部に起居」するようになる。これから毎日自由に彼女と話しができるようになると思うと「私」は「天にも昇る心地がした」という。

私はよく覚えてゐる、君の来た日私は幾度も宿舎の上の露台にあがつて行つたのを。露台の上から見る澄んだ高い秋空も、いつも宿舎の隣りの胡同の入口に休んでゐる洋車の幌に晩秋の陽差しが静かに照つてゐるのも、私の頭の上を肢に笛をつけた鳩が金属的な音色を宙にひいて舞うのも、何もかもが気持よかつた。すべてが私を祝福してくれてゐるやうに思はれた。そして、ときどき私は、眼の下の院子の一廓にある君の部屋の扉がひつそりとしまつてゐるのを見て、あの中に君がゐるのだと思つて、心を躍らせた。

彼女とともに生活できるようになったことがいかに喜ばしいできごとであったかが「すべてが私を祝福してくれてゐるやうに思はれた」という一文から分かる。「二つの民族が絶対に相容れぬ」ことをよく理解し「どうにかお茶を濁して日を過ごしてくれれば、それでいい」という「私」の考え方が彼女の「かたくなに張りつめた心の氷をとかして行つたのか」、冬に入った頃には二人はかなり仲良くなっていた。毎日の仕事を終えて同僚の職員たちが退庁した後、だれもいない事務室や彼女の部屋で「昼間仕事をしてゐる際は話せないやうな事柄」を話し合った。そのようなときには「石太線北方地区の作戦で俘虜となつた盂県第二区の女区長で、歳は二十六歳、南京の生まれ」の陸緑英《ルーリュイイン》と、「大阪商大出身のマルキスト」で「中共びいき」の前山上等兵が話の輪に加わった。すっかりとうち解けた張沢民は自分の経歴をつぎのように話した。

君が八路軍の看護婦ではなくて、晋冀魯豫辺区政府教育庁にはたらいていたことも、君自身の口から自然に聞くことが出来た。君が河北省清豊県の女子師範の生徒だつたとき、盧溝橋事件が勃発し、日本軍が君たちの郷里まで進出して来たので、民族的憤激に燃えた君たちは、急進的な教師につれられて太行山中に分け入り、八路軍に参加した。兵士と共に山河を越え、抗日歌を歌いながら、山西省のあちらこちらを歩きまわつた。

中国共産党の晋冀魯豫辺区政府は河北省邯鄲市渉県弾音村《タンインイン》に設けられ、漳河をはさんだ対岸の渉県赤岸村《チエン》

河北省邯鄲市にある129師司令部址

129師司令部址

河北省邯鄲市渉県弾音村にある晋冀魯豫辺区政府旧址

晋冀魯豫辺区政府旧址

に一二九師司令部がおかれていた。革命根拠地では軍政一体となった組織が抗日運動を展開していた。毛沢東には人心を収攬するための戦術があり、多くの著作を示して民衆に対する啓蒙運動を重視した。河南師範大学の劉徳潤《リュードォルウン》教授によれば、張沢民が在籍していたという清豊女子師範学校は今も河北省内にあり、「急進的な教師」とは、彼女と同じ清豊県出身の高鎮五《ガォジェンウ》（一八八〇―一九六六）を指すという。清朝の科挙試験の秀才に合格した高は、抗日戦争の期間、地元の抗日中学生のために「抗日課本（テキスト）」を編集した。おそらく彼女も高のテキストで学び、彼に率いられて「太行山中」の中国共産党軍に参加したのだろう。高は一九四九年以後、新郷師範学校校長や河南省教育庁長などの要職を歴任したが、一九五七年に右派分子のレッテルを貼りつけられる。高が公職を追放されたのは、毛沢東が「百花斉放百家争鳴運動」で自己を批判した知識人たちを弾圧する「反右派闘争」をはじめていたからで、このとき全国で五〇万人以上の知識人が失脚・投獄されたといわれている。この後高は失意のなかで一九六六年に死去するが、一九八一年に名誉回復する。(16)

また民衆に対する啓蒙運動、殊にその演劇運動についての君の話は、私たちをひきつけた。魯迅芸術学院には実験劇団があつて、その団長はかつての上海映画のスタアであつた呂班であること、百二十九師には先鋒劇団があること、それから辺区政府直属の劇団として太行山劇団総団があり、その下に第一より第五までの分団があつて、――その第二分団はこちらに捕まつて、現在の福星劇団に改編せられたのであるが、――専員公署に属してゐることなど、――それに対して、陸さんは陸さんで、晋察冀辺区の演劇運動を、――火線劇団や、日本人反戦同盟晋察冀支部の劇団や、女流作家丁玲の主宰する西北戦地服務団の活動状況を話しだす。根拠地に於ける五月祭の有様から部隊内にある倶楽部の雰囲気まで話をする。どれ一

太行山劇団が上演した「血泪仇」の舞台と出演者

太行山劇団の公演記念写真

つとして私たちの幻想を刺戟する話題でないものはなかつた。八路軍のなかでの合唱のさかんなこと、朝のまだ暗いうちから抗日歌や革命歌を合唱する兵士たちの歌声が、漳河に沿うた川霧に閉ざされたあちらこちらの部落から、また峰々から湧きおこり、それぞれが反響しあつて、太行山といふ大自然を舞台とした一大交響曲のやうに聞かれる、それが太行軍区の朝の挨拶であるといふ話など、生活力に溢れた自由な軍隊の雰囲気が感じられ、日本軍の窮屈な軍規といふものに縛られてゐる私たちには、まるで別の世界のやうに思はれた。

右の引用のなかで張沢民が触れた魯迅《ルーション》芸術《イシュ》学院《シュエユエン》は、毛沢東が一九三八年に陝西省延安《イエンアン》に設立した演劇運動の拠点であったが、当時は山西省長治市武郷県上北漳《シャンベイシャン》に進出していた。また彼女は一二九師には先鋒劇《シィエフンジィユ》団《トウェン》があることや、晋冀魯豫辺区政府直属の劇団として太行山劇団総団《タイハンシェジィユトウェンズウントウェン》があり、その下には第一から第五までの分団があって専員公署に属していることを話している。たしかに、さきに見た「劇団毎月演出費不足可否在——計算中臨時費内報銷」の書類は「太行第三行政督察専員公署第二弁処」の用箋が使われていた。先鋒劇団の責任者は恐廓如《コンコウオルー》で、太行山劇団の芸術指導には阮章競が当たり、武郷県橋南《チオンナエン》村に総団本部がおかれていた。張沢民のいた晋冀魯豫辺区には、当時つぎのような劇団が存在していた。

名称	単位
火星劇団	八路軍総司令部
太行山劇団	八路軍総司令部

先鋒劇団　一二九師
野火劇団　一二九師三八六旅
実験劇団　野政
抗日劇社　晋冀魯豫軍区
文工団　一二九師

これほどの劇団が存在したということは、いかに毛沢東が演劇による民衆の啓蒙運動を重視していたかが分かる。一二九師には三八五旅と三八六旅があり、兵力はそれぞれ七、〇〇〇名未満で合計一三、〇〇〇名が所属していた。一二九師総司令部は太行山脈のふところに抱かれた河北省邯鄲市渉県赤岸村にあり、漳河をはさんだ対岸に晋冀魯豫辺区政府がおかれていた。陸緑英が話したように「朝のまだ暗いうちから抗日歌や革命歌を合唱する兵士たちの歌声」が「漳河に沿うた川霧に閉ざされたあちらこちらの部落から、また峰々から湧き起こり、それが「反響し」合って「太行山という大自然を舞台とした一大交響曲」のように聞こえて「太行軍区の朝の挨拶」になっていたというのは、地理的にも適切な比喩的表現である。前山上等兵と「私」は、その場景に「生活力に溢れた自由な軍隊の雰囲気」を感じ、「日本軍の窮屈な軍規といふものに縛られてゐる」自分たちにはまるで「別世界」のように思われた。まだその頃は「日本の景気のいい時分」だったので、「日本は太平洋に於て必ず負ける」という前山上等兵の言葉を信じられなかったが、「私」は「まだいつ帰れるともあてのない自分の身を考へると、本当に狂ほしい気持」になった。そして日本には「どうしても愛さねばならぬ女」はいなかったが、「民族を離れるといふことを、そして、それによつて、故郷にある老いた母や身内のものが置かれる立場を考へると」張沢民を愛することにはためらいが生じるのであった。
このように「私」がためらうなかで季節はめぐり「新しい春連が家々の軒毎に貼られ、それがやがて北風に吹きめくられて、霙まじりの雪の日の胡同の泥にまみれてしまふ季節が来てゐた」。張沢民が自分に心を許していることを知りながらも、「小心で見栄坊な私」は「そのままぶすぶすと煙のくすぶるやうな胸苦しい日」を過ごしていた。そして「君の情熱のあかし」を得ようとして「意地悪な方法」を思いついたのである。

私は君の存在を眼中にないもののやうに休日が来ると、洗ひたての軍衣袴を身につけ、軍靴を磨いて、いそいそと出かけた。私は街の飯店で白酒を飲み、つめたい風の吹きまくる街をさまよひ、中国や朝鮮の娘たちのゐる家を片つ端から覗いて歩き、ひつぱり込まれるままにそんな場所で時間を過ごした。ブリキ缶を改造してつくつたあやしげな煖炉のそばで、女たちと凍えた柿や南京豆を食いちらして、馬鹿みたいにふざけあつた。私はそんな汚れた女の床の上でも、君のことを考へた。じつとさういふ私をみつめてゐる君の瞳を思ひ描いた。私は惨虐な快感を感じた。どうだ、君がいつまでもぐづぐづしてゐると、私は駄目になつてしまうぞ、——私は心のなかで君に力んでみる。君は私の意地悪さに泣きだしさうに眼を伏せる。すると、私は利己的なひねくれた自分の態度が悲しくなる。また泥のやうに酔ふ。そして、醒めてはその度に砂利を噛むやうな白々しい気持を味はふのだつた。そんな気持を忘れるために、私はまた同じことをくり返すのだ。

「私」は張沢民の気持ちを知りながら、彼女の存在がまるで眼中にないかのように、休日が来ると他の女性たちの許にいそいそと出かけて白酒を飲み「馬鹿みたいに」ふざけ合った。「そんな汚れた女の床」のうえでも彼女のことを考え、自暴になった「私」を見つめている「君の瞳」を思い描いた。彼女の嫉妬心を誘う「惨虐な快感」を感じると同時に、いつまでも「ぐづぐづして」いると「私は駄目になつてしまふぞ」といって心のなかで彼女に力んでみる。彼女が「意地悪さ」に泣き出しそうに「眼を伏せる」。すると「私」は「利己的なひねくれた自分の態度」が「悲しく」なってしまう。このような悲しみをまぎらわそうとして「泥のやうに酔うまで飲み明かす。しかしそれが醒めると「砂利を噛むやうな白々しい気持」に襲われ、そのような気持ちを忘れるために再び飲むということを繰り返していた。ところで「黄塵の季節」にはまだ間があったが、寒さがゆるんでくると「年中行事の春の大きな作戦」の開始が近づいていた。再び「百日ばかり銃火の生活」が続くことが予想され、「古い兵隊たち」の気持ちは「すこしばかり憂鬱になり、荒みはじめる」。「これが最後の外出日だ」といい合って「街にどつと兵隊の姿が溢れ、酒保や、飯店や、女たちのゐる家では、酔つてつかみあいがはじまる」。だが「私もそんな兵隊のなかの一人」にすぎなかったのである。

9　一八春太行作戦（「ヨ」号作戦）

黄砂が舞う「黄塵の季節」になると決まって、華北地方の治安維持を目的にして北支那方面軍第一軍は作戦行動を起こした。一九四三年四月二〇日から五月二二日まで、南部太行山脈の省境附近にいた重慶国民党中央軍第二四集団（龐炳勛司令）を急襲した後、兵力を北西方向に反転させ、渉県周辺の中国共産党軍第一八集団（彭徳懐副司令）司令部および第一二九師を〈掃蕩〉する一八春太行作戦（「ヨ」号作戦）を展開した。北支那方面軍第一軍第三六・三七・六九師団、独立混成第三・四旅団、さらに北支那方面軍第一二軍の第三五師団の合計

南部太行山脈地区敵情要図（昭和十八年四月初）

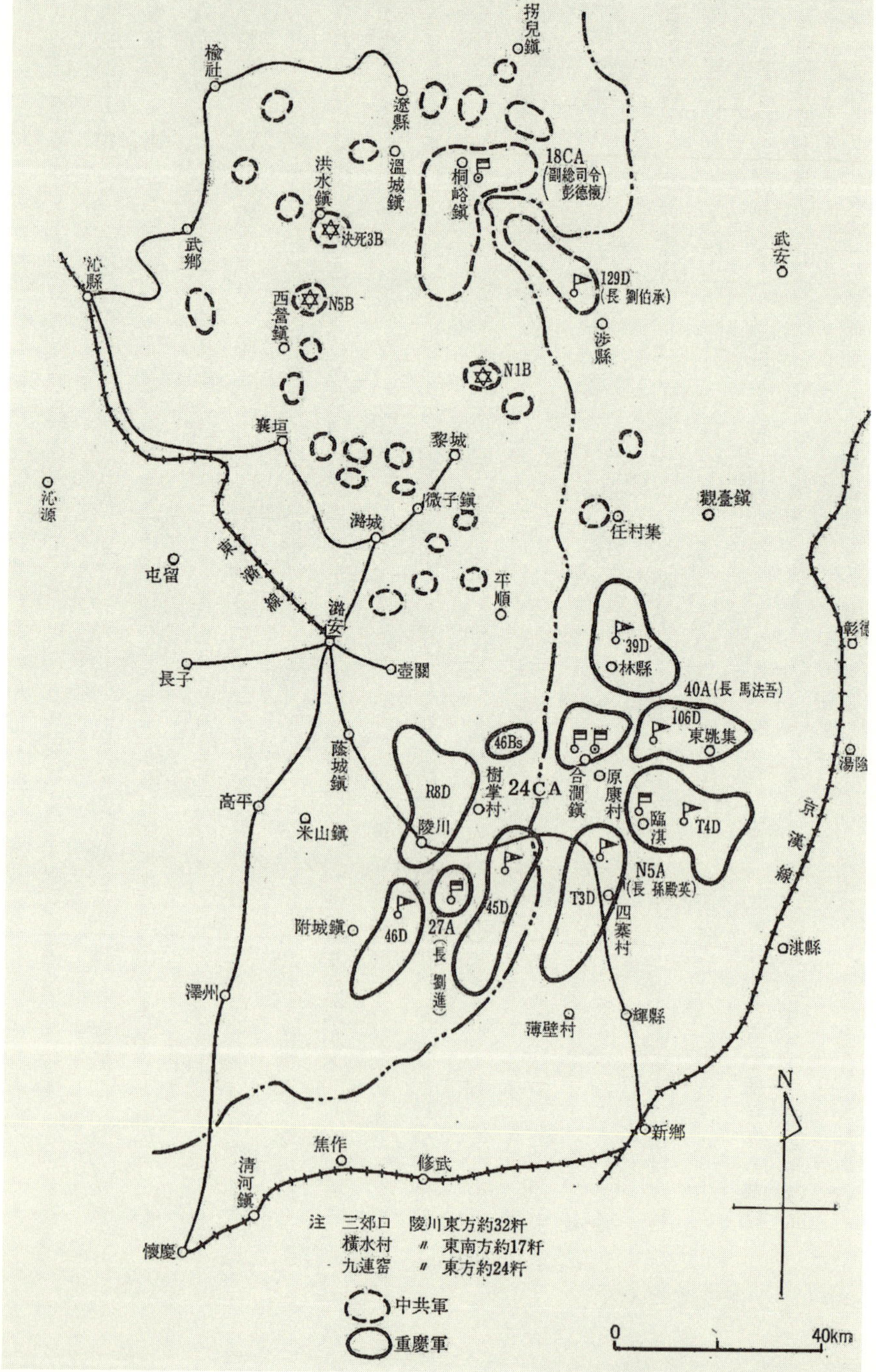

南部太行山脈地区敵情要図（一九四三年四月初旬）

約三四大隊が参加した。四月二〇日から五月二二日まで予定された作戦は全体が二期に分けられ、四月二〇日から二七日までの第一期は重慶軍に対する攻撃、四月二八日から五月一〇日までの第二期は中国共産党軍に対する攻撃が計画された。中国側は第一期を北岳区一九四三年春季反輾転掃蕩戦役と呼び、第二期を太行一九四三年夏季反掃蕩作戦と呼んだ。泰次郎が配属されていた独立混成第四旅団は四月二〇日夕方、河北省邯鄲市磁《ツー》県観台《グウエタアイ》鎮から行動を起こし河南省林州市任村《レンシウン》鎮を経て、翌日夕方には林州市の県城附近まで進出した。他の兵団も順調に行軍し林州市臨淇《リンジー》鎮北西の合澗《ホォジイエ》鎮を中心とする半径二〇キロの包囲網を完成させた。そして二三日朝から包囲網を縮小し、潜伏している重慶軍第二四集団を攻撃しながら幹部将校を捕らえることに努めた。龐炳勛《ロンビインシュン》司令をはじめとして新編第五軍長の孫殿英《スウンディエンイン》などが続々と投降し、暫編第二四集団から帰順した約五八、〇〇〇名の兵士とともに「和平剿共軍」を編制した。中国側の損害は遺棄死体九、九一三名、俘虜一五、九〇〇名であったのに対して日本側は死者二二七名、負傷者八〇三名であった。[17]

独立混成第四旅団は五月六日から、林州市任村鎮から河北省邯鄲市渉県に向けて進攻し、中国共産党軍第一八集団を追跡するために、山西省晋中市左権県麻田《マーティエン》鎮を通って和順県松烟《ソンイエン》鎮に向かった。「肉体の悪魔」では「一年ぶりに見る、まるで日本の風景のやうな砂の白い、樹の多い、水の清らかな漳河に沿うて進撃」したと描かれ、渉県や麻田鎮など「太行山脈のこういふ場所が、どんなに私の眼になつかしく映つたことだろう」とある。「私」が感じたこのような〈なつかしさ〉は「一年ぶりに見」たことや「日本の風景」に似ていたからというだけではなく、すでに何度も張沢民から話を聞かされ、実際にそれら見たことはなくとも、彼女にとって大切な風景を自分もまた郷愁を覚えるまで愛おしく感じるようになっていたからである。

晋中市左権県麻田鎮にある八路軍前方司令部旧址

麻田鎮下麻田村にある舞台（このような旧型の舞台を中国では「神廟劇場」と呼ぶ。）

初夏の風に揺れる棗の葉の眩しいきらめき、河岸の断崖の黄土の縞の色、人一人ゐない部落の壁に書かれた抗日文字、――さういつた風物の前に、私は君の姿を立たせてゐるのだつた。太行山中のどんなところにも、君の幻はゐた。棗の葉を揺する微風の中に、麦の穂波の中に、君の笑い声が聞えた。――けれども、一人の兵隊のそんな甘つたれた感傷など、戦闘の仮借のないきびしさの中では何にならう、味方の死傷がふえると共にいよいよ血に狂つたやうな日本軍の行動は私たちをひきずりまわし、私たちは心身共に疲れ果てた。

「太行山中のどんなところにも、君の幻はゐた」と「私」には感じられた。だがそのような「甘つたれた感傷」など「戦闘の仮借のないきびしさ」のなかでは「何にならう」。「味方の死傷がふえる」とともに「いよいよ血に狂つたやうな日本軍の行動」は「私たちをひきずりまわし」、「心身共に疲れ果てた」という。作戦が終わりに近づいた頃、やせ衰えた「私」は、張沢民を心のなかですっかり理想化させ、生きて帰ったら今度こそ「素直」になって、彼女の前に自分の心を打ち明けようと決心していた。

そして「私」は三か月ぶりに沿線の駐屯地に帰還することができた。しかし「軍衣は汗と黄土に煮しめたやうによごれて鉤裂きとなり、靴のかかとはすり減つ」てしまい、「頬もげつそりと肉が落ち、くぼんだ眼ばかりぎらぎら光つてゐた」。久しぶりに見る沿線の風景は「夏の光線が眩しいほど溢れ」、「街の人々はみんな夏服に衣がへ」していた。「銃火のなかからやつと帰つて来たばかりの私たちは、自分の生命が身体ぢうに一ぱいもりあがつてぴちぴちと躍動してゐる」のを覚えた。生命の焔を再燃させはじめた夏のある日、「私」は張沢民に再会する。その場景は極めて印象的に描かれている。

宿舎の院子は夾竹桃が満開だつた。火の噴水が噴きあがつてゐるやうなその花のために、しんとした院子のなかの空気までが赤い色で染まつたやうだつた。背嚢を降すと、私は上半身を裸体となつて、洗面器に汲んで来た水で、身体を拭いてゐた。洗面器の水まで赤かつた。私はふと誰か背後に人が立つてゐる気配を覚えた。何か予感があつた。私はふり返つた。——そこにゐたのはやはり君だつた。ああ、あのときの君の眼の光を、私は忘れない。それは何と情熱に輝く、燃えるやうな眼差しだつたらう、私ははつきりと見た、君の眼の光の中には、私を待ち焦がれた熱情と、私が無事に帰つて来たことの安心とが宿つてゐるのを。私は愛されてゐる、——本能的に私は感じた。三箇月の互いに見ない間に、君は私に対する愛情を一途に育んだのだ、——私が君に対する愛情を育んだよりも、もつと強く、深く。焔のやうな花を背景に立つた君の肢体自身が、火焔のやうだつた。私はこの三箇月間の別れが自分にかへつて幸福をもたらしたことがわかると、あんなに苦しんだ山の中での苦労がその瞬間のうちに消え去るのを覚えた。

宿舎の庭の夾竹桃が満開で、まるで「火の噴水」が噴き上がっているような「その花」のために、「しんとした」庭の空気までが「赤い色」に染まったように見えた。「私」は「背嚢を降」ろし「上半身を裸体」になって、「洗面器で汲んで来た水」を使って「身体を拭いて」いたところ、「ふと誰か背後に人が立つてゐる気配」を感じた。「何か予感」があって振り返ると、そこにいたのは張沢民であった。「ああ、あのときの君の眼の光を、私は忘れない」と感じられたように、彼女の「情熱に輝く、燃えるやうな眼差し」の「光」には「私を待ち焦がれた熱情と、私が無事に帰つて来たことの安心」が宿っていた。するととっさに「私」は「愛されてゐる」と「本能的」に感じて「三箇月の互いに見ない間に、君は私に対する愛情を一途に育んだのだ」と確信した。夾竹桃の「焔のやうな花」を背景に立った「君の肢体自身」が「火焔」のように見えた。「この三箇月間の別れ」が「かへつて幸福をもたらした」ことが分かると「あんなに苦しんだ山の中での苦労がその瞬間のうちに消え去る」のを覚えたという。そして「私」を見るのが恥ずかしいのか、彼女は「ぼうつと耳まで紅潮」させながらすぐに自分の部屋に引き返そうとした。

「張先生、あとで渉県や、譚音村の様子を聞かせてあげるよ、――」
私は君のうしろ姿に叫んだ。君はふり返つて、につこりとうれしさうに笑つた。

「私」がその「様子」を聞かせてあげるというと、張沢民が「につこりとうれしさうに笑つた」という「譚《タエン》音《イン》村」は実際には存在しない。だが「譚音村」ではなく「弾音村」なら渉県索堡《スオバアオ》鎮にある。「譚《タエン》」と「弾《タエン》」とは中国語で同じ発音をする文字なので発音のうえでは同じ村である。白い砂礫の多い漳河をはさんで中国共産党軍第一二九師司令部の向かい側にある弾音村には、中国共産党晋冀魯豫辺区政府がおかれていた。晋冀魯豫辺区政府は一九四一年七月に発足し太行、太岳《タイユエ》、冀南《ジナエン》、冀魯豫《ジルユイ》の四行署、二二専署、一五四県にわたる一二万余平方キロ、二五五万人を管轄していた。その教育庁に務めていたという彼女の前歴を彼女から密かに教えてもらっていた「私」が、弾音村の「様子」を彼女に聞かせてあげようとするのは、彼女と意を通じていることを示す配慮であったといえよう。そして「ふり返つて、につこりとうれしさうに笑つた」彼女は、たとえ現在は囚われの身であっても決して〈転向〉せずに、中国共産党政府に対する忠誠心を失っていなかったことを伝えている。
その日の午後、「私たちが見た最近の太行地区の有様」を政治工作班のメンバーに語った。だが張沢民は上の空で「他の者にへんに思はれやしないかと心配した」くらいに「君の眼は絶えず私をみつめてゐた」。「作戦から帰つたばかりの私の全身」には「火線に身を曝した直後のみ知るあの生命の躍動がまだそのまま」続いていたのか、彼女との別れ際に、「今夜、――」と彼女の耳元に普段ではとてもいえないような言葉を囁いた。そしてその夜、宿舎中が眠りに就くのを待って自分の床を抜けだした。彼女の宿舎は自分たち宿舎の裏にあり、二つの庭を過ぎて彼女の部屋の前に立った。部屋の扉に手をかけると音もなく内側に開いた。わざと戸締まりをしなかった気配りに「私」はうれしくなった。しばらく暗がりのなかに立っていると、眼が次第に暗さに慣れて「君の身体の輪郭が仄白く見えて来た」。口唇を彼女の口唇に押しつけ、強く吸った。「君はしばらく無言のまま、けれども次第に四肢に力を入れて、恰度、大蛇が獲物を捉へたときのやうに、いつ締めるともなくだんだんに私の身体を締めて来た」。そして突然「待つたわ、――百日も待つたわ、――苦しかつたわ」と私の耳元に「喘ぐやうに」囁いた。「噯呀《アイヤ》、――」「幹甚麼《カンシエンモ》?」――これらのセリフは直訳すれば「あら、どうするの」という拒絶に近い意味のある言葉だが、この場合はむしろ悦楽を求める「幸福に堪えかねたやうな肉体の叫び」であった。

八路軍の兵士と共に、太行山脈の峻険を日に十里の行軍をすることが出来るといふ君の逞しい肉体、筋肉の十分に発達してひき締つた四肢が慾情にわななないて、のた打ちまはるのには、私はこんな君を想像もしなかつただけにびつくりした。けれども、そのおどろきが一段と私を幸福に逆上させ、私ももう一頭の猛獣のやうになつて君を組打つよりほかになかつた。

張沢民の「逞しい肉体」「筋肉の十分に発達してきひ締つた四肢」が「慾情にわなないて」「のた打ちまはる」のにはすっかり驚かされたが、その驚きが一段と「私」を「幸福に逆上」させ、「私」も「もう一頭の猛獣」のようになって体を組み合わせたという。ついに二人が敵と味方という意識をこえて肉体の悦楽をむさぼり合うこの場景は、思想や主義からの肉体の解放を訴えた泰次郎の〝肉体主義〟が最も印象的に描き出されたシーンであるといえよう。

10　太行軍区第二軍区

肉体の悦楽におぼれた張沢民であったが、その一方で、自己の思想信条を裏切るそのような行為に苦悩を深めていた。前山一等兵は彼女のノートをのぞき見し、自分が「落伍者」であり「どこまで自分は堕落して行くのだろう」という言葉がいたるところに書かれていることを発見した。彼からこの話を聞いた「私」は、彼女がいまだに「『転向』せずにゐるといふ事実」を突きつけられたと感じたが、彼女がおかれた立場は実際、いつでも中国共産党の工作員と連絡がつけられる環境にあったことが思いやられた。このような折、張沢民は今回の作戦に際して「兵団で鹵獲した太行軍区第五軍区司令部の機密文書」の整理を命じられていたが、「やはりあまり積極的ではなく、事務室では何となく元気がなかつた」。そして「君の苦悩は、私の見当をつけていたよりもはるかに深刻なものである」ことが分かった。晋冀魯豫辺区軍区に含まれる「太行軍区第五軍区」には友定 均《イユディンジウン》司令、魯瑞 林《ルルウイリン》政務委員が指揮する第一二旅があり、河北省邯鄲市の武安《ウアエン》県、渉県、林県、邯鄲県、磁県を管轄していた。それは俘虜になる前に彼女が働いていたのと同じ場所で、その「機密文書」を整理させられることは彼女の良心を著しく傷つけていたことが予想される。「中国の人々が漢奸といはれることをどんなに嫌がるか、それは私たち日本人が国賊といふ言葉をきらふ以上のものがあることは、私も心得てゐた」が、自分に対する「愛のあかし」として彼女にそれを求め、あえて「君を苦しめたくなる衝動」を覚えるのだった。

君が私のものとなつてからは、私はそのことを利用して自分の仕事の上の成績をあげようなどと考えてはならないと自分をいましめて来た。事実ほかの連中が訊ねてもいい加減にごまかしてゐるやうな太行地区の事情も、私が訊ねると君は怒つたやうに、投げつけるやうな口調で正確に答へてくれる。さういふときの君の胸の中に、どんな苦闘が行はれてゐるか、私にはよく判つた。君は不機嫌になり、自棄くその気持になるのだ。すると、私は君のさういふ内部の闘ひが、私に対する愛のあかしとして、たまらなくうれしく、一層いろんなことを君に訊ねて、君を苦しめたくなる衝動を覚えるのだ。——男にとつては、自分のために女が苦しんでゐるのを見るのは、気持がいいものなのだ、——これは、女にとつても同じかも知れないが、——殊に、君のやうな高い知性を持つてゐると自負してゐる気位の高い共産党員が、その主義と喰ひちがつた悩みを悩んでゐるのは、人間の真実をそこに見るやうにさへ思へて。

彼女を利用して仕事の成績を上げようと考えてはならないと自戒してきたが、他の者が訊ねてもいい加減にしか答えない「太行地区の事情」も、「私」が訊ねると「君は怒つたやうに、投げつけるやうな口調で正確に答へてくれる」。「不機嫌になり、自棄くその気持」になる「君のさういふ内部の闘い」が「私に対する愛のあかし」として感じられ、「私」は「たまらなくうれしく」なって「一層いろんなことを君に訊ねて、君を苦しめたくなる衝動」を覚え、「自分のために女が苦しんでゐる」のを見て快感を得るのであった。ここには女性を心身ともに支配しようとする男性の嗜虐的なエゴイズムが存在しているが、それ以上に「君のやうな高い知性を持つてゐると自負してゐる気位の高い共産党員」が「その主義と喰ひちがつた悩み」を抱いていることに「人間の真実」があるとさえ感じられていたという。

君には私の肉体が、ときに憎むべき悪魔のやうな存在に思へることもあつたにちがひない。それと同時にさういふ悪魔に自分のすべてをゆだねなければならぬやうな自分自身の心の動きを、自分自身の肉体を、君はどんなに憎悪しつづけたことであらう。ところが、ああ、そんな君を思ふとき、私の心のなかでは君が一層美しく、可憐な女となり、私の肉体はもうどうにもならぬ情熱に喘ぎつつ、がむしやらに君の肉体を求めるのだ。

彼女にとって「私」の肉体は「憎むべき悪魔」のような存在に思えることがあったにちがいない。そのような「悪魔」に自分のすべてを委ねなければならない精神と肉体を、どれぼど「憎悪」し続けたことだろうという。作品のタイトルになった〝肉体の悪魔〟というテーマがここで示され、肉体には良心や理性によって支配することのできない「悪魔」が棲みついていることが表現されている。そして肉体を憎悪しながらも肉体の悦楽を抑えることのできない彼女の姿に反応して「私」もまた、「どうにもならぬ情熱」に喘ぎながら「がむしやらに」彼女の肉体を求めるという。

私ははつきりといひきることが出来る、——君の肉体や感情は古い封建の中にあり、君の知性は現代にあつたことを。君の内部にはさういふ大きな断層があつた。それは君だけのものではなく、中国の若い女性の、すくなくとも自分に誠実に生きんとする若い女性のすべてが、自分の内部の問題として苦しまねばならぬ宿命的な断層にちがひない。君の官能への執着の烈しさだけを見て、そんな君の苦悩は、君もやつぱり肉体を持つた女だと、世間の気障な女たらしが世間の女に対して抱くやうな、そんな安易な考へ方で、ともすれば割りきつてしまひそうになる私を恥させるに十分だつた。君が自分の肉体と知性の断層をどんなに生き抜かうと悩んでゐるかといふ君の誠実さは、男の不逞な思ひあがりを叩きのめした。けれども、それと同時に、さういふ君の知性を、君自身の肉体に負けさせるといふことに、私は男としての勝利のよろこびを感じないではゐられなかつた。君を下界へひきずり降すたびに、私の心のなかの男は凱歌をあげたのだ。

彼女の「肉体や感情」は「古い封建」のなかにあるのに対して「知性」は「現代」にある。彼女の「内部」にあるそのような「大きな断層」は「中国の若い女性の、すくなくとも自分に誠実に生きんとする若い女性のすべて」が「自分の内部の問題として苦しまねばならぬ宿命的な断層」であると確信された。「自分の肉体と知性の断層をどんなに生き抜かうと悩んでゐるかといふ君の誠実さ」は、「官能への執着の烈しさ」だけを見て「やつぱり肉体を持つた女だ」と「世間の気障な女たらし」が「世間の女」に対して抱くような「安易な考へ方」で割り切ってしまいそうになる「私」を「恥させ」、「男の不逞な思ひあがりを叩きのめした」という。

精神と肉体との「断層」に苦しむ「内部の闘ひ」を続ける張沢民の「誠実さ」をクローズアップし、彼女の「誠実さ」によって男性に自己のエゴイズムを恥じ入らせているところに「肉体の悪魔」という作品が単なる通俗小説ではないことを示している。だがその一方で、彼女の知性を彼女の肉体に負けさせるということに「私」は「男としての勝利のよろこび」を感ぜずにはいられず、彼女を「下界」に引きずり降ろすたびに、「私」の「心のなかの男は凱歌」をあげたという。

君はかつて私の前で、理路整然と中国に於ける女性の解放を論じた。（中略）また若い党員同志の自由な、何の束縛も受けぬ自主的恋愛を論じた。これらをみんな君は私の前で論じたのだ、——けれども、あの日以後の君の態度はどうだらう、君の愛の表現は、日本の最もつましい女に見られる臆病さで、そして、その臆病な女のみの持つ無鉄砲な大胆さでなされてゐるではないか。あきらかに私は共産主義者ではない。私たちの恋愛には、君の理論である階級的恋愛は成り立たない。君は一夜にして革命的闘士から裏切り者に顛落した。侵略軍の一兵士と抗戦愛国の一少女との肉体が、互ひに求めあつて、結ばれてしまつたのだ。何といふひどい皮肉だらうか、——ひとりのとき、君は、君の魂を噛むデカダンスにのた打ちまはり、君の魂はどんなに号泣したことであろうか。

「——私は知つてゐたわ、——あの血と死体とで埋まつた谷間で、あなたが食物を私たちに投げてよこしたときから、私はあなたを覚えてゐたわ、——日本軍が憎くて、憎くてたまらなかつた、あなたはその憎い日本軍の権化に見えたから、私は覚えてゐるのよ、——死んでも、舌を噛みきつても、だまされないぞと誓つたのに、——」

或る夜、君は、こんな告白をした。
「いまは？」
「いまでも、日本軍に対する私の憎悪は変らない、日本帝国主義は永遠に中国民族の敵だわ、――あなた、こんなことをいつて、私をどうする？」

彼女はかつて「私」の前で、マルクス主義にもとづく理路整然とした論法で中国女性の解放を主張したにもかかわらず、「私」と性的関係を持ってからは「日本の最もつましい女に見られる臆病さ」で、しかも「その臆病な女のみの持つ無鉄砲な大胆さ」によって愛情を表現するようになった。「階級的恋愛」の理想を裏切って「侵略軍の一兵士と抗戦愛国の一少女との肉体」が結ばれ、「一夜にして革命的闘士から裏切り者に顛落した」のである。晋冀豫辺区粛正作戦中に「南部太行硤底」で最初に出会った場景を回想して「日本軍が憎くて、憎くてたまらなかつた」といい、「その憎い日本軍の権化に見えた」のが「私」であり、「死んでも、舌を噛みきつても、だまされないぞと誓つた」と当時の心境を告白する。そして今でもその「憎しみ」が消えることはなく「日本帝国主義は永遠に中国民族の敵」だと断言するのである。

君にとつては懸崖から身を躍らすやうな悲壮な決意が要ることが、私にはちよつとした生理的な問題で解決がついたのだ。私が君をあれほども熱望してゐながら、君が完全に自分の者となると、熱が冷めたといふわけではないが、軍規と人眼のなかでこつそりともうこれ以上問題を大きくしないで置かうとするやうな態度をはつきりとみせたことは、君を失望させたにちがひない。君にしてみれば私を、君と共にならば、太行地区であらうと、延安であらうと一緒に行かうといふやうな前後もわからぬ情熱に燃えあがらせないことが、どんなに君の自尊心を傷つけたことであらう。君の全身が血だらけになつてゐるのに、私が血も流さずに、自分の幸福だけをぬけぬけとした顔つきで保ちつづけようとするやうな態度、――最もすくない犠牲で、最も大きな幸福を保ちつづけようとするやうな小ずるい私の態度を、君はどれほど憎んだことだらう。そして、さういふ私から離れられぬ君自身を、君はどれほど憎み呪つたことであらう。いまにして、私は思ふのだ。あのとき、どうして私はそんな姑息な小策を弄するより、君の完璧な情熱に応へるに私自身、自分の情熱を完璧なものにすることに努力しなかつたのだらうかと。

彼女にとっては「懸崖から身を躍らすやうな悲壮な決意」が必要であるのに対して、自分には「ちよつとした生理的な問題」で解決できる。「私」が彼女を「あれほども熱望」していながら「完全に自分の者となる」と、「軍規と人眼」のなかで「こつそりともうこれ以上問題を大きくしないで置かうとする」ような態度をとった。このような「私」の態度は、どれほど彼女を失望させて彼女の「自尊心」を傷つけたことだろうか。「姑息な小策」を弄するよりも彼女の「完璧な情熱」に応えるために、自分の「情熱」を「完璧なものにする」ことに努力しなかったことを、戦後を迎えた今になって「私」は後悔しているという。四日市市立博物館に所蔵されている「肉体の悪魔」自筆草稿を見ると、作品のタイトルとして最初に考えられていたのは「情熱」で、それがつぎに「情熱の日に」と修正され、さらにタイトルが「情熱の悪魔」と書き直されている。そして最終的には「肉体の悪魔」に落ちついて「汝らは血を流すまで抵抗《てむかひ》しことなし」というプロローグが付けられている。泰次郎がタイトルとしてこだわっていた「情熱」という言葉には、敵味方をこえて愛し合う主人公たちの劇的な行動が象徴されているといえよう。草稿では最終段階で付けられたものの浄書稿では消去されてしまうプロローグは、新約聖書「ヘブル人への書」第一二章四節（文語訳）から引用されたものである。

この故に我らは斯く多くの証人に雲のごとく囲まれたれば、凡ての重荷と纏へる罪とを除け、忍耐をもて我らの前に置かれたる馳場をはしり、信仰の導師また之を全うする者なるイエスを仰ぎ見るべし。彼はその前に置かれたる歓喜のために、恥をも厭はずして十字架をしのび、遂に神の御座の右に坐し給へり。なんぢら倦み疲れて心を喪ふこと莫らんために、罪人らの斯く己に逆ひしことを忍び給へる者をおもへ。汝らは罪と闘ひて未だ血を流すまで抵抗しことなし。

泰次郎はキリスト教信仰を抱いていたわけではないが、〈キリストの辱めを身に負って営所の外に出よう〉というヘブライ人に対する勧告をモチーフとした聖句をプロローグとして付すことによって、張沢民の勇気に比べて怯懦な振る舞いしかできなかった自分に負わされた罪をこの作品において明らかにしようとしていたことが分かる。

11　黄河大合唱

前山一等兵が発見した日記の記述に続いて、張沢民の心境を疑わせる事件が発生した。「夏の盛りの或る日」、「太行地区の何かの機関」にいた「陳といふ若い男」が、自分を売り込むために「私」たちの宿舎を訪れた。彼はすでに「一年ほど以前」旧日本軍に帰順して「前線の日本軍憲兵隊の密偵」をしていたという。「どことなく不良じみた二十四、五歳くらゐの若者」で、話しているうちに「日本軍に傭はれてうまい汁を吸はうとする底意」が見えてきた。あるとき、彼と話しているときに張沢民が部屋のなかに入ってきたことがあった。すると陳は声をひそめて「私」につぎのように囁いた。

「いまの女は、あれや何ですか」

私が工作員だと答へると、彼はちよつと頭をかしげてゐたが、「あの女は、要心した方がいいですよ」と私に忠告した。

「何かしたのかい」と私は訊ねた。

「さつき、この部屋にはいつて来たとき、口笛で合図しましたぜ」

陳の説明によると、君は彼に、「黄河大合唱」の一節を口笛で歌つて合図をしたといふのだ。私はへんに思つた。「黄河大合唱」といふのは中共地区で流行してゐる同名の劇の主題歌であることを、私は知つてゐたが、それはどういふ内容の一節だと問ひただした。彼は鉛筆と紙をくれといつて、すぐと書いて示した。

儞《ニー》　家《ジャ》　在《ザイ》　哪《ナー》　裡《リ》
儞《ニー》　打《ダー》　那《ナー》　児《ル》　来《ライ》

あんたの家はどこ？　あんたはどこから来たの？　――彼は、そしてそのところを得意さうに軽やかに口笛でふいてみせた。

彼の話を聞いた「私」は、さきほど彼女が口笛を吹いていたとき、彼も口笛を吹いていたことをはっきりと思い出した。陳はすでに「密偵独特のいはゆる両面工作」をはじめていたのである。そして唐突にも、つぎのようなことをいい出した。

「どうもどつかで見た女だと思つたんですが、あの女はたしか、太行山劇団の総団の女優ですよ、私は二十九年の七・七記念大会に麻田鎮で、あの女を芝居で見ましたよ、――『魔穴』といふ題の劇で、売笑婦になつたあの女優にちがひない」

「民国二十九年」、すなわち一九四〇年七月七日に晋中市左権県麻田鎮にある八路軍前方司令部で「民衆大会」が開かれた。晋冀魯豫辺区の軍隊や行政機関や学校に属しているすべての劇団が参加して、「辺区はじまって以来といはれる盛大な演劇競争」がおこなわれた。「私」はそのことをすでに彼女から聞いており、太行山劇団総団は辺区政府教育庁の管轄する劇団なので彼女がそのなかにいたことは容易に想像できるのだが、どうして今までそのことを打ち明けなかったのかと不審に感じられた。陳は旧日本軍に忠実なスパイとして、いまだに〈転向〉していない張沢民の素性を伝えて自分を高く売り込もうとしていたのか、あるいは中国共産党軍の二重スパイとして、旧日本軍に協力している張沢民に疑惑を持たせ、彼女を摘発させて情報の流出を防ごうとしていたのか、そのいずれが正しいのかは分からない。だが「密偵独特のいはゆる両面工作」のなかで「私」は翻弄され、「君が私を裏切つたやうに思へて、ゐても立つてもゐられないほど苦し」い気持ちにおちいった。

ところで張沢民が口笛で合図したという「黄河《ホウアンホオ》大《ダ》合唱《ホオチイヤン》」とは、詩人の光未然《グウアンウィウエン》が創作した写実的長詩

「黄河吟《ホウアンホォイイン》」に音楽家の洗星海《シィエシンハァイ》が曲を付けた一大オペラで、一九三九年三月三一日に全曲が脱稿され四月一三日に延安で一〇日連続の初公演がおこなわれた。洗星海によれば、中華文明発祥の源である黄河をモチーフにして民族の団結と連帯を呼びかけ、山西省と陝西省との間にある壺口瀑布《ホゥコウオプーブ》の激しい水飛沫を思い浮かべながら作曲したという。オペラの内容は黄河船夫曲《チュエンフチュイ》（合唱）、黄河頌《ソン》（男中音独唱）、黄河之水天上来《ジシュチィエンシャンライ》（朗誦）、黄水謡《ホァンシュイヤオ》（女声合唱）、河辺対口唱《ホビェンドゥイコォチャン》（男性対唱、合唱）、黄河怨《ユエン》（女高音独唱）、保衛黄河《バァオウィー》（斉唱、輪唱）、怒吼吧《ヌーホバー》！黄河（合唱）の全八曲から構成される。張沢民が口笛で吹いたのは第五曲「河辺対口唱」の冒頭で、旧日本軍の進攻によって郷里を追われ華北地方から逃げてきた農民がお互いの身の上を尋ねる。

[朗誦] 妻離子散、天各一方！ 但是、我們难道永逃亡？ 你听听吧、這是黄河辺上両個老郷的対唱。

(甲) 張老三、我問你、你的家郷在哪里？
(乙) 我的家、在山西、過河還有三百里。
(甲) 我問你、在家里、種田還是做生意？
(乙) 拿鋤頭、耕田地、種的高粱和小米、
(甲) 為什么、到此地、河辺流浪受孤凄？
(乙) 痛心事、莫提起、家破人亡無消息。
(甲) 張老三、莫傷悲、我的命運不如你！
(乙) 為什么、王老七、你的家郷在何地？
(甲) 在東北、做生意、家郷八年無消息。

（乙）這么説、我和你、都是有家不能回！

（合）仇和恨、在心里、奔騰如同黄河水。黄河辺、定主意、咱們一同打回去！　為国家、当兵去、太行山上打游撃、従今後、我和你、一同打回老家去！

（日本語訳）黄河のほとりでの合唱（男声合唱）

［朗誦］妻や子が散り散りばらばらになり、家族がそれぞれ天の一方にいる。ただし、私たちはまさか永久に逃亡するのか？　聞きなさい。これは黄河のほとりの農民が二人で合唱するものだ。

（甲、王老七）張老三、私は張さんの故郷はどこにあるのかと尋ねます。

（乙、張老三）私の故郷は山西省にある。黄河を渡ってから、三〇〇里も離れています。

（甲）私は張さんが故郷で田畑を作るのか商売をするのかと尋ねます。

（乙）私は鋤でコーリャンと粟を耕しています。

（甲）どうして張さんがここに来て、寂しく、黄河のほとりで流浪しているのですか。

（乙）そんな悲惨なことを聞かないで。私の一家が分散し、肉親を失ったのです。いまだに何の便りもありません。

（甲）張老三、悲しまないで。私の運命は張さんより不幸ですよ。

（乙）どうして、王老七さんの故郷はどこですか。

（甲）中国の東北地方です。あそこで商売をしていました。私は故郷を離れて八年になりますが、いまだに何の便りもありません。

(乙) そういえば、私たちは家があるのに帰れません。

(合) 心のなかに深い憎みがあります。憎みの勢いは黄河が流れている勢いのようです。そして、私たちは黄河のほとりで、故郷へ戻るために戦うことを決めましょう。国を守るために軍隊に入って、太行山で遊撃戦をおこなおう。これから、私たちは故郷へ戻るために、戦争をしましょう。

日本語訳を見れば、これが抗日戦争の戦意高揚のための歌であり、張沢民と陳はこの歌の冒頭を口笛で吹いて情報交換をおこなっていたことは明らかである。どのような内容のものであったのかは詳細には分からなかったが、「私」は自分に隠れて彼女が陳と意思疎通をはかったことに憤慨する。

本当は共産党員である君をして、理論的矛盾を生きさせてゐることに、男としての私の満足感があつたのだが、――その反面、私はいままでは、君が私に対してどんなことでも秘密を持つことをゆるさない気持になつてゐた。私は君のあらゆることを知つてゐなければ満足しなかつた。その君が私の面前で、私をごまかして、私以外の人間と何らかの意志を通じあはうとしたことがゆるせないことだつたのだ。

共産党員でありながら敵軍の兵士と愛し合うという「理論的矛盾」を生きさせることに「男としての私の満足感」が得られていた。彼女の心の隅々まで支配できていたと錯覚したのである。だが自分の面前で自分に隠れて他の男性と意思疎通され、まったく裏切られた気持ちになってしまった。陳はさらに、中共地区にいる恋人のことを彼女が尋ねてきたといい、すでに「漳河の夏の日」に林のなかで「恋人に君自身をはじめて与えてしまつたとき」の話を彼女から聞いていたので、「私」は「不愉快でたまらなかつた」という。

しばらくすると陳は「兵隊の彼に対する警戒心」を「彼の方で察知」したのか、そのまま黙って姿を消してしまった。陳の一件以来、「私」は彼女を「完全に所有してゐることを自分にたしかめるため」には、「どんな機会をも逃さずに君を追うてゐなければ安心できなかつた」。その結果「まるで気でもふれたやうに、君に対し熱烈になり、惨酷にさへなつた」という。できれば正面から彼女の本心を聞けばよかったのだが、「私」には「一か八かの態度に出るやうな決断」をする勇気がなく、「ぐづぐづした意気地なさは内部に溜」まるばかりで「とんでもないときにいきなり破局的な爆発をするのではないか」という「不安」を感じていた。だがまもなく二人の関係に「破局的な爆発」が起きる事件が発生したのである。

12　左権県石匣郷七里河

「夏の終りに近い頃」、「私」たちの政治工作班は、兵団の命令にもとづいて山西省晋中市左権県で「実態調査」をはじめることになった。左権県は当時「准治安地域」とされ、旧日本軍が完全に支配できていない地域であった。「海抜三千米、太行山脈中にある古い大きな県城」は「麻田鎮までは十里、渉県とは十五里あまりといふ中共の指揮中枢とは眼と鼻の間にある占領地域の末端」で「県城をとりまくまわりの山の頂上には喇嘛塔や南山、北斗台、夕陽台などの分遣隊陣地があり、これらの陣地は絶えず敵襲に曝されて」いたとある。実際そこは八路軍前方司令部がおかれていた武郷県麻田鎮からわずか四〇キロ、一二九師司令部から六〇キロしかなく、兵士たちにはまさに「最前線の厳しい生活」が強いられた場所であった。とりわけ冬の寒さは厳しく、

「気温は、ときに零下四十度を超え、地表下一メートルも凍つた土は、最早、土といふのではなくて、死んだ石かなにかのやうな感じであり、銃身には白い霜の花が咲き、夜歩哨に立つと、防寒帽には氷柱が垂れた」という。[18] 県城をとりまく小高い山々には、泰次郎が分遣隊で哨戒の任務についたというトーチカの跡が遺されている。故郷から遠く離れ、八路軍の急襲におびえながら酷寒に耐えなければならない生活は兵士たちを苦しみの極限に追いつめた。八路軍のスパイの摘発を狙った「掃蕩」「清剿」作戦は、苛烈さを増した「儘滅」作戦になって多くの場合、一般住民を巻き込んで「惨案《ツァンアン》」をまねいた。このような事件を起こした兵士たちを責めることは、平和のなかで安眠している現代の私たちには容易ではなく、厳しい生活のなかで次第に自己の良心を失い、軍の命令に従って暴力をふるうことでしか自己の存在をたしかめられなかった彼らの行動をくり返さない責任がある。

古い町並みが遺っている左権県城の西側は、独立混成第四旅団独立歩兵第一三大隊第一中隊の山本好江中隊長の守備担当地域であった。この中隊についてはすでに紹介したが、石田米子氏は周到な現地調査にもとづいて「明確に山本隊長の名が出て来ない場合にも、こうした記録に残る被害の現場は県城の西側、ないしは西方向の要衝で発生している」と指摘している。[19] 県城の東側と南側は第二中隊の守備担当地域で、同隊に所属していた近藤一氏は、新兵教育として中国人俘虜の「刺突」訓練を東南角広場で体験したことを証言している。[20] 県城の内外でおこなわれた「惨案」については、『侵華日軍在山西的暴行』（中共山西省委党史研究室編）や『日本侵晋実録』（山西省史志研究院編）など多くの文献でたしかめることができる。「サソリ部隊」として恐れられた第一中隊の山本大尉は背の低い前かがみの姿勢で歩き大抵夜に出動した。いつも「日本刀を縦に背負って双眼鏡と図嚢を下げ、地下足袋をはいて、決して馬に乗らない人」で「頬骨が高くあごが出て精悍な風貌乍ら、決し

太行山脈のなかにある左権県県城。

左権県県城にあるかつて日本人が住んでいた場所。

左権県県城にあるかつて日本人が住んでいた場所。

山上にある旧日本軍のトーチカ跡から七里河を望む。

て高い声を出さず口の中でボソボソと物を云い乍ら、いつも中隊の先頭を歩いた」という。[21]「惨案」の犠牲になった現地の人々の心にも、これらの事件は今も深い傷痕を遺しており、戦争の記憶は世代をこえて語り継がれている。

その日は私たちは七里屯といふ山裾の部落に調査に出てゐた。私たちは村公所にはいつて、住民から必要な事項をたづねだしてゐた。そのうちに私は君の姿がふと見えないのに気づいた。何か直感があつた。私は表に飛びだしてみた。君の姿は見えなかつた。

作品では、左権県城の郊外にある「七里屯《チーリートウン》」という村で事件が発生したとされている。だが現地を訪れてみると実際にはそのような名前の村はなく、清漳《チンジィアン》河《ホォ》の支流を前にして三方を山に囲まれた「石《シ》匣《シィア》郷《シィアン》七里《チーリー》河《ホォ》」なら存在する。県城からちょうど七里の距離にあり、村の裏手には小高い山がある。同村を訪れて曹明《ツァオミン》徳《ドゥ》氏（六六歳）および曹慶徳《ツァオチンドゥ》氏（七七歳）、李迸才《リーブンツァイ》氏（七一歳）に抗日戦争時代のできごとを尋ねてみた。彼らによれば、村人たちは、裏山の頂上に設けられていた炮楼《パァオロウ》（トーチカ）にいた旧日本軍兵士のために、毎日井戸から水を汲んで運んだり、炮楼の修理を手伝ったりした。炮楼には最初日本人が駐屯していたが、やがて〝偽軍〟（傀儡軍）の中国人に引き継がれたらしい。憲兵隊に連行されたり、親戚が殺されたりする事件もあったが、県城の内外であったとされる「惨案」は、この村ではなかったという。

「張先生、――」

七里河の曹明徳氏（66歳）、曹慶徳氏（77歳）、李进才氏（71歳）

七里河村

私は大声で叫んだ。私は裏口へまわつてみた。私ははつとしてそこに立ちどまつた。君が裏山を登つて行くうしろ姿が見えた。そのとき、私は君が恋人のところへ帰つて行くのだと思つた。私はもう一度君の名を呼ばうとして、やめてしまつた。君は私を捨てて行く、――ああ、私は捨てられる、いま、捨てられるのだ――私はかつとなつた。君に裏切られたといふ意識だけが、私の頭のなかに溢れだして来た。足もとがぐらぐらとゆれるやうに思へた。私はめまひがした。

「私」は村公所の裏口にまわってみると、彼女が裏山を登ってゆく後ろ姿が見えた。おそらく彼女は中国人の恋人の許に帰ってゆくのだと思われ、もう一度「君の名」を呼ぼうとしてやめてしまった。このときとっさに「私」は「ああ、私は捨てられる、いま、捨てられるのだ」と感じて「かつと」なった。「裏切られたといふ意識」だけが頭のなかに「溢れ」てきて「足もとがぐらぐらとゆれる」ような「めまひ」に襲われたという。中国人を、そして女性を支配できたと信じていた日本人男性の傲慢さに満ちたエゴイズムがここで露わになったのである。

私は、何故さうしたのか、そのときも、いまもわかつてゐる、――私は装填した拳銃をとりだすと、安全装置をはづした。三十米ある。私はあたりをすばやく見まわして、手ごろな岩角を見つけると、駆け寄つて、銃身をそこにあてて照準した。発射による銃身の振動を避けようとしたのだ。四十米――私は引金をひかうとした。――そのとき、君はくるりとこちらへむきをかへると、じつと私の手もとを見てゐるやうだつたが、まもなく駆け降りて来た。そして、いきなり泣きはじめた。

彼女の後ろ姿を見た「私」は、銃弾を装填した拳銃を取り出して安全装置を外した。「手ごろな岩角」を見つけると、そこに駆け寄り銃身を当てて照準を合わせた。彼女との距離が拳銃の最大射程距離である四〇メートルに達した瞬間、引き金を引こうとした。すると彼女は「くるりとこちらへむきをかへ」た。はじめは「じつと私の手もとを見てゐる」ようだったが「まもなく駆け降りて来た」という。「私」の殺気が彼女に伝わったと考えればよいのかもしれないが、彼女を撃とうとしたときに彼女がふり返ったというのは、かなり無理のあるクライマックスのように思われる。「肉体の悪魔」自筆草稿を見ると、はじめはつぎのような展開になっていた。


引金をひかうとした。——そのとき、突然君の姿が空間から消えた。轟然とした音響があたりの空気をふるわせた。彼女が倒れたのが見えた。私はそこへ駆けだして行つた。

君は片肘を地について、私を見あげてゐた。左の上膊に血が真赤に噴きだしてゐた。

「幹甚麼《カンシエンモ》?」

私はどなつた。君が私にくれた言葉が、私の頭の中でいつも生きてゐたのが、とつさにとびだした。私はありつたけの愛情で、君を憎んだ。——さういふ私を、君は見た。

君はそして、かすかに軽蔑したやうな影を唇のあたりに浮かべて、微笑んだ。私はぞつとした。

猿江や、工作員や、特別工作隊の者たちが、銃声を聞いて走つて来た。私は君を抱いて、創口を押へながら、私はさういふ連中に叫んでゐた。

「暴発だ。――暴発だ。何でもない、何でもないんだ。」

驚くべきことに拳銃は発砲されて張沢民の左の上膊部が撃ち抜かれている。「私」は怒りにまかせて引き金をひいてしまったのである。そのとき「私」の口を衝いて出たのは、はじめて愛を交歓し合ったときにベッドのなかで彼女が繰り返し発した「幹甚麼《カンシェンモ》」という言葉であった。それを口にしながら「私」は「ありつたけの愛情で、君を憎んだ」といい、彼女を銃撃するという修羅場でまさに〝愛憎相半ば〟する激烈な感情に襲われていた。しかし「かすかに軽蔑したやうな影を唇のあたりに浮かべて、微笑んだ」彼女の顔を見た「私」は「ぞつとした」という。そして彼女に対する愛情にこだわっていた「私」を蔑むような、思いも寄らない彼女の表情を見て肝を冷やし、銃声を聞いて駆けつけてきた猿江一等兵や工作員、特別工作隊のメンバーに対して、それが拳銃の「暴発」であったと言いわけするのである。

「裏切られたといふ意識」にとらわれたまま拳銃を発射してしまうというクライマックスは、ある意味において自然な展開である。どれほど彼女を理解しようと努めていても最後は男性のエゴイズムが爆発するという結末だからである。それに対して女性が軽蔑の気持ちを込めた微笑で男性の存在を拒絶しようとしていたにしてもこれでは、和平劇団の練習に身が入らない張沢民を殴ったのは猿江の「芝居」であったことを見破ったり、精神と肉体との「断層」に苦しむ「内部の闘ひ」を続ける張沢民の「誠実さ」をクローズアップして描いたりしたことなど、これまでの小説の伏線が反古になり、「肉体の悪魔」がいかにも通俗的な小説になってしまう。日本人と中国人、男性と女性という民族や性別のちがいをこえて、人間同士お互いに愛し合うことの可能性を極限まで追求しようとしたモチーフに従えば、やはりクライマックスでは引き金を引く寸前で、それを思いとどまる方がふさわしい。

13　おわりに

兵団が駐屯地を去って移動するという噂が広がりはじめた頃、「部隊にゐた中国人は全部解雇するやうに」という命令が司令部から発された。作品の背景にあるのは、一九四四年四月の河南作戦である。泰次郎が配属されていた独立混成第四旅団は一九四三年五月に第六二師団（通称石部隊）に編成替えされ、一九四四年四月四日から原駐地の山西省晋中市楡次県を出発して河南省に南下し、四月一七日までに黄河北岸の河南省新郷《シインシイアン》市に集結した。彼女も工作員を解雇され、「私」と別れる日がやって来た。

私は君を機関車の石炭の上に乗せた。君は普段着の藍色の衣服を着てゐた。石炭の上に、ほかの住民に交つて、ちよこなんと座つた君の姿は、極めて普通の娘だつた。こんな娘のどこにあんな烈しい情熱をひめてゐるのだらうと不思議だつた。昨夜の最後の一夜に於ける君は、いままでにもこんな君は見たことがないほどの、まるで血に飢ゑた悪鬼羅刹のやうでさへあつた。凍てついた地平の果に、君の乗つた汽車がだんだん小さくなつて行くのを見送りながら、君が昨夜、私にいつたいろんな言葉が、きれぎれに、けれどもつぎつぎと、まるで稲妻のやうに私の頭のなかに閃いた。――「あの日私は、あなたの弾丸に当つて死ぬつもりだつたのよ、ああすれば、あなたが私を射つことがわかつてゐたわ、――何故、死なうとしたかつて？　あなたが私を憎んでゐることを私は知つてゐたのよ、だけど、あなたの弾丸にあたつて死ねば、あなたは私を可哀さうに思つてくれるにちがひないと思つたの、――そんな夢を見たかつたのよ、――だけど、あなたのあんまり真剣な顔を見たので、私はまた急に生きてゐたくなつたの、死んでしまつたら、あなたのこんな顔見られないと思つて」——「どうして、あなたを最初好きになつたかつて？　それはあなたが中国人を馬鹿にしないからだわ、私が来た頃、あなたが老百姓と何かのことで話してゐるのを見てゐて、とても感じよく思つたことがあつたのを覚えてゐるわ」——「いまのあなた？　いまのあなたも魅力があるわよ、何故つて、あなたはもうすぐ太平洋で砲灰となるか、水鬼となる可哀さうな運命なんですもの、——可憐な生命のはなかい美しさ」——「日本をどう思ふかつて？　日本帝国主義は私たちの永遠の敵にきまつてるぢやないの、永遠の敵、——」

最後の一夜は「いままでにもこんな君は見たことがないほどの、まるで血に飢ゑた悪鬼羅刹」のように彼女は愛情を表現したという。七里河でのできごとについて、あの日は自分を憎んでいた「私」の弾丸に当たって死ぬつもりであったが、「私」の「あんまり真剣な顔」を見たので「急に生きてゐたく」なったのだと打ち明ける。そもそも「私」を好きになったのは、「私」が「中国人を馬鹿にしない」からで、「老百姓」(庶民)に対して親切に接する「私」の姿を見て、自分の心を開きはじめたのであった。「和平劇団日記」にも、俘虜たちに対して「彼らのためには、自分は一兵士ではあるが、出来るだけのことは、してやりたいと思ふ」と書かれていたように、泰次郎は現地の人々にできるかぎり親切に振る舞っていたらしく、泰次郎夫人の美好氏によれば、現地の子どもたちは泰次郎の優しさに感謝して、いろいろな食糧を宿舎に運んできてくれていたという。

だが彼女は「もうすぐ太平洋で砲灰となるか、水鬼となる可哀さうな運命」にある今の「私」にも「魅力」を感じるという。これはたとえいくら親切であっても、「私」もまた中国を侵略した旧日本軍の兵士であることは決して忘れていないことを示す一言で、「日本帝国主義は私たちの永遠の敵」だと断言する。

焦土となつた故国に送り帰され、いま亡国の関頭にあつて、私はやうやくにあの頃の君の心の苦悩がわかりかけてゐる。私たちを近づけたものは、私たちを別れさせたものは、何だらう。けれども、すくなくとも、君だけはさういふ運命に挑みかかつた。――

敗戦後、「私」は北京郊外にある豊台捕虜収容所に入れられ、支配される側の人間の立場になってはじめて張沢民の気持ちが分かるようになった。さらにGHQによって敗戦国日本が占領統治されることになって、支配される民族の感情が理解できるようになったのである。彼女と心を通わすことができたのは、非人間的な軍規によって一方的に兵士を抑圧していた旧日本軍に対して「私」もまた疑問を抱いていたからであろう。さらに「ときに君がみせるあの内心の深い憂悶を押へたやうな表情」を見ると「私自身の魂の奥底にある君に対する民族的な引け目」を感じざるをえなかったように、「私」は一方的に民族を支配することの不当さを感じていた。だが「君が完全に自分の物になると、熱が冷めたといふわけではないが、軍規と人眼のなかでこつそりともうこれ以上問題を大きくしないで置かうとするやうな態度をはつきりとみせた」という一面もあった。最初は民族やジェンダーのちがいを乗り越えようとしていたが、女性を手に入れたことの満足感と自己の保身のために放棄し、かえってそれらを支配の道具として用いてしまったのである。だが張沢民の勇気ある行動は、支配者として彼女を見下ろしていた「私」の欺瞞を明らかにしただけでなく、他者を支配しようとする欲望は他者の裏切りにかならず出会うことを教えてくれた。たとえ自己の欲望を実現するために狡知をめぐらしても、侵してはならない尊厳が人間には存在する。正当に見える理由を案出して欲望の実現をはかる〈理性〉は、〃肉体〃によってかならずその虚偽が告発されるというのが泰次郎の〃肉体主義〃であった。

14　エピローグ――趙洛方編『太行風雨　太行山劇団団史』

太行山劇団の関係者が集まって往時を語る座談会が一九八六年一〇月に太原市で開催された。元団長の阮章競と趙子岳《ジィオズーユイエ》を中心として趙正晶《ジィオジエンジン》、夏洪飛《シィアホンフィー》、魯林《ルーリン》、李佩琳《リープィーリン》、張尚忍《チャンシィアンリエン》たちが参加した。彼らはこの座談会をきっかけにして資料を収集しはじめ、二〇〇一年六月に山西人民出版社から『太行風雨　太行山劇団団史』を出版した。三〇八頁におよぶ本文には、一九三八年五月七日に山西省晋城市の崇実《ツウンシ》中学校で結成されたときのエピソードから抗日戦争が終結するまでの苦難に満ちた劇団の歴史がまとめられている。同書によれば、太行山劇団は「華北軍政幹部訓練所《ホウアブイジウンジエンガエンブシウンリイエンスウオ》」（華幹）の話劇組と八路軍第二戦区第一三遊撃支隊（晋城市陸川県遊撃支隊）を土台にしながら連合抗日流動劇団と陸川県児童抗日宣伝隊が合同して結成された劇団である。朱瑞中共中央北方局委員による指導の下、趙洛方団長や阮章競芸術指導員、趙迪之政治指導員が中心となって約三〇名の団員が結集した。最年少は一一歳の少年で、彼らはみな若者ばかりであったという。張沢民から聞いた話として「私」は「当時君たち女学生は後に山東省に移つた朱瑞という中共の幹部に特に親切にしてもらつたと、何度も君はそのことを語つた」としている。

団員はみな八路軍の軍装をするとともに「八路」の肩章をしていた。抗日政府から緞帳や布クロスを支給され、「太行山劇団」という金色の大きな五文字と太行山の図案を縫いつけた幕を制作した。ドラやランプ、オルガンなど貧弱な道具しかなかったが、不撓不屈の「太行精神《タイハンジンシィエン》」を抱き文芸戦士として高い士気を誇っていた。一九三八年六月下旬には八路軍総司令部で集会の演出をし、七月七日には同じ総司令部で、中国共産党建党一七周年および抗日戦争一周年紀念大会の演出を総司令部直属の火星劇社《ホシンジュシャ》とともにおこなった。これらは朱徳や彭徳懐などの軍首脳に親しく交わる絶好の機会となり、朱徳の妻の康克清《カンクチン》から非常に親切にしてもらったという。張沢民が「康克清に可愛がられたといつて、よく彼女のことを話した。康克清は色の黒い男のやうな大柄な女で、拳銃を腰につけて、馬に乗つて、部落をまわつたりするとき、よくお供を仰せつかつたというようなことを話してくれた」というのに符合する。太行山劇団は女性解放運動にも積極的で、公演に訪れた村々では女性に旧式の髻を切らせるなど風俗や文化の封建的なしきたりの打破を呼びかけていたらしく、これも張沢民が「かつて私の前で、理路整然と中国に於ける女性の解放を論じた」ことに通じる。

ところで同書を読むとき最も強い関心を抱かされるのは、旧日本軍の俘虜になった後で和平劇団に転用された太行山劇団第二分団に関する情報と、張沢民に関する消息とである。まず太行山劇団第二分団について、太行山劇団総団は一九四〇年五、六月頃に組織替えをおこない、中国共産党晋冀豫辺区政府の太行区が管轄する専区ごとに五つの分団を結成した。第二分団は河南省新郷市輝《ホウ》県生まれの女性朱燁《ジュイエ》（朱叶）が団長となって、山西省晋城市陵川県生まれの男性武芸巍《ウーイーウィ》（武石生）が彼女を補佐した。旧日本軍が作成した太行山第二分団の俘虜名簿には両名とも名前が記載されていない。また同書には第一、三、八分団の活動報告が詳細に記述されているが、

『太行風雨太行山劇団団史』（山西人民出版社）

太行山劇団の女優たち（1942年、渉県懸鐘村にて）

第二分団に関しては結成時のことしか触れられていない。第一分団の生存者である華青《ホウアチン》氏に第二分団のことを尋ねてみたが、分団ごとに分かれて秘密裏に行動していたので、他の分団のことはまるで知らないという。

他方、張沢民について、同書には同じ名前の女性は一人も登場しない。一九三九年二月、長《チィャン》治《ジ》師《シ》範《ハン》学《シュエ》校《シィアオ》に晋東南《ジンドンナエン》民族革命芸術学《ミィンズゥグミンイーシュシュエ》校《シィアオ》（民革術校）を設立したとき、中国共産党晋冀豫辺区政府は延安魯迅芸術学院から指導者を招聘すると同時に、国民党との統一戦線を重視して国民党員も同校に招き入れた。その際、軍情報の漏洩を防ぐために太行山劇団員には化名（変名）を使うように指示が出されていた。劇団員とはいっても戦闘の前線で働く政治工作員なので自分の名前を明かさないことは日常的であったと思われるので、泰次郎が張沢民の本名と考えていた「張玉芝《ジィアンユイジー》」は化名であった可

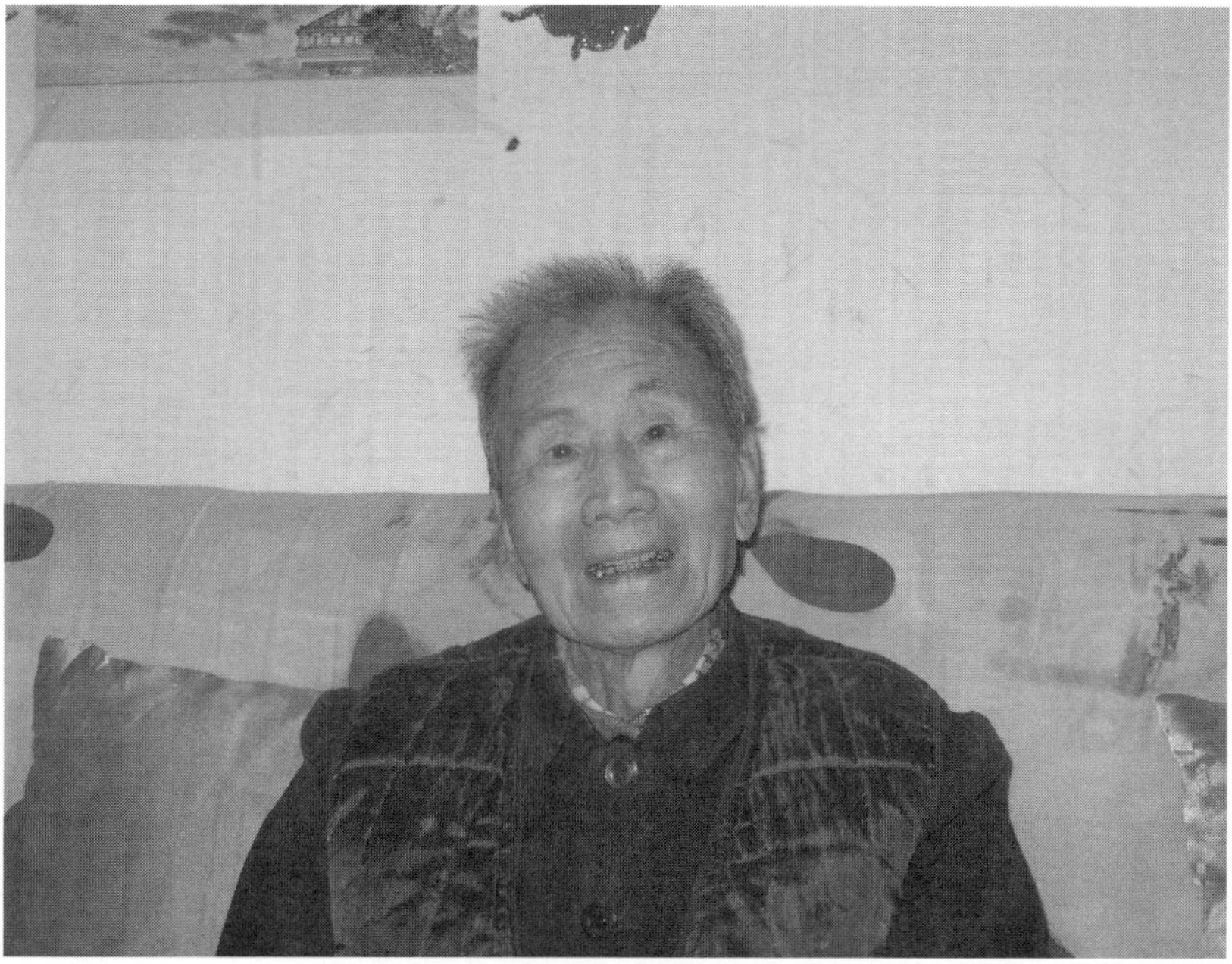

太行山劇団第１分団の華青氏

能性が高い。これを前提にして同書を読み返してみると、「肉体の悪魔」の冒頭の場面、一九四二年五月一五日から七月二〇日までの晋冀豫辺区粛正作戦中に旧日本軍の俘虜になった女優がいたことが分かる。晋冀豫辺区粛正作戦の開始時、河北省邯鄲市渉県懸鐘《シィエトン》村にいた太行山劇団総団は、一旦は山西省晋中市左権県に北上したが東西方向から挟撃されそうになったので長治市平順県石城鎮豆峪村《ドゥユイツゥン》まで後退した。そこで作戦会議を開いたが、通信機を持ち装備も整い、戦闘経験の豊かな一二九師参謀訓練隊に総団をあげて参加するべきだという意見と、太行山劇団は非武装の集団なので少人数での分散行動をした方がよいとの意見に分かれた。両論対立のなか、老人や病弱な劇団員を和順県十《ホォションシィエシ》字嶺《ズリン》に隠れさせ、その他の団員はみな一二九師参謀訓練隊に参加するという折衷案で議論を収拾することにした。

太行山劇団は一二九師参謀訓練隊と合流して六月二五日に出発し、国民党軍の孫殿英部隊と旧日本軍の間の戦闘をかいくぐって翌日、平順県東寺頭郷井底村《ドンスートウオシイアンジンティーシウン》に到着した。山西省と河南省との境にある井底村は、太行大峡谷の山村で、断崖が聳える谷底には漳河の支流である井底河が流れている。長時間の移動で疲れた劇団員は村の北にあった舞台の上で暫時休息を取っていると、急に銃声が響いて「武郷営《ウーシィアンイン》」と名乗る〝偽軍〟（傀儡軍）が襲来した。攻撃を避けようとして村の外に出ようとしたが、すでに道は封鎖されており、劇団員は大瀑布のあるところにまで追いつめられた。泳げない者もいたが瀑布に飛び込むしかなく勇気を出して断崖から飛び降りた。しかし敵軍は漳河に入って銃を乱射して、章杰儒《ジィアンジィエジュ》・陳九金《チンシィユジン》・郝玉璽《ハォユイシ》・王芸人《ワンイーリン》の四名が戦死し、阮章競・常振華《チィアンジュンホア》・康方印《カンファンイン》・袁秀峰《ユエンシィユフン》・崔家俊《ツウイジィアジョン》・夏洪飛の六名が負傷した。総団のメンバーのうち四分の一が死傷するという大きな犠牲を払うことになったが、このとき劇団創立時からの主要メンバーであった朱愛春《ジュアイチウン》が俘虜になったとされる。朱愛春は河南省濮陽市清豊県生まれの女性で、同書刊行時にはすでに病死したと記録されている。ちなみに劇団幹部の趙洛方と康方印、さらに一般団員の劉桂芳《リィユーグゥイファン》と李美連《リーメィーリエン》も同県人である。旧日本軍の資料から作品冒頭の場面は一九四二年六月九日に平順県石城鎮でのできごとと推定されたが、朱愛春が俘虜になったのは六月二六日、石城鎮からは約三三キロ東南の方向にある東寺頭郷井底村であった。おそらく井底村で捕らわれて石城鎮に連行されたのだと思われる。作品のなかでは具体的な日時は特定されておらず、このようなズレが生じたのは冒頭の場面がフィクションであるからなのか、あるいは作者の記憶ちがいなのかは判然としない。しかし二人が最初に出会ったのは「太行山脈のなかの、漳河に沿うた或る部落の、夏の或る日」であったことはたしかで、仲間の劇団員から死傷者が多数出た直後であっただけに、彼女が「日本軍に対して骨の髄から憎悪に燃えているやうな冷ややかさを全身に見せ」て「あまりに他の娘たちと駆け離れた反抗的態度」を見せていたことも事実であっただろう。

他方、作品のなかで憲兵隊の密偵をしていたという陳の証言によれば、張沢民は「太行山劇団の総団の女優」で、「(民国)二十九年の七・七大会に麻田鎮」で上演された『魔穴』という題の劇」のなかで「売笑婦」の役を務めたとされる。民国二九年は一九四〇年であるが、実際には一九四一年七月七日に左権県桐峪《トンユイ》鎮で晋冀魯豫辺区政府成立の大会が開かれ、太行山劇団は「群魔乱舞《チュィンモルエンウー》」、魯迅実験劇団は「巡按《フーアエン》」、抗日大学文工団《カンリダシュエウェングントゥエン》は「亡宋鑒《ワンスンジィエン》」、一二九師先鋒劇団は「雷雨《レイーユイ》」を上演したという記録がある。「群魔乱舞」は陳白尘《チンプアイチェン》が創作した国民党統治区の暗黒社会を描いた大型話劇であり、舞台演出にも工夫を凝らし巧みな演技によって高い評価を得たという。上演年と会場はズレるものの、作品には「晋冀魯豫辺区の軍隊や行政機関や学校に属しているあらゆる劇団が参加して、辺区はじまつて以来といはれる盛大な演劇競争が催されたことは私も君から聞いて知つていた」とあるように、それは晋冀魯豫辺区政府が主催した大会で「盛大な演劇競争」がおこなわれたことも事実であった。太行山劇団の活動によって抗日根拠地における群衆文芸活動は次第に盛んになり、太行山上や漳河の両岸からは抗日歌や革命歌を合唱する歌声が早朝から響き合ったという。これも作品の「朝のまだ暗いうちから抗日歌や革命歌を合唱する兵士たちの歌声が、漳河に沿うた川霧に閉ざされたあちらこちらの部落から、また峰々から湧きおこり、それぞれが反響しあつて、太行山という大自然を舞台とした一大交響楽のやうに聞かれる」とあるのに符合する。

さらに作品のなかで「私」は張沢民から「十五年夏の百団大戦のときは蟠龍鎮まで来ていたそうだ」と教えてもらっていたが、一九四〇年夏の百団大戦では、太行山劇団総団は山西省晋中市武郷県蟠龍《プェンリウン》鎮まで進出し、長治市黎城県西井《シージン》村にある黄崖洞八路軍兵器工廠《ホウアンイアドンバルジュンビンチグンチィアン》の防衛戦に参加した。群衆宣伝工作や部隊の慰問に加

黎城県西井鎮にある黄崖洞八路軍兵器工廠の旧址

えて水や食糧、弾薬の輸送、負傷者の搬送、戦闘参加まで劇団の活動範囲を拡げていたという。そもそも「河北省清豊県の女子師範の学生だったとき」に八路軍に参加した彼女は、旧日本軍の俘虜になった一九四二年は「二三歳」であったと設定されている。これを前提にして計算すれば、一九三八年に太行山劇団が結成されたときは一九歳であったことになり、ちょうど女子師範の一四歳以上二〇歳以下という在学年齢の幅に収まる。

このように考えれば、張沢民は朱愛春であった可能性が高くなるといえる。しかし作品のサブタイトルに「張玉芝に贈る」とあるように、泰次郎は張沢民の本名を「張玉芝」と考えていた。朱愛春は「張玉芝」という化名を明かしただけで、本名は泰次郎に教えなかったのだろうか。劇団の事務所で張沢民と「私」が最初に言葉を交わしたとき、彼女は激しい口調で「私は、

——日本軍に捕らわれぬ以前から信じていたわ、私たちと日本帝国主義とは絶対に相容れぬということを」と話した。そして別れの場面でも、機関車の石炭の上に座った彼女は「日本をどう思うかって？　日本帝国主義は私たちの永遠の敵にきまつてるじやないの、——永遠の敵」と話している。最初と最後のセリフの両方ともに激しい憎悪の感情が含まれており、「私たち」と「日本帝国主義」が相容れない存在であることを繰り返し強調している。このことを考えれば、やはり彼女は太行山劇団の創設時からのメンバーで高い抗日意識を持っていた朱愛春であったといえるのではないか。いつどこで病死したのかは分からないが、苦難の時代に彼女がひたむきに生きた姿は、彼女と真剣に向き合おうとした泰次郎の小説のなかに印象的に残され、今もなお読者の心に感動を与え続けている。

註

（1）「作家のことば」（『現代日本文学選集』第二巻、一九四九年一一月、細川書店）
（2）「渇く日日」（「饗宴」第四号、一九四六年一〇月）
（3）田村泰次郎『わが文壇青春記』（一九六三年三月、新潮社、二一六頁）
（4）防衛庁防衛研修所戦史室『北支の治安戦』第二巻（一九七一年一〇月、朝雲新聞社、一九二頁）
（5）同右書、一九三頁。
（6）同右書、一九四頁。
（7）石田米子「山西省の人々の記憶・記録の中の独混四旅十三大隊」（『ある日本兵の二つの戦場―近藤一の終わらない戦争』、二〇〇五年一月、社会評論社、三七一頁）
（8）山西省人民検察院に所蔵された『（日本戦犯文芸作品集）我們所走過的道路―日本戦争犯罪記事集』からの引用。
（9）「剿共指針」第一号（黄城事務所、一九四一年六月一五日、二頁）

(10) 防衛庁防衛研修所戦史室『北支の治安戦』(一)、一九六八年八月、朝雲新聞社、四七二頁

(11) 同右書、四七三頁

(12) 田村泰次郎宛丹羽文雄書簡(一九四一年二月一三日付、三重県立図書館所蔵)。同書簡によれば、前夜に帝国ホテルで支那派遣軍報道部長から陸軍報道部長へと昇進した馬淵報道部長の歓迎会が開催された際に、丹羽が田村の配属の件を依頼したとある。

(13) 前掲(10)と同書、四八五頁

(14) 申双鱼・徐成巧「太行根据地的抗战文化」(二〇〇四年八月一二日、http://www.cppcc.gov.cn/rmzxb/cqzk/200408120045.htm)

(15) 福田次男「黄色い砂—空しかった山西宣伝の七年」(『黄土の群像』、興晋会、一九八三年五月、四四三頁)

(16) 王日新、蒋篤運主編「河南教育通史」下(二〇〇四年、大象出版社、六二一~六八頁)

(17) 前掲(4)と同書、三六五頁。

(18) 前掲(3)と同書、一八三頁。

(19) 前掲(7)と同じ。

(20) 前掲(7)と同書、一九三頁。

(21) 「独旅」第六号(一九七四年六月、五〇頁)

Ⅱ　田村泰次郎の自筆原稿

1 「肉体の悪魔」

1

二〇〇五年は第二次世界大戦が終結して六〇年に当たる年である。それを記念する行事が年初から世界各地で開かれた。ポーランドのアウシュヴィッツ収容所の式典では、ゲハルト・シュレーダー独首相がナチス時代の大量虐殺について謝罪する演説をおこなった。犠牲者およびその遺族を前にして彼は「今生きているドイツ人の圧倒的多数は、ホロコーストに対する罪を負ってはいない」が、「国家社会主義の時代とその犯罪を心に刻むことは、一つの道徳的義務」として受け止める責任があると述べた。ドイツ人を含めてヨーロッパの人々は共感をもってその演説を聴いた。

他方、朝鮮三・一独立運動の式典では、盧武鉉韓国大統領が対日外交政策の転換を表明し、従来は国家間で解決済みであるとされてきた植民地支配による被害賠償を、今後は個人レベルでも求めてゆくという新しい方針を示した。近年、竹島をめぐる領土問題をはじめとして靖国神社参拝や歴史教科書の問題に至るまで、急速に悪化したように見える日韓関係には、戦後補償をめぐる認識のズレが潜在的に存し続けてきたのであり、今回の盧大統領の声明は、それを一気に表面化させたのである。

右のように過去を問い直す発言が人々の耳目を集めた一方、日本国内では、戦後作家田村泰次郎の選集が出版された[1]。過去の戦争とは直接の関係を持たない市民が大多数を占める今の日本社会で、泰次郎が描いた〈戦争の記憶〉を再構成するために、選集の出版が企画された。共同編集者として四日市市市立博物館の秦昌弘学芸員の協力を得た。四日市は泰次郎の郷里で、同博物館には、泰次郎夫人の美好氏によって寄贈された自筆原稿（「肉体の悪魔」「肉体の門」「渇く日日」「故国へ」）が所蔵されている。死に至る病床で泰次郎は夫人に向かって「四日市に帰りたい」と繰り返し話していたという。泰次郎の生涯を振り返ってみればまだ中期といえる一九四八年に自選集が出版されてはいたが、彼の文学を体系的にとらえる全集の類は、これまで刊行されたことがなかった。泰次郎は敗戦直後に〝肉体の解放〟というスローガンを掲げて文壇に登場し一大旋風を巻き起こしたのであったが、経済復興が順調に進むにつれて民衆の日常から「戦後」という実感が希薄になり、生活の実感とともに記憶されていた彼の小説が忘却されてしまう結果になったからである。

だが泰次郎の文学は、マスコミに喧伝されたような性を刺激的に描写した風俗小説ばかりではない。足かけ七年にわたって従軍した体験にもとづいて一兵士の視線から戦争の惨禍を描いた戦争小説がある。戦場を舞台とした小説は早い時期から創作されてはいたが、一九六〇年代に入って泰次郎は〝戦争の忠実な表現者〟としての自覚を深めた。田村美好夫人の回想によれば、戦前から親友であった坂口安吾が死去して丸一年になる一九五六年二月一七日に新宿で倒れて以来、体の不調を感じ、しばしば脳出血で倒れるようになっていた。もはや連載の執筆に追われる若き日の流行作家としてではなく、自己の肉体の限界を悟った人間として真の創作モチーフを突き詰めようとしたのである。口笛で反戦歌を吹きながら新宿を徘徊したというエピソードがあるように、アメリカ軍が大規模な軍事力を投入していたベトナム戦争が深刻化していたことも戦争小説を創作するきっかけになっていた。その心境は「私はかつての戦場で、自分が人間以外のものであつたことをみずから認

めるために、そのときの原体験の忠実な表現者でなければならない」という作家自身の言葉に端的に示されている。(2)

選集の編輯を進めるうちに私が気になったのは、〝肉体文学〟が「観念的」な表現に終わってしまっていると同時代の作家から批判されていたことである。いずれの場合も否定的な意味合いを込めて「観念的」という言葉が使われていたのだが、泰次郎が思想や哲学の一切を拒否して〝肉体派文学〟を自称していたことを考えれば、それらの評価は一見矛盾するように思える。たとえば最も早い頃の批評として高橋義孝の「田村泰次郎論」(「新小説」、一九四七年一二月)がある。高橋によれば、「肉体の門」は「一応は読者をぐいぐいと肉の世界へ引きずり込んで行く」のだが、最後のシーンに至っては「間の抜けた観念」が飛び出してくる。「『実にすさまじい』とか『肉の乱舞』とかいふやうな、何のことはない活動の広告文によくあるやうな言葉、安手な観念」のために幻滅させられてしまうという。高橋はドイツ文学者の立場から、日本文学には伝統的に霊肉の相克をテーマとしてきたヨーロッパ文学の思考法がない点を指摘し、「哲学を持たなければ肉体は描けぬ」と結論するのである。

他方、正宗白鳥は「田村泰次郎論」(「中央公論」一九四八年三月)で、肉体主義を標榜する作家にしては肝心の肉体の描写がおろそかにされていると泰次郎を批判している。白鳥によれば、「思想にまさる肉体の力を説くに急にして、性慾の力を是認するに急にして、我々読者をして、その描く肉体美に惚れぼれさせるくらゐの手腕を作品の上に発揮しないやうでは文壇一の肉体主義作家田村泰次郎の面目にかかわるのである」という。

しかし本当に泰次郎の小説は低級な観念に終わる通俗的なものなのだろうか、あるいは描写力に欠けるものなのだろうか。たしかに肉体が思想との間で葛藤を起こしそれを凌駕するというモチーフに泰次郎が拘泥しすぎていたことは否めないとしても、私には同時代の作家が「通俗的」なものと指摘したのとは異なる印象を持つし、「観念」と「描写」とを対比させてとらえるのとはちがう見方をとりたい。戦前に発表された泰次郎の評論群を読めば、彼がヨーロッパ現代文学から多大な影響を受けながらプルーストやジョイスの方法を取り入れて独自の「神話主義」、すなわち「かゝる開化せる貪婪『文明化された』意識によつて不当不自然に抑圧されてきた意識下の流れを再掘し、そこにわれわれの最も原始的な偽りなき自由な、本来的な姿態を再認しようとすること」を提唱していたのが分かる（「神話主義の面貌及その方法論」）。[3]「爆弾で粉砕され、焼きはらはれた都会は、夜になると原始に還る」と描かれた「肉体の門」の世界は、実は戦前から持ち越された「神話主義」という方法論にもとづいて造型されていたのであり、「文明化された意識」によって隅々まで汚れてしまった世界を解放しようとするテーマに貫かれていたのである。

泰次郎は、戦前は「意識下の流れ」に〈反文明〉の方法を見いだそうとしていたのに対して、戦後はそれを「肉体」に置き換えて、「肉体」によって〈原始の記憶〉を甦らせようとしていた。だが殉教者のように半裸の女性が宙づりにされてリンチを受けるという「肉体の門」の結末のシーンはジョイス独特の「エピファニー」(Epiphanie) の方法、すなわち神聖で超自然的存在による顕示に従って物事や事件、人物の本質が露わになる瞬間を象徴的にとらえる描写に通じるものが感じられる。戦前からあったその方法は、戦後になって作家たちが創作の場で意識に上らせる機会も少なくなってしまい、泰次郎の描写が「観念的」とのみ批評される遠因になったのだと考えられる。

さらに泰次郎の作品を考える資料として「肉体の悪魔」の自筆原稿を取りあげてそれらの創作プロセスを明らかにしながら〝肉体文学〟の本質を見極めたい。

2

一九九三年、泰次郎没後一〇年を機に田村美好氏が三重県立図書館に資料約九千点を寄贈した。同図書館は自筆原稿や蔵書、写真、愛用品などが含まれた資料類を整理し、田村泰次郎文庫として地下書庫に大切にそれらを保管している。また泰次郎の父左衛士が初代校長を務め、彼の母校でもあった三重県立四日市高等学校(旧制県立富田中学)の創立百周年記念展が一九九八年に四日市市立博物館で企画された。その展示資料の調査と収集をおこなっていた秦昌弘学芸員が美好氏の自宅で「肉体の悪魔」「肉体の門」の自筆原稿を発見した。当時それらは保存状態が悪く、紙質が劣化して破損した部分もあったが、秦氏の尽力によって修復され今は同博物館に保管されている。

〝肉体文学〟を代表する二作品のうち、先に発表されたのは「肉体の悪魔」である。「肉体の悪魔」は、一九四六年二月に復員して四日市東富田の実家に仮寓していた泰次郎が、戦後はじめて上京した折に、「世界文化」の水島治男編集長に薦められて執筆した作品である。一旦郷里に戻って約一〇日間で書きあげられ、「世界文化」一九四六年九月号に掲載された。黄塵の吹き荒れる山西省の太行山脈が作品の舞台で、政治工作班(宣撫班)に属する旧日本軍の一兵士が中国共産党軍の俘虜張沢民との間で愛憎劇が繰り広げられる。

ところで人類の長い歴史ではこれまでに国家や民族、イデオロギー、ジェンダーの差異において〈支配する者〉と〈支配される者〉との関係が生み出されてきた。泰次郎によれば、そのような〈支配〉のディスクールをひとたび措いて個人が本来の生物的な姿に立ち返ってみると、肉体だけがそこに残り、肉体の欲求に忠実に生きれば自然に愛し合えるという。しかしそもそも肉体そのものが存在しているのでは決してなくディスクールを通すことによってのみ欲望の対象としての〈肉体〉が表象されることを考えれば、このような泰次郎の主張には、「肉体」に還りさえすれば最終的にすべての対立が解消されるという安易な〝肉体主義〟が導き出される危険がはらまれていたといえよう。

これから検討する「肉体の悪魔」自筆原稿は、Ｂ４判四〇〇字詰原稿用紙（縦二〇字×横二〇行）七三枚、使用された用紙は一種類である。推敲のための書き込みのために行頭五字分は横線が引かれて空けられている。全体的に推敲の書き込みがおびただしく見られるが、組み版を指示する編集記号が一切ないことから、浄書稿ではなく草稿であることが分かる。(4) おそらく泰次郎は、出世作となった小説の記念としてそれを手許に残しておいたのだろう。

この草稿を見てまず気づくのは推敲の過程でタイトルが何度も修正されていることである。「情熱」が最初に付けられていたタイトルである。敵味方を越えて愛し合う主人公たちの劇的な行動をそのまま表している。つぎにそれが「情熱の日に」と修正されて「張玉芝に贈る」というサブタイトルが付けられている。張玉芝は主人公張沢民のモデルとなった実在の中国人女性であるとされる。さらにタイトルが「情熱の悪魔」と書き直された後、またタイトルが「肉体の悪魔」と修正され、「汝らは血を流すまで抵抗《てむかひ》しことなし」というプロローグが付されている。浄書稿以降消去されてしまうこの文語体のプロローグは、新約聖書「ヘブル人への書」第一二章四節（文語訳）が典拠になっている。終生キリスト教に関心を示したことのない泰次郎だが、四回修正されて最終的にタイトルが「肉体の悪魔」に決められた根拠になる重要な言葉であった。

「ヘブル人への書」の最も重要な教えは同章一四～一五節の「子等はともに血肉を具ふれば、主もまた同じく之を具へ給ひしなり。これは死の権力《ちから》を有つもの、即ち悪魔を死によりて亡し、かつ死の懼《おそれ》によりて生涯、奴隷となりし者どもを解放《ときはな》ち給はんためなり」という一節にある。イエス・キリストの十字架の死と復活によって'le diable au corps'が滅ぼされ、人類に永遠の生命が授けられるというキリスト教の復活信仰である。'le diable au corps'――これは若干一八歳のレイモン・ラディゲが自分の小説のタイトルに使った言葉で、日本では「肉体の悪魔」（波達夫訳・アルス版、一九三〇年）や「魔に憑かれて」（江口清訳・春陽堂世界名作文庫版、一九三四年）と訳されていた。

泰次郎は第二早稲田高等学院でフランス文学を学びはじめた頃から他の多くの文学青年と同じように早熟の天才ラディゲを憧憬していた。ヨーロッパ全土に狂気の嵐が吹き荒れた第一次世界大戦が終結した後に「肉体の悪魔」が出版されていたことにも共感したのだろう。泰次郎は〈聖霊〉ではなく〈肉体〉を勝利させたので聖書との教えとは正反対の結果を導いてしまうのだが、精神と肉体との葛藤をテーマに描いた作品のプロローグとして「ヘブル人の書」の一節を思いつき、そこからラディゲの小説を連想してタイトルを「肉体の悪魔」に決めたのだと考えられる。復員後再び創作の筆を執りはじめた泰次郎が抜群の直観力に従ってユニークな命名をして〝肉体文学〟を誕生させたのであった。

3

さて泰次郎の「肉体の悪魔」は、中国共産党軍の俘虜張沢民が知性の高さとともに肉体の壮健さでも圧倒的な魅力を備えて登場する。彼女が最初に現れる場面を自筆原稿から引用すると、「そのなかに一人の（よく光る）大きな眼をした（西洋人のやうに彫りの深い顔立ちの）（そして、十分に発達した《陽に焼けた》四肢を持つた）娘がゐるのを、私は見た」とある（註：括弧内は推敲して後から追加された部分を示す）。知性のみならず肉体の魅力を兼ね備えた女性をいかにして描きだすか、ここには泰次郎の腐心した跡が見られる。

そこで「肉体の悪魔」の創作プロセスを検証するのに重要なポイントを二つ指摘しておきたい。小説の冒頭で語り手の「私」は、俘虜として連行されていた張沢民に遭遇する。当時の「私」は、山西省内を縦走する太行山脈の濁漳河《ドウージイアンホー》沿いに抗日根拠地を形成していた中国共産党軍を撃破する晋冀豫省境作戦に加わっていた。一九四二年五月から約二ヶ月続いた戦闘が終了し、部隊が駐屯地に帰還してから彼女に再会する。他の隊員と協力して宣撫工作のための劇団の女優として彼女を利用しようとするのだが、日本人に対する「絶望と憎悪と呪詛」に満ちた彼女はそれを肯んじ得ない。このようにして二人の愛憎劇がはじまるのだが、自筆原稿では、つぎのような前置きをしてからその顚末が語られている。

君とのことを話す前に、私は断つて置かねばならなかつた。私は日本が中国に対し武力を以て圧迫している間は、絶対にこのことを誰にも話すまいと決心してゐた。何故ならば、私たちのどのような真実も、私たちの背後の国家の関係によつて誰にでも正当に理解されることはむつかしいことだからだ。けれども、いまや私たちの背後にあるものの関係は一変した。日本は完敗して、本当をいへば、私は日本が敗戦国となつた今日、はじめてそれを理解することが出来たのであつて、私たちの国家が景気がいい時分には、どうしても理解することが出来なかつたところの人間的情熱を。君と一緒のときはまだわからなかつた。そして「戦後」俘虜となつてはじめてわかつたこの人間的情熱を。——これを君に語ることは、私の義務かも知れないと私は思ふのである。

右の部分は草稿に見られるだけで浄書稿にはない。その意味では作品の最初のモチーフを知る手がかりとしてこの前置きが重要になる。「私」によれば、日本が中国に対して「武力」を使って「圧迫」していた間は、絶対に「誰にも話すまいと決心」していた。なぜなら「私たちのどのような真実」も「私たちの背後の国家の関係」によって「正当に理解されることはむつかしい」と思われたからである。戦時中「君と一緒のとき」には〈支配する者〉の立場にいたために気づかなかったのだが、戦後自分が「俘虜」という〈支配される者〉の立場におかれることによってはじめて、いかなる立場をこえてでも愛し合えるという「人間的情熱」を「君」が抱いていたことに気づいた。「君」の「人間的情熱」は日本が「完敗」して「敗戦国となつた今日」理解できるようになったのであり、そのことを「君」に語ることは「私」の「義務」であるかもしれないと思うという。もしこのような前置きが残されていれば、作品のなかで「あのとき、どうして私はそんな姑息な小策を弄するより、君の完璧な情熱に応えるに私自身、自分の情熱を完璧なものにすることに努力しなかつたのだらうか」と語られる「私」の懺悔に似た心境が読者に理解されやすかったはずである。

しかしその一方で、この部分が削除されずに残っていれば、「肉体の悪魔」は今とはちがった作品として完成していたであろう。「肉体の悪魔」の現行形では、抗日分子でありながら日本兵を愛してしまったために激しい葛藤が彼女の内面には存するだろうと、「私」はいささか残忍な眼で彼女を観察している。草稿のように彼女の内面に「人間的情熱」が存在していたことが最初から明らかにされてしまうと、読者の眼には、「人間的情熱」という崇高な感情が芽生えるのに従って自己の葛藤を克服していった彼女に比べて、最後まで彼女の気持ちに疑念を抱き自分の後ろめたさにとらわれていた「私」の行動は卑しいものに感じられるだろう。彼女の内面にあると思われた葛藤は、軍規に背いた「私」の葛藤が投影されていただけのもの、すなわち性欲を抑え切れず性交におよんだ男性が自分の後ろめたさを女性の内部に転移させて共犯意識を持たせることによって解消しようとしていたにすぎない。

泰次郎が主張した〝肉体の解放〟は、無理強いした性交を自己の肉体の生理によって弁解しようとする男性のエゴイズムなのか、あるいはそれとは正反対に、真の意味において「人間的情熱」を内在させているものといえるのか。この点を見極めるために、内容上重要と思われる改稿のポイントを作品のクライマックスから一つ紹介したい。村たび重なる敵襲を受けて「私」たちの部隊は地形と治安を内偵するために附近の集落に立ち寄っていた。村役場で村民を訊問していると、「私」は張の姿が見えないのに気づく。張の名を大声で叫んでみたが何の反応もない。急いで裏口へまわると、裏山を登ってゆく張の後ろ姿が見えた。「私は捨てられる」と直感すると同時に「裏切られたといふ意識」が頭のなかに溢れ、拳銃を構えて彼女に照準を合わせる。引き金を引くかどうかという瞬時の判断を迫られた最も緊迫した場面である。

「肉体の悪魔」の現行形は、この直後、張が振り返って「私」の行動に気づき、裏山を駆け降りてきて「物凄いいきほひで私の方へ飛び込んで来た」として描かれる。要するに銃は発砲されなかったのである。それに対して草稿は、つぎのように記されている。前にも触れたが、ここは重要な部分なので再度引用する。

引金をひかうとした。——そのとき、突然君の姿が空間から消えた。轟然とした音響があたりの空気をふるわせた。彼女が倒れたのが見えた。私はそこへ駆けだして行つた。

君は片肘を地について、私を見あげてゐた。左の上膊に血が真赤に噴きだしてゐた。

「幹甚麼《カンシェンモ》?」

私はどなつた。君が私にくれた言葉が、私の頭の中でいつも生きてゐたのが、とつさにとびだした。私はありつたけの愛情で、君を憎んだ。――さういふ私を、君は見た。

君はそして、かすかに軽蔑したやうな影を唇のあたりに浮かべて、微笑んだ。私はぞつとした。猿江や、工作員や、特別工作隊の者たちが、銃声を聞いて走つて来た。私は君を抱いて、創口を押へながら、私はさういふ連中に叫んでいた。

「暴発だ。――暴発だ。何でもない、何でもないんだ。」


驚くべきことに銃は発砲され張の上膊部が撃ち抜かれている。彼女が中共軍にいる元恋人の許に帰ってゆくのだと思い、「私」はすっかり裏切られたのだと絶望し怒りにまかせて引き金を引いたのである。だが「私」の口を衝いて出たのは、かつてはじめて愛を交わし合ったときにベッドのなかで彼女が繰り返し発した「幹《カン》甚麼《シェンモ》」という言葉であった。「どうするの、どうしたの」という意味がその言葉にはあるのだが、それを口にしながら「私」は「ありつたけの愛情で、君を憎んだ」という。

現場に仲間の隊員が駆けつけると、それを「暴発だ」とごまかして済まそうとしたように、「私」にはそれが嫉妬心から生じた軽挙であったことがよく分かっている。嫉妬ゆえに撃ってしまうという草稿の方がストーリーとしては自然であるように見えるのだが、もしクライマックスでこのような嫉妬が現れてしまうと、国家や民族、イデオロギー、ジェンダーの差異で構成された〈支配する者〉と〈支配される者〉との関係を〃肉体の解放〃によって超越しようとする泰次郎のテーマは自己否定してしまうことになる。つまりいくら愛を交わし合っても、最後まで中国の共産主義者であり続け同じ民族の男性の許に帰ろうとした彼女に嫉妬して発砲し、それを「暴発」だと偽装して叫ぶ「私」の姿は、さまざまな差異を乗り越えられなかったことを示している。

4

草稿では最終的に張を撃つというシナリオはインクで消され、原稿用紙のマスの上欄外に現行形と同じ内容が書かれているが、それでも「私」が自己の鏡像を張沢民に見出そうとしていた卑しさを消すことはできないし、あのように緊迫した場面で銃の発射を思いとどまるのには不自然な印象が残るが、肉体と精神との相克を描き〈支配する者〉と〈支配される者〉との関係を〝肉体の解放〟によって超越しようとした作品のテーマは、これによって一命を取りとめることができたように思える。

しかしよく考えてみれば、読者が「私」の卑劣さを断罪することができるのは、戦場にいた当時の自分を冷静にふり返って語ることができる語り手の「私」と同じ戦後社会にいるからである。「私」によれば「いま亡国の関頭にあつて、私にはやうやくにあの頃の君の苦悩がわかりかけてゐる」という。そして「焦土となつた故国」の「敗戦の街」を歩けば目に映る「虫けらのやうな娘たちが戯れている姿」を「戦争のあとの埃だ」と吐き捨てる。

およそ過去を語ることが可能になるのは、行為の主体を通時的に構成すると同時に、それを他者の位置から語るもう一人の主体を現在の時点に仮構することによってである。戦場で起こった事件を〈事後的に〉(nachträglich) とらえて懺悔に似た心境でその非道さを語るのは、この二つの主体が分離していることが前提となるのだが、実はそこにこそ戦争小説の難しさが存しているといえる。泰次郎の言葉を使っていえば、「戦場は人間の住むところではなく、人間以外のものの生きる場所である」(5)――そもそも戦場には規律と反射行動しかできない「人間以外のもの」しかいないのであって、戦後とそれを通時的につなげて言語によって主体を表象しようというのは根本的に無理であるからだ。この点を原仁司氏は「表象の限界」とし、具体的に「そもそも田村の描き出す男性主人公の像に弱者（被抑圧者）への同情の眼差しはあっても、その弱者に対する加虐者としての自己定位がほとんどかけていた点」を指摘している。(6)

だが創作プロセスをさかのぼれば、草稿には『戦後』俘虜となつてはじめてわかつたこの人間的情熱」という表現が記されていたように、泰次郎は〈支配される者〉の立場から当時を回想しようとし、たとえ〈事後的に〉ではあっても最大限、彼女を理解することに努めていた。このような姿勢にもとづいて、〈理性〉が思い描く支配の予想図は、〈理性〉が支配しようとしても完全に支配することのできない〝肉体〟によって白紙に戻されるという警告を発する〝肉体の文学〟が執筆されたのであった。

5

右に検討してきた「肉体の悪魔」草稿に加えて新たに「肉体の悪魔」構想メモが田村美好氏から秦昌弘四日市市立博物館学芸員に寄贈された。草稿で使用されたものと同じＢ４判四〇〇字詰原稿用紙（縦二〇字×横二〇行）二枚とＡ４判四〇〇字詰原稿用紙（縦二〇字×横二〇行）二枚である。Ａ４判の構想メモの冒頭には、「情熱の断層」「赤い肉体」「愛情の断層」「肉体の花ざかり」「肉体の祭典」「秘恋」「情熱の日に」とタイトルが何度も推敲され、これらを傍線で消した後で「情熱の秘密」に決められている。本文の構想で興味深いのは、敵軍の兵士である「私」と肉体関係を持った張沢民のノートを前山一等兵がのぞき見し、自分が「落伍者」であり「どこまで自分は堕落して行くのだろう」という言葉がいたるところに書かれていることを発見した場面である。

「日本軍に協力してゐることを苦しんでゐるんですね」と前田は何も知らずにいふのを聞いて、私は苦しかつた。「彼女はうつかりすると、いまは敵の組織に関連してゐないが、どうかすると連絡をつけるかも知れないね」「この辺なら、新編十旅だし、区党委からの連絡がつくとしても、彼女のやうに中央にゐた者はこの辺の党員とでは、虚栄心もゆるさないでせうね。」「けれども、六十二師といへば、山西の半分まで警備地域を持つてゐるのだから、その司令部は敵としては大きな工作対象となるだらうね。太原あたりにゐる太行地区あたりの点線工作員が直接連絡をつけに来ないともわからないね」

さうはいひながら、私は彼女がそんなことはないと信じてゐた。彼女がすくなくとも私に対して、何の政治的工作をしかけて来ない、つまり、色で吊つて置いて私を自分の方へひつぱるといふやうな態度に出ないといふことは、彼女の性格が常に素直だからだ。

前山一等兵は構想では「前田」になっており、兵団の名前は「新編十旅」や「六十二師」などの実際の名称が使われている。「私」は彼女の許に中国共産党の工作員が連絡をつけにくるのではないかと疑いながらも、「常に素直」な性格の彼女が「色で吊つて置いて私を自分の方へひつぱるといふやうな態度」をとらないことを信じている。しかし彼女との関係を深めてゆくと「君の肉体や感情は古い封建の中にあり、君の知性は現代に」あるという「君の内部」に存した「大きな断層」があることに気づく。彼女によれば、「同じ政治意識の水準にある党員同志」でなければ結婚ができない中国共産党では「政治意識の低い水準にある軍隊出の老幹部」たちが若い女性と結婚するために「マルクス理論」を彼女たちから教えてもらうという。「老幹部の政治水準を高める恋人役の若い女性の革命的役割」を「理路整然」と語るのだが、その一方で「日本の最もつましい女に見られる臆病さ」で自分の愛情を表現する。Ｂ４判の構想メモでは張沢民の「内部」に存した「大きな断層」は、つぎのように描写されている。

けれども、そのやうに君の肉体はいつも君を裏切つたが、君の知性は決して屈服してしまつたのではなかつた。私は君を獲得して置くために、絶えず君の知性と、闘はねばならなかつた。

——それにしても、君がかつて太行山脈の中にあつて、老幹部たちの政治水準を引上げるために利用した色仕掛は、どうして私に対して用ひないのか、君の主知的恋愛論も、どうして私の前では単なる本能的恋愛に過ぎなくなつてしまふのか、これに対して、君はいつも私のやうな男は頑固份子《ワンクフェンズ》だといつて、私のそんな疑問にはとりあはなかつた。

張沢民の「肉体」はいつも彼女を裏切ったが、「知性」は「屈服」させられてはいなかった。そのために「私」は彼女の「知性」と闘い続けなければならなかったのである。しかし「老幹部たちの政治水準を引上げるために利用した色仕掛」をどうして「私」に対して用いないのか、また「理路整然」と語った「主知的恋愛論」が「私」の前ではどうして「本能的恋愛」にすぎなくなってしまうのかを尋ねても、彼女は「頑固份子《ワンクフェンズ》」といって相手にしなかったという。この「頑固份子」という言葉は、数日前に前線の分遣隊によって捕らえられた狼の子が猫ほどの大きさで無邪気な顔つきをしているにもかかわらず、眼の光や体つきには猛々しいところがあるのを見て、張沢民が「私」に「頑固份子ね、――あなたのような」と語ったエピソードにもとづいて使われている。政治工作をおこなうことが目的で彼女が「私」と肉体関係を結んだのではないことを「私」に信じさせようとし、「私」は彼女の行動が「色で吊つて置」こうとする「色仕掛け」ではないことを信じようとする。もし発見されれば軍法会議で重い刑を受けることが避けられない俘虜と兵士との間の危険な関係、それは究極ともいうべき恋愛のかけひきが推敲を重ねられながら描かれていたのであった。

註

（1）『田村泰次郎選集』全五巻（二〇〇五年四月二五日、日本図書センター）。なお右の論文中に引用した泰次郎の作品の本文は、同選集に依拠している。

（2）「戦場と私」（「朝日新聞」一九六五年二月二四日夕刊）

（3）「詩と詩論」第一一冊（一九三一年三月、厚生閣書店）

（4）浄書稿と見られる原稿も四日市市立博物館に所蔵されている。泰次郎は兄正衛が郷里で経営していた田村紡績の女性工員に原稿の浄書を依頼したとされる。

（5）前掲（2）と同じ。

（6）「戦後『戦争小説』の可能性―田村泰次郎論」（『表象の限界―文学における主体と罪、倫理』、二〇〇四年六月、御茶の水書房、一八〇頁）

2 「肉体の門」

1

戦後の日本社会に一大旋風を巻き起こした「肉体の門」は、田村泰次郎が「肉体の解放こそ人間の解放である」というテーマをもとに描いた小説である。このテーマは泰次郎が経験した五年三ヶ月におよぶ中国大陸での軍隊生活から得られたもので、たとえどんな崇高な思想であっても、人間を虐げて挙げ句の果てには死に至らしめるようなものは不要であるという確信に由来していた。泰次郎は戦前から新進作家として注目されてはいたが、この頃はまだ戦友の血に染まった軍衣を脱いだばかりで、帰国して真っ先に足を運んだ四日市の母の許でも〈戦場の記憶〉を共有できない復員兵の疎外感と孤独感を噛みしめていた。ちなみに一九一一年生まれの泰次郎は、復員当時三五歳であった。

故郷を後にして上京した泰次郎に助力を惜しまなかったのは、旧制富田中学校そして早稲田の先輩作家である丹羽文雄であった。丹羽はすでに、宣撫班の兵士が中国共産党軍女性俘虜との間で繰り広げた愛憎劇を描いた「肉体の悪魔」を読んで好印象を持っており、有望な作家として泰次郎を「群像」編集部の窪田稲男を紹介した。丹羽の薦めに応じて泰次郎が持ち込んだ原稿を編集部全員が読んで掲載を決め、「群像」（一九四七年三月）に発表されたのが「肉体の門」であった。雑誌発表時から好評であった「肉体の門」は五月に単行本として風雪社から出版され、売り上げが最終的に一二〇万部をこえる大ヒット作となった。さらに「肉体の門」が原作になった舞台が劇団空気座によって帝都座五階劇場で上演された。半裸の私娼がリンチを受けて天井の鉄骨に宙吊りにされるというラストシーンが観客の話題を呼び一、〇〇〇回以上続演されるというロングランの記録を樹立した。米軍の爆撃によって一面廃墟となった都市に漂っていたニヒリズムと、戦時統制が解除されてうごめきはじめた大衆の欲動とが作品には巧みに投影され、戦後の世相を反映した記念碑的な小説として高く評価されてきた。戦後作家独特の直観によって時代の空気が的確に読みとられた結果、泰次郎の〝肉体文学〟が創造されたのであった。

2

「肉体の門」自筆原稿はB４判四〇〇字詰原稿用紙（縦二〇字×横二〇行）五六枚、使用された用紙は三種類である。推敲のための書き込みがおびただしく見られるが、組み版を指示する編集記号が一切ないことから、浄書稿ではなく草稿であることが分かる。おそらく泰次郎は自分にとって出世作となった〝肉体文学〟二作品の草稿を手許に残しておいたのだろう。

ところで「肉体の門」自筆原稿を見てまず気づくのは「肉体の悪魔」同様、推敲の過程でタイトルが何度も修正されていることである。最初のページの冒頭、左から「若い生態圏」「未成年」「人肉（片）」と書き直され、どれも二重線で消去されて最終的にタイトルが「肉体の門」に決められている。タイトルは作品の内容を象徴するばかりではなく内容が読まれる前に作品のイメージが形づくられてしまい、それがひとり歩きをはじめるケースもある。本作品に「肉体の門」という衝撃的なタイトルが付けられたからこそ戦後史に名前が残るほどのブームが起こったのである。

泰次郎は第二早稲田高等学院でフランス文学を学びはじめた頃から早熟の天才レーモン・ラディゲを憧憬し、自分の小説のタイトルをラディゲの小説から借用して「肉体の悪魔」と決めた。「肉体の門」は何から連想されたのか分からないが、やはりフランス文学者で当時絶大な影響力のあったアンドレ・ジッドの「狭き門」からではないかと推察される。いずれにせよ泰次郎の〝肉体文学〟はフランス文学から影響を受けたと思われるこの二作品に端を発しているのである。

「肉体の悪魔」では現行形と自筆原稿との間でクライマックスに大きな異同があったのに比べて、「肉体の門」はそれらの間に目立った相異はなく、その他ストーリーに重大な変更が加えられた部分は見られない。だが泰次郎が十分に注意を払って推敲したと思われる二つの点をつぎに指摘しておこう。まず登場人物の「内部の生命」「内部の闘ひ」に関する描写である。泰次郎は意外にも〝肉体文学〟の評判を裏切るように人間の〈内部〉の描写に神経を集中している。たとえば伊吹新太郎が薄暗い地下室に潜り込んで私娼の若い女性たちと共同生活をはじめる場面である。やや長くなるがその部分を引用してみよう。

かうして、伊吹新太郎は、当分のあひだ、このうす暗い地下室で、彼女たちと起居をともにすることになつた。拳銃の弾丸傷は、かすり傷であるが、右の腿の肉を鋭利なナイフかなにかでざくりとゑぐりとつたやうになつてゐた。けれども、大陸の戦場で、胸に一回と、右上膊に一回貫通銃創を受けてゐる彼には、そんな傷など屁でもなかつた。二十日もじつと寝てゐれば、ひとりでに肉がもりあがつてきて、ほとんどよくなるにちがふない。前線の患者収容所の土壁の家の土間に、じつと動かずに寝てゐたことの経験によつて、彼はある期間さうしてゐさへすれば、人間の身体は自然に治癒するものであることを信じて疑はない。(この経験が、自分の肉体のねばり強さについての自信を、ほとんど彼の信念のやうにさせてゐる。経験からきた信念といふものは、なまやさしいものではない。伊吹には、自分の肉体のなかに存在する逞しい生命力が、はつきりと自覚出来た。彼には絶望がなかつた。絶えず、自分の内部から発する生命の息吹のままに、衝動のままに生きてゐた。こんなに明るくて、楽天的な男はめづらしい。)

右の引用のなかの括弧でくくられた部分が推敲のプロセスで加筆された部分である。どのような事件を起こして右の腿に拳銃の弾丸を受けたのか明らかにされてはいないが、戦火をくぐり抜け生き延びてきた伊吹は負傷しながらも「自分の肉体のなかに存在する逞しい生命力」を自覚し、「自分の内部から発する生命の息吹のままに、衝動のままに生きて」いたという。伊吹新太郎という名前は新しい生命の息吹を感じさせる彼のイメージに合致し、見事に名は体を表している。

また伊吹と密かに性関係を持った菊間町子が激しい嫉妬を浴びる場面でも、泰次郎は細心に推敲し、それが彼女たち私娼の「群れ」の「掟」を守ることと彼を独占したいという欲望との闘いであったことを説明している。

この場合、町子を憎み呪ふことの一番烈しい者が、その生活秩序を一番愛し、そして伊吹を一番愛してゐることを、みんなに示すことになるのだつた。優占権をにぎる闘ひである。(町子のやり方に対する反抗は、表面では、みんなの共通の敵に対する協同の闘ひとしての形を取りながら、本当はさういふ内部の闘ひなのであつた。)

さらにこの直後にボルネオ・マヤが彼に無関心を示すようなことを口走って仲間を驚かせる。マヤの一見奇妙な名前は彼女の兄がボルネオで戦死し、それ以来ボルネオのことばかり話すので名づけられた。彼女が自分から身を引くようなことを話すのは、自分に対する監視をゆるめさせようというのではなく、「自分の心の内部で、あまりに大きくなつてきた伊吹の像と、闘つてゐる」からであった。自筆原稿では最初このような彼女の心理はつぎのように描写されていた。

マヤの場合は、ほかの者よりも、その考へが一層強かつたがために、マヤはその苦しさにたまらずに、心にもないことをいつて、自分自身をごま化さうとするのである。

しかしこれが斜線で消去され、つぎのように現行形と同じ内容に修正されている。

伊吹新太郎の肉体の像に打ち負かされさうになるのを、必死にそれと闘ふために、自分からそんな心にもないことをいつて、自分自身をいやおうなしに伊吹から遠ざけようとするのだつた。

修正した後の表現を読めば、マヤの「内部の闘ひ」を一層緊張したものとして描こうとした泰次郎の意図が明白になる。自己の性を商品化した私娼の肉体を前面に据えて描こうとするのではなく、一人の男性をめぐって複数の女性が抱く嫉妬心を丹念に描き出そうとしているのである。これは肉体の解放を謳うドラマではなく、むしろ内面が葛藤するドラマであるといえよう。その意味で青野季吉が「肉体の門」を評して「田村君の場合は、あれだけの作品でエロチシズムもなければ、デカダニズムもない」といったのは首肯できる見解であった。(1)

3

つぎに泰次郎が十分に注意を払って推敲したと思われる二つ目の点をあげよう。やはり小説でも舞台でも最も注目を浴びた結末のシーンで、「内部の闘ひ」に負け「群れ」の「掟」を破って伊吹と性関係を持ってしまったマヤが天井の鉄骨に宙吊りにされ、仲間からリンチを受ける描写である。自筆原稿では最初つぎのように書かれていた。

だんだんうすれていく意識のなかで、マヤは、いま「人間」として、生れつつあつた。
マヤの宙吊りの姿は、十字架上の予言者のやうに荘厳であつた。

リンチを受けながらも伊吹との性交ではじめて性の悦びを感じたマヤが「人間」として再生しようとしている。しかし泰次郎はこれを推敲して、つぎのように加筆している。

だんだんうすれていく意識のなかで、マヤは、いま自分の新生がはじまりつつあるのを感じてゐた。
地下の闇に、宙吊りのボルネオ・マヤの肉体は、ほの白い光りの暈につつまれて、十字架上の予言者のやうに荘厳だつた。

殉教者のように半裸の女性が宙づりにされてリンチを受けるという「肉体の門」の結末のシーンはジェームズ・ジョイス独特の「エピファニー」(Epiphanie) の方法、すなわち神聖で超自然的存在による顕示に従って物事や事件、人物の本質が露わになる瞬間を象徴的にとらえるという描写に通じるものが感じられる。しかし十字架上の予言者を想わせるマヤの姿について考えてみれば、最初は肉体を商品化していただけであったのが、伊吹との関係をめぐって性の悦楽を感じはじめ、最後は崇高なムードすら漂わせながら象徴化されていることが分かる。そもそも性器そのものではなく性の持つイメージに対して性欲が喚起されるように、そもそも〈性欲動〉(Libido-Triebe) は〈想像的なもの〉(imaginaire) の機能にその中心がおかれている。そしてそれが〈象徴的なもの〉(symbolique) の秩序に組み込まれることで〈主体〉(Sujet) が成立し、性をコントロールすることができる。この意味からも右のマヤの描写は、緊縛されて意識を失いかけながらも肉体を一つの対象物としてとらえる自己意識が目覚め、まさに彼女が「人間」として「新生」しようとしている瞬間が象徴的に描き出されているといえる。この意味において実は「肉体の解放」というよりも「肉体からの解放」という方が適切な場面である。伊藤整が「肉体の門」のリンチの場面を評して「頽廃ではなく健康ですね」といい、中野好夫が「頽廃のイヤラシサ」ではなく「その反対の生命的な燃焼」が描かれていると指摘したのも、そのためであっただろう。(2)

＊　＊　＊

二〇〇五年四月二〇日、丹羽文雄が亡くなった。享年一〇〇。郷里が四日市であることや旧制三重県立富田中学校、早稲田の卒業生であることなど泰次郎とは多くの共通点がある。同郷の誼もあって丹羽は文壇活動において泰次郎の庇護者をつとめた。あまり知られていないが、本稿でも論じた泰次郎の〝肉体文学〟の成立に、丹羽は一役買っている。「肉体の悪魔」は、泰次郎が旅団司令部営外の街中にあった公館で元中国共産党軍の俘虜たちと一緒に起居していた頃のエピソードにもとづいて創作されている。当時宣撫活動をしていた美術家の洲之内徹とはそこで知り合ったのである。砲火の交わる前線を離れ旅団本部直属の勤務にならなければ、そのような体験はできなかったわけだが、泰次郎の転属を薦めたのは丹羽であった。田村泰次郎宛丹羽文雄書簡(一九四一年二月一三日付、三重県立図書館所蔵)によれば、前夜に帝国ホテルで支那派遣軍報道部長から陸軍報道部長へと昇進した馬淵逸雄報道部長の歓迎会が開かれた。わざわざ丹羽がそこに出かけてゆき、田村の配属の件を彼に直接依頼したとある。ちなみに泰次郎は伍長には一九四三年八月一日任命され軍曹には一九四四年八月一日任命されて、そのまま敗戦を迎えている。

他方、泰次郎の名前を戦後史のなかに刻み込むことになった「肉体の門」は、丹羽が「群像」編集部員の窪田稲男に泰次郎を紹介し、彼が原稿を持ち込んだといういきさつがある。丹羽の仲介がなければ、日の目を見ないまま作品は埋もれてしまったかもしれない。

このように丹羽は泰次郎の〝肉体文学〟の成立に大きな役割を果たしているのだが、さらにもう一つ、戦前のエピソードがある。一九四〇年一一月に泰次郎は中国大陸に出征する。当時二九歳、日中戦争が泥沼化するなかで帰還できる保証はなく、戦死するおそれが強かった。『銃について』という作品集は彼の出征直前に出版の話がまとまり、翌四一年一月二〇日に高山書院から刊行された。同書には親友の石川達三と丹羽が序文を寄せてる。当時丹羽がどのように泰次郎を見ていたのかがよく分かるので、長文ではあるが左に引用しておこう。

田村泰次郎のこと

新庄嘉章が私信の中で、『今日貰つた「文学者」の田村君の小説（集団生活の一面）をよみ涙が出て仕様がなかつた。軍隊の生活を経験してゐるせゐかも分からないが、兎に角異様な気持の緊張をおぼえました』と書いてきたが、私もその小説を昨夜よんだばかりで、異様な感動がさめずにゐた時である。今までの田村泰次郎の小説におぼえなかつた新鮮な力のある感動であつた。田村は僅か三ヶ月軍隊にはいつてゐただけで、すでに三ヶ月以前の田村ではなくなつてゐた。いままた再応召をうけ、大陸に渡つた。新庄嘉章の手紙に、『再度の応召できつと立派な作家精神を鍛へられてくると思ひます。たのしみです』と書いてゐる如く、私もそれを期待してゐる。田村ならきつとそれをやりとげるであらう。「文学者」の小説には、今までの田村になかつた何か迸るやうな、血走つた積極的なものが、気品たかく静かに包まれてゐる。

田村は三ヶ月の軍隊生活から出てくると、よく親しい友達をとらへて、「一兵卒の心になれ」と極めつけてゐた。極めつけられた方では面喰つて、田村が大上段にかまへた口吻に反感を抱いたこともあつたが、田村としてはごくあたりまえのことを言つてゐたにすぎない。それが今度の「集団生活の一面」で立派に裏書をしてゐる。

田村泰次郎は中学校から大学にいたるまで私の後輩である。田村の父は私の中学校の校長であつた。伊勢の富田の人間であるが、父はたしか土佐人であると記憶してゐる。田村の関西人らしいその柔かな、人情にこまかな性格の中には、剛毅な土佐人の気性も含まれてゐる。激情を少しも顔にあらはさずに、傲然勇猛なふるまひに出る田村の習性には、たんなる関西人とだけでは片付けられないものがある。私は以前によく、「君は小説を書くときに、なぜあんなに行儀よくなるのだ？　平常どほりにふるまつていいのだ」と言つた。がこれは私の誤解であつた。田村に平常の勇猛や太々しさの部分に多く気をひかれてゐた私は、それを彼の小説の中にも求めてゐたのだが、行儀のよい彼の小説は、彼の生れつきのよさから来る行儀のよさの現れに他ならなかつた。

田村の風貌には一見、太々しい性格的な感じをうける。がその一枚下には、女性的といひたいくらゐ緻密な、素直な性格を持つてゐる。友人間では、彼ほどものにてれない男はないとされてゐる。が事実は、てれるほど、彼の性格は見栄坊でもなければ、虚勢を張つてゐるのでもないのだ。李香蘭をひゐきにしたり、原節子をひゐきにしたりする場合、田村はしんからひゐきにしてゐる。そばのものがてれくさくなるほど、ひたむきである。てれることが文学者の一つの才能のやうに心得てゐる多くの作家の中で、田村ほど素直な小説家はまためづらしい。

先に処女本「少女」が上梓されたとき私は感想文の中で、彼にそなはる色彩感のゆたかな点にふれた。また別なところで、彼の小説の品のよさにふれた。田村の小説の文章や行間からうける何ともいひやうのない気品は、決して後天的に作りだしたものではなく、もつて生れた秀れた素質である。それだけでも、近頃の文壇に、悪達者な粗雑な小説の中では、すばらしく光つてゐる。

彼はまたどんなところに発表する小説にも、精魂こめて書いてゐる。彼ぐらい一つの小説に長い時間をかける作者は、今どき珍しい。結果は、やはり時間をかけただけのものになつてゐる。「銃について」を遺して出征する田村泰次郎は、その点、日本文学の通弊に災ひされることなく、自分の書きたいものだけを書きのこしていくといふ恵まれた位置にある。小説書くことをなりわいとすれば、時にはわが意に満たぬものも発表しなければならないのだ。それを考へると、たとへ田村が再び私達のまへに現れないにしろ、思ひ出には何の後悔もない筈である。

田村は出征前友人に、これからの手紙はいちいち遺言のつもりで書いてよこす故、そのつもりで始末をしてほしいと言つてゐた。私たちはそのつもりで待つてゐる。彼の原稿に書く字は下手くそである。下手なりに、一字一字に力をいれて、押へつけるやうにして書く。万年筆の方で耐らないほどな力のはいつた文字である。が、今後の彼の手紙には、或はそんな力のはいらない走り書も多くなることであらう。しかし何でもよい、私は彼からの手紙を待ちかねてゐる。

昭和一五年一一月二二日

丹羽文雄

丹羽は泰次郎の小説を「行儀のよい小説」として褒め、「何ともいひやうのない気品」をそこに嗅ぎとっている。さらに「彼ぐらい一つの小説に長い時間をかける作者は、今どき珍しい」というのだが、戦後の濫作が知られているだけに丹羽の言葉は意外なものに感じられる。

丹羽の生家の崇顕寺には、今も実弟の房雄氏が住職を務めておられる。地元新聞社の記者によれば、兄が逝去した朝は堂内に籠もって読経を続けていたという。以前、私も房雄氏から丹羽家のエピソードを拝聴したことがあるのだが、いかに深く兄を敬愛していたか、その想いがひしひしと感じられた。昭和文学史を支えた作家の逝去に私も慎んで瞑目したい。

註

（1）青野季吉・伊藤整、中野好夫「創作合評会(2)」「群像」（一九四七年五月、五九頁）

（2）同右、五八頁。

3　「渇く日日」

1

田村泰次郎は応召する一九四〇年以前、ヨーロッパから輸入された新しい文芸理論にもとづいて小説や評論を創作し、昭和前期の文壇で新進気鋭の若手作家として注目を浴びていた。泰次郎などの若いモダニストに影響を与えた新心理主義は、ジェームズ・ジョイスやヴァージニア・ウルフ、マルセル・プルーストたちが人間の意識を静的な構造物としてではなく、観念やイメージが連続して変化する動的なプロセスとしてとらえて、想起や空想、記憶、欲求といった「意識の流れ」や「無意識」を創作上の手法に取り入れたことにはじまる。泰次郎も早稲田大学文学部仏文科に在学中から「東京派」「桜」「詩と詩論」「新科学的文芸」などの文芸誌に新心理主義にもとづくモダニズムの作品を発表する一方、文壇で伝統として受け継がれてきた私小説を批判し、昨今の作品は時局に迎合しようとする「利口な卑怯者達」によって都合良く利用され「時代性と生活意識」が感じられないと痛罵した。(1)

このように応召前の泰次郎は同時代のヨーロッパの文芸理論に敏感で、最新の技法の輸入に積極的なモダニストであったが、中国大陸での五年三ヶ月におよぶ従軍生活を終えて復員してからは〝肉体主義〟を標榜するようになった。正義を唱えるかたわら殺戮の手を緩めようとはしない人々を目の当たりにすることによって、人間がいかに欺瞞に満ちた存在であるかを思い知らされ、敗戦後は理性に対する不信感から肉体の解放を主張したのである。肉体三部作と呼ばれた泰次郎の「肉体の悪魔」「肉体の門」「春婦伝」は混迷するアプレゲールの世相を反映し、戦時統制が終わった解放感と、米軍の無差別爆撃を受けて灰燼に帰した虚無感とが同居する全国の主要都市で読者の広い共感を得た。泰次郎は肉体主義が中国大陸で体験した戦場の実感にもとづくものであることを強調したのだが、半裸の私娼が宙吊りにされ仲間からリンチされるという「肉体の門」結末のシーンが読者の間で強く印象に残っているために、発表後六〇年を経た今日でもなお性風俗を描いたエロ作家として軽視されがちである。ヨーロッパで当時流行していた実存哲学を何らかの形で踏まえていたなら、もう少しちがった評価を受けていたかもしれないが、思想を否定し戦場の実感に忠実であることを繰り返し語る作品群からは、ヨーロッパの文芸理論の影響を受けた形跡はほとんど見当たらない。

だが泰次郎夫人の美好氏によれば、書斎にはアーネスト・ヘミングウェイの肖像画が掛けられており、彼から強い影響を受けていたという。ヘミングウェイは第一次世界大戦が勃発すると渡欧し、義勇兵としてイタリア戦線に身を投じた。そのときの体験を踏まえ、戦争が終わっても平常の生活に戻れない復員兵の苦悩を長編小説「日はまた昇る」（'The Sun Also Rises', 1926）に描いた。戦争によって貴重な青春の時を奪われた「失われた世代」が虚無と享楽の淵に沈淪する小説に泰次郎は深く共鳴し、精神を病んだ復員兵が暴力の衝動を抑制できずに身を滅ぼしてゆく姿を、同郷の戦友をモデルにした小説「失われた男」（「群像」第二一巻九号、一九六六年九月）に描いた。公言することはなかったが、泰次郎はヘミングウェイの文学を最も深い次元で継承した日本人作家の一人であった。

一九四六年二月、当時三五歳の泰次郎は、三重県四日市市にいた母明世《てるよ》の許に復員する。三重県立旧制富田中学校の校長を務めていた父左衛士が病没した後、明世は上京し新宿のアパートで泰次郎と同居していたが、彼が出征し戦局が悪化すると、紡績工場を経営していた長男正衛を頼って四日市に帰っていた。泰次郎の短編小説「渇く日日」は主人公曾根平吉が五年三ヶ月、足かけ七年ぶりに中国大陸から郷里に戻って母と再会するシーンからはじまる。曾根も泰次郎も復員時は独身であった。雑誌「饗宴」第四号（一九四六年一〇月）に発表された作品の冒頭はつぎのように書かれている。

家に帰つて、汗と土埃でよごれた軍服を脱ぎ、はじめて着物を着るときの気持ちは、曾根平吉にとつていひ現はしやうのないほどさわやかなものだつた。上陸地より電報を打つて置いたので、母は曾根の居間に、彼の好みの久留米絣の上下をきちんと揃へ、火鉢の灰には母が六十年も愛用して来てゐる鳩居堂の梅ケ香がいけてあつた。着がへをすますと、五年三箇月の間、軍服で羽がひ締めにされてゐた肩のあたりが急にゆつたりとなり、首筋を通つて、頭から身体へ、身体から頭へと、血液の交流がにわかに活発になつて来るやうだつた。身体中の血が音をたてて流れはじめたやうに思へた。七年目の娑婆の空気だ、――曾根は両手をひろげて、思ひつきり胸一ぱいに呼吸をした。

無事に生還して母と再会できた安堵感と、再び小説の筆を執ることのできた悦びとが作品の冒頭から感じられる。「渇く日日」は泰次郎がマスコミの寵児となって濫作をする前に執筆された作品なので、情景が丁寧に描写されており、当時の心情が素直に吐露されている。作者と主人公とは区別して考えなければならないのは当然であるが、冒頭のシーンで着物に着替えたときの「いひ現はしやうのないほどさわやかなものだつた」という感想は、何より作者の実感にもとづいているといってよいだろう。

しかし小説では、この「さわやかな」気持ちは母の無神経な挙止によって、たちまち乱されてしまう。曾根が茶の間で一息入れていると、母は曾根が脱ぎ捨てた「軍衣の右の手首と胸のところに、赤味を帯びた褐色のかなり大きな斑点がついている」のを発見し、気味悪げに「なあ、これ、血じやないか」という。彼は血ではなく醤油がこぼれた跡だと否定するのだが、「戦地から来て着た軍服が、肉親の眼にもただ一途に汚がられるだけなのが、何か自分の長い間の苦労が問題にされないような物足りなさを覚える」のであった。

酸鼻を極めた戦闘にいくども直面してきた曾根には、決して忘れることのできないできごとがあった。終戦後一〇日目の一九四五年八月二五日、河北省保定市南方八キロの北大冉《ペーダーイエン》で曾根の部隊は国共内戦に巻き込まれて中国共産党軍と銃火を交え、中隊長以下二〇数名の戦死者を出した。その際、曾根たちは自分が生き延びるために重傷の戦友に銃剣を向け、彼らの遺体を放置したまま逃げたのである。実際に北大冉は小説と同じ日に同じ戦闘を泰次郎が経験した場所であり、それから一年経つか経たないうちに作品が執筆されているので、当時の模様を鮮明に記憶していたと思われる。余程強いショックを受けていたのか、「渇く日日」の他にも「故国へ」（「小説」創刊号、一九四六年一一月）、「大行山の絵」（「風雪」別輯第一号、一九四七年九月）、「雁帰る」（「別冊風雪」第一号、一九四八年一〇月）などの作品で北大冉の戦闘を主要モチーフにして描いている。

「はじめから曾根は戦場のことは、誰にも話すまいと考へてゐた」が、肉親の顔を見ると緊張が解けて思わず話してしまうし、戦死した仲間の遺族が訪ねてくると戦場の状況を説明せざるを得ない。しかし「話したあとでは、きまつて話す前よりも一層いらいらとした心になり、孤独を覚えた」とあるように、戦場を経験したことのない人には理解し難い復員兵の内面は暗渠のような苦悩を抱え込んでいる。この問題を考えるために私は「渇く日日」の自筆原稿を閲覧して創作のプロセスを検証し、さらに小説の舞台となった北大冉に出かけ戦場の跡を探訪した。そうするうちにやがて、泰次郎が戦争小説の話形というものをできる限り意識の外に押しやり、誇張や虚言を排しながら自己の体験を表現しようと努力していたことが察せられた。言説は想像力による黙契を介して成立するものだが、想像を絶するような凄惨な光景を目撃したとき、人間はどのような言葉を使ってそれを語ればよいのだろうか。未曾有の体験を言語化しようとするとき、表象を成立させる言葉は簡単には見いだせないし、何かの言葉を見つけたとしても、それが言説のステレオタイプにはめ込まれようとするのを極力押しのけ真実の語を選り抜かなければならない。自己の体験に真摯に向き合おうとする作家は塗炭の苦しみを味わいながら言説に抗い続ける一方、権力はつねに戦争に関わる言説を利用して自己の来歴を語り、現在の支配を正当化し自己保全を強化する。イデオロギー批判を主眼とした言説研究は、権力による恣意的な言説の操作を見きわめるという重要な任務を果たし、過去の戦争の記憶を人類の共有財産にする。そのうえでなお文学には言説研究の「事後的な」(nachträglich) 観点によっては分析し尽くせない心理的な葛藤をともなっていることを忘れてはならないだろう。

2

「肉体の悪魔」「肉体の門」に加えて「渇く日日」「故国へ」など泰次郎の小説の自筆原稿は、一九九八年、田村美好氏によって四日市市立博物館に寄贈された。「渇く日日」はタテ二〇字×ヨコ二〇行のA4判原稿用紙全三四枚に黒インクで文字が記されている。保存の状態は非常によく、どの文字も正確に読みとれる。最初のページを見ると、作品のタイトルが数回にわたって変更されており、まず「梅の庭で」と書かれた後、「孤独（愁）の日」、「渇く日々」、「死について」と書き直されて、最後に「渇く日々」に落ち着いている。初出誌ではタイトルに「日」という字が重ねて使われているが、原稿では踊り字になっている。さきに引用した作品の冒頭のシーンには「火鉢の灰には母が六十年も愛用して来てゐる鳩居堂の梅ケ香がいけてあつた」という表現があった。母が六〇年も愛用してきたという梅ケ香は、母の郷里京都寺町にある鳩居堂製の極品煉香で、その香りによって二月の季節感を示すだけでなく、愛おしい母の存在を象徴的に表している。泰次郎はこの部分を重要と考えたのか、最初は「火鉢には梅ケ香がいけてあつた」だけであったが、細部の形容を加筆して現行の形にしている。

作品のなかで泰次郎が丁寧に描写しようと苦心しているのは、兄が経営する工場の少年たちに誘われて海岸に牡蠣をとりにゆくシーンと、戦友の遺族に北大冉での戦闘を話すシーンである。海岸のシーンには、曾根が少年たちと一緒に牡蠣をとっていると、ふとその生臭い匂いが人間の血の匂いに似ていることに気づく。平和な日常に戻ろうとしても戦場の記憶を甦らせてしまう象徴的な場面をつぎに引用してみよう。

兄の工場の少年たちに誘はれて、曾根は海岸へ牡蠣取りに行つた。潮風のなかで、青海苔のためにつるつるすべる岩から岩をつたつて行くのは、戦場にあるときにはまるで思ひも及ばぬことだつた。こんなとき、曾根にはすぐと夢の中にゐるのではないかといふやうに、自分のまわりを見きはめようとした。長い間そんな世界から遠ざかつてゐた曾根には、そんな世界の存在することすら疑はれるのだつた。少年たちに真似て、曾根は殻からとりだした生牡蠣を咽喉に流し込んだ。ぶよぶよの牡蠣がつるりと咽喉へすべり込むときにはぷんと生臭い匂ひが、ふと人間の血の匂ひに似てゐることを思ひ出した。**幾人もの死傷が出**

はじめると、きまつてこの匂ひが生きてゐる自分たちの手や足にまで匂つた。さういふ間に、牡蠣殻で曾根は左手の親指をすこし傷つけた。

右の引用のなかで傍線部は、泰次郎が内容を推敲して加筆した部分である。太字部分の元の表現は「多勢の人間が倒れてゐる場所でどうかした拍子に」である。長い時間戦場で暮らした曾根にとって、このような平和な生活がこの世に存在することが信じられない。牡蠣を飲み込んだとき、彼はその匂いが人間の血の匂いに似ていることに気づき、死傷者が出はじめた時まだ生きている自分たちの手足まで血の匂いがしたという戦場の感覚を呼び覚ました。ささいな日常のできごとに鋭敏な感覚が刺激を受けることによって、それまで無意識の底に封印していた記憶が甦るというのは、泰次郎が戦前に学んだ新心理主義に似た手法といえよう。

つぎに戦友の遺族に北大冉での戦闘を話すシーンである。同じ中隊で戦死した戦友小沼の弟が曾根を訪ねてきて、遺族として兄の最後の状況を聞きたいという。当時曾根は小沼から四〇メートル離れたところにいたので彼が戦死した状況は保定に引き揚げた後になってから知った。激戦のさなか小沼は迫撃弾を受けて重傷を負い、彼の苦痛を見ていられなかった戦友が心臓を銃剣で突き、彼の形見として前歯を銃の台尻で叩き折ったという。だが曾根は間接的に伝え聞いたことは話せても、自分が直接関わったできごとは遺族に対してとても話せないと感じている。その場面はつぎのように書かれている。

さつきから話してゐるうちに、どうしても一番はじめにはつきりさせねばならぬ戦友の死体の処置についての話が略されているのを、――実は曾根は、故意にそれを略してゐたのであつたが、――相手は肉親の鋭敏さで感じてゐたのだ。そのやうな相手に、何とかしてそのことをぼかせるものならぼかしてすまさうと考へてゐた曾根の考へは甘すぎたのだ。相手はひよつとすると、兄を自分たちが捨てて来たやうに考へてゐて、「お前たちは、うまいこと生き残つたなあ」といふ皮肉な眼で見てゐるのではないかと思つた。これは彼の僻みにすぎないのであらうが、そんな僻みを持つといふのも、やはり死んだ人々に対して心の負担がある証拠だつた。曾根はこの戦友の弟に対して、被告のやうな立場になつてしまつた。こんどは曾根は、死体を戦場に遺棄して来た始末を述べ、その死体へは手を胸の上に組みあはせて来たことをもつけ加へた。「しかしそれから一箇月ほどして、中共軍の指図らしく、住民が死んだ者の遺骨だといつて持つて来たので、火葬して、みんなで分骨したんです、——遺骨箱の骨はさういふわけで、小沼君のばかりぢやないかも知れないが、それでも小沼君のもたしかに交つてゐるにちがひないですよ」と、曾根はいひわけした。

住民は死体が夏だつたのですでに腐敗してゐた上、何にしても沢山なため腕だけ斬りとつて来て、麻袋に上膊部だけつめ込んで持つて来たのだつた。けれどもやはりそこまではいへなかつた。

曾根は遺族を前に「一番はじめにはつきりさせねばならぬ」のが「死体の処置」であり、自分たちが戦友の死体を放置して逃げたことを正直に告白しようとするものの、それができずに苦渋していた。原稿では最初は死体に「土をかむせて来た」とされていたが、それが「手を胸の上に組みあはせて来た」に書き替えられている。おそらく銃弾が飛び交うなかでは自分の身を守るのが精一杯で、穴を掘って土をかぶせる時間などなかったであろうし、また手を組ませる余裕もあったかどうかは分からない。だがそれを正しく書こうとすることによって、たとえそれが「いひわけ」にすぎないにしても償いの気持ちをできる限り表そうとしたのだろう。

右の引用の後半、一ヶ月ほど経って中国人住民が遺骨を持ってきたという部分は、原稿用紙の上に紙を一枚貼りつけて加筆され、挿入位置が朱筆で矢印を引かれて示されている。かなりこだわって作者が文章を修正していたことが分かる。旧日本軍には「生きて虜囚の辱めを受けず」という戦陣訓があったために、旧日本軍兵士が従順に武装解除して捕虜収容所に入らないのではないか、あるいは国民党軍に参加して戦争を継続するのではないかと中国共産党軍は彼らの動向を案じていた。おそらく兵士の心情を察し、彼らの信頼を得てから投降させようとして住民に遺骨の一部を持ってゆかせたのであろう。生き残った仲間で遺体の一部を火葬して分骨したというエピソードもまた「いいわけ」になるかもしれないが、償いの気持ちを表すにはそれを語るより他に手段がなかったのである。

作品のなかで泰次郎が丁寧に描写しようと苦心していた二つのシーンを検証した。彼は戦場の記憶を呼び覚ましながらこれらの描写を通じて日本社会に警鐘を鳴らそうとしていたのである。

> 自分たちの今日の平和が、戦闘といふ苦しい現実を通じて得られたものであるといふことを忘れて、戦争前と同じやうに安易な無責任な自由を追求するのでは、日本民族は再びときが来れば同じ悲劇を繰返すに相違ない。曾根平吉には自分と同じに戦つて来て、そして死んだ人々のことを考へるにつけても、かつて日本人のなかに、そんな勇敢な人々がゐたといふことをまつたく忘れたやうな、いまの日本人たちに不満を覚えるのだつた。自分の周囲の人々はいふまでもなく、世間全体に対して、かういふ物足りなさが、自分の胸の中にたくわへつまれて行くのを、曾根はあつかひかねていた。

「無責任な」は後から原稿に加筆された言葉で、戦争の犠牲者を忘れて「安易な無責任な自由」を追求している限り戦争の悲劇が繰り返されるにちがいないという曾根の持論を補強している。これは作品を貫くテーマになっており、つぎに引用する作品の末尾に近い部分ではそれがさらに強調されて説かれている。

「人間は誰でも幸福を追求する権利がある」という言葉の、幸福なるものは、いまの日本人の間では、**（物質的な小さな個人のみを物質面のみをさすやうに考へる人々が何と多い）**何と勝手に、安手に考えられてゐることであらう。一般に見られる平和愛好論には、一身上の物質的な安穏を考へる面からのみそれが強調されて、人間の高貴な部分であるべき精神の面がまつたく忘れられてゐるのが、あまり安易に過ぎて、曾根には日本民族の人間としての貧しさに直面する思ひがするのだつた。

傍線部は加筆部分で、安易に幸福を考えることを戒めている。カッコに入れた太字は後で削除された部分であるが、「物質的」という言葉が反復して使われ、日本人が物質面ばかりに目を向けて「人間の高貴な部分であるべき精神の面」を忘れてしまっていることを警告している。〝肉体主義〞を標榜した作家が精神の高貴さを説くのは矛盾するように見えるが、戦場の体験に真摯に向き合おうとした泰次郎の戦後における出発点がここにたしかめられるだろう。「渇く日日」の自筆原稿にもとづいて創作プロセスを検証することを通じて、泰次郎が戦前から継承した新心理主義に似た手法を使って戦場の記憶を甦らせて語り、加筆によって記憶を補いながら過酷な体験をできる限り正確に証言して戦友への償いの気持ちを表現しようとしていたことが明らかになるのである。

3

二〇〇五年の歳末が押し迫った一二月二〇日から二四日まで中国河北省保定を訪れ、泰次郎の小説の舞台を取材した。日中両国とも五〇年振りの大寒波に襲われ、強い北風に押されたために飛行機は大幅に遅れて北京国際空港に到着した。大雪に見舞われた名古屋とはちがって、気温は低いながらも北京は空気が乾燥していた。冬は暖房のために練炭を焚くので都市の至るところで窒素酸化物のむせるような臭いが充満していた。翌朝天安門広場《ティエンアンメングアンチャン》の近くにあるホテルを出発、北京南西の永定河《ヨンディンホー》にかかる盧溝橋を右手に見ながら北京と石家庄を結ぶ京石高速道路を南に向かって走った。保定まで約一四〇キロ、約二時間の行程である。同年九月に山西省を取材旅行したときと同じ梁吉東氏（中国婦女旅行社）にスルーガイドを依頼した。彼によれば一ヶ月前、戦時中に強制連行された中国人労働者の歴史を調査するために滞在していた研究者の通訳案内を約一ヶ月間務めていたという。沿道にはすっかり落葉した槐樹とポプラの灌木が続き、燕京八景の一つにその雪景色が数えられる香山《シャンシェン》が遠くに見えた。途中、現地ガイドの桑娜《サンナー》氏（保定金台国際旅行社）と合流し予定通り約二時間で保定市に到着した。保定市は面積二、二万平行キロ、人口一、一〇〇万人で河北省第四の都市に数えられる。桑氏は石家庄経済学院《シジアジョアンジンジーシュエユエン》を卒業してガイドになったばかりの女性である。翌週、同市易県《シ》北淇《ブエイチー》村を訪問する旧日本軍兵士のグループの通訳案内をするという。若い彼女も今年七九歳になる祖父から戦争の話を何度も聞かされていたそうである。

河北省は清代には直隷省と呼ばれ、保定には北京を防衛するための直隷総督府《ジーソーゾンドゥフ》がおかれて、最高地方長官の総督が軍務および政務を統括していた。保定到着後すぐに、総督を歴任した李鴻章《リーホンジャン》や袁世凱《ユエンシーカイ》にまつわる建造物や遺品のある直隷総督署博物館を見学し、辛亥革命《シンハイグォミン》前後国内最大の軍閥であった北洋軍閥《ベイヤンジュンファ》の歴史に思いを馳せた。一九三七年九月二四日、国民党の拠点であった保定は旧日本軍の猛攻によって陥落、その攻防戦の激しさは盧溝橋事件以来最大といわれた。その後、国民党内部で反蒋介石派の汪兆銘が日本政府の支援を受けて国民政府を樹立すると、汪の指示に従って北京に華北政務委員会が成立し、華北に残っていた国民党系軍人は傀儡地方政権の下で旧日本軍協力者になった。彼らは「保安隊」や「警備隊」「皇協軍」といった非正規軍に編入され、抗日根拠地に対する「掃蕩」「清剿」作戦を幇助した。甚大な被害を受けた中国人民は、同朋を裏切って侵略の手助けをした彼らを今日でもなお〝偽軍〟（傀儡軍）と呼んで蔑んでいる。北京と天津《ティエンジン》、保定を結ぶ華北の三角地帯は中国の国共両党と日本とが政略的かつ軍略的な意図をもってせめぎあう修羅場になった。

　午後は保定の市中央から西南三〇キロにある清苑《チンユエン》県《シィエン》冉庄《ランジョアン》地道戦《ディーダオジェン》紀念館に向かった。河北平野が広がる一帯の沿道にはポプラ並木が続き、時折荷物を載せすぎたオート三輪がカーブを曲がりきれずに横転している。冉庄村には一九三九年六月一五日に旧日本軍と傀儡軍が侵攻し村民三名殺害、重傷一一名、一一名拉致、七〇〇軒が焼失したが、その直後から中国共産党軍が村の復興を支援し村民をまもるために大規模な地下坑道を建設した。二メートル強の深さに幅約〇・七メートル、高さ一・五メートルの地下坑道を掘削し、その規模は周囲一六キロにわたって総距離三〇、〇〇〇メートルにおよんだ。冉庄村の地道戦はこれまでに何度も中国で歌や映画のテーマにされ、十字路にある古槐の大鐘は村のシンボルとして広く知られるようになった。河北省の古い国名「冀《ジー》」、その中央平原部「冀中《ジージソォン》」は晋察冀辺区共産党軍が統括していた。聶榮臻が司令官を務めていた晋察冀軍区共産党軍は河北省と山西省（晋）、察哈爾省《チャーハー》（察）という広い地域に影響力をおよぼし、劉《リュー》

晋察冀軍区司令部旧址

晋察冀軍区司令部旧址

清苑県冉庄地道戦紀念館

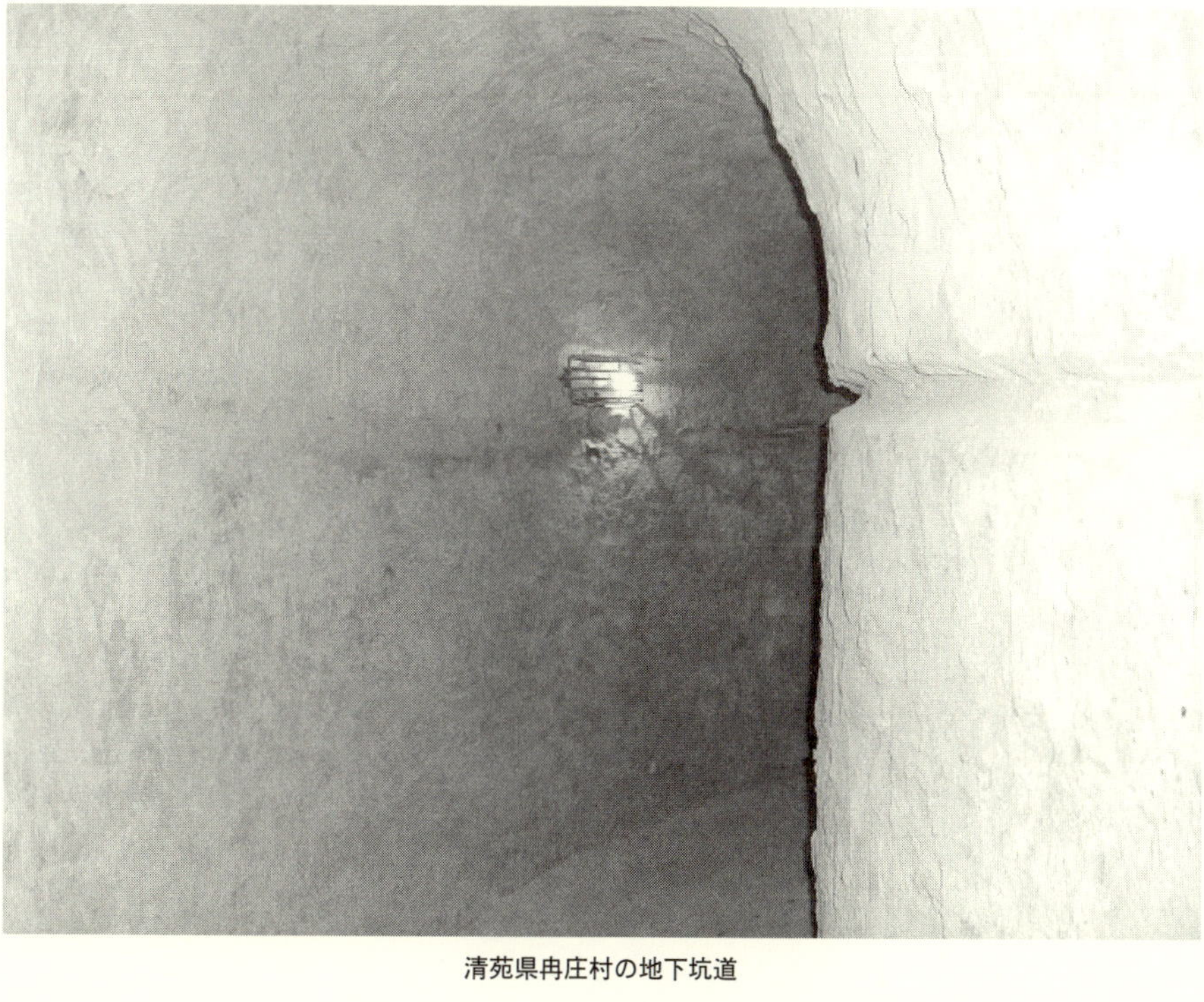

清苑県冉庄村の地下坑道

清苑県冉庄村の古鐘

少奇《ショーチー》が率いる冀中軍の精鋭が白洋淀《バイヤンディエン》に根拠地を築いていた（なお察哈爾省は一九五二年に内蒙古自治区、山西省、河北省へと分割されて消滅した）。一九四五年四月に泰次郎が転属された独立第七警備隊は京漢鉄道沿線地区の警備を目的として保定に大隊本部をおいていたが、彼の中隊は清苑県張登鎮に保定防衛の前哨部隊として進駐していた。この状況を記した泰次郎の「大行山の絵」（「風雪」別輯第一号、一九四七年九月）を引用してみよう。

保定附近に於ける警備生活に於ては、私たちが山西にゐる頃よりも数多くの小戦闘が繰り返された。白洋淀を中心とする冀中軍区第九軍分区の中枢部に近接してゐたので、そこの中国共産党軍とよく小さな戦闘を繰り返した。（中略）私たちの中隊は保定に新設せられた第七独立警備隊の隷下に編入され、保定防衛の衛星的中隊として、保定南方二十八粁の地点にある張登鎮といふ八路地区の真中へぽつんと油の中へ落された一滴の水の雫のやうに、一箇中隊だけ進出、独立警備を命ぜられた。独立警備といつても、軽機六、擲弾筒三、軽迫三の装備で、それらの弾薬も定数以上は容易に支給せられず、一度戦闘すると、射耗弾の補給に保定まで出なければならなかつた。その保定連絡も中隊の全兵力を動かさなければやれなかつたのだ。もつとも戦闘毎に負傷が出たから、彼等を保定の兵站病院まで護送するのに、戦闘のあつた日の夜から翌日の早朝には、必ず保定に出るやうになつたのではあるが、——その頃の旧日本軍の戦闘力量は、敵のそれと比較して大分ひらきが出来てゐて、正々堂々と出会つたのでは地方遊撃隊や民兵組織の進んだ敵に対して勝目はすくなく、従つてその行動も夜間奇襲を本領とせざるを得ないやうな状態であつた。

旧日本軍は冉庄村の周囲一九キロに一五の炮楼（トーチカ）を建設し抗日勢力に対峙していた。冉庄村の西にある張登鎮《チャンドン》には、保定に向かう国道二三一号線沿いに二つ炮楼があり、泰次郎の中隊は傀儡軍を大量に動員して防衛していたが、総じて兵員物資が大幅に不足していたために中国共産党軍（八路軍）が優勢であった。

泰次郎の小説を思い浮かべながら館内の展示を見学し、紀念館のガイドに連れられて地下坑道一、二〇〇メートルを歩いた。地下坑道は蟻の巣のように縦横にめぐらされ、毒ガスや化学兵器を防ぐ仕かけや狙撃用の銃眼、待ち伏せ攻撃をするための穴などが至るところに配されていた。さらに持久戦を覚悟して会議室や武器製造室なども設けられており、周到な計画にもとづいて構築されていたことが分かる。ヨーロッパの教会にある地下墓地カタコンベを想起させられ、橙色電球が足許を照らすだけの静寂な世界には冷然とした死の空気が漂っていた。地上に出ると同村の老人を訪ねて、抗日戦争当時の模様を取材した。劉大禹《リューダーユイ》氏は八一歳、旧日本軍は

劉大禺夫妻

李恒太夫妻

当初は農民と一緒に生活するなど友好的だったが、建築用の資材が不足していたためにレンガや木を略奪するようになったという。旧日本軍はその後も農民と対決的な姿勢をとり続け、八月一五日が過ぎても投降するような気配がなかったために民兵が炮楼を包囲した。民兵は地下道を掘って炮楼の真下に火薬を仕かけ爆発させた。その結果、炮楼は傾き傀儡軍兵士はすぐに投降したが旧日本軍兵士は投降の呼びかけに応じず保定に向かって逃走したという。泰次郎の小説「包囲のなかで」(「オール読物」第二二巻八号、一九六七年八月)に描かれた情景とほぼ同じであった。また同村の李恒太《リーホンタイ》氏は九二歳、当時は村の副主任を務めていたという。戦時中のことをよく覚えていて地道戦のエピソードや、一九四三年春に三四歳で死刑になった村の主任張森林《ジャンスエンリン》の話を語ってくれた。

さきに述べたように冉庄村は中国でよく知られた抗日戦争ゆかりの村で、二〇〇五年には「全国紅色旅《チュエングオホンスリュイ》游経典景区《イオウジンディエンチュイ》」の一つに選ばれている。紀念館の周囲には観光客に向けた土産物店や食堂などもあるが、村民の生活は貧しく二人の古老の暮らしも至って簡素なものである。防寒用の毛布や衣類など使い古されて破れており、室内の生活用品も古いものが目立つ。この村の生活水準を桑氏に訊いてみると、河北省ではこの辺りの人々の暮し向きは平均的で、省内の他の地域にはもっと貧しい村があるという。泰次郎の中隊もこの村に来襲したことがあるのだろうか。再び「大行山の絵」を引用してみよう。

敵の意表に出て、不規に行動し、敵をして兵力を糾合せしめる時間的余裕を与へないことが肝腎だつた。従つて大部分の旧日本軍はじつと駐屯拠点内に逼塞して、容易に出撃せず、どうしても止むを得ない行動の場合には、こそこそと鼠のやうに夜間に行動した。主客が顚倒して各拠点毎に敵に包囲せられた形になり、中隊を単位とする討伐などは容易なことではなかつたが、私たちの中隊だけは中隊長が張り切つてゐたので、もつぱら夜明けの奇襲によつて部落掃蕩と物資の強制収買をつづけたが、帰途にはよく小戦闘が展開され、戦死傷者が出た。

右の引用には「中隊長が張り切つてゐた」とあり、積極的に「討伐」作戦を展開したという。当時の模様を記録した中国側の資料として『冀中烽火《ジンジョンフンホー》　保定抗日闘争故事精選《ブァオディンカンリードオジョングーシジンシュエン》』(中共保定市委宣伝部・同党史研究室編)がある。そのなかには一九四五年六月二〇日払暁、保定の傀儡軍将校斎燮元《ジャイシェユエン》が大白団《ダーバイトエン》および大魏《ダーウイ》村、張登鎮、王胡庄《ワンホージョアン》の四拠点に駐屯していた傀儡軍と旧日本軍を動員した大部隊で冉庄村の「掃蕩」作戦をおこなったという記事がある。(2) 村の至るところに仕かけられていた地雷によって彼らは撃退されたようであるが、泰次郎の小説を裏づける資料の一つになるだろう。

4

まだ日暮れまでに時間があったので張登鎮張登村に向かった。同村に住む八二歳の欒沛英《ルエンプェイイン》氏は抗日戦争を闘った老戦士で、日本降伏後の一九四九年国共内戦で左足を負傷している。二〇〇五年八月保定市長が抗日戦勝利六〇周年を記念して欒氏の自宅を見舞い、彼の功績を労うとともに弔慰金の支給を決めた。「保定日報」同年八月二四日の第一面に「省市領導清苑慰問抗日老戦士」という見出しで報じられている。現在欒氏は事業を成功させた息子夫婦と暮らしており、生活は比較的豊かに見えた。欒氏によれば、張登鎮では一九三七年秋頃から旧日本軍との戦闘がはじまった。保定に向かう国道一三一号線の東は旧日本軍、西は傀儡軍の炮楼が建

奕沛英氏

張登村の入り口

設され、六〇～七〇名の兵士が駐屯して中国共産党軍との間でたびたび激しい戦闘を繰り広げたという。奕氏も民兵としてそれらに参加し、村民を殺して井戸に投げ込んだ旧日本軍の残虐な行為を目撃している。しかし敗戦直前には厭戦的な感情を持った旧日本軍兵士がいたようで、中国共産党軍と民兵が炮楼を包囲すると、ほどなく傀儡軍兵士が投降したのに続いて、旧日本軍兵士数名が「自分は八路軍の同志で日本にいたときから共産党に賛同していた」と叫んで投降した。そこで負傷した彼らを中国共産党軍は厚遇し、冀中軍分区安国にある軍病院まで馬車に乗せて運んだという。この話をするとき奕氏は親指を立てて中国共産党軍の寛大さを讃えたのが印象深かった。

奕氏が紹介してくれたエピソードは日中戦争がはじまった頃には到底考えられなかっ

たできごとであった。だが『保定抗日戦争実録《ジェイジョンシールー》』（保定歴史文化局編集委員会編）には、一九四五年四月一四日北大冉村での戦闘の記事があり、清苑県の中国共産党軍が旧日本軍の拠点を奇襲すると「殺すな、我らは八路軍だ」と叫んで投降した旧日本軍の「宣伝班」「情報班」一五名が紹介されている。(3) 彼らは戦争が長期化するにつれ、戦闘でお互いの姿を見かける機会が増え言葉も通じていたので、軍民一体となって抗日戦争を闘い抜こうとする中国人民の姿に共感を抱くようになっていたのであろう。泰次郎の小説「肉体の悪魔」（『世界文化』第一巻八号、一九四六年九月）にも旅団宣撫班の前山上等兵という大阪商大（大阪市立大学）出身の若いマルキストが「ああ、逃げだしたいなあ、――こんな軍隊にゐるよりは、どんなに生甲斐があるか知れやしない。どうせ、旧日本軍にゐれば生きては帰れない」と中国共産党軍への共感を露にしている。

ここで泰次郎の軍歴を簡単に紹介しておこう。一九四〇年一〇月に応召した泰次郎は、独立混成第四旅団独立歩兵第一三大隊第三中隊に配属され山西省左権県の分哨陣地に配置される。翌年、小説家という前歴を買われて旅団司令部直属の宣撫班に転属され、中国人捕虜と共に劇団を運営する。一九四三年六月に独立混成第四旅団は同第六旅団と合併し第六二師団（通称石、師団長本郷義夫中将）に改編される。一九四四年三月から約一ヶ月にわたって京漢作戦がおこなわれた後、七月に第六二師団が沖縄に転進する準備のために改編された際に、古年兵の泰次郎は大陸に残留し、内モンゴル自治区フフホトに大隊本部のあった第一二野戦補充隊に配属になったが、本部の命令下、彼の中隊は保定に移動し周辺地域の警備を任務とした。そして一九四五年四月第七独立警備隊が京漢鉄道沿線地区の警備を目的として保定に新設されると、彼の中隊はその隷下におかれ保定防衛の前哨部隊として清苑県張登鎮に進駐していたのである。奕氏と砲火を交えた敵兵のなかには泰次郎が含まれていたにちがいない。

旅行三日目は河北省阜平県《フーピン》城南庄《チンナエンジョアン》にある晋察冀軍区司令部旧跡に出かけた。保定の西南一四七キロ、石炭を満載して低速走行している超大型トラックを追い越しながら四時間かけて到着した。司令部旧跡には一一五師司令官聶榮臻の像があり、二〇〇五年八月三一日に開館したばかりの紀念館を見学した。泰次郎の小説には、主人公が一九三一年秋の晋察冀辺区討伐作戦に参加したことを誇らしげに語る場面がある。大行山脈に連なる山間の町阜平県は中国共産党軍屈指の抗日戦根拠地であったために、一九三八年から一九四三年にかけて旧日本軍による八回の掃蕩作戦がおこなわれ一二回の虐殺事件が起きていた。

さてその翌日は今回の取材旅行最大の目的、清苑県清苑鎮北大冉村を訪問し、一九四五年八月二五日の激戦の模様を調査することにした。保定の南一二キロにある北大冉村は、保定市と張登鎮を結ぶ国道上の要衝に位置する。「渇く日日」では当日の戦闘の模様がつぎのように描かれている。

八月二十五日の夜明けの五時頃からその日の夜中までつづいた戦闘は、敵の兵二千を下らぬのに対し、味方は二百名足らずの寡勢で、曾根たちはそれこそ全員玉砕の覚悟を幾度も決め、やうやくにして敵の包囲を逃れて来たのであつた。あのこの世の地獄のやうな、どこもかしこも戦友の血でどす紅く染まつてゐた水のない川床の有様は、到底話してもわかつては貰へないと知りつつ、曾根は折にふれて、ふと断片的に周囲の人たちに漏らすことがあつた。戦死した人々がどんなに自分の生命を軽くとり扱つたか、どんなに日本人らしい潔さに徹した心情であつたか、——それを曾根は話したかつたのだ。

右のシーンは戦場の体験に向き合おうとした泰次郎の戦後における出発点ともいえる北大冉村での戦闘の場

張哲東氏

面であった。今日の北大冉村は「文明生態建設《ウエンミンションタイジイエショー》」をスローガンにした住宅整備が急ピッチで進められており、二年間に住宅団地一五棟が完成し、まもなく五一棟に七〇〇世帯の村民が入居する予定になっている。コンクリートの大きな棟の前には、雑談をして時間をすごす老人が早朝から大勢集まっていて、七八歳の張哲《ジャンジョー》東《ドン》氏にインタビューをすることができた。張氏の祖父は農地に水を撒いていると突然日本兵に狙撃され、まだ息があるうちに土に埋められて死んだという。このエピソードは本人ではなく彼の傍にいた友人が話してくれたのだが、祖父の痛ましい死のせいか張氏の口は重かった。インタビューをはじめると私の取材に興味を持った村民約三〇名がすぐに集まってきた。彼らは一九三九年から一九四五年まで占領されていた六年間、非道な殺され方をしたり強制連行をされたりした村民が大勢いたことに触れ、自分たちが受けた苦しみはたとえ一〇年かかっても口で言い表せないほど深刻なものだったと私に訴えた。張氏をはじめ老人たちの記憶は鮮明で、北大冉村での戦闘に関するいくつかの質問に応じてくれた。つぎに張氏の証言を整理してみよう。

一九四五年八月二七、二八日頃、張登鎮に駐屯していた旧日本軍兵士四〇名と傀儡軍九〇名に加えて、撤収に協力するために保定から来援していた傀儡軍四〇名が南から逃げてきた。彼ら一七〇名は、北大冉村からさらに三キロ北東の焦庄《ジャオジョアン》郷黄庄《ホウアンジョアン》にあった旧日本軍の軍用空港を目指して北上していたのである。八月一五日の降伏後旧日本軍は蔣介石の国民党政府から、現在の駐屯地にて待機せよ、傀儡軍と共に治安維持を継続せよ、国民党軍に投降せよという命令を受け取っていた。張登鎮の部隊も中国共産党軍ではなく国民党軍に投降し武器を渡そうとしていたので、彼らの動向を警戒していた中国共産党軍は北大冉村で彼らを待ち受けて攻撃をしかけた。

朝五時前後、南から旧日本軍と傀儡軍が来ると中国共産党軍二大隊二、〇〇〇名は彼らを迎え撃った。すると敵兵はすぐに、村を流れる金県川《ジンシィエンチュエン》のほとりにあった高粱畑や玉蜀黍畑に隠れ、枯渇していた川床に塹壕を掘って身を潜めた。そのために中国共産党軍は敵兵の姿を見失い、川を挟んで同士討ちをして多数の死傷者を出してしまった。一二時三〇分頃には攻撃を休止せざるを得なくなった。旧日本軍は機関銃を持っていたのに対して中国共産党軍は火器が乏しく喊声を発するばかりで、最終的に二〇〇名が戦死した。双方がにらみ合ったまま夜に入り、二〇時三〇分頃に旧日本軍兵士三〇数名が血路を開いて現地を脱出した。その他の兵士全員が戦死、それほど暑い日ではなかったが死体の腐乱はすぐにはじまって狗がそれを食べに来た。村民は川のほとりの農地に穴を掘って彼らを埋葬したという。

張氏の証言をまとめると右のようになる。これと同じ、泰次郎が巻き込まれた北大冉村での激闘は『保定抗日戦争実録』にも記録がある。その部分をつぎに引用してみよう。

北大冉の截撃戦

一九四五年八月二二日、清苑県大隊と部分区小隊は張登の拠点を包囲し終わった。軍事的な包囲と同時に政治的な攻勢も進めた。張登の炮楼に傀儡軍小隊長の母親を派遣し朱徳総司令の投降命令と冀中軍九分区司令部の通牒を伝えさせた。拠点内の傀儡軍副官と情報班長（次第に関係を発展させていた）が機に乗じて交渉を進めた結果、張登の拠点の傀儡軍警察および特務隊四〇〇余人が次々に投降し、槍四〇〇本、機銃二挺、小砲一門が押収された。

北大冉の金県川

傀儡軍が投降した後、張登の拠点の東炮楼に駐屯していた旧日本軍五、六〇名が、保定から来援した傀儡軍二〇〇名強に助けられながら、連夜保定に逃竄した。南大冉と北大冉の間、県大隊一連隊が南大冉村北学校、二連隊が南大冉村西北角で同時に敵に向かって攻撃をはじめ、彼らを北大冉に追った。そのとき北大冉で待ち受けていた冀中第九分区二二団と二三団が彼らに痛撃を与え、一〇〇名強の敵を死傷させた。その後上級命令が出て戦闘を終わらせたため、残った敵が保定に逃げおおせた。戦闘中に県大隊第三連隊長梁友初が犠牲になった。(4)

北大冉村で戦闘があった日について泰次郎と張氏の間では記憶に若干のズレが見ら

れたが、『保定抗日戦争実録』でもその日付は正確には記述されていない。しかし今でも語り継がれるような激しい戦闘が八月一五日直後にあったことは事実である。一九四〇年以後、汪兆銘の国民政府の指示に従って北京に華北政務委員会が発足し、「反共和平救国」と「大アジア主義」を唱えた傀儡地方政権の下で傀儡軍が旧日本軍に協力していた。日本が降伏すると中国共産党と国民党とは戦後処理を自分に有利なように進めようとして激しい駆け引きをはじめ、彼らの主導権争いの渦中に泰次郎たちの部隊が投げ込まれたのであった。張氏をはじめとする老人たちの証言や文献上の記録を集めてみるうちに、泰次郎が自己の体験を忠実に描こうと努力していたことが次第に明らかになりはじめた。

5

北大冉村での取材を終えて北京に戻る途中、盧溝橋の中国人民抗日戦争紀念館に立ち寄った。同館は抗日戦争勝利六〇周年を記念して昨年改装された。出口に近い最後の展示室には小泉純一郎首相と胡錦濤《ホージントアオ》国家主席が固い握手を交わしている写真が大きく展示され、中日友好を重んじる姿勢をアピールしていた。二〇〇五年八月前後、国家的規模の抗日紀念館が次々に新設拡張され、市町村レベルを含めると相当数の建物や碑が建設されたが、日本国内ではそれらが〝反日〟感情を掻きたて〝愛国心〟を高揚させるためのものであったと報道されることが多い。中国の中央政府が求心力を維持するために国家的プロパガンダを展開していると見る向きもあるが、今回河北省を歩いてみて気づかされたのは、国民一人ひとりが「前事《ティエンシ》不忘《ブーワン》、後《ホオ》事《シ》之師《ジーシー》」(過去を忘れずに未来の教訓にせよ)の精神を大切にしていることであった。関曠野氏によれば、中国では「日中戦争の記憶が不正と受難の物語として民衆によって語り継がれている」のに対して、日本では説得的な「物語」が何一つ語られてこなかったという(5)。日本は降伏後、血にまみれた自分の手を十分に拭う暇もなく東西冷戦のなかで自由主義陣営の新たな一員という格好のポジションが与えられた。西側諸国に迎え入れられて過去を封印し、何ごともなかったかのような顔をして非武装の平和国家として再生したのである。関氏が指摘するように戦争の「死者たちが欲しているのは美化ではなく語られ記憶されること」であるはずだが、彼らの死は簡単に忘れ去られてしまい、過去に真摯に向き合おうとする人間は無力感に襲われた。泰次郎の「雁帰る」(「別冊風雪」第一号、一九四八年一〇月)にはつぎのような一節がある。

この頃、曾根は、なにもかも、投げやりたい気持に襲はれるときがある。面倒臭いのだ。日本はまた、古い日本がそのままよみがへる。そして、幾年かしたら、また無分別な戦争をやるにちがひない。いまのままで行つたら、きつとさうなる。それをひきとめる自信が、自分にはないと思ふ。さう思ふのは、すぐと、あの北大冉の戦場のことを思ふからである。

曾根は日本が「無分別な戦争」を繰り返すにちがいないと感じているのと同時に、自分には「それをひきとめる自信」がなく、再び逃げ出してしまうことを恐れている。北大冉村での戦闘は泰次郎の心に痛手を負わせたが、戦後社会を支配した〝平和〟や〝民主主義〟などの言説に距離をおかせ、自己の体験に真摯に向き合って真実の語を選り抜かせるきっかけになった。戦友の遺体を放置して逃走したのは泰次郎の中隊であったかも知れないが、戦後の日本社会もまた彼らを遺棄して経済発展の躁狂に没入していった。坪井秀人氏は戦争の記憶の問題を考えるには「常に謙虚」になるべきであると同時に「勇気」を持って関与することが大切であると説く。(6) 戦場で兵士たちは想像をはるかにこえる凄惨な光景を目撃しており、彼らの語りをステレオタイプにはめ込んで武勇伝として美化してしまうのは、暴力によって斃れた犠牲者に対する冒涜につながるだろう。共同体や国家の物語に回収される言説の誘惑を退けるためには、断片として遺された個人の記憶を拾い集め、それらの細部の迫真力によって語り継ぐこととともに、戦時中は〝敵〟であった人間の語りを併置させて、言説のメタレベルをとらえ返してみることが求められる。このようにして言説を相対化することによって、自己中心的な語りを克服し、戦争を正当化するいかなる論理も否定する足がかりが得られるのである。

註

(1) 「私小説とリアリズムとの遊離」(「新潮」第三一巻八号、一九三四年八月)
(2) 『冀中烽火　保定抗日闘争故事精選』(中共保定市委宣伝部・同党史研究室編、二〇〇五年六月、九七頁)
(3) 『保定抗日戦争実録』(保定歴史文化専輯委会編、二〇〇五年七月、新華出版社、一七八～一七九頁)
(4) 同右書、一八二～一八三頁
(5) 関曠野「不思議の国の戦後日本」(「図書新聞」第二七五六号、二〇〇六年一月一日、七頁)
(6) 坪井秀人『戦争の記憶をさかのぼる』(二〇〇五年八月、ちくま新書、二四二～二四三頁)

Ⅲ　田村泰次郎の戦争小説

1 「春婦伝」

1

ヘッドライトを消したトラック一五台は山西省陽泉市陽泉を出発し、夜明けの山岳地帯の静寂に爆音をとどろかせながら同市盂県に向かった。先頭から五両目のトラックには「犬の毛のついた防寒帽を目深く」かぶった朝鮮人慰安婦が乗車していた。「故郷の家の生活の苦しさ」のために「前借で買はれて」慰安婦になった彼女たちには春美、百合子、さち子という「源氏名」が付けられたが、今では「源氏名以外には呼ばれたことがない」ので「自分の本名さへ、どうかすると忘れ果てゐるやうなとき」があった。春美は、綿花をあつかう商社に勤めていた友田寛一という青年との間で愛情のもつれから事件を起こし、他の二名も「それぞれわけがあつて腐つてゐた」ために天津からの移動を希望していた。このような主人公が登場して作品がはじまる田村泰次郎の「春婦伝」は、朝鮮人に対する差別的な意識を助長しかねないというGHQの判断によって文芸雑誌「日本小説」創刊号（一九四七年四月、大地書房）への掲載が見合わされた。だが単行本『春婦伝』（一九四七年五月、銀座出版社）になかに発表された作品を読めば、それは検閲者の誤読であったことが分かる。旧日本軍に抑圧支配されたアジアの人民の解放を求めるシンボルとして〈紅〉という色彩が印象的に使われた作品を以下、ストーリーの展開に沿って読み進めてみよう。

近くの村の民兵によって埋設された地雷にトラックが触れ、輸送部隊が足止めされている間、警乗の下士官が「みんなに背を見せて、むかうむいてゐる兵隊」に声をかけた。「顔色のひどく白い」兵隊は、自分の所属を「三中隊」と答えた。「それほど固くならず」に答えたことや「まだ子供子供してゐる顔つき」からも古年次兵でないことが推測されたように、外套の肩には上等兵の肩章が付いていた。「秋の上社鎮附近の大隊討伐」の際、「崔家庄」の「払暁攻撃」で左上膊部に骨を砕く貫通銃創を負い、今は「北京の病院」からの帰りだという。泰次郎が配属されていたのは独立混成第四旅団独立歩兵一三大隊第三中隊で、「第三中隊」であることは同じだが、作品の舞台となった盂県には第一四大隊が駐屯していた。また三重県立図書館に所蔵されている田村泰次郎文庫には、右肩を負傷して療養している泰次郎の写真がある。「華北清華大学陸軍病院にて／昭和一八年」と写真の裏には書かれており、彼と同じように泰次郎も北京の陸軍病院にいたことが分かる（口絵写真26頁）。小説「青白い腕」（「文芸春秋」第二六巻一〇号、一九四八年一〇月）にも、右肩を負傷して肩胛骨が砕け、北京の陸軍病院で三ヶ月かかって治療したものの、元には戻らなかったことが描かれている。泰次郎が右肩を負傷したのは第二次晋察冀辺区粛正作戦の戦闘で一九四二年八月一九日のことだった。

南北約三〇〇キロ、東西一〇〇キロにわたる北部太行山脈の地域に展開された晋察冀辺区粛正作戦は、山西省と河北省にまたがる晋察冀辺区軍区の聶栄臻が指揮する四万余名の中国共産党軍に対する攻撃が目的で、第一期が一九四一年八月一四日から九月四日まで、第二期が九月四日から一〇月一五日まで実施された。中国側では「晋察冀一九四一年秋季反掃蕩戦役」と呼ばれ、その期間を通して激しい戦闘がおこなわれた。独立混成第四旅団は八月二八日から盂県県城、萇池鎮《チャンチー》、上社鎮《シャンショー》に至る封鎖線を敷き、滹沱河《フートォホー》に沿って侵攻した。泰次郎も右の上等兵と同じように上社鎮で負傷していた可能性があった。

春美が慰安婦として働いた「日の出館」は、盂県県城の北門の近くにある改造した民家に、六名の女性を抱えていた。三軒おいて隣には四名の女性が働く「君のや」があり、彼女たち一〇名はその附近一帯を警備する一箇大隊一〇、〇〇〇名に近い兵士の相手をしなければならなかった。将校たちのなかには「自分をよつぽどえらいものと思ひあがつて」いるために「女たちを人間のやうに思つてゐない者」が多かった。彼らは「日本の女たちのゐる沿線の町」へ出かける機会に「人間らしいたのしみ」ができるので、前線にいる慰安婦たちとの関係を「酒をのんだり、小便をしたりすることとおなじ生理的なこと」としか思っていない。それに対して兵士たちは「肩の星と、うすよごれた服装」のために「日本の女たちから軽蔑」されて相手にされない。彼らの相手になるのは前線にいる慰安婦たちだけであった。

日本の商売女たちが沿線の町で、将校や、御用商人や、国策会社の幹部連中と畳の上で、ぬくぬくと絹布団にくるまつて、からみあつて眠つてゐるとき、彼女たちは前線の土と泥で出来た住民の家の火の気もないアンペラ床の上で、あるひはもつと前線の陣地の銃眼のあるトーチカのなかで、——分遣隊を慰問するときは、実際さうだ、——南京虫に攻められ、ときには敵襲に脅かされながら、下級の兵隊たちの底知れぬ旺盛な慾望にこたへてやつてゐる。

大隊の副官成田中尉は五尺七寸の長身（約一七二センチ）で「剣道で鍛えた逞しい肉体に鎧はれた堂々たる体躯」を持ち、何の前触れもなく春美の部屋に訪れる。先客の曹長を追い出し春美を自分のものにしてしまう。翌日、副官の伝令三上真吉が今夜も副官が来訪することを伝えにくると、春美は「ぱつちりとみひらかれて、じつに正面から彼女をみつめてゐる澄んだ瞳」を持った三上がさきにトラックで同乗していた上等兵であったことを察知する。

2

泰次郎は慰安所を「兵隊たちの魂の洗濯場」であると表現しており、女性にふるわれた戦時性暴力に対する批判は十分とはいえない。だが軍の最底辺に従属させられた彼女たちの立場になって考えることによって、旧日本軍の根本的な問題をとらえようとしていた。

副官があらはれる時間は、きまつておそかつた。副官といふ職務の関係から、部隊長が寝てしまつたのをたしかめた上、出かけてくるので、たいてい十時前後か、もつとおそくなるときもあつた。彼は陸軍中尉といふ階級を、この戦場では、どんな勝手放題もゆるされるやうに考へてゐる男だつた。兵隊たちとは、同じ日本人同志であることを忘れ果ててゐるどころか、まるで生れたときから別の人種であるやうに考へてゐるふうだつた。兵隊たちにさへさうなのだから、春美たちに対しては犬か猫のやうに考へてゐるのにちがいない。（中略）ただ威張つてゐさへすればいいのだ。主人の威厳さへ示してゐれば、家畜どもは鼻をくんくんいはせて、寄つてくるものだと思ひこんでゐる。自分たちだけにではなく、土地の住民に対しても、さうである。さういふ横柄な考へ方、それは単に優越感とかなんとかいつて、簡単に割りきつてしまへるものではないやうだ。春美にはわからないが、もつと人間といふものに対する本質的な侮蔑感から出来あがつてゐるやうだつた。

春美によれば、旧日本軍の将校たちは、兵士たちと同じ日本人であることを「忘れ果てて」ゐるどころか「生れたときから別の人種であるやうに」考えている。味方の兵士たちにさえそうなのだから慰安婦たちは「犬か猫のやうに」見なされ、「主人の威厳」さえ示していれば「家畜」たちは寄ってくると信じられている。将校たちの思い上がりは「土地の住民」に対しても同じで、彼らの考え方は「人間といふものに対する本質的な侮蔑感」からできあがっているように感じられるという。上官に反抗するのは「正常な人間」ではないと教育されてきた兵士たちには、どれほど将校から屈辱的な扱いを受けようとも彼らを憎む気持ちは生まれず、軍内部から彼らを批判する声はあがらない。旧日本軍の最底辺におかれた朝鮮人慰安婦であった春美だからこそ、民衆を指導できる資質が彼らにはまったく欠けていたことを的確に指摘することができたのである。

さういふ彼女の頭に、電撃に打たれたやうにひらめいたのは、三上真吉の瞳である。その絶対服従に徹しきつた副官の伝令の三上上等兵を、副官の目を盗んで、自分のものにするのは、副官と三上とをつないでゐるさういふ支配の形式に、反抗することだつた。副官が利用してゐる、さういふ眼に見えない権威にいどみかかることだつた。さいうふ権威になんのうたがいもはさまないで、澄みかへつてゐる三上の瞳の湖を、彼女は自分の肉体でかきまはし、濁らせてみたい、ほとんど渇きのやうなさういふ欲望を覚えた。

何とか一矢報いたいと思っていた春美は、成田副官に対して「絶対服従」に徹した三上上等兵と、成田副官の目を盗んで肉体関係を持つことによって、「支配の形式」に「反抗」し「眼に見えない権威にいどみかかる」

ことを試みる。春美にとって、成田副官は「自分の都合のいい」ときに「天皇を利用して威張る男」であるが、三上上等兵は「服従を自分の唯一の任務」と心得ている。これは成田副官よりも「もつときびしい日本人」であるといえ、頭にも肉体にも「いつも天皇が住んで」いるために権威に対する無条件の服従を強いられる。春美にとって、三上上等兵のそのような信念を打ち砕くことは「天皇に対する戦」のようであると感じられたのである。

春美は三上上等兵を誘って四回目に、泥酔している彼と肉体関係を持ち「秘密の情人」になることができた。三上上等兵には「階級がちがふところには、同じ人間であるといふ考へさへうかんでこない」のだが、春美には「三上がそれほど服従してゐる副官も、兵隊たちとなんの区別もないただの男」にすぎなかった。泰次郎が朝鮮人慰安婦の立場になろうとしたことは「当事者の『声』を奪うという行為になりかねないし、逆にいえば、当事者の『声』によって脆くも崩れる表象に違いない」が、天皇制における支配の精神的構造をこれほどラジカルに批判した作品は他に類を見ないといえよう。(1)

3

春美と三上上等兵の密会は、やがて巡察将校に発見され、彼は五日間営倉入りという処分を受ける。夏の暑くて寝苦しい夜、軽機関銃のけたたましい音と大きな爆発音が聞こえ、中国共産党軍に夜襲される。西門から城内に突入、西門正面奥の本部衛兵所の脇にある営倉にいた三上上等兵は胸部貫通の銃創を受け、家屋の裏庭から出た土塀の外で倒れている。瀕死の状態にあった彼の傍に駆けつけた春美は彼とともに捕虜になって「県城東北方四里のところにある百戸ほどの小部落」に収容された。中国共産党軍の衛生兵は「思つたより気やすく」創口の消毒から包帯まで巻いて「てきぱきと治療」してくれた。盂県県城を襲撃し彼らを捕虜にしたのは中国共産党軍第一八集団軍管下の晋察冀辺区の聶栄臻が指揮する冀西軍区第二軍分区第一九団と地方遊撃隊、その附近の民兵であった。彼らの攻撃には、石太線南方の太行軍区新編一〇旅に対する「掃蕩作戦」を企画していた旅団司令部に対する「実力をもつてする牽制」という意味があった。

捕虜になった三上上等兵は「気ちがひ」のように「なにごとかを絶叫するかと思ふと、憂鬱な顔をして、口のなかでぶつぶつとひとり言をつぶやいてゐた」。部隊に帰ったら軍法会議にまわされるか、死刑になるかもしれないという中国共産党政治部の男が説明するが、彼は原隊に復帰することを希望する。

敵の捕虜となつて送りかへされた三上真吉は、すぐと憲兵隊の留置所に収容されて、つぎの連絡で、身柄は太原の軍法会議に送られることにきまつた。三上が俘虜になるときは、重傷を負ふて人事不省に陥つてゐたものであることも、その三上を戦友たちが収容しなかつたことも、敵中にあつて友軍の秘密を絶対に告げず、毅然として送還を要求したことも、——恐らく彼は身体さへ自由ならば、脱走を企てたにちがひない、——なにもかも、考慮せられなかつた。それらの事柄は軍法会議によつて審判を受けるべきであるとせられた。現地部隊は敵といふ観念を極端に厳格にとりあつかはねば、軍規が保てないのである。

殊に、三上が年次のひくい下級兵士として、女の関係があつたことが大隊長の心証を害してゐるといはれた。

五日間捕虜になった後、部隊に帰ってきた三上上等兵は、予想にたがわず北支派遣第一軍司令部のあった太原で軍法会議にかけられることになった。一切の情状酌量が考慮されなかったのは、春美との関係に大隊長が心証を害していたからとされ、極刑に処せられる可能性も存した。面会のために留置場を訪れた春美に、彼は脱走するための武器として、内務班の整頓棚にある手榴弾を盗んでくることを依頼する。彼女が巧みに手榴弾を盗み、瓜の入った籠の底に隠して渡すと、いきなりそれを取りだして口に持ってゆき、その端を噛んで針金のようなものを取って、足許のレンガの上に一端をぶつけた。「俺が卑怯かどうか、俺は見せてやるんだ。いいか、俺が卑怯か卑怯でないか、――」と絶叫して自殺を図ろうとし、「物凄い力」で彼女を突き飛ばそうとしたが、彼女は一緒に死ぬことを選ぶ。

彼女は男の瞳に、はげしい苦痛と、恐怖と、それとまつたく反対の歓喜の光が、かつとかがやくのを見た。服従し、服従し、服従してきた者が、肉体と生命を賭けて、最後に示す圧迫者への不信だつた。その二、三秒のあひだが、なんとながく感じられたことだらう。彼女のこれまでの生涯のなかで、こんなに充実した時間を経験したことはなかつた。男の瞳をみつめて、彼女は恍惚境のなかにじつとひたつてゐた。

轟然と手榴弾ははじけ散り、二人の心臓は裂け飛んで、その身体は互ひの鮮血に染まつて、あかるい熱した石畳の上に倒れた。ころがり出た瓜を追うて、紅い血がしづかに、石畳のあひだを縫うて流れていつた。

春美は三上上等兵の瞳のなかに、これまでたび重なる「服従」を強いられてきた人間が最後に「圧迫者に示す不信」を読みとった。彼らの身体を染めた鮮血、そして石畳の間を縫うように流れた「紅い血」は、旧日本軍に対する抵抗のシンボルであったといえよう。

ところでアジア歴史資料センターには、この作品と同じ独立混成第四旅団独立歩兵第一四大隊の「戦時死亡者誤認ニ関スル件」（「陸支密大日記」第二〇号）という機密文書が遺されている。

陸軍省受領　陸支密受第二二五号

戦時死亡者誤認ニ関スル件

昭和十七年一月十九日（陸支密）副官ヨリ独立混成第四旅団長宛照会

戦時死亡者生死不明者報告手続ニ依リ貴隷下独立歩兵第十四大隊長ヨリ順序ヲ経テ大臣宛報告セル歩兵一等兵角前久生同若林信男ニ関シテハ「戦死」トセラレアリタル処今回再ビ順序ヲ経テ「戦死認定後帰投セル」旨訂正ノ上申アリ前回ノ報告ハ「戦死認定」ニ非スシテ「戦死」トシテ報告シ且「受傷部位」ヲ明瞭ニ記入シアリ今回ノ報告ハ「戦死認定」ヲ「帰投」ニ訂正シアリ

「戦死」「受傷部位〇〇〇」トノ報告ト「戦死認定」ノ報告トハ全ク其ノ意ヲ異ニシ人事取扱上、截然区別シアリ又今回訂正ノ報告ハ本人帰投後本省到着迄約五ヶ月ヲ要シアリ此種報告ハ本省ニ於ケル各種ノ手続ニ重大ナル影響ヲ齎スヘキヲ以テ之ガ取扱ハ慎重ニシ真相ヲ卒直ナラシムルト共ニ迅速ニ処理セラレ度

尚本件ニ関スル責任者ノ処分並ニ同一日同一戦場ニ於ケル戦死者中両名ノ如ク誤認セル者更ニ他ニナキヤ又独立歩兵第十四大隊調製ニ係ル「戦死ト認定ヨリ帰投ニ至リタル顛末書」中ノ帰投者四名中ノ他ノ二名ハ如何ニセンヤ再検討ノ上回答相成度依命通牒ス(2)

右の文書によれば、独立歩兵第一四大隊に所属する一等兵二名が一度は「戦死」したと報告されたものの、実際には「戦死認定」後に部隊に「帰投」していたと修正される。陸軍省は前線からの報告が「戦死」とされるのと「戦死認定」とされるのでは大きなちがいがあること、さらに最初の報告を修正するのに「約五ヶ月ヲ要シ」たことを問題視して、それが「本省ニ於ケル各種ノ手続ニ重大ナル影響ヲ齎ス」とし「取扱ハ慎重ニシ真相ヲ卒直ナラシムルト共ニ迅速ニ処理」すべきであると指示している。さらに大隊が作成した「戦死ト認定ヨリ帰投ニ至リタル顚末書」には帰投者が四名と報告されているのに、このたび修正された他の二名はどのようになったのかを報告するように命令している。おそらく彼らは三上上等兵のように戦闘の途中で負傷し、一度は中国共産党軍の捕虜になったものの原隊に復帰したのであろう。だが大隊本部は負傷した彼らを放置して退却したことを上層部に隠すために、死体の確認をしていなかったにもかかわらず「戦死認定」という報告をしていた。そのために彼らに帰ってこられると困惑し、彼らが戦死したのではなく「帰投」したと修正するのに約五ヶ月もかかってしまったのである。作品に描かれた内容と同じものではないが、モデルになったような事件はたしかに実在し、将校が自己の体面をまもるためにうわべを糊塗し真実を歪めていたのである。百団大戦（一九四〇年）で旧日本軍が潰走したとき、独立歩兵第一三大隊に所属する分遣隊長は中国共産党軍の捕虜になって、その後部隊に「帰投」したが、彼が将校であったために何のおとがめもないばかりか、教育隊の助教を務めるようになったという。[3] 春美が看破したように、同じ軍人でも将校と兵士では同じ日本人であることを「忘れ果てて」しまい、将校の考え方は「人間といふものに対する本質的な侮蔑感」からできあがっていたことが分かる。

作品のなかで三上上等兵は「負傷箇所の化膿による急性肺炎」で病死したと上層部に報告された。軍法会議に付されることに抗議し、自己の人格の尊厳をまもるために自殺したことは一切隠された。大隊長の部屋の外には「夾竹桃の赤い色が、夏の真昼の陽のなかに枝いっぱいにひら」いている。作品の最後に描かれたこの「紅い、どこまでも紅い花の色」は、兵士の人格を否定し慰安婦の人権を蹂躙して何のためらいもない大隊の虚偽にまみれた実態をさらけだすもので、三上上等兵と春美が流した「紅い血」は、自己の生命を犠牲にしながらも人間の尊厳を主張し、旧日本軍によって抑圧支配されたアジアの人民の解放を求める闘争のシンボルとして読むことができるイメージであった。

註

（1） 天野知幸「戦場の性と記憶をめぐるポリティクス―田村泰次郎「春婦伝」が伝えるもの―」（『昭和文学研究』第五五集、二〇〇七年九月、五〇頁）

（2） 引用はアジア歴史資料センターの資料「JACAR（アジア歴史資料センター）Ref. C04123771500、陸軍省陸支密大日記 S17-21-58」からである。

（3） 独立混成第四旅団第一三大隊第二中隊に所属していた近藤一氏からの聞き取りによる。

2 「蝗」

1

二〇〇七年四月二七日、最高裁判所は日中戦争での強制連行および慰安婦の戦後補償に対して、個人による戦時賠償の請求は認められないという判断を示し、原告の請求を棄却した。「日中共同声明」第五項（一九七二年）の「中華人民共和国政府は、中日両国国民の友好のために、日本国に対する戦争賠償の請求を放棄することを宣言する」を踏まえたものであったが、判決文のなかで旧日本軍による関与自体は認めている。田村泰次郎の「蝗」（『文芸』一九六四年九月）は、北京と漢口《ハエンコォ》を結ぶ京漢鉄道の打通を目指した京漢作戦に際して、主人公原田軍曹は、戦死者の遺骨を納める白木の箱と前線の一万人の兵士の相手をするための五名の朝鮮人慰安婦を前線の部隊に送り届ける。原田は半年前、兵団司令部とともに黄河を渡ったが、あらかじめ用意した白木の箱では足りなくなって一旦原駐地まで戻り、作戦に参加する人員の三分の一に当たる数の白木の箱を調達してきた。能見山上等兵と平井一等兵、そして軍の御用商人金正順とともに京漢線の鉄道で南下する。彼らが輸送する白木の箱と慰安婦には戦場の暗部を象徴する〈死〉と〈性〉のイメージが託されている。

原田たちが黄河の南岸に到着すると早速、朝鮮人慰安婦が同乗していることを無線で聞きつけた他の部隊の将校が、彼女たちを列車から降ろして兵士の相手をさせろと要求してくる。慰安婦に群がる兵士たちの姿は

「飢え、渇いた、角のない昆虫のような、彼らは砂地の上に二本の白い太腿をあけっぴろげにした女体の中心部へ蝟集した」として比喩的に表現されている。この作戦に参加するために中国大陸の各地から移動してきた兵士たちは、当時異常発生していた蝗の大群と同じように「蝗たちは蝗たちの、人間にはわからない意志によつて移動するのかも知れないが、兵隊たちは兵隊たちで、彼らの意志でない命令によつて移動する」。ここで作品の背景となった京漢作戦の概要を説明しておこう。

一九四三年秋頃から江西《ジャンシ》省遂川《スウイチュエン》を拠点とする米空軍が制空権を握りはじめ、東シナ海を航行する船舶が相次いで撃沈された。B二九による本土爆撃の危険も迫っていると感じた参謀本部は、中国大陸を南北に縦断する京漢《ジンハエン》・粤漢《ユエハエン》・湘桂《シャングウイ》鉄道を打通して重慶国民党中央軍に打撃を与えるとともに米空軍の基地を破壊する一大作戦を計画した。泰次郎が配属されていた独立混成第四旅団は一九四三年五月に第六二師団に編成替えされており、一九四四年四月四日から原駐地の山西省晋中市楡次県を出発して河南省に南下し、四月一七日までに黄河北岸の新郷《シンシャン》市に集結した。太行山脈と中条山脈《ジョオンティアオシエンマィ》に囲まれた高地のため春が遅い「山西ではまだ麦がのびないといふのに、ずつと南にさがつた河南では、もうこのあたりに多い桐の樹が、若葉につつまれてゐました」という(1)。近年は地球温暖化のために四月半ばには、桐の樹は薄紫の花が満開になって若葉も繁っている。「蝗」では、原田軍曹と朝鮮人慰安婦が乗った「列車はよほど南下したらしく、むうっとする車内の熱気は、息苦しいほどになった」と気温が急上昇したことが描かれている。

コ号作戦という作戦コードが与えられた京漢作戦には、それまで華北に展開していた北支那方面軍の第一二軍（第三七・六二・一一〇師団、戦車第三師団、独立混成第七・九旅団、騎兵第四旅団）と第一一軍（独立歩兵第一一旅団）、第一三軍（第六四・六五師団の各四大隊）、第一軍の一部、第五航空軍の一部が動員された。北支方面軍の総力を

黄河鉄路大橋

あげての作戦となったのだが、攻撃対象である重慶国民党中央軍三一集団第一戦区の湯恩伯副長官が指揮する九・一〇軍、総勢三五～四〇万人も手強く、人一七万馬八・五万匹の損害が見込まれた。だが兵力が次々に南方に転用されるなかで補充は難しく、「四月初頭から逐次鮮満経由」で送られてきたが「全然装備を持たず、小銃も数名から十数名に一挺程度、個人装具もつけていない」ありさまで「ただ竹の筒を水筒代わりにぶらさげているだけという貧弱」なものであったという(2)。

2

黄河を渡る際に利用する黄《ホウアン》河《ホ》鉄《ティエ》路《ルー》大《ダー》橋《チオ》は一九〇五年一二月に竣工し翌年四月に開通した。全長三、〇七三メートルの長大な鉄道橋は、旧日本軍が侵攻した一九三七年に重慶国民党中央軍によって破壊されたままになっていた。そこでまずそれを復旧し、鉄道橋の上流に徒歩部隊が通行できる仮橋を完成させた。しかし重慶国民党中央軍は南岸に陣地を構え、渡河を阻止しようとしていた。泰次郎の「沖縄に死す」（「風雪」第一巻三号、一九四七年三月）には、黄河をわたったときの状況が詳しく描写されている。

> 私の部隊が黄河を渡河したのは、四月一五日の夜ふけでした。四粁近い仮橋を馬と一緒にわたるときは、風のために橋がゆれてゐて、張りわたした通信の電線がごおつと頭の上で唸りつづけてゐました。月のない夜でしたので、黄河の水音を下に聴きながら、幅狭い板の上を足もとに気をつかひつつ、やうやくにわたり終えました。深夜の南岸の渡河点は、荷物を背負つて狂奔する馬の嘶き、罵りあふ兵隊の叫び、叱咤する将校や下士官の声で、まつたく物凄い混雑を呈してゐました。

泰次郎が配属されていた第六二師団独立歩兵第一三大隊は、師団直属の予備隊として軍の後方に詰め、前線に出ることはなかった。それでも重慶国民党中央軍の砲撃と米軍の空襲を警戒しながら右のように緊迫感をもって黄河を渡ったのである。歩兵と一緒に渡河しているのは「この作戦のために何箇月も前からわざわざ蒙彊で肥らせた、力の強い、づんぐりとした大陸馬」であったという(3)。旧日本軍は渡河後、四月二〇日朝六時と決められた総攻撃がはじまるまで、滎陽《ロンイヤン》市広武《ゴアンウー》鎮覇王城《バーワンチョン》村の山腹の洞窟に身を潜め、同じような洞窟に陣地を構えていた重慶国民党中央軍に対峙していた。右の引用から推定すれば、泰次郎が兵団司令部とともに最初に黄河を渡った「四月一五日の夜ふけ」の半月後、つまり五月一、二日ごろに原田は二度目の渡河をおこなったことになる。

ところで覇王城は紀元前二〇三年、項羽《シャンユイ》と劉邦《リュウバン》が一年間対峙したとされるところでもある。東に項羽が立

旧日本軍が構築した覇王城陣地の洞窟。

覇王城陣地の洞窟の内部。

覇王城村の宋甲祥氏

てこもった覇王城、西に劉邦が立てこもった漢王城があり、その間には長さ四キロ幅三〇〇メートルの鴻溝と呼ばれる谷がある。劉邦は相手が犯した一〇の悪事をならべ立て、それに腹を立てた項羽は矢を放ち、劉邦の肩に突き刺さるというエピソードがある。目と鼻の先で両雄はにらみ合っていたのである。今では「漢《ハエン》覇《バ》二王城《アルワンチョン》」という観光名所になっている人口六〇〇名の村には、旧日本軍の洞窟の跡だけでなく、彼らが満州から運んできて使用したという大砲や機関銃も遺されている。京漢作戦では自軍の洞窟は番号で呼び、敵軍のものは「サケ」「マグロ」「クジラ」などの名称をつけて呼んだ。村の住民である宋甲祥《ソンジャシャン》氏（八〇歳）に抗日戦争当時の話を聴いた。黄河を渡って鄭州に侵攻しようとした旧日本軍は一九四一年九月一日、この村にも来襲した。若者は逃げ老人と子どもだけが村に残った。三日間待ったが若者が帰ってこなかったので村人三〇〇名を虐殺した。

近くには彼らが殺された万人坑の遺跡があるという。宋氏の両親も洛陽の山中に逃げ込んだといい、旧日本軍が占領した後は、周辺一帯は「無人区」として指定され中国人の立ち入りが禁止された。覇王城陣地の洞窟に立てこもっていたときの状況を、再度「沖縄に死す」から引用してみよう。

渡河点に近い覇王山《ママ》陣地の山腹の洞窟の総攻撃開始までの幾日かを、私たちは過ごしました。私は北岸にゐるときから発熱のために身体をあつかふのが苦痛でしたが、進撃の準備に大騒ぎのなかで寝てゐるわけにも行かないので、無理をして動いてゐました。昼も夜も、渡河点や、そのあたりの地隙の道は、兵隊と、馬と、砲車と、行李と、北岸地帯からの徴用住民とでまつたく火事場のやうな混雑を呈してゐました。そんなところを突然、敵機が襲撃することがありました。

京漢作戦当時、参謀本部は米空軍が広西省《コワンシー》桂林《グウイリン》と遂川、湖南省《ホーナエン》衡陽《ホンヤン》に戦闘機約一六〇機、爆撃機九〇機を配備していると予想していたが、さらに増強されているとも考えられ、前線の部隊は空からの攻撃を連日受け続けた。「蝗」には、黄河を渡る際にも「昼間の渡河は、いつ敵の戦闘機P四〇の銃撃を受けるかも知れないので、危険であり、大部隊の行動は夜間にきめられていた。地上は日本軍の制圧下にあつても、制空権は敵ににぎられていた。夜があけると、P四〇はきまつて南方から機影をあらわし、わがもの顔に日本軍の上空をとびまわつて、容赦のない銃撃をほしいままにした」という。原田たちの輸送隊も攻撃を警戒して夜間だけの移動になった。行軍のあまりのつらさに手榴弾で自殺した初年兵もいた。

覇王城陣地に遺る旧日本軍の武器。

覇王城陣地から見える黄河。

夜間だけの進撃をつづけることによつて、日本軍は河南平野の大半を占領してゐるが、陽のあるうちはあらゆる行動を停止して、住民の逃げた、ひと影のない部落にひそんでゐなければならないという奇妙な作戦であつた。戦場生活の長い原田軍曹にとつても、そんな作戦は、はじめての体験であつた。だが、彼はそのことが、まだ日本軍が、戦争の全局で、頽勢を見せはじめてゐることであるとは解せなかつた。

輸送の途中、他の部隊に抱かれた慰安婦たちを能見山や平井は自分たちも抱いてみたいと思う。だが原田は「無事、最前線の自分の部隊へ届けねばならないという自分の任務に対する責任感」からそれができない。「この小さな輸送班の統率者であること」を自覚し彼女たちが軍の「公用物」であるという意識が強すぎるのである。しかしいつ死ぬかもしれないという不安が強くなるほど「自分の生命の火が日ごとに煌々と明るくなつて燃えあがつて行く」のを感じざるを得ず、「ふたたび、生きて帰れるか、どうか、誰にもわからない、いまというとき、女体を力一ぱい抱き締め、生の確証をつかみたいといふ欲望」が燃え上がる。だが性欲に焦がれた「自分の内部のたたずまい」が彼女たちに察知されることを「恥かしい」と感じ、さらに「兵隊としての虚栄心」も重なって、原田の心のなかでは「血みどろな格闘」が演じられていた。楡次にいたときに何度か慰安所を訪れたことがあったにもかかわらず、原田が目の前の彼女たちを抱くことができなかったのは、このような「恥かしさ」や「虚栄心」のためであった。

しかしそれ以上に、原田は危険な輸送の旅を通して彼女たちと「あらゆる瞬間、あらゆる場所で、死によつて絶えず待ち受けられてゐる共通の運命を持つ者の同族意識」で結ばれるようになっていたのを感じていた。彼女たちを重慶国民党中央軍や米軍からの攻撃からまもるだけではなく、自軍の「兵隊といふ飢えた獣たちの、肉体の、休みない襲撃」からまもらなければならなかったのである。

原田たちは女たちを、一しよに行動してゐる兵隊たちの眼から隠すために、夜間の行軍ちゆうも、気を使い、彼女たちには口を利きあうことさえも禁じ、夜明けに休息のための部落にはいると、なるべく、部落の端つこの民家に逃げこむ。住民と敵とが別のものではない敵地区のなかでは、そうすることは、つねに、住民たちにみつけられ、敵に通報される危険がともなつてゐるのであるが、原田はそうするより仕方がなかつた。それを避けて、兵隊たちの宿営してゐる部落の中心部に泊れば、こんどは彼女たちは兵隊たちにみつかり、たちまち、彼女たちは明日の生命の保証のないということで自暴自棄的な気持になつてゐる、兵隊といふ飢えた獣たちの、肉体の、休みない襲撃を受けねばならないのである。

敵軍だけではなく自軍の兵士の襲撃に備えなければならないという二重の防備は、戦場の底辺におかれた従軍慰安婦の悲劇的な立場を表している。このとき彼女たちとともに行動していた原田は、彼女を輸送するという軍務よりも、彼女たちと危険を共有し合って生きる自己の立場を強く意識しはじめていた。やがて地雷を踏んで右足を失うことになるヒロ子を抱こうとしなかったのも彼女を「人間として身近に感じるように」なったためで、彼女に「多数の兵隊たちを、日毎夜毎に、迎え入れては送りだす、つめたい機械のやうな女体」ではなく「心を持ち、愛情をひと一倍豊かに持ち、それを表現する、敏感な、そして、まちがひなく、呼吸をしてゐる、まぎれもない人間らしい女体」を感じていた。現代の人権感覚からすれば決して十分なものとはいえないものの、彼女たちがおかれた状況を理解しようとして「深い、強い人間的な思慕」を抱きはじめていたのである。

3

原田たちは黄河を渡った後、実際に第六二師団が進撃していたのと同じコースをたどり、鄭州《ジョンジュー》からさらに南下して謝庄《シイエージョアン》、薛店《シュエデエン》、和尚橋《ホシャンチオ》、許昌《シュイチャン》に至って西に進路を変え、禹県《ユイ》（禹州市）に到達した。静かな四合院で休憩中にヒロ子は地雷を踏んで右足を失う。すぐに原田は彼女を患者収容所に連れてゆくことを衛生下士官に依頼するが断られ、車両部隊の隊長に彼女の移送を依頼するが「廃品はどんどん捨てて行くんだ」と断られる。結局、彼女を独り残こしてつぎの目的地に出発してしまう。再び出会った蝗の群れに「恐らく、自分だけのはつきりとした意志があるわけではなく、すべてを集団に任せて、自分自身は目的を持たない、盲目の飛翔をつづけてゐる。そして、その行きつくさきには、確実に、死が待つてゐることだけはまちがひがないのである。それはなにも、蝗だけではないにちがひない」と思う。蝗の大群が風に吹かれるまま当てのない飛翔を続けているように、兵士たちも集団に任せて「盲目の飛翔」を続け、やがて確実に死を迎えるのである。

原田たちは、冬越えの麦が生長した広々とした麦畑のなかの道を進んでいると、不意に鼓膜が破れるほど大きなエンジンの爆音を聞いた。敵機Ｐ四〇は上空を旋回し何度も地上の部隊に攻撃を加えた。朝鮮人慰安婦のマチ子とみどり、軍の御用商人金正順が即死した。平井がマチ子と「麦畑のなかで、折り重なつてゐるところを、一発で同時に二人とも腹部に貫通銃創」を受けたのは彼が「マチ子を護ろうとして、彼女の身体の上におおいかぶさつてゐたのにちがいない」と考えられた。平井は「胸部疾患で一年近くも北京の陸軍病院にいて、原隊へ復帰してきたばかり」の一等兵であった。三重県立図書館に所蔵されている田村泰次郎文庫には、右肩を負傷して療養している泰次郎の写真がある。「華北清華大学陸軍病院にて／昭和一八年」と写真の裏には書

禹州市花石郷白沙北街村

地主の屋敷跡

白沙北街村の人々

かれており、平井と同じように泰次郎も北京の陸軍病院にいたことが分かる（口絵写真26頁）。これを考慮に入れると、マチ子の生命をかばうようにして戦死した平井の姿には、従軍慰安婦たちに対する泰次郎の真意が象徴されていたのである。

苦難に満ちた旅程の末、ようやく原田は兵団の司令部に「白沙《バイシャ》鎮」で追いつくことができた。実際に第六二師団は五月四日夕刻に「白沙鎮」に到達し、翌日さらに西南の方向に進撃している[4]。原田が高級副官に復命すると「一万の兵隊に、二名じゃ、どうするんだ」と怒鳴り返される。生き残った二名の朝鮮人慰安婦が一万人の兵士の相手をさせられるというのである。白沙湖の南にある「白沙鎮」は禹州市県城から西北一五キロの距離にある。人民公社時代までは白沙鎮と呼ばれていたが、人口が一万人以上に増えたために南北二つの村に分割された。作品の舞台になったのは現在禹州《ユイジュー》市花石《ホアシ》郷白沙北街《ベイジエー》村と呼ばれる村で、「ひろい大馬路から一つ裏側の、大馬路と並行してゐる細いとおりにある、その鎮の豪族の邸宅」に司令部が設営されていたという小説の場景は、そのまま現地に遺されている。清代に北京から派遣された役人である揚《ヤン》氏が村の中央に構えた大邸宅は、今も村役場として使用されている。白沙北街村の人々に尋ねてみると、旧日本軍が村に駐屯したのは一泊だけで翌日には移動したという。村人はすぐに避難したために他の村のような被害はなく、家の外につながれていた牛が食用にされて死骸が残っていたことや、村の近くに爆弾が三発落ち、後日その鉄を拾いにいった老婆が不発弾の犠牲となって生きて戻らなかったことがあったという。旧日本軍は、村から八キロにある山の上に戦闘機が離発着できる軍用飛行場とトーチカを建設し、兵士たちが村に姿を現したこともあった。一九四四年秋頃から八路軍豫西《ユイシ》抗日先遣隊の皮定均《ピーディンジュン》司令がこの辺りの村々を廻って地下組織を作って、軍民一体となった遊撃戦を本格化させたという。

原田の復命を受けた高級副官は「三日前の敵機は、二機撃墜という報告がきてゐる。いくらか応戦したんだな」といい、原田は「はじめて聞く戦果に、自分たちの行動が、まつたく、徒労ではなかつたこと」を感じる。第六二師団の五月二日の戦果として、「鹵獲品」のなかに「P四〇、二機（地上火器により撃墜）」が報告されており、実際に作品と同じ内容の報告が存在していた。(5) 米空軍による地上部隊への攻撃は四月二八日の黄河鉄橋に対する爆撃以後、地上部隊を標的にしたものが増加し、(6) P四〇による低空銃撃は五月六日にも新鄭の戦闘司令所におこなわれたという記録がある。(7) これらの事実からは泰次郎が史実を重んじながら作品を創作していたことが分かる。

河南省で抗日戦争時代に創作された「水旱蝗湯《シュイハエンホアンタン》」という民謡は、水害と旱魃、蝗に加えて、私腹を肥やすために苛斂誅求な租税を課した湯恩伯《タンエンボ》（一八九八〜一九五九年）を諷刺する内容である。一九四二、三年は空前の大旱魃に見舞われ、大麦も小麦も顆粒のために実を収穫できずに枯れ果てた。一九四一年秋、四二年春、四三年秋には六センチ大に異常成長した蝗が大発生し、天を遮り陽を蔽う大群がマメやトウモロコシ、コウリャンを根まで食い尽くしてしまった。しかも一九三七年以来、一〇万人をこえる重慶国民党中央軍が河南省に常駐し、彼らの食糧を供出し続けなければならなかったので、農民は窮乏を極め山西省に逃亡する者が続出した。人身売買が横行し犬が人を喰い、人が人を喰うような飢餓地獄であった。一九四二年の一年間に河南省では三〇〇万人が餓死したといわれている。このような状況であったにもかかわらず湯恩伯は自己の権力を恣にして私腹を肥やし、民間人を徴発して大量の私財を隠した。さらに前線で熾烈な戦闘がおこなわれている間も魯《ルー》山温泉《シェンウエンチュエン》に沐浴していた。彼の倉庫が旧日本軍の手に落ちたとき、兵士約二〇万人分に相当する麺粉一〇〇万袋が発見されたという。湯に対する農民の恨みは骨髄に達しており、彼らに軍糧を放出した旧日本軍に協力する者たちまで現れて、京漢作戦の「数週間に、約五万人の中国兵士が自らの同朋に武装解除させられた」たほどであったという。(8)

その一方で京漢作戦の終了後、河南省の新たな占領地では旧日本軍による事件が多発し、洛陽王山寨《ローヤンワンシエンジャイ》の「惨案」をはじめとして陝《シエン》県や臨穎《リンイン》県などで多大な犠牲者を出した。(9)一九四三年秋に大発生し農村を食いあらした蝗の大群に遭遇したという第六二師団参謀の廣瀬頼吾大尉は自嘲気味に「皇軍が尽滅作戦と称し蝗軍」になったことを回想している。(10)「沖縄に死す」には蝗は登場せず、旧日本軍につきまとって黄河を渡ったのは「山西あたりの蠅とはちがつた精の強い、黒豆ほど」の蠅であった。「沖縄に死す」を発表してから一七年が経ち、泰次郎は同じ京漢作戦を素材にした作品を新たに創作するのに際して、当時の中国の社会を反映すると同時に旧日本軍の大移動を表現するために、〈蠅〉よりもさらに象徴的効果の強い〈蝗〉の形象を使ったのである。

作品の最後、原田は輸送の任務を終えた後、「生のあかしである満足感」を「確実につかむ」ために慰安所に出かけた。そこにいたのは自分が楡次から連れてきた京子であった。彼女と体を合わせようとすると、彼女の内股の奥にある「亀裂」と右の太腿のあいだに「一匹の褐色の蝗」が「よちよちとはつてゐる」のを目撃する。

が、女の身体はさつきからの人間の能力の限界を超えてゐると見える、つぎつぎと彼女の前にあらわれる、果てない兵隊たちとの格闘で、そこの部分が完全に麻痺してしまつたやうに、そのことに気づかないのか、気づいてゐても、それを手で払う気力さえないのか、節くれだつた六本の肢と、堅い羽根を備えた昆虫の、はいずりまわるのに任せて、完全に死んでしまつてゐるなにものかのやうにぐつたりと、そこにのびてゐた。

朝鮮人慰安婦たちと移動中には彼女たちを抱こうとしなかった原田がこのとき慰安所に入ったのは、再び性欲に疼く一般兵士の意識に戻ってしまったといわざるを得ない。だが移動中に「大集団の移動にとり残された蝗たち」の存在を知ったことによって以前の彼とはちがった視点を持つようになっていた。彼女たちとともに「老いたのか、疲れたのか、傷ついたのか、それとも不意にその機能に故障を生じ、方向感覚を喪失したのか、なんにしても、どこまでも、そして永遠にとびつづけるやうに見える大部分の蝗たちのような逞しさを、すでに失つてしまつた蝗たち」を目撃したのは、群れから脱落した「落伍者の蝗たち」に自己の身体を仮託させる体験になった。この結果それまで〈個〉が盲従していた〈大集団〉を客観的にとらえかえす視点を持つことができたのである。戦場の底辺にいた朝鮮人慰安婦も、明日の生命の保証はない一般兵士も、死を目前にひかえた「落伍者の蝗たち」と同じように、やがては力尽きて軍の集団から脱落してしまう。しかしいかなる人間もまた、病み傷つきながら老いて死ぬ運命におかれているのであって、自己が「落伍者の蝗たち」のひとりであることを自覚できれば、民族や国家、性別をこえて〈個〉と〈個〉が共感し合えるという泰次郎の文学の到達点がここに示されている。

最後に附言しておくと、泰次郎は中国の農村を食い荒らしていた集団であったという点で「皇軍」と「蝗軍」が同じ性質の存在であったことを描いたように、中国語では「皇」(huáng)と「蝗」(huáng)は同じ発音と声調(二声)を持ち、さらに当時の中国人が婦女子に性暴力を働いていた旧日本軍を「黄軍」と呼んで諷刺した。「黄」(huáng)の字もまた同じ発音と声調を持つ語であった。「皇軍」が「蝗軍」や「黄軍」と同じように扱われることには違和感があるかもしれないが、支配されていた中国人の視点からはそのようにしか見えなかったのである。

註

(1)「沖縄に死す」(「風雪」第一巻三号、一九四七年三月)
(2)防衛庁防衛研修所戦史室「戦史叢書　一号作戦(1)河南の会戦」(一九六七年三月、朝雲新聞社、四一頁)
(3)同右書、一一〇頁
(4)同右書、三二八頁
(5)同右書、三〇七頁
(6)同右書、三〇〇頁

(7) 同右書、三五三頁
(8) 劉震雲『温故一九四二』(竹内実監修、劉燕子訳、二〇〇六年四月、中国書店、一一五頁)
(9) 王全書編『河南大辞典』(新華出版社、二〇〇六年三月、一二九～一三〇頁)
(10) 廣瀬頼吾「私の思い出(其四)」(「独旅」第六号、一九七四年六月、二七頁)

3 劉震雲「温故一九四二」

一

前節で紹介した田村泰次郎の「蝗」（「文芸」一九六四年九月）は、北京と漢口を結ぶ京漢鉄道の打通を目指した一九四四年四月の京漢作戦を作品の背景にしている。集団で農村を襲う旧日本軍の実態を、河南省で当時大量に発生し大集団で飛来していた蝗の姿になぞらえて表現した。平常の蝗は一匹の虫（孤独相）でしかないが、ひとたび異常発生すると幼虫は相変異を生じ、飛翔能力と集団性の高い成虫（群生相）に変わる。集団が通りかかった田畑は壊滅的な被害を受け、収穫物を食い尽くすと蝗は共食いをはじめる。このような〈飛蝗〉のイメージは、集団心理に駆られて中国大陸で多くの「惨案」を引き起こした旧日本軍の姿を彷彿とさせる格好のイメージであり、それが恐怖をひき起こしたのは、被害を受けた現地農民だけではなく旧日本軍の兵士にとっても同じで、軍にあって個人の立場をとろうとするのは集団から脱落し死ぬことを意味し、生きるためにはひたすら過酷な軍命に従う以外に方法はなかった。

二〇〇七年四月に河南師範大学の劉徳潤教授を訪問した際、抗日戦争期の河南省を描いた劉震雲「温故一《ウングーイー》九四二《ジュースーアル》」（「作家」、一九九三年）という小説のあることを教示された。劉震雲氏は現代中国文学で最も活躍している作家の一人で、一九五八年五月、河南省新郷市延津《イエンジン》県の農村に生まれた。一九七三年に人民解放軍に入隊し一九七八年まで中国西北部の寧夏回族自治区《ニンシィアホウイズウジジチュイ》にいた。一九七七年に「労農兵大学生の推薦入学制度」が廃止されて大学入試が復活すると、その翌年すぐに北京大学中文系に入学した。一九八二年北京大学を卒業して農民日報社《ノンミンリーボーシェー》に就職し小説の創作をはじめ、「故郷天下黄花《グーシャンティエンシャホアンホァ》」や「新兵連《シンビンリエン》」「単位《ダァンウィー》」「官場《グァンチャン》」「塔舗《ターブー》」「手機《シュージー》」などの作品を続々と発表した。一九八八年から一九九一年まで北京師範大学魯迅文学院読研究生になり、現在は「農民日報」文体部主任を務めている。

「温故一九四二」は一九四二年に河南省で大発生した飢饉のために省人口三、〇〇〇万人のうち三〇〇万人が餓死し、他の三〇〇万人が山西省や陝西省に逃亡したという悲劇的な事件を作品の素材にしている。劉震雲は自分の郷里である河南省新郷市延津県を取材して歩き、現在九〇歳をこえた生存者に当時の惨状を聞いてまとめ、ルポルタージュ小説にして発表した。「卑しい被災民の後裔」と自称する彼は、「下層部の農民と民衆のため」に「草叢から社会と人生を観察する」姿勢を貫き、この作品は中国で高く評価されたが、その一方で大飢饉から農民を救ったのは旧日本軍が放出した軍糧であったという皮肉な結末は、中国社会で大きな論争を引き起こすことになった。

この作品をめぐる論争の焦点は、ぼくの姿勢にありました。実は、ぼくの姿勢は、多くの読者の姿勢とは違っていました。政治、戦争、大災害を描きましたが、ぼくはこれらの視点から出発したのではありません。言いかえれば、ぼくが描いたのは、政治、戦争、大災害ではなく、一種の複雑な生活でした。つまり、ぼくは政治や戦争の視点ではなく、生活の視点から数十年前に逃げる途中で飢え死にした三〇〇万のふる里の人々をすくい上げていたのです。(1)

彼によれば、この作品をめぐる「論争の焦点」は、飢えに苦しむ「三〇〇〇万のふる里の人々」の姿を「政治や戦争の視点」ではなく「生活の視点」から描き出した自分の姿勢にあった。そして「一九四二年の一人の被災民にとって、いかにして生きぬくかという問題が、政治や戦争よりも大きかった」とし「短期的に見れば、政治と戦争が歴史を変えました。しかし、長期的に見れば、むしろ被災民のご飯の問題が歴史を変えた」とする。死に瀕した人民にとって、自己の生命をとりとめるためならたとえ「漢奸」といわれようとも、旧日本軍が放出した軍糧を口にしたのはやむを得なかったという。もっとも旧日本軍の軍糧は現地徴発によって中国農民から略奪したものであったので、彼らは本来自分たちの手許にあるはずの農産物をわずかに取り戻せただけのことにすぎなかった。「温故一九四二」は二〇〇六年四月に邦訳書（劉燕子訳、竹内実監修）が中国書店から刊行され、中国における「政治権力の何たるかを鋭く抉り取」った作品として日本でも注目された。(2)

一九四二年の夏から一九四三年の春にかけて、河南省では大干ばつが起き、その光景は見るも無惨だった。夏と秋の二季、全省の大部分では収穫がえられなかった。大干ばつの後、今度はイナゴの害が発生した。被災農民は五百万人で、全省人口の二割を占めた。「水旱蝗湯」が、全省百十県を襲った。被災農民は草の根や木の皮まで食べたが、いたるところで餓死者が出た。女の売り値は以前の十分の一にまで下がり、身代わりで兵役につく男の売り値も三分の一になった。寂寥たる中原、どこまでもつづく赤土。河南省では三百万人あまりが餓死した。

「水旱蝗湯」とは、河南省で抗日戦争時代に創作された民謡のタイトルで、水害と旱魃と蝗に加えて、私腹を肥やすために苛斂誅求な租税を課した湯恩伯を諷刺する内容である。湯は重慶国民党中央軍三一集団軍長・第一戦区副司令で総勢三五〜四〇万人を河南省に駐留させていた。一九四一年から一九四三年にかけて河南省には水害や旱魃、蝗害が発生して記録的な飢饉に見舞われ、一九四二年には全省で収穫高が一、二割にも満たずに一五〇〇万人以上の餓死者が出て三〇〇万人が省外に逃亡した。一九四三年にも被害が継続し深刻化して、南は武勝関《ワートングエン》から北は太行山脈まで、西は荊紫関《ジンズーグエン》から東は淮河《ホアイホー》までという広大な領域で、春には旱魃のために大麦や小麦が顆粒のために収穫できず、初秋にも旱魃のために大麦や小麦がすべて枯死した。さらに黄河の洪水に加えて、密度が一平方メートルに一五〇〜二〇〇匹以上という蝗の異常発生による被害は省内全域四二県におよび、焦作《ジャオズオ》市孟《モン》県では三二四・八万ヘクタール、安陽《アンイャン》市林《リン》県では五一七・四万ヘクタールをこえた。この結果、三、〇六六万人いた省人口は四年連続六〇〇万人近く減少し一九四四年には二、四七一万人にまで落ち込んだのである。

この惨状を見て河南省賑済会の楊一峰《イャンイーフン》代表は重慶に赴き、国民党中央政府に被災地の租税減免を求めたが、蒋介石は接見を拒否し彼らが重慶で活動することを禁止した。だが河南省の郭仲隗《グオジョンワィ》国民参政員は、重慶で開催された第三回一次国民参政会に出席し、被災民が雁糞や楡の樹皮、観音土（黒い粘土）まで食べていることをあげ、彼らの救済を陳情するとともに政府粮食部で大激論をおこなった。当時河南省内の交通運輸は不便を極め、省内に何十万人と駐留していた軍人のための食糧を輸送するのに何ヶ月もかかるというありさまであった。蒋介石は軍には一日たりとも食糧を欠かしてはならないという軍事重視の政策にもとづいて一九四三年一月、一七万トンの小麦を徴収した。被災民の救済として国民党中央政府は二億元を準備したが、食糧不足のために小麦の価格が高騰していた。一人当たりに換算してみれば、五五キロ徴収されたのに対して、わずか三キロしか支給されなかったことになる。蒋介石は『深明大義』である河南の人民は、自分たちが所有するものすべてを投げ出して国家に貢献した」と讃えたとされているが、苛斂誅求な租税を課した結果、被災民の多くは着の身着のままで汽車の屋根に登ったり車両にしがみついたりしながら逃亡を図り、汽車に乗れなかった者は線路沿いに歩いて逃げた。行き倒れになる者も多く、群れた野犬が死体に喰いついたり、現地の農民が夜幕を張って死体の肉を貪ったりしたともいわれている。

2

このような当時の状況を知るために、劉は九二歳の祖母にインタビューする。語り手の「ぼく」が「おばあちゃん、五〇年前、大干ばつで、たくさんの人が餓死したんですってね」と尋ねると、祖母は「飢え死にが出た年はたくさんありすぎるんでね、いったいどの年のことをいってるんだい」と答える。中国現代史の生き証人ともいえる祖母の言葉を聞いて、「ぼく」は嘆息をもらすより他ない。

数えきれない、垢にまみれた庶民を抜きにしては、革命と反革命の波瀾万丈の歴史を書きしるすことはできず、また、たとえ書きしるしたとしても、でたらめとなる。庶民は災難と成功のどん詰まりの人間であり、つけを払うのもこの人たちだ。

右の言葉には、「数えきれない、垢にまみれた庶民」の視点に立つという劉の基本的な姿勢が示されている。

この庶民の典型ともいえる祖母のような人間が中国の歴史の礎となってきたのである。

老人家性情温和、雖不識字、却深深明大義。我総覚中国所以能発展到今天、仍給人以信心、是因為有這些性情温和、深明大義的人的存在而不是那些心懐詭計、并不善良的人的生存。（気性が穏やかで、字は読めなかったが、おばあちゃんは大義をわきまえた人だ。われわれの国が今のように発展し、人々に信頼されているのは、気性の穏やかな、大義をよくわきまえたおばあちゃんのような人間がいたからで、意地わるで、善良とはいえない人間のおかげではないと、ぼくはいつも思っている。）

右の引用のなかに「深明大義」という言葉が二度使われている。これはもともと河南省の民間故事にもとづいた「私利私欲を捨てて全体的の利益のために力を尽くす」という意味の言葉で、ここでは農作物の取り立てのために餓死せざるを得なかった河南省の農民たちを「深明大義《シェンミンダーイー》」と讃えた蒋介石に対する皮肉の意味が込められている。その苛酷さは、解放後に党支部書記を務めていたという花爪《ホアジュア》おじ（花爪舅舅）が「おまえは小作料を払わんのか？　軍糧は払わんのか？　租税は払わんのか？　田畑を売ったって、まだ足りんかった。たとえ餓死せんでも、お役所に殴り殺されるさ！」と証言する。

新聞「大公報《ダーグンボー》」重慶《チョンチン》版（一九四三年二月一日）には、河南省平頂《ピンディン》山市吐《トウ》県の飢饉を目撃した張高峰《シャンガオフン》記者による「豫災実録」が掲載された。その冒頭はつぎのような悲痛な言葉でつづられていた。

まず読者に、現在河南では幾千幾万の人々が樹皮（木の葉はすでに食べ尽くされた）と野草でかろうじて命をつないでいることを報告する。もはや栄光ある「兵役第一」を口にする人はいない。「哀鴻遍野」も、衣食の足りた者が河南の災害を形容し、悼み悲しんだ言葉にすぎない。

右の記事を掲載した「大公報」は一九〇二年に天津で創刊された民営の新聞社で、抗日戦争がはじまると本社を重慶に移転させていた。「文人論政《ウェンリンルンジョン》」の伝統を持ち、報道の真実性と政治的な独立性を尊重する立場をとっていた。もともと張高峰は抗日戦争を取材するために河南省に派遣された特派員であったが、河南省からの難民が大挙して陝西省に入ってきているのを西安《シーアン》で目撃し、鉄道の駅には被災民があふれ街頭には至るところに痩骨の乞食がいたのを洛陽で目の当たりにした。「哀鴻遍野《アイホンビエンイエー》」とは「鴻の哀しげに鳴く声が野原に遍く広がっている」という意味の言葉で、飢饉の悲痛さを比喩的に表現している。

さらに「豫災実録《ユイジャイシールー》」が発表された翌日の「大公報」には、王芸生《ワンイージョン》社主が執筆した「看重慶、念中原！《クァンチョンチン ニエンジョンユエン》」という社説が掲載され、三、〇〇〇万人の省民が飢餓地獄に深くおちいっていることを訴えた。被災民は老人を扶け幼児の手を引いて逃げている。食べた雑草に毒があって死に、樹皮が喉に刺さり腸がよじれて苦しんでいる。妻や娘をロバに乗せて遠くに売りにいっても、わずかな食糧にしかならない。政府は依然として救援金を拠出せず、県役所はたとえ餓死してでも農民に租税を収めさせ、未納者を捕まえては強引に田畑を売り払わせようとする。このように述べた後、王芸生はつぎのように結論する。

河南の被災民が田を売って人を売って餓死することがあっても国税を納めるのに、政府は豪商の巨万の資産を徴発したり、金持ちの無神経な購買力を制限したりすることができないのか。重慶を看て中原を想念すると、まさに感慨極まるものがある。

「中原《ジョンユエン》」とは黄河中流域の平原地帯にある河南省を意味する言葉である。劉は役人の横暴を「この東方の歴史ある文明国では、どのような状況が起きようとも、県レベル以上の役人にとって、食べることは問題とならない」と痛罵している。蒋介石は省政府が救援金を多くもらおうとして虚偽の報告をしているのではないかと疑って、飢饉の深刻さを信じようとはしなかったといわれている。「大公報」はこれらの記事のために国民党中央政府の怒りを買って停刊三日間、張高峰は〝共産党員〟の嫌疑をかけられ、国民党豫西警備司令部に逮捕されて訊問された。

しかし劉によれば、不幸な生い立ちをしていた蒋介石は「官僚主義」に目をふさがれていたのではなく、十分に「清醒的《チンシンドー》（目覚めていた）」という。飢饉の深刻さを十分に理解していたにもかかわらず、救済の手を差しのべなかったのは「彼の目の前に置かれた数々の重大問題」のためであった。諸外国の援助を得て抗日戦争をはじめられという連合国に対する地位の低さをはじめとして、自分が旧日本軍の大部分を牽制したおかげで他の連合国や中国共産党が利益を得ていたという皮肉、外敵の旧日本軍と闘う前に国内の安定が先決であるという持論に向けられた中国人民の不評、さらに地方軍閥との確執や参謀長との摩擦など「数々の重大問題」に苦しめられていた。「一人の田舎者ではなく、一人の指導者」としてこれらの「重大問題」を前にすれば、河南省の被災民は「いくらか死んでも、何の役にも立たないヤツらだ。民衆なんぞ社会の負担で、ヤツらは歴史の方向を変えることなどできはない」と思われても無理はない。彼は真剣に「東方においては三〇〇万人が餓死したところで、歴史には何の影響も及ぼさないのだ」と判断していた。すでに蒋介石は一九三八年六月九日に

黄河の花園口堤防の紀念碑

黄河

旧日本軍の進攻をくい止めようして「以水代兵《イーシュイダイビン》」の考えから黄河の花園口堤《ホァユエンコォディーファン》防を破壊するという暴挙に出ていた。二九〇ヘクタールが浸水し河南省や安徽省《アンホイ》、江蘇省《ジャンスウ》の三省四、〇〇四県市、一、二五〇万人が被害に遭い、耕地面積八四・二万ヘクタールに影響がおよんだ。

「三百万人は『ピーナッツ』一粒ほど」の価値もないと考えていた蔣介石にとって、官邸にいるから真相を知らないと自分のことを馬鹿者扱いし、飢餓の〝真相〟を伝えようとする人間は嫌悪の対象であった。とりわけ「よけいなお節介をやいて、内政に干渉したがる外国人」は始末に負えない存在であった。アメリカのタイム誌の特派員テオドール・ホワイト (Theodore H. Whete) とイギリスのロンドンタイムズ紙の写真記者ハリソン・フォアマン (Harrison Forman) は一九四三年二月に重慶から洛陽に移動して飢饉の被害を取材した。一九四三年三月二二日に彼らのレポートがタイム誌に掲載されると、アメリカ国内の世論はたちまち沸騰した。蔣介石は中国の報道機関は掌中に収めて統制していたが、アメリカの報道機関には何の手出しもできなかった。

国民はみな彼の統治下にあり、全国には数億の民が治められている。一人や二人に罪を着せても、一人や二人を銃殺刑にしても、大局には影響を及ぼさない。モノ書きは、自分では被災者より地位が高いと思っているが、一刻の委員長殿の心のなかにあっては、たとえ地位が高いとしても、どのような地位にも達していない。

しかし外国人に対しては異なる。外国人は一人が一人に相当し、一人の外国人の機嫌を損ねると、その外国人の政府の機嫌を損ねる可能性もあるので、細心の注意が必要である――これは、人と政府の関係における、中国と外国との区別である。ホワイトは、一人のアメリカ知識人として、「哀鴻遍野」を見て、中国知識人と同じ同情心と憤激をひき起こし、文章を発表した。

だが、中国で発表したのではない。アメリカで発表したのである。文章をアメリカで発表するのと、中国で発表するのとではちがう。中国で発表すると、委員長はそれを発行停止にできるが、週刊『タイム』に発表しても、どうしても委員長が発行停止にできるだろうか？

右の引用のなかの「委員長」とは、蔣介石国民党軍事委員長を指す。たとえ蔣介石が国内でどれほど強い独裁的権限を得ていても、アメリカ人を処分することはできないし、アメリカの雑誌を発行停止にすることもできない。当時訪米中の蔣介石夫人宋美齢《ソンメイリン》はこの記事を読んで激怒してタイム社に抗議し、ホワイトの解雇を要求した。だが「彼女のこの中国式の要求は、当然のことながら拒絶」された。ホワイトは故孫文《スウエンウエン》夫人で宋美齢の姉である宋慶齢《ソンチンリン》の助けをかりて、記事掲載五日後に蔣介石に面会することができた。蔣介石は「局部的にしかすぎない重要なことを全局面に及ぶ重要なこと」のようにして自分を強迫する「よけいなお節介好きの外国人」に嫌悪の表情を見せたが、劉によれば彼は「なぜこんなにもたくさんの姿もかたちも皮膚の色もちがう手が、犬の糞の山に差しのべられるのか分からなかった」のだという。

はじめのうちはホワイトの説明を信じようとしなかったが、ホワイトは別室で待っていたフォアマンを呼び入れ数枚の写真を見せた。数匹の野犬が群れて死体に食いついている写真を見せると蔣介石は身震いをはじめ、ようやく本気で救済を考えはじめた。劉によれば、このときの蔣介石の心境は「あらゆる中国の統治者と同じように、時が至ると、戦略をめぐらし、態度をすぐさま一八〇度転換し、厳粛な様子を見せ、以前は分からなかった状況が、今はついにわかるようになったというふりをし、状況を提示した者に対して感謝し、おかげで真相を知りえたというふり」をしたのにすぎなかった。人民の生活よりも自己の体面や面子を優先する「中国の統治者」の心情がホワイトには理解できなかっただけなのだが、彼の誤解にもとづいた「義憤」によって、「委員長が動いたとたん、たくさんの生命が救われ」ることになった。「アメリカ人はわれわれを大いに援助してくれたのである。後になって、われわれが『打倒アメリカ帝国主義』を叫んだとき、ぼくは、歴史を忘れてはならないと思った。少なくとも一九四二年と一九四三年の二年間は、打倒してはならなかった」という。アメリカのキリスト教宣教師は母国から食糧を運んで被災民に配給した。劉によれば「大挙して逃亡する中国の被災者は、読み書きができなかったが、本能的に、本国の政府に対する信頼をなくし、唯一の救いの星は外国人であり、白人であると感じた」という。

3

蔣介石が被災民の救済に乗り出したが、腐敗を極めていた地方役人のために「恐ろしい悲劇を一層悪化」させることになった。河南省に八、〇〇〇元が届けられると地方役人たちはそれを省の銀行に預金して利息を得ようとした。村役場まで救済金が届いても滞納していた税金が差し引かれたので農民の手にはほとんど渡らず、たとえ渡ったとしても政府が配給した一〇〇元紙幣は現地では使えず、一〇元札と五元札に交換するためには高額な手数料を支払う必要があった。食糧援助はわずか三ヶ月で打ち切られ、政府が支給した一万袋の米と二万袋の雑穀は省民一人当たり四五〇グラムにしかならない代物であった。

一九四三年は大干ばつに加えて秋には蝗害が発生した。さらに飢饉は深刻化したが、このとき河南省の被災民の前に現れたのが旧日本軍であった。

日本人は中国で甚だしい大罪を犯し、ほしいままに人を殺し、流血は河となった。われわれと彼らとは、共存するわけにはいかなかった。だが、一九四三年冬から一九四四年春までの河南の被災地区においては、この大量殺戮を犯した侵略者が、ぼくの故郷の多くの人々の命を救った。彼らはわれわれにたくさんの軍糧を放出してくれた。われわれは皇軍の軍糧を食べて生命を維持し、元気になった。
もちろん、日本が軍糧を放出した動機は絶対に良くなかった。それは良心からではなく、戦略的な意図、政治的な陰謀があった。庶民の心を買収し、われわれの土地を占領するため、われわれの国土を陥落させるため、われわれの妻を手ごめにするためだった。しかし、彼らはわれわれの命を救ってくれた。

劉によれば、河南省の被災民は旧日本軍が放出した軍糧を食べて生き延びることができたという。もちろん旧日本軍は「良心」からではなく現地の人心を収攬するという「戦略的な意図」や「政治的な陰謀」から軍糧を放出していたので、彼らの動機は「絶対に良くなかった」のである。では国民党中央政府には「戦略的な意図」や「政治的な陰謀」はなかったのか。「戦略的な意図」や「政治的な陰謀」が彼らになかったのではなくむしろ、たとえどれほど多くの民衆が死んでも軍には一日たりとも食糧を欠かしてはならないという「兵役《ビンイー》第一《ディーイ》」の思想にもとづいた「戦略的な意図」や「政治的な陰謀」が明確にあったのである。

あなたたちは、日本軍との戦いのために、共産党との戦いのために、同盟国のために、東南アジアでの戦争のために、スティルウェル（米軍中国戦区司令長官）のために、横暴に税を徴収してわれわれを苦しめた。だから、われわれは向きを変えて、日本軍を支持し、侵略者がわれわれを侵略するのを支持したのだ。当時、わが故郷の農民や親戚、友人らのなかで、日本軍のために道案内をしたり、日本軍側の前線で後方支援をしたり、担架を担いだり、さらには軍隊に入って日本軍が中国軍の武装解除にゆくのを助けたりした者の数は計り知れない。

五〇年後、その売国奴を追及するにしても、その数はあまりにも多く、至るところにいる。われわれはみな売国奴の子孫なのだ。あなたたちはどうやって追及するのだ？（五十年后、就是追查漢奸、漢奸那么多、遍地都是、我們都是漢奸的后代、你如何追査呢？）

この部分で劉は「あなたたち（你們）」と呼びかける。国民党中央政府に向かって、侵略者であるはずの旧日本軍に民衆がこぞって協力したのはなぜかを説明する。泰次郎が「蝗」に描いた一九四四年春の京漢作戦では、旧日本軍六万人が河南省に侵攻した際、重慶国民党中央軍の五万人は現地住民の手によって武装解除され、その後ついに三〇万人は壊滅したのである。「漢奸《ハンジエン》」という言葉は日本語の「売国奴」よりも厳しい非難のニュアンスが込められた言葉であるが、劉は「われわれはみな漢奸の子孫」なのだと訴える。

日本はなぜ六万の軍隊で、一挙に三〇万の中国軍を全滅させることができたのか？　彼らは軍糧を放出することによって、民衆を頼りにしたのだ。民衆は大いなる存在である。一九四三年から一九四四年春まで、われわれこそ、日本の侵略を助けたのだ。売国奴なのか？　人民なのか？（日本為什么六万軍隊、就可以一挙殲滅三十万中国軍隊？　在于他們発放軍粮、依靠了民衆。民衆是広大而存在的。一九四三年至一

九四四年春、我們就是幇助了日本侵略者。漢奸乎？　人民乎？）

一九四三年から一九四四年春まで日本の侵略を助けたのは河南の被災民であったという。彼らは果たして「漢奸」なのか「人民」なのか、劉はつぎのような問いを立てることによってそれに答えようとする。

飢え死にして中国の鬼になるのがいいのか？
それとも飢え死にせずに亡国の徒となるのか？
そしてわれわれは後者を選択したのだった。
（是寧肯餓死当中国鬼呢？　還是不餓死当亡国奴呢？　我們選択了后者。）

たとえ「亡国の徒」になろうとも、自国の政府に見放された民衆には、目前の飢餓地獄から逃れて生き残ることだけが大切に思えた。本来自分たちをまもるはずの将軍が「民衆が死んでも、土地はまだ中国人のものだが、もし兵士が餓死すれば、日本人がこの国をわがものとして管理するだろう」と放言するような軍に協力できないのは当然である。

劉は「温故一九四二」のなかで国民党中央政府に対する批判を集中的にとりあげ、中国共産党の活動には言及していない。河南省のいくつかの抗日根拠地では、一九四二年夏から抗日民主政府が租税の減免と利息の減額を要求する大衆運動をはじめ、租税の二五パーセント減免と年利率の一パーセント抑制、さらに雑祖や労役、高利貸の取り締まりを求めていた。新郷市輝《ホイ》県水寨《シュイジャイ》村では当初八、六五〇キロであった村の租税が減租後には五、六〇〇キロになるという三八パーセントの減免に成功した。ただこれだけでは地主と小作の封建的土地所有関係は根本的に解決されないのだが、それでも一定の効果は認められたといわれている。

　そもそも旧日本軍の軍糧は現地徴発によって農民から略奪したものであったのだが、「没法子《メイファーズー》」、すなわち「方法がない」「しかたがない」という気持ちに慢性的におちいっていた彼らは、諸手をあげて旧日本軍を歓迎し、彼らの侵攻に協力することになった。劉は河南省で取材した部分には「俺娘」（私の母）や「俺爹」（私の父）、「图个啥」（何のために）、「県長認咱是誰」（県長は私たちがだれなのか知っていますか、知るはずがない）などいくつかの河南省の方言を使って、彼らの証言をそのままの形で伝えようとしている。本作品は古来千戈のやむことのない「中原」で農民たちがいかに絶望にとらわれながら生きてきたかの実録である。

註

　「温故一九四二」の翻訳は『劉震雲』（二〇〇〇年九月、人民文学出版社）に依拠しながら劉燕子訳・竹内実監訳『温故一九四二』（二〇〇六年四月、中国書店）を参考にした。

（1）　劉震雲「日本の読者へ」（『温故一九四二』、二〇〇六年四月、中国書店）

（2）　戸部良一「書評」（「読売新聞」、二〇〇六年六月五日）

参考文献一覧

宋致新編著『一九四二河南大飢荒』（二〇〇五年七月、湖北出版社）

胡錦昌、叶健君、黄后昌主編『黄河絶唱』（二〇〇五年八月、湖南人民出版社）

王全書主編『河南大辞典』第一巻（二〇〇六年三月、新華出版社）

4 「沖縄に死す」

1

「沖縄に死す」（「風雪」第一巻三号、一九四七年三月）は、「本年二月に七年目で内地の土」を踏んだばかりの「私」が河南省開封で生き別れになった従弟「長尾光直」の消息を「貞世叔母」に伝えようとする書簡体小説である。復員後上京して生活している「私」が四日市の母の許に帰ると、偶然「貞世叔母」も京都から母を訪ねてきていた。「貞世叔母」は河南省から沖縄に転戦した息子の消息を「千葉の留守部隊」にも訊ね、「沖縄から復員した同じ六十二師団にゐたといふ者」にも聞いてみたが、「行方不明」としか分からない者はもはや絶望的であるといわれた。だがいまだに戦死を信じられずに、「丸の内のY新聞社」で「未復員者の名簿」が公開されていることを聞きつけて、息子の名前がないかどうかを調べてもらうように「私」に依頼したのであった。

「私」は帰京して三日目に「貞世叔母」から頼まれた通りに「丸の内のY新聞社」に出かけてゆき「未復員者の名簿」を調べた。自分の家族がまだこの世のどこかで生きていると信じて疑わない人たちばかりが名簿をたしかめに来ているのを見ると、自分が「傍観者」の立場であることを感じさせられるとともに、息苦しいような重たい気持ちにおちいった。

光直君は従弟ではありますが、叔母さんが光直君に対する気持と、私が光直君に対する気持とでは、天と地ほどの差別がありませう。つまり、本当をいふと、この際、私は比較的冷静でゐられる傍観者です。従つて、傍観者である私には、この未復員者たちの幾割かは、もうすでにこの世にゐないことを、素直に信じられます。お互いに対手を殺さう殺さうと、それればかり考へてゐる戦場、内地では想像も出来ないやうな不潔と、それにもまして不如意なことばかりがつぎつぎとおこつて来る戦場、個体維持といふ生物の最小限度の本能さへも全うすることの容易でない戦場、――それを知り過ぎるほど知つてゐる私には、戦争から生きて帰るといふことさへ不思議なのです。この人たちが自分の肉親たちが出て征くときの元気な顔のままでゐることを何の疑ひもなく信じてゐることに、皮肉な眼をむけたくなるのです。恐らくもうこの世には実在してゐない肉親の生命を、まだそれが実在してゐるやうに信じきつてゐる人たちの姿といふものは、あはれといふよりも怖しく見えるのです。人の魂を圧しつけて来る宗教的な迫力といつたものがあります。私がへんな気持、何となく呼吸ぐるしいやうな重たい気持になつたのは、そのためにちがひありません。案外、いま、この部屋に迷ひこんで来たこの赤とんぼは、このうちの誰かの肉親の霊魂かも知れませんよ。

「私」は「貞世叔母」とは「光直君」に対する気持ちが「天と地ほどの差別」がある。自分が「比較的冷静でゐられる傍観者」であるために「未復員者たちの幾割か」は戦死していることが「素直」に信じられる。さらに生きて帰ることが容易ではない戦場の実態を「知り過ぎるほど知つてゐる」ために、肉親が生きて帰ることを信じ切っている人たちの姿が「あはれといふよりも怖しく」見え、「人の魂を圧しつけて来る宗教的な迫力」すら感じてしまうという。「未復員者の名簿」を「三回、はじめからおしまひまで眼をとほし」たが彼の名前は見当たらず、すぐに結果を知らせると約束したにもかかわらず「今日まで二十日近くも」手紙を書けないでいた。「すこしでも叔母さんに決定的な打撃を与へることをためらはせるもの」が「私」の心にあったからである。

六十八歳の叔母さんの髪の毛が、七十五歳の母の髪の毛よりも白いのを見て、私には叔母さんの心労がどんなに根深く、大きなものであるかがわかりました。四人の子供のうち、姉二人を縁づかせるとまもなく亡くさせ、こんどの戦争では一人息子の光直君はかういふ状況のところへ、末娘の美世ちゃんの夫君の中西君も、フィリッピンで戦死の公報がはいつたといふのでは、どんな母親だつて、まともではゐられないにちがひありません。まして、その新しい未亡人の美世ちゃんは、一人の子供を抱へて、食はんがために闇菓子をつくつてゐるさうですが、肺浸潤で、休養しなければ死んでしまふと医者から脅かされてゐるといふではありませんか。

右には「六十八歳の叔母」と「七十五歳の母」との「心労」の度合いが対比的に描かれている。彼女たちのモデルは田村泰次郎の叔母貞世と母明世で、彼女たちは一八九一年から一八九五年まで八坂神社で宮司を務めた中川武俊の娘であった。神官の家系の中川家はしきたりを重んじ、行儀作法や言葉の使い方なども厳しくしつけられていたという。長兄には武保がいた。京都の第三高等学校を中退し大阪府庁の職員になって農工開拓民一五〇名を率いてソ満国境に渡った。その後、軍属として北京で陸軍の情報工作員をしたり、海南島で海軍の警備府警務主任を務めたりした。敗戦後はベトナムに逃れて八年有余、ホー・チン・ミンに協力しベトナム国軍の軍事参議職を務めフランスからの独立戦争を勝利に導いたという数奇な人生を送った。(1)京都の同志社の北隣には、士族の子弟を集めて学資の援助をしていた士族会館があった。土佐の士族出身の田村左衛士がそこに通っていた頃、同志社の近くに住んでいた明世は彼と出会って結婚した。その後、三重県立富田中学校の校長に就任した夫に従って四日市に転居し、正衛と泰次郎の二人の息子を産んだ。他方、貞世は同志社女学校の二回生で、乗馬と英語が得意であった。京都の向日町神社の長男に嫁ぐが死別し、子ども二人を連れて実家に戻る。その後、京都市右京区花園で社寺仏閣の設計施工をしていた長尾宗直と再婚し、光直と美世を産んだ。この光直が「沖縄に死す」の主人公のモデルで、一九一三年二月二五日に花園で生まれ、京友禅染色図案家として若い頃から注目される存在であった。井隼百合子との結婚式を一九三五年四月五日に京都の魚寅楼であげた。貞世と美世、田村左衛士・明世夫婦が一緒に写っている記念写真が遺っている。百合子との間に二人の子供ができながら生来の放浪癖が嵩じて離婚するが、再婚して三人の子供をつくっていた。一九一一年一一月三〇日に四日市で生まれ泰次郎とは年の差がわずか二歳であることや芸術家肌を共有していたことなど、二人が気の合う従弟同士であったことは「光直君は私より二つ歳下ではありますが、私が女房も貰はずにぶらぶらしてゐるのにひきかへ、すでに五人の子供の父親です。けれども、文学と絵画といふ、どちらも自由な仕事をしてゐるために、遭へばよくいひあひをしてはゐましたが、親類間の同年輩の連中のなかでは、誰よりも話が通じ、気があつた仲」だったと描かれている。

光直の妹美世は除隊直後の中西熊治郎と結婚し、彼の長兄が営んでいた「中西風月堂」という菓子屋を手伝う。熊治郎は三年間にわたる北支での兵役生活でマラリアに感染して健康を害していた。息子博温に恵まれるが一九四三年七月に再応召しフィリピンで戦死してしまう。光直の戦死公報を受けとった直後のことであった。戦後、美世の許には貞世と光直の後妻、光直の前妻の子供二人と後妻の子供三人、それに近所の戦争未亡人二人も身を寄せるようになり、自分を含めて一一名の生活を女手一つで支えねばならなかった。窮余の策として自宅に残っていた黒砂糖を利用して闇菓子を製造するが、戦後の厳しい統制経済の時代、警察に見つかって逮捕されてしまう。送検されるが家庭の事情を話すと不起訴処分になった。その後、美世の菓子屋は次第に生産を増やし販路を拡大して現在は全国的に有名な京菓子司「鼓月」に発展している。美世は京都商工会議所婦人部会をつくるなど経営者側から女性の地位向上に努め、二〇〇七年二月一五日に九三歳で死亡した。亡くなる二年前に、貞世と長尾光直のことを取材したとき、車椅子から大きな声で「泰ちゃん」と叫び、兄は泰次郎の助言に従って沖縄にゆかずに中国に残っていれば生きて帰ることができたのにと落涙した。戦後六〇年を経てもなお兄の死に悲嘆に暮れる姿から、これまで積み重ねられてきた心労が推察された。

2

一九三七年に日中戦争が本格化すると長尾光直は軍属として中支に三年間派遣された。帰国後は貞世の前夫との娘が嫁いだ伴家の紹介によって、三光汽船に経営が引き継がれていた中田造船の尾道支店長を務めた。伴家は大阪野村銀行（りそな銀行）の創業に尽力した一族で、光直は主に設計以前の船全体のラフスケッチやデザイン画を描く仕事をしていた。だが一九四三年に尾道で召集令状を受けとり、一旦京都に戻った後、中国大陸に出征した。配属されたのは一九四三年六月二八日に独立混成第四旅団から師団編制に変わった第六二師団独

河南大学に遺る博文楼（1919年落成）

河南大学に遺る大礼堂（1934年落成）

立歩兵第一四大隊であった。当時大隊の本部は山西省陽泉市盂県におかれ、同じ旅団でも泰次郎の独立歩兵第一三大隊はそこから約八〇キロ離れた同省太原市におかれていた。泰次郎は「同じ師団といつても、光直君の大隊と私のゐるところとは何十里と離れてゐて、容易に逢ふことは出来ない」というありさまで、「新兵で、未教育のまま戦場につれて来られ、現地教育を受けつつあつた当時の光直君の心細い気持は、どんなに私に逢ひたかつたことだらうかと想像できた」と描いている。

泰次郎と光直は対面できないままに一九四四年四月の京漢作戦がはじまり、山西省から南下した両部隊はそれぞれ黄河をわたって河南省に侵攻した。それから二ヶ月にわたる作戦行動が終わり、七月に再び黄河をわたって河南省開封《カイフェン》市に集結した。開封城内に入った泰次郎は、同じ町にある河南大学《ホナンダーシュエ》跡に独立歩兵第一四大隊が集結していることを聞くと、早速外出許可をもらって光直を訪ねていった。欧米に留学する学生のための準備学校として一九一二年に創立された河南大学は中国国内では北京大学とならんで歴史のある大学で、マルクス主義者の李大釗《リーダージャオ》が一九二五年七月に「大英帝国主義侵略中国史《ダーインディーグォジューイーチンリュエジョングォシ》」という講演をおこなった博文楼《ボーウェンロー》という講堂が今も遺っている。「私」は光直の中隊だけ「まだ半道ほど離れた中国の中学校」にいることを知り、中隊の宿舎になっていた講堂に入って、兵長に彼の所在を尋ねる。河南大学西隣の開封市北門大街《ベイメンダージェー》三七号にある河南大学附属中学校が再会の場所であったと推定される。

「やあ、Tちゃんか」

といつて、

「しばらくやなあ、よう来てくれたなあ」

とよろこびました。

「兵長殿、これは自分の従兄です」光直君はまもなく、さういつて私を兵長に紹介しました。ところが兵長はにがい顔をして、お義理のやうに私に挨拶しただけです。私にはわかりました。その兵長はさつき彼が光直君を呼んだのに、光直君が私の顔をみると兵長の指示も受けずにすぐと直接に私と話しだしたのを、怒つてゐるのでした。私は光直君はまだ軍隊にはいつても、あんまり馴れないなあと思ひ、いや光直君は軍隊にはむかないひとだと思ひました。この私の直感は、それからしばらくして、光直君が班長にも挨拶してくれといふので、伍長のところへ私をつれて行つたときも、私の挨拶に対して、伍長があまり愛想がよくなかつたときに、一層たしかめられました。(中略)身体の調子が悪くて作戦に出られない兵隊が、どんなに中隊のなかでは意地悪くとりあつかはれるかを知つてゐる私には、そんなことにまだ気づかずにゐる光直君の無邪気さが、——それは新しい補充兵の一般的な気分ではありましたが、——可哀さうでたまりませんでした。

折角二人は再会できたのだが、「私」は芸術家肌の光直が軍隊の気風にまだ馴染めていないことに不安を感じる。軍隊では階級と規律が何よりも優先されるので、たとえ従兄であっても上官の許可を得なければ会話をしてはならないからである。これは班長である伍長の愛想のなさからたしかめられたという。第六二師団は古年兵を大陸に残し沖縄戦の準備のために一九四四年八月五日に移動して、江蘇省《ジャンスー》呉淞港《ウースンガン》から対馬丸で那覇港に輸送される。このときすでに四年兵であった泰次郎は大陸に残ることになり、光直にも残留を強く勧めたのだが、沖縄の方が日本に近いのでいざとなれば島伝いに帰れるし、何よりもこれまで苦労を分かち合ってきた戦友と生死をともにすることを選ぶといって沖縄に向かった。

いよいよ出発といふ間際に、私は大陸に残されましたが、その日のことがあつたために、沖縄転進後の光直君たち国民兵あがりの補充兵の苦労が、私には一層眼に見えるやうなのです。私は何も国民兵あがりの補充兵たちが、精神的にも肉体的にも軍隊生活に適しなかつたといふことを責めようとするのではありません。猫でも杓子でも生きてゐれば、日本人だからといつて、戦闘員として戦力のなかへ計算してしまつて、この大戦争をおつぱじめた指導者たちの非科学的な神がかりの心理をこそ、私はいひたいのです。光直君は友禅染師としてこそ、容易に他のひとも及ばぬ手腕を示しましたが、兵隊としてはそれほど兵隊らしいといふわけには行きませんでした。このことは、何も光直君の人間的価値を左右するものではありません。ところが、——いや、それなのに、そんな人間まで戦場へ狩りださねばならなかつた日本民族の運命が、私には悲しいのです。戦場へ狩りだされたそのひとの運命の悲しさはいふまでもなく、さうせねばゐられなかつた日本民族の運命の悲しさ、——これはまた日本人の民族的気質でもあり、結局は私にもそんな気質があるといふことなのです。私には、自分のなかにあるそんな気質が悲しいのです。

「私」には「沖縄転進後」の「国民兵あがりの補充兵」の苦労が「一層眼に見える」ように感じ、「猫でも杓子でも生きてゐれば、日本人だからといつて、戦闘員として戦力のなかへ計算」して「この大戦争をおつぱじめた指導者たちの非科学的な神がかりの心理」を責める。そして友禅染師としての才能を持った光直が兵隊として生きなければならなかったことの「悲しさ」はいうまでもなく、そのような人間まで戦場に狩りださなければならなかった「日本民族の運命」の「悲しさ」を感じる。これは「日本人の民族的気質」といえるもので、自分の内部にもそれがあることが「悲しい」という。

光直は一九四五年五月三日に沖縄首里の北東にある浦添市前田で戦死した。階級は兵長であったと記録されている。戦況は極めて厳しく「大隊は四月二八日より五月一〇日に亙る間、前田の激戦において勇戦敢闘せしも我兵員兵器の三分の二を失へり」とある。(2) さらに体験者の記録によれば、そのときの模様はつぎのように描かれている。

四月三十日、五月一日、五月二日、連日連夜前田高地の争奪が殊に五月二日は豪雨のうちに屍山血河の激戦を繰りかえした。雲烟のうちに遙か幸地を望めば依然激しい攻防が続いていた。

五月三日、前田高地一帯は勿論四周は一木一草もなく荒涼たる原野に変わった。前田高地には一握りの兵力であるが独歩第一二大隊が残っていた。(3)

沖縄戦の結果、独立歩兵第一四大隊の総員一、〇三一名のうち復員できたのはわずか六六名にすぎなかった。他方、泰次郎の独立歩兵第一三大隊は総員一、〇六〇名のうち復員できたのは九二名で、泰次郎が配属されていた第三中隊長で沖縄戦当時は大隊副官に昇級していた後田清人大尉は六月一九日に自決した。出征前は長野出身で豊橋予備士官学校の教官を務め、『葉隠』をいつも読む志操堅固な軍人であった。部下の兵士を大切にする士官で、泰次郎が一等兵のとき剣道の相手をしたこともある。泰次郎は自分が幹部候補生を志願しない兵士であったにもかかわらず、軍曹まで昇級できたのは後田大尉のおかげであったと思っていた。「貞世叔母」

は「小さいときから臆病」だった光直が今もどこかで生き延びていることを願うのだが、生き延びさえすればたとえ「臆病」であってもかまわないという考え方に「私」は内心で違和感を覚える。なぜなら「勇敢であつたがために死んだ人々のこと」を思い浮かべ「自分が生き残つたのは、必ずしもあらゆる場合に勇敢であつたとはいへない自分に対する嫌悪」を感じざるを得ないからである。そして「河南作戦総攻撃の前夜」の「黄河南岸の山襞に、地隙に洞窟に身をへばりつけて、蛍のやうにまたたいてゐたいのち――戦争といふ仮借のない烈しい運命のなかに捲きこまれて、いまや押しひしがれようとする兵隊たちの、あはれな頼りないいのちのまたたき」を想起した。

「沖縄に死す」の最後は「私はそつと眼をつむつて祈ります。熱風と雨とのなか、――沖縄の霊よ、安かれ」という言葉で閉じられている。この言葉には光直を含めた戦友たちの死を心から悼む泰次郎の真情が表現されている。

註

(1) 中川武保『ホー・チン・ミンと死線をこえて』(一九七〇年四月、文芸春秋)

(2) 「独立歩兵第一四大隊戦闘経過の概要(沖縄戦)」(「独旅」第七号、一九七二年一二月、四〇頁)

(3) 北住豊一「私の沖縄戦記(其二)」(同右、四九頁)

参考文献
中西美世『京の華』(一九九七年九月、扶桑社)
外間守善『私の沖縄戦記　前田高地・六十年目の証言』(二〇〇六年六月、角川学芸出版)

5　ある文芸作品——山西省残留部隊の戦犯手記

1

山西省太原は旧日本軍が降伏した後、中国共産党軍が解放する一九四九年四月まで、国民党系地方軍閥の閻《イエン》錫山《シシイエン》によって支配されていた。同省北部の五台山《ウータイシャン》の近く忻州《シンジュー》市五台《ウータイ》県で生まれた閻は、一九〇四年に留学のために来日して陸軍士官学校（予科および本科）で学んだという経歴を持つ。一九一一年の辛亥革命に際して挙兵し、国民政府成立後は袁世凱によって山西都督《シャンシードゥドゥ》に任命された。「保境安民《バァオジンアンミン》」（山西モンロー主義）を唱えて内政に専念し、石炭や鉄鋼などの豊富な地下資源を利用して工業化を進展させ、鉄道建設や教育機関の充実などに力を入れた。早くから親日反共の意識を強く持っていたこともあって、省内を縦走する太行山脈に中国共産党が革命根拠地を形成し遊撃戦を展開しながら次第に農民層の支持を集めていたことに強い警戒心を抱いていた。そこで彼が「伯川《ボーチュアン》」という別号を持っていたことにちなんで名づけられた旧日本軍の謀略「対伯工作《ドォイボーグンズゥオ》」を利用して、旧日本軍との間で停戦協定を締結し自己の兵力を温存した。

日本敗戦後、彼らの武装解除をおこなった際に、軍首脳と密約を交わして北支那派遣第一軍約五九、〇〇〇名の内、約二、六〇〇名の兵士を山西省に残留させ、残留日本軍義勇軍（暫編独立第一〇総隊）として国共内戦に参加させることに成功した。それ以後三年におよぶ激闘のなかで日本人約五五〇名が戦死し七〇〇名以上が捕虜になった。彼らは軍の命令で残留したにもかかわらず、日本政府は彼らが自分の意志で現地に残ったのであって、むしろそれは軍の規律違反に相当する行為であったと見なした。そのような判断のために、彼らには軍人恩給も戦死者遺族への扶助料も支給されることはなかった。二〇〇六年に公開された映画「蟻の兵隊」（池谷薫監督）には、犠牲者に対する国家補償と援護措置の実現を目指して活動する「全国山西省在留者団体協議会」のメンバーが登場した。彼らは国会への請願陳情を繰り返し二〇〇一年五月東京地裁に提訴するものの、一審および東京高裁の二審ともに敗訴し二〇〇六年九月最高裁は上告を棄却した。

このように戦後六〇年以上経っても解決しない問題を抱えた山西残留組には、一九四八年から一九五二年にかけて中国共産党軍によって捕虜になったり逮捕されたりした一三六名が含まれている。彼らの内訳は佐官級二名、尉官級三八名、下士官および兵士二五名、行政官吏二七名、特務憲兵警察三〇名、民間企業人一四名であった。一九五一年一月一六日に中国中央人民政府最高人民検察院および人民革命軍事委員会総政治部、中央人民政府公安部によって「関于調査日本戦争犯罪分子罪行的計画《グエンユイディオチャーリーベンジエンジョンフェンズウイフンズズウイシンドジーホア》」が布達され、太原戦犯管理所《タイユエンジエンフェングエンリースウォ》に収容されていた彼らの偵査が指示された。太原戦犯管理所は旧日本軍憲兵隊が建設した陸軍監獄を転用したものであった。しかし一旦は朝鮮戦争の影響で中断するのだが、中央政府は戦犯処理を「国際的闘争」の一つとして位置づけて重視し、一九五二年六月二六日には最高人民検察院と山西省人民検察院が連携した「調査日本戦争犯罪分子罪行連合弁公室《リエンホーブファングンシー》」を設置した（以下、これを連合弁室と呼ぶ）。一九五二年一二月二〇日に連合弁室の指示にもとづいて山西省副主席王世英《ワンシーイン》が主任委員となった「日本戦争犯罪分子罪行調査委員会《ディオチャーウィーユエンホイ》」が設けられ、「発動全省人民《ファドンチュエンションリエンミン》、共同参与《グントンツエンユイ》」という方針の下で、罪行の現場にいた人々を動員して実地検証が徹底された。戦犯に対する訊問は決して強制されることなく本人の自白を尊重して進められ、実地検証で得られた証拠は自白がおこなわれた後に示された。戦犯たちが自発的に〝認罪服法《リエンズウイフーファ》〟（罪を認めて法に服する）という姿勢を持つことが期待されたのである。

一九五二年六月から一九五六年五月までの四年間訊問が続けられた結果、省内で発生した三〇件の虐殺事件をはじめとして殺人一四、二五一名、傷害一、九六九名、拷問一〇、一七三名、強制労働一二二、二三三、六七四名、焼失家屋一、〇七八軒（一九、二六四間）、焼失寺廟四座（一〇〇間）、焼失食糧一、六〇三・五〇六トン、破壊家屋一九二軒（九三三間）、破壊寺廟四三座（三〇間）、略奪家畜一一、二三六頭、略奪食糧二、五九〇、六七〇・八七四トン、石炭三、二〇〇、七四九・八トン、綿花二九三、八八トンなどが立件された。そして最高人民検察院太原法廷首席と軍法大校、中校、山西省人民検察院の四名の検察員が協議して九名の日本人収容者の起訴を決定した。そのなかには傀儡政府の顧問補佐官を務めていた間に一般市民と捕虜一、二〇〇名の殺害や強制労働を命令した者や、太原小東門外《シオドンメンワイ》の競馬場で新兵の肝を試すために三四〇名の捕虜を生きたまま刺突する訓練をおこなった者、一般市民と捕虜を生きたまま射撃訓練の標的にして解剖実験の標本にした者たちが含まれていた。一九五二年六月一〇～二〇日、太原市海子辺大礼堂《ハイズービエンダーリータン》開庭《カイティン》に設けられた最高人民法院特別軍事法廷で九名の日本人収容者の公開審理がおこなわれた。それとは別に、一九五六年六月二一日と七月一八日、八月二一日の三回に分けて一二〇名の免訴が発表され、彼らは釈放後、天津に移動して日本船籍の興安丸に乗船し無事帰国することができた。

2

太原戦犯管理所にいた収容者の更生を図るために、管理所職員たちは王振東《ワンジェンドン》管教組長が中心となって（一）

戦犯を殴ったり侮辱してはならない、(二) 戦犯が提出した問題について自分で勝手に回答してはならない、(三) 国家機密を漏洩してはならない、(四) 職員の情況について話してはならない、(五) 戦犯の私物を壊したり紛失してはならない、(六) 戦犯から賄賂を受け取ったり物を交換したりしてはならないという六カ条の規律を遵守した。これらは国際法にもとづく戦犯の処遇を決めた周恩来《ジューエンライ》からの直接の指示にもとづき、たとえ戦犯であっても一人ひとりの人格を尊重しようとするものであった。たとえば食事では一日三食、白米と小麦粉を主食として肉や野菜、果物なども副えられ日本人の風習に合う献立にするなど、食糧難で栄養不足になっていた管理所職員が不満の声を上げるほどの厚遇であった。さらにタオルや石鹸、歯ブラシ、タバコは支給され、理髪は二週間に一回、入浴は毎週一回であった。

当初戦犯たちは軍国主義思想を堅持し、武士道精神は軍人として最高の品性で日本民族は最も優秀の民族と信じて疑わなかった。だが山西省で犯した自分の罪行が山西省の軍事法廷で処理されることになると、戦犯の多くは死刑を恐れて心理的な混乱を示すとともに、量刑が軽くなるように嘘の供述をするようになった。そのため訊問は〝認罪以寛《リェンズウィイークエン》、抗拒以厳《カンジュイイーイエン》〟(罪を認める者には寛大に、それに抵抗し拒む者には厳重に処罰する)という方針を堅持し、拡大も縮小もせず自分の罪行をありのままに〝坦白《タンバイ》〟(告白)する〝実事求是《シーシーチューシー》的《ド》精神《ジンシェン》〟を持つことだけが唯一の出口であることを示した。個別に告白書を作成した収容者たちには日時や地名、人名、被害者の人数、奪った物資の数量まで正確な記述が求められたので、「野外運動の時間を利用して、かつての同僚や上官等に聞きながらメモを取る」ことなどをおこなって曖昧さを正した。それでもなお不明確な点が存した場合は小部屋ごとの学習会から、同じ部隊や同じ機関にいた者たちが一ヶ所に集合してグループ別に話し合う学習会まで開いて、それらの一つひとつを解明したが、「将校が隠していた事件を下士官が指摘したり、拡大、

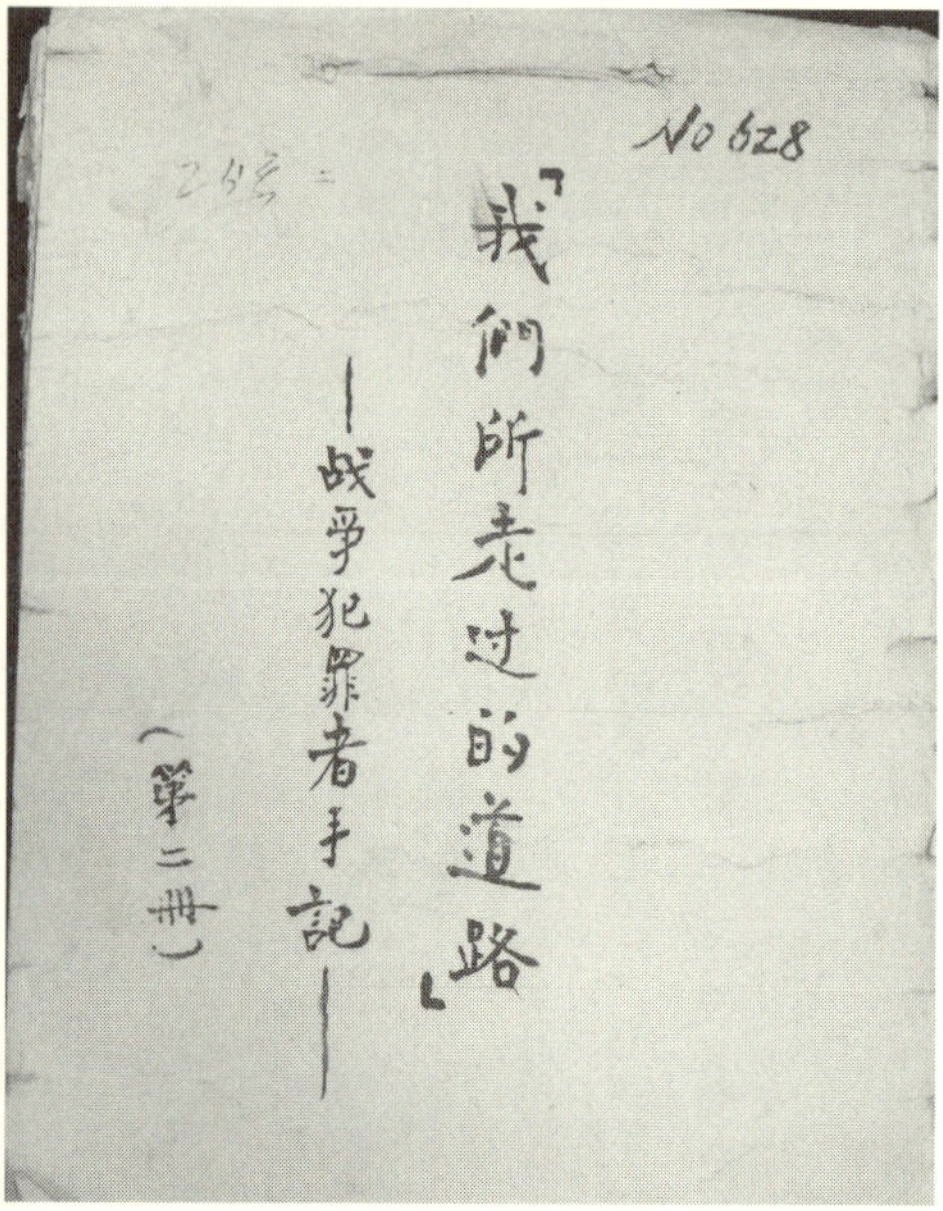

『（日本戦犯文芸作品集）我們所走過的道路—
日本戦争犯罪記事集』

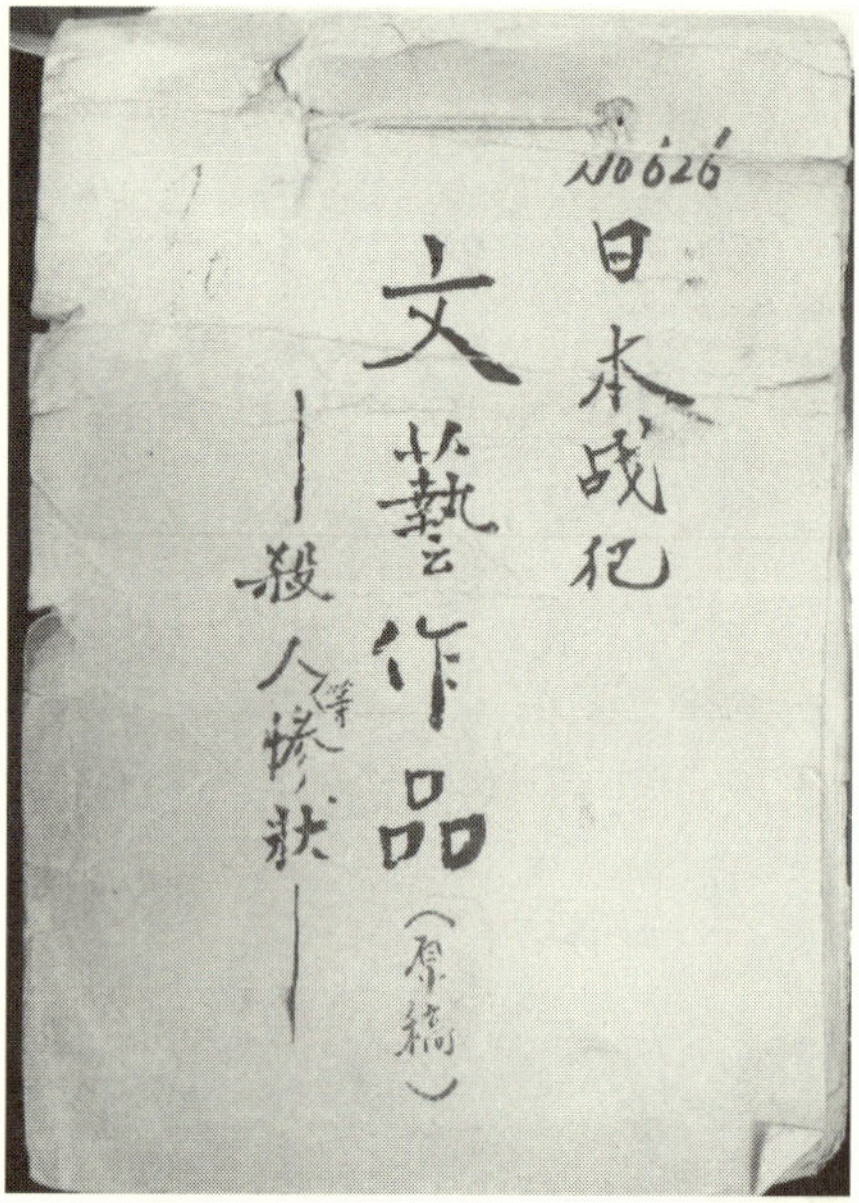

『日本戦犯文芸作品（原稿）—殺人等惨状—』

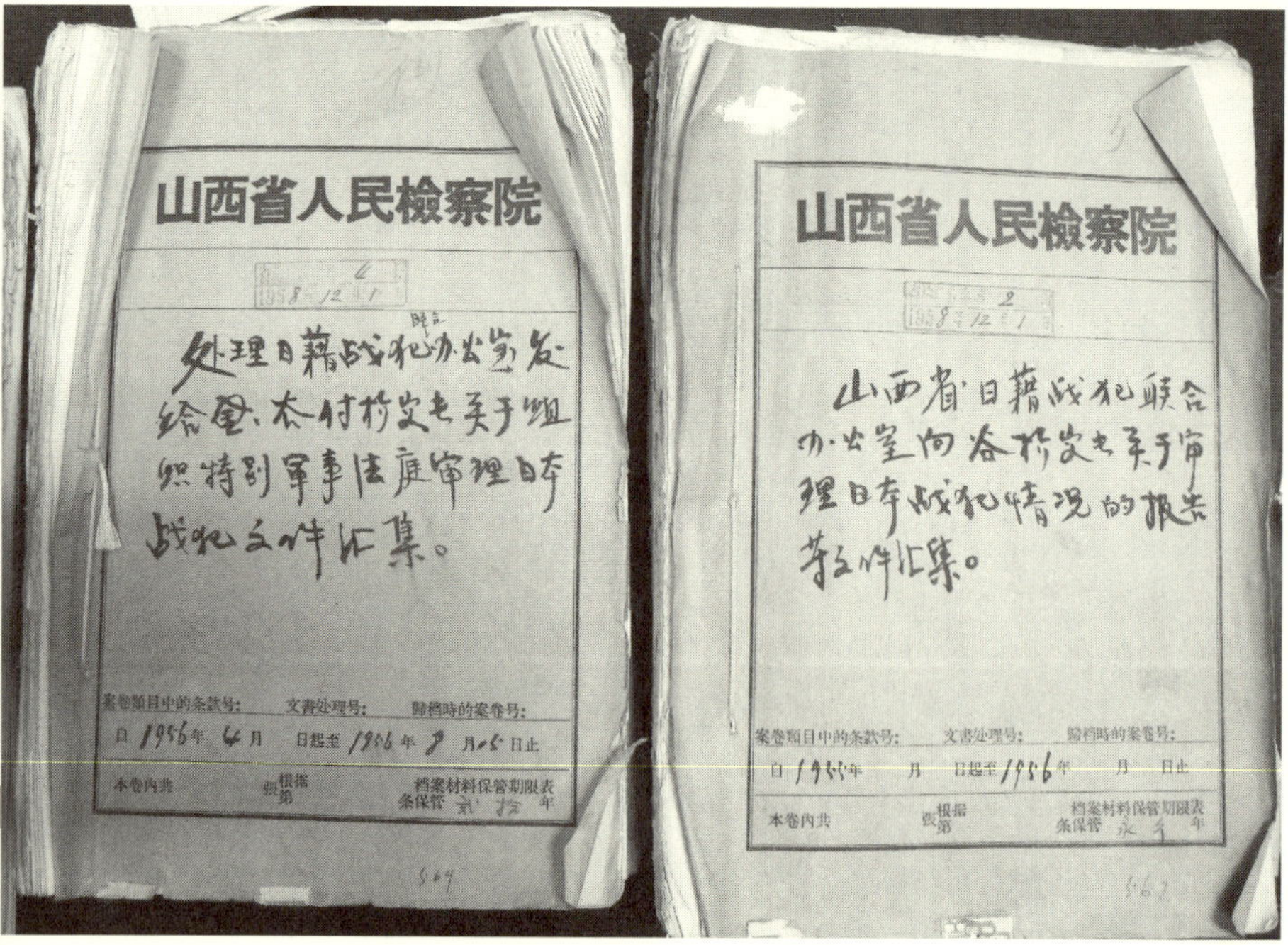

山西省人民検察院に保存されている裁判資料。

縮小して書いていたものが、何人かの証言であばかれ、訂正させられたりもした」こともあったという。概して下級将校は「現地での直接の命令者でもあり、それを大きく扱われて厳しい処罰を受けるかも知れないという危惧から、肝心なところで逃げ隠れする」ところがあったのに対して、兵士は「自分だけの責任を認めれば他に迷惑をかけることがないから、比較的大胆であり恐れてこそこそする者はほとんどなかった」という。(1)

このような〝認罪運動〟の結果、収容者たちは自分の犯した行為が侵略戦争の一端を担う罪行であったことに気づきはじめ、自己の罪を認め法に服する態度を示した。そして肺腑をえぐるような言葉を使って謝罪の文章を認め、詩歌や絵画なども含めると三五六二点もの作品が所内の壁や黒板に張り出された。それらのなかで自己の罪行を描き出した七六名の文章が『(日本戦犯文芸作品集) 我們所走過的道路—日本戦争犯罪記事集』としてまとめられ、「戦争の残酷さを暴露し、侵略戦争中に中国人民に加えた拷問や虐殺などの罪行を〝実事求是的精神〟に従って描く一方、収容所では人道的待遇を受けていることを描き」出した。(2) 管理所での〝認罪運動〟は検察院の取り調べとは別に進められたもので、この文芸作品集も収容者同士の相互批判のうえに編集されている。中心メンバーとして編集作業に携わっていたのは元大阪毎日新聞社員で、従軍特派員として中央公論や文藝春秋の嘱託を務めた経験のある日本人収容者であった。山西省人民検察院には、『我們所走過的道路《ウオメンスオゾォウグオドタオルー》』の清書本だけではなく下書き段階の草稿集も遺されている。草稿集を手に取ってみると、学習会のメンバーが下書きを回覧して読み、その左肩に日本語でコメントを記した小さな紙片が貼付されている。それらの一つひとつを読めば管理所職員に強制されたのではなく自主的に作品集を編集していたプロセスが明らかになる。たとえば一九四二年二月に山西省乱嶺関《ルエンリングエン》で警備小隊長軍曹が起こした事件にもとづく「犬で尊い人命を奪う日本鬼子」という文章に対して、つぎのようなコメントが貼付されている。

此の分は取材は良いし暴露文としては良い文だと考へる。此の文に流れてゐるのは被害者の立場を云ふ事より、「ありもしない事」すなわち此の中国人の愛国者達が考へた事を無理して出して居る。此の点は全部否定するものではありませんが、此が強調されて居るのと、殺害責任者の本人が感情的なもの、「少しは良心があると言ふ表現」を加えて居るから、益々日常の暴露にしては事実は出て居るが見つめ方が足りないし、暴露の効果はないと言ふ様に考へる。少し手を入れると輯録してよい作品と考えますが、一応他の作品と見合わせて見る必要がある。輯録候補。

素材としてはいゝものだと考へます。当然集録されてよいと思ふが、このまゝでは不可。鉛筆で?した部分は唐突でおかしい印象を与へる。即ち加害者として自己の罪行をバクロし乍ら所々で被害者の身になつて心境を語つてゐる。之は非現実である。「被害者の立場に立つ」と云ふのは決してこのようなことを云ふものではないと思ふ。もつとつめて加害者としての自己の惨虐さを責めながらかいてゆくなら立派な作品になると思ふ。

輯録ノ点同感。集録ニ同感。被害者ト加害者ノ感情ガ入リマジツテ居リ非常ニ妙ナ感ジヲウケル。一ツ一ツノ行為ニ対シテソノ惨悪サニ対シ又被害者ニ同情スル立場デ書ク必要ガアル。

貼付された五枚のコメントの内、三枚を右に紹介した。それらが共通して批判しているのは、手持ちぶさたを慰めるために中国人捕虜を軍犬に喰わせたという場面である。この作者は、死に際し「あらん限りの力をふりしぼって」目を見開いて自分をにらみつけた捕虜の姿をリアルに描き、日本に対する憎悪と中国に対する愛国の感情を読みとろうした。それに対して、たとえば「殺害責任者の本人が感情的なもの、『少しは良心があると言ふ表現』を加えて」いるために「益々日常の暴露にしては事実は出て居るが見つめ方が足りないし、暴露の効果はない」と言ふ様に考へる」という指摘や、「『被害者の立場に立つ』と云ふのは決してこのようなことを云ふものではない」「もつとつめて加害者としての自己の惨虐さを責めながら」書くべきであるという批判である。これほど残虐な罪行を犯した加害者は、はたして被害者の立場になって考えることができるのか、もしそれが些かでもできるのなら決してそのような行為はなし得なかったはずである。加害者と被害者とが入れ替わることができない死という冷厳な事実が立ちはだかっている。

この文章を執筆した作者は犯行当時二六歳、この他にも「脳味噌の黒焼き」「なぶり殺し」「地下拘置所」「無条件降伏しても鬼畜暴行を行った日本鬼子」という作品を『我們所走過的道路』に寄稿している。「脳味噌の黒焼き」は一九四三年八月、山西省晋城市陵川県に駐屯中「朝鮮人妓楼」で急性淋毒性尿道炎に感染し、激しい痛みのために自暴自棄になっていた。かねてから脳味噌の黒焼きは淋病の特効薬であると聞いていたので抗日軍の捕虜二名を銃殺し、連行していた中国人青年にそれを作らせた。ツボを「のぞいて見ると赤白いふわふわした、まだ暖味のありそうな脳味噌」が入っていたという。身の毛がよだつような所業が書き連ねられている。だが驚くべきことに彼らは、ひとたび筆を持つと創作意欲を内側から奔出させ、現場の状況や犯行時の心理を活き活きと描き、まるでスリリングな一篇の活劇にまとめ上げようとしているかのように大いに筆を走らせているのである。いかなる兇行もなし得る自己中心的な人間の闇、そしてそれを劇化して表現しようとする文学の底知れぬ欲動の強さを感じさせられた。

3

戦犯の文芸作品を執筆した作者のなかには、田村泰次郎と同じ独立混成第四旅団独立歩兵第一三大隊に所属していた少尉も含まれていた。彼は大隊機関銃教育初年兵集合教育教官として一九四二年七月二六日と八月初めの二回太原小東門外の競馬場で、新兵の肝を試すために三四〇名の捕虜を生きたまま刺突する訓練を指揮した。同年五~七月にかけておこなわれたＣ号作戦（晋冀豫辺区粛正作戦）で捕虜にした約三四〇名を、大隊長の安尾正綱大佐の命令にもとづいて、一九四一年度徴集現役兵の第一期教育検閲課目中の仮標刺突訓練に「実的」として使ったのであった。安尾は検閲官として二回の刺突訓練に立ち会い、教育担当の少尉は「今日の成績にあくせく」するばかりで、それを見ていた作者は「少尉のように叱られては大変だ」と心配し「俺の教育隊の検閲の時はこんなろくに刺突のできないような失敗を繰返すまい、何とかして全員が一と刺しの下に捕虜を刺殺する事ができるようにしよう」と考えていた。そして第二回目の訓練の朝は「早くから起き落ちつかない気持」ちになり「自分の教育した、七十名の機関銃隊の初年兵の検閲をなんとかして優秀な成績で終らしたい」と願う。彼が執筆した「集団屠殺」という文章は全文を後掲することにするが、そのなかに記された彼の心境は、これほどの集団殺戮をおこなっていながら、好成績を収めて上官に好印象を与えようとすることに心を砕くだけの小心者であった。このような彼の性格は、ユダヤ人をポーランドの絶滅収容所へ列車輸送した最高責任者アドルフ・アイヒマン（Adolf Otto Eichmann）がイスラエルでの裁判に際し「ただ上官の命令に従っただけ」という答弁を繰り返すだけの小役人程度の神経しか持ち合わせていなかったのに通じる。

一九一七年大阪に生まれたこの作者は関西学院宗教部を卒業してから軍役に就き、犯行当時二五歳の青年であった。公判では虐殺の現場から掘り起こされ、法医学鑑定のなされた遺骨が証拠として提示されて罪行事実を立証した。太原戦犯管理所翻訳組長であった故・孫鳳翔《スウエンフンシャン》元山西大学教授によれば、この作者は「逮捕連行されて監獄に収監された時は、あくまで頑なに抵抗することを準備していた」が「のちに思想転変があり、自らの犯した罪は深く、罰せられてもなお許されない」と感じ「罪をはっきりと申し述べることを決意」した。その結果、人民政府は彼が「決定者ではなく執行者」であり「罪を認め、態度も良くなっているため寛大な処理をするよう」意見を提出したという。(3)

ところで「集団屠殺」はこの作者が口述した内容を二名の収容者が筆記するという方法で書かれている。この作者が泰次郎と同じ部隊に属していたことだけでなく、集団虐殺事件の犠牲者のなかに「肉体の悪魔」の主人公張沢民が含まれる可能性があったことに言及しておきたい。最初「河北省清豊県の出身、年齢二三歳、八路軍一二九師三八五旅衛生部の看護婦」と名乗っていた張沢民は、やがて親しくなると「晋冀魯豫辺区政府教育庁」で働いていた「共産党員」であったことを打ち明ける。一九四二年の晋冀豫辺区作戦で旧日本軍の捕虜になり、部隊の移動とともに太行山脈を連行された。作戦が終了し部隊が原駐地に戻った後、「福星劇団」の女優として採用され、やむなく旧日本軍に協力することになった。このようにして彼女が一命を取り留めたことが奇蹟にも近いできごとであったといえるのは、彼女と同じように捕虜になった「約五十名の抗日大学の女学生達」が刺突訓練の「実的」とされたことが「集団屠殺」には記されているからである。死に際して彼女たちは「憎悪に燃えたまなざしで」日本兵をにらみつけるが、「血だるまになりまだ生きている」彼女たちに対して「兵は狂つたように襲いかか」ったという。大隊長みずから検閲官となって一大行事となった新兵の刺突訓練は、おそらく泰次郎の耳にも届いていただろう。泰次郎は三四〇名の犠牲者を悼みながら非道な暴力に対して憤りを感じ、「肉体の悪魔」の最後で張沢民に「日本帝国主義は私たちの永遠の敵にきまつてゐぢやないの」と吐き捨てさせたと考えられるのである。

4

一九五六年四月二五日、全国人民代表大会常務委員会は、罪を悔いている戦犯に対しては寛大な処理と免訴をするという方針を決定して通達した。その結果「犬で尊い人命を奪う日本鬼子」「脳味噌の黒焼き」の作者は、一九五六年七月一八日の第二次免訴で釈放され、それから間もなく無事に帰国することができた。他方「集団屠殺」の作者は、さきに紹介した虐殺事件以外にも七件の事件を起こしており、被害者とその親族からの控訴一二件、目撃証人からの控訴七年、遺骨鑑定書一件、調査材料二三件におよんでいた。一九五六年六月二〇日に実刑一一年（勾留通算）の有罪判決を受け、有罪判決を受けた他の戦犯とともに撫順《フーシュエン》戦犯管理所に移送されて、一九五九年七月九日に刑期満了で釈放されている。これほど重大な事件を起こしたので極刑はまぬがれないと考えていた戦犯たちは、中国政府の寛大な処理に感謝した。帰国後は「中帰連」（中国帰国者連絡会）を結成し、反戦平和と日中友好を掲げて活動している。山西省人民検察院に遺された『我們所走過的道路』の草稿を見ると、「被害者の苦悶状況をもう少し具体的に書くこと」「事実即経過ではなく『事実』を尖鋭化に！」と注意書きされた紙片が何枚も貼付されており、極刑を覚悟しながらも収容者ができるだけ正確かつ客観的に自己の行為をとらえようとしていたことが分かる。過去の戦争をありのままにとらえようとする努力は、現代の私たちが責任をもって受け継ぐべきことである。

（参考資料）

「集団屠殺」

山西省太原市内と其の周辺に駐屯していた独立混成第四旅団独立歩兵第一三大隊（太原駐屯警備部隊）は旅団長少将津田守彌の一貫した中国人民屠殺の方針「日本から新しく来た将兵には必ず中国人を斬殺あるいは刺突する機会を与えその度胸試しをしなければならぬ」と云う「訓令」を実際に一九四二年七月二十六日と八月初めの二回に亘つて行つた。

それは昭和十六年度徴集現役兵三百四十名の第一期教育検閲課目の仮標刺突を実的刺突に変え、祖国の為に斗つて来た中国人民約三百四十名を無惨にも集団屠殺したのである。その中には、八路軍の幹部、戦士、工作人員、婦人、抗日大学の学生及び一部抗日軍将兵などが含まれていた。この人達は、この年の五、六、七月にかけて行われた日軍のC号作戦（晋冀魯豫辺区作戦と南部太行作戦）中抗日の為勇敢に斗つた人々であつた。当時独立歩兵第十三大隊第四中隊少尉小隊長兼大隊機関銃教育初年兵集合教育教官であつた。私はこの集団屠殺の検閲官安尾正綱大佐の少尉補助官として、又自らがこの中の約七十名の集団屠殺を直接指揮し中国人民の尊い鮮血を身に直接あびた殺人鬼である。

（一）

一九四二年七月二十六日の朝、検閲官である大隊長安尾正綱大佐は山本春江《ママ》大尉以下、私をも含めた補助

旧日本軍の司令部がおかれていた太原師範学院。

太原市上馬街にあった日本人学校の大和小学校跡。

官を集合させ、今回の受験課目仮標刺突は実的即ち中国人捕虜を使用して行うことになつたと伝達した。

私は常日頃から旅団長の言つている「太原の様な都会にいると仲々実的刺突は機会がないから、初年兵に一回でもこれを経験させておかねば実戦の役にたたん」との言葉を聞いていたので、今回の処置は全く時宜に適した良い方法だと考えながら出発の時間を待つていた。

八時半頃、私達は二台の自動貨車に分乗して検閲場である太原市小競馬場へ向つた。小東門を出ると競馬場を中心に厳重な警戒がなされ重苦しい空気が漲ぎつていた。これは今日の集団屠殺の罪行暴露と捕虜の逃亡を懼れてのものであつた。

受験場に到着して見ると、競馬場の西北角には大隊教育主任小池中尉の指揮下に太原工程隊（とは名のみでその頃苛酷な重労働を課し或る時には採血、生体解剖、細菌実験に利用される捕虜収容所）より労働に行くのだとだまして連れ出され今将に生命を断たれんとする約百名の捕虜を厳重な警戒の下に一カ所に集められていた。

九時第一中隊の初年兵約五十名の検閲は学科から始められた。そして九時二十分頃初年兵の実的刺突準備の号令は下された。先ず約五十名の捕虜を殺人地点の西方二十米の所に誘導待機させ、その中から七、八名を組みとして殺人地点にひきたてた。捕虜達は後ろ手に縄でくくられ両膝を地につけて二米間隔で一列横隊に立たされた。その前方約十米の所には銃剣に武装された七、八名の兵達が捕虜と同じ隊形で相対して立つている。

検閲は開始された。私は検閲官の近くで兵の刺突要領を検査した。第一回目初年兵は銃剣を構えてこの生きた何の罪もない人々に向つて駈けだした。ヤァーと獣の様な叫び、心臓部は突かれ血は見る見るうちに被服を染めていく。真赤な血断末魔の悲痛な叫びをあげてあおむけにばつたり倒れ死んでゆくもの、肋骨をつかれ剣先二、三糎位しか刺さらず身をよじり苦痛と憤りの眼で兵をにらみつけて毅然として立つているもの、この苦しい憎しみの場所から逃れんと必死になつて抵抗している。検閲場は一瞬、生地獄と化していつた。鬼のような安尾正綱大佐はこれを見て教官にやり直しを命じた。

今日の成績にあくせくとしていた教官柴田少尉は、兵隊や助教助手に責任があるかのようにどなりつけた。助教助手も又初年兵に向つてどなつている。そのうちヤキモキした柴田は自ら、失敗した兵の銃剣をとつて「こうやるのだ」と急所をそれて苦しみ血だるまとなつて転倒している捕虜をグサツとあおむけのまゝ地に突き刺した。助教助手も又死の直前の苦しみにあえぐ捕虜に対して同じように突いた。

安尾は満足そうに、鬼の笑いをうかべてこれを見ていた。私もこの惨酷なやり方を見て恥しらずにも教官以下の動作は教育者として適切なものであると、ほめたたえた。そして反面考えたことは俺の教育隊の検閲の時はこんなろくに刺突のできないような失敗を繰返すまい何とかして全員が一と刺しの下に捕虜を刺殺する事ができるようにしよう柴田少尉のように叱られては大変だと自分の教えた兵隊の検閲を考えていた。又一方心を落ち付ける為に、私は俺の教育した兵はこの一中隊の兵より元気旺盛だし、そんな失敗はしないと自ら誇つたりしていた。

鬼畜の如き安尾は満足そうに第二回目の刺突を命じた。こうして次から次へと約五十名の祖国解放のために斗つてきた勇士達は、恥知らずの極悪無道な日本兵によつて祖国の栄ある将来を見る事なく恨みに燃えて殺されていつた。殺された人々は更に鬼共によつてすぐ近くの地隙の中にひきずり落とされ、土や石を投ぜられて埋められた。

こうして一般歩兵四個中隊がかわるがわる同地付近で集団屠殺を行い、この日ついに約二百二十名の中国人民の生命が日本帝国主義の走狗共の手に依つて失われたのである。

（二）

二百二十名の尊い人血と涙が、まだ乾かない一ケ月後の八月初旬またもや約百二十名の集団屠殺が行われ、その内約七十名は、この私の手により執行された。捕虜収容所の殺人的な給与と酷使の下でさんざんに痩せおとろえさいなまれてきた人達や日本軍との激しい戦斗で捕虜となつた、約五十名の抗日大学の女学生達がその対象であつた。この日の朝、私は早くから起き落ちつかない気持で自分の教育した、七十名の機関銃隊の初年兵の検閲をなんとかして優秀な成績で終らしたいと考えていた。然し検閲場に着き抗日意識の強烈なそして今正に生命を奪われんとする際にも少しもひるんだ様子を見せない、りんとした女学生達の雄々しい姿を見て、一瞬これでは前回の屠殺時に於ける第一中隊の初年兵の様に失敗するのではないかと動揺したが、既に人間としての良心を失つていた私は検閲官の安尾正綱大佐は前回と同じ計画と要領をもつて悪魔さえも顔をそむける残忍な短剣術による実的刺突を命じ、午前十時近くになつて準備は終つた。間もなく開始されようとする緊張した空気を破つて二、三名の女学生は昂然と胸を張り眼を大きくみひらいて何ものをも恐れず鬼共を睨みつけながら「中国人民万歳！」「日本帝国主義打倒！」と天にも響かんばかりに叫んだ。その声は私を初め鬼共を驚かし警戒兵は不意をつかれて狼狽し、めがくしをしてから刺突しようと布切れを慌てて取り出しはじめた。しかしこの女学生達は憎悪に燃えたまなざしで首を振りはねのけた。我国保衛の栄えあること叶の為に献身する若き乙女達の高貴な品質は日本の鬼共を圧倒した。何事か起るのではないかと息づまる。不安な空気の中で私は刺突を命じた。

第一回目毅然たる女学生の姿に圧倒され既に落ちつきを失つている三、四名の兵達の手許は狂つてしまつた。急所をはづされ仰向けになりころがり苦しみ血の中に叫ぶ人、苦痛をこらえて身を起こしぬれた髪の毛を横にふつて日本帝国主義を、のろい叫ぶ女性のカン高い声は場内に響き渡つた。

荒れ狂つている私は安尾正綱大佐の不機嫌な顔を見るが早いかオドオドし真青になつている兵のところに飛んで行き「馬鹿者何たるざまだ、この八路は我々の戦友を殺した敵ではないか、そんな事でどうして皇軍の使命を果せるか、敵愾心を持て」とどなり散らし自ら軍刀を抜き刀尖でついたのを見るやぼうぜんと立つていた兵の一名から短剣をうばいとり逆手にもちかえこうしてつくのだと女学生の心臓部をついて「どうだわかつたか」と兵達にどなり散らした。こうして血だるまになりまだ生きている女性達に対し兵は狂つたように襲いかかり二回三回……と突き、殺してしまつた。

私は教官としての処置が如何にも適切で優秀であると検閲官から見ているだらうと考え実に残忍性をつのらせ一班、二班……と次々に刺突を命じ又私は試射を兼ねて兵隊達の士気をあげようと考え拳銃を時々取り出して呼吸する毎にブクブク血泡をふいている、捕虜達の頭にぶち込んだ。こうして凄惨な空気はあたりを覆い血の海の中に約七十名の人命は私の手によつてうばわれていつた。そうしてこの凄惨極まる屠殺は午後又歩兵砲教育隊初年兵によつて続けられ更に約五十名の人達は殺害されて行つたのだ。

註

山西省人民検察院では、樊瑞亭外事弁主任に閲覧の許可をいただき、調査に協力していただきました。また通訳・翻訳は耿非祥山西省国際旅行社日本部総監のお世話になりました。両氏に厚く御礼申し上げます。

（1）国友俊太郎「戦犯の手記はこのようにして生まれた」（『中帰連』第三号、一九九七年一二月）
（2）山西省人民検察院編著『偵訊日本戦犯紀実』（一九九五年、新華出版社、四九四頁）
（3）孫鳳翔「太原戦犯管理所始末記」（『中帰連』第三五号、二〇〇六年）

参考文献

山西省人民検察院編著『偵訊日本戦犯紀実』（一九九五年、新華出版社）
吉開那津子『消せない記憶』（一九八一年、日中出版）
永富博道『白狼の爪跡』（一九九五年、新風書房）
奥村和一『私は『蟻の兵隊』だった』（二〇〇六年、岩波書店）

6　田村泰次郎の文学

一　田村泰次郎の戦時書簡

1

文学を志す者ならだれしも、後世に名を遺すような傑作を書いてみたいと思うだろう。だがひとたび名声を博すると、それ以後の創作活動の幅を狭めることもある。マスコミによる宣伝が効きすぎて、ある特定のイメージを一般読者に持たれてしまうからである。そのイメージを壊して新しい作風を確立するには、傑作を執筆したとき以上の力量を要するし、すでに得た名声を失うリスクを覚悟する必要もある。

田村泰次郎といえば、すぐに「肉体の門」を思い出すであろう。「肉体の門」は「群像」（一九四七年三月号）に掲載された中編小説で、〈肉体作家〉として田村の名を一躍有名にしたヒットだが、荒廃した世相に便乗した風俗作家というレッテルが貼られてしまった。

小説の舞台は敗戦直後の東京。「爆弾で粉砕され、焼きはらわれた都会は、夜になると、原始に還る」。焼けビルの地下室に棲む娼婦たちは夜ごとに「凄惨な狩り」をはじめる。猛獣が獲物を狙うかのように「自分で客を見つけ、自分を売る」。彼女たちの間には、金銭を要求せずに自分の肉体を与えてはならないという「群れの掟」があった。

あるとき仲間のマヤが伊吹新太郎という復員者に恋愛感情を抱き、掟破りの形で肉体関係を持つ。それが仲間に知られてしまい、はげしいリンチを受ける。だが薄れてゆく意識のなかでマヤは「たとい地獄へ堕ちても、はじめて知つたこの肉体のよろこびを離すまい」と心に誓う。彼女たちは肉体関係を「生きんがための闘い」としてとらえようとするあまり、実はまだ「肉体のよろこび」を感じたことがなかったのである。

小説の最後は、宙吊りにされたマヤの肉体が「十字架の上の預言者」のように「荘厳」に見えたという印象的なシーンである。そこには〈思想や精神ではなく肉体を解放することこそが人間の解放を導く〉という泰次郎のモチーフが象徴されている。応召して五年三ヶ月、戦争の惨禍を目の当たりにした経験がそのような考えを抱かせた。人間の本質を徹視するシリアスな眼差しは、マスコミが喧伝した風俗作家としてのイメージとはまったく対照的なものであったといえよう。

2

〈肉体作家〉田村泰次郎が生まれた背景には、五年三ヶ月におよんだ従軍体験がある。作品はもとより新聞や雑誌の取材を通じて泰次郎は戦争を語った。それらは流行作家のエピソードとして巷間の話題に上ることも多かった。そこですでに活字になったものではなく、まだ紹介されたことのない資料を使って作家泰次郎の素顔に迫ってみようと思う。

三重県立図書館には、泰次郎が戦地から母に送った手紙がある。戦時中、軍の郵便物はすべて憲兵が検閲していたので、本心が正確に記されているとはいい難いが、手紙の中から母を想い、故郷を懐う気持ちがよく伝わるハガキを選んで紹介してみよう。

ハガキ　消印なし
（差出人）支那派遣力第三五九一部隊　田村泰次郎　軍事郵便
（受取人）三重県四日市々東富田宮町　田村明世様

母上から一月二十二日附のおたより頂いて以来、一向おたよりなく、心配で仕方がありません。何か変つたことでも出来たのでせうか。小生元気です。この度朝日新聞の記者とみんなで写真をとつて貰ひました。三月中には郷土版に載ることと思ひます。富中出身で小生より一年先輩で、伊藤重信といふ桑名郡の人が、こちらで中尉でゐられるのに逢ひ、久しぶりで富中の話をしました。坊さんださうです。服部、母袋さんたちは訪ねて行つて貰つたでせうか。大分暖くなりました。どうぞお元気で

右のハガキには消印がなく日付も書かれていないために、いつ発信されたのかは不明である。出征した当初、泰次郎が配属されたのは、華北地域の警備治安を任務としていた独立混成第四旅団独立歩兵第一三大隊であった。差出人住所が前線の部隊になっていることや、戦況が逼迫している様子も感じさせないことなどから、右のハガキが書かれたのは、泰次郎にとって軍隊生活の初期ともいえる一九四一、二年の三月頃と推定される。泰次郎はハガキの冒頭で「一向おたよりなく、心配で仕方ありません」と郷里の母に嘆いている。中学時代

から剣道部で鍛え、堂々たる体躯を持っていたことを考えれば、意外なほど気弱な言葉といえよう。ハガキではさらに、「富中」の一学年先輩で桑名出身の伊藤重信中尉と会い、久し振りに母校の話をしたと書いている。戦地にあって心温まるひととき、軍隊の階級差をこえて一緒に故郷を懐かしんでいたことが分かる。戦後マスコミによって作られた大胆不敵な文士のイメージとはまるでちがう、本当はナイーヴな性格がよく伝わるハガキである。

つぎにもう一葉、同じく母に宛てたハガキを紹介しよう。

ハガキ　消印なし
（差出人）山西省太原市首義門通東方劇場内　貞方林太郎
（受取人）三重県四日市々東富田宮町　田村明世様

富田中学焼失の件、何とも残念に存じます。皆様の心中御察し申し上げます。尚、永井賢治といふ十九才になる男こちらより訪ねて参るかも知れませんが、いい加減にあしらはれ、金などお渡しにならぬやうお願ひ致します。こちらでも相当被害を蒙つた向もあるやうです。
ではお元気で

このハガキも消印がなく日付も書かれていないため、いつ発信されたのかは不明である。差出人住所が「東方劇場」とされ、差出人の名前も変名になっていることを考えれば、司令部直属の宣撫班に転属した後に発信されたのであろう。泰次郎が言及している「富田中学焼失」は、一九四三年一二月にあった事件なので、一九四四年の年頭に書かれたハガキであったことが分かる。『四日市高等学校百年史』によれば、このとき校舎六棟、二八室が炎上したという。富中関係者にとっては、まさに痛恨の一事であっただろう。短い言葉ながら彼も「何とも残念に存じます」と記し、遠く離れているものの同じ悲しみを共有していることを伝えている。さらに書面には詐欺師のような男が登場し、実家に被害がおよぶ危険を警告している。これは戦時中の混乱を表す象徴的なエピソードといえよう。

このように泰次郎は戦地にあって母を想い、故郷を懐う気持ちをハガキに記している。ではつぎに時間を遡って、彼が青春の日々をすごした富田中学時代をふり返ってみよう。

3

一九一一年一一月三〇日、泰次郎は三重郡富田町東富田一九六番地に生まれた。父の左衛士は富田中学校校長を務めていた。県内屈指の名門校であった同校を一九二九年三月に卒業する。富中二六回生、同級生にはプロレタリア詩人の鈴木泰治がいた。卒業後は泰次郎が早稲田、鈴木が大阪外語と東西に別れてしまうのだが、武田麟太郎が主宰した「人民文庫」という進歩的文芸雑誌に携わって、二人はともに創作活動を展開することになる。

富田中学の校友会が編集した「会誌」は現在、四日市高校同窓会事務局に保存されている。五年生のときに発行された第三六号（一九二九年三月）には、彼の手になる文章が二篇掲載されている。「Marucus　Aurelius との対談」と「第二回諸兵連合演習に参加して」である。

六ページにおよぶ前者では、ローマ五賢帝の最後の皇帝となったマルクス・アウレリウスに想いを馳せる。後期ストア哲学の代表作『自省録』を引用しながら「理智の上に建てられた宿命感とは暗い星の下に於ける重い鉄鎖の連続」であるとペシミスティックな感慨を語っている。

神戸・富田・桑名中学・泗商が合同で実施した軍事演習に参加したときの感想文が後者である。昂揚した気分のままに「愉快だつた！／これこそ私達の最も切実な心の叫びではなからうか」と記した。

また在学中、泰次郎は剣道部の主将を務めていた。彼が大活躍する様子は「会誌」同号掲載の「剣道部部報」から推測できる。一九二七年度の上野中学校武道大会には富田中学校を代表して派遣され、四人抜きを達成し三等賞を授けられた。それ以後は剣道部大将として主要大会を転戦する。「会誌」には彼の勇姿がつぎのように報じられている。

君は我が部の覇将、勢州ポプラの銀城に虎踞し威名赫赫「北勢の白袴」として近県の剣士達に神のごとく恐れらる

「北勢の白袴」という異名を持っていたとは、いかにも興味深いエピソードである。泰次郎は当時の部活動を題材にして『選手』（「新潮」一九二九年四月）という小説を創作している。県内剣道大会の前夜、選手の処分を検討する職員会議に抗議して寄宿舎の二階一室に部員たちが立て籠もる。個性溢れる中学生の群像が活写されており、逞しい創作意欲が感じられる好篇になっている。

4

戦後の文壇で早稲田五人衆と呼ばれた作家グループがあった。富田中学の先輩丹羽文雄を中心にして石川達三、火野葦平、井上友一郎、泰次郎たちが集まって、文壇内に一大勢力を築いていた。だが「肉体の門」の強烈なイメージのために、泰次郎は自分が決して望まないスタイルの小説を書き続けることを強いられた。その結果、彼の文学は全体像が正しく評価されないまま放置されてきたのである。ひとたび、そのイメージを払拭し、とらわれのない眼で作品に接することができたなら、非道な暴力によって支配される戦場を描いた作品の本質がつかめるであろう。

富田中学校二六回生が生誕九〇年を迎えたことから二〇〇三年八月三一日、四日市市文化会館第三ホールでイベントを開催した。「三重の文学者たち——田村泰次郎を中心に」と題した大河内昭爾氏の講演会に続いて、シンポジウム「旧制富中の若き獅子達とその行方」を開き、津坂治男氏が田村泰次郎、岡村洋子氏が鈴木泰治を紹介した後、清水正明氏が富中にあった文化的土壌を詳細に明らかにした。

（「田村泰次郎　母・故郷を恋う兵士時代」、「文化展望四日市」第二〇号、二〇〇三年）

二　田村泰次郎への旅——抗日戦勝六〇周年山西省陽泉を訪れて

二〇〇五年九月三日、抗日戦勝六〇周年記念式典が中国全土で開催された日、私は山西省陽泉を訪れていた。石炭をはじめ鉱産資源が豊かな同省の第三の都市陽泉は旧日本陸軍独立混成第四旅団司令部がおかれていた。

戦時中同省では鉱産資源の支配をめぐって旧日本軍と八路軍、国民党軍閥の閻錫山軍との間で激しい戦闘が繰りひろげられた。陽泉市内の南西にある獅脳山頂上には一九四〇年八月にあった百団大戦の紀念碑が建てられている。私は小雨が降るなか一、〇〇〇の階段を三〇分かけて登り見学し、その威容に驚かされた。

百団大戦で壊滅的な打撃を受けた旅団の補充要員として現地に送られたのが小説家の田村泰次郎であった。戦後「肉体の門」で一躍大ヒット作家となる泰次郎は当時二九歳、中国大陸で五年三ヶ月の従軍生活を送る。出征後、旧制富田中学および早稲田大学の先輩丹羽文雄の推挙があって左権県の前線の部隊から司令部直属の宣撫班に転属になる。陽泉市街にあった公館に八路軍捕虜と起居をともにした生活をもとにした小説が「肉体の悪魔」で、コミュニストの高い意識のみならず肉体の魅力を備えた中共軍女性捕虜との交歓の日々が描かれた名作である。

当時泰次郎は情報部調査班班長をしていた洲之内徹と出会う。彼もまた女性捕虜との愛情を「棗の木の下」という小説に描いている。たとえ多くの犠牲者を伴った戦闘の敵同士であっても、戦争の罪悪を正しく認識し民族解放の意義を理解する相手なら愛し合える男女がいた。プロレタリア文学の最後の拠点とされた雑誌「人民文庫」に作品を発表した泰次郎も、プロレタリア美術家同盟員であった洲之内も兵役に就く前に治安維持法違反の容疑で検挙された経歴を持っていた。ちょうど今の季節は農家の庭先には棗が実っており、高い竿を使ってそれを落とす人々の姿が印象的であった。

二〇〇五年四月、秦昌弘氏と共編で日本図書センターから『田村泰次郎選集』（全五巻）を刊行した。司令部で情報将校と接触することが多かった泰次郎は、軍内部で秘匿された一般住民に対する虐殺や慰安婦などの情報を入手することが比較的容易な立場にあった。後年それらをもとに創作した「春婦伝」「裸女のいる隊列」

りである。「青鬼」「蝗」などの小説は戦場で何がおこなわれていたのか、その真相を知る手がかりになる重要な作品ばか

泰次郎が長い従軍生活を終えて復員した直後の心境を表現したのが「渇く日日」である。彼は戦後まもなく復興熱に浮かれはじめたことを批判し、その軽薄な風潮に「日本民族の人間としての貧しさ」を感じとっている。なぜ誤った戦争を起こしたのか、その原因をきちんと考えることが大切なのであって「安易な平和愛好論」を唱えるだけでは日中双方の犠牲者に対する真の追悼にはならない。泰次郎の「日本民族は再びときが来れば同じ悲劇を繰返すに相違ない」という言葉は、今なお重く受けとめるべき警告であろう。

（「日中文化交流」第七一二号、二〇〇五年一一月一日）

三　劉震雲『温故一九四二』と田村泰次郎『蝗』の比較——人民の視点に立つ抗日戦争期の文学

田村泰次郎の小説『春婦伝』（一九四七年）を原作とした映画『暁の脱走』（一九五〇年）は〝反戦映画〟として名高い。戦時中は満洲映画協会の専属女優として国策映画に出演していた李香蘭（山口淑子）が主演したことも耳目を集めた。原作と映画に共通するテーマは、暴力的な抑圧と排除によって隠蔽されていた日本軍の欺瞞を、軍の底辺におかれた朝鮮人慰安婦と一兵士の視点から告発することであった。しかし谷口千吉監督は占領軍総司令部の民間情報教育局によって七回も脚本の書き直しを命じられた。後に日本映画の巨匠として名を馳せる黒澤明も脚本の共同執筆者であったが、四回目以後は降板している。民間情報教育局の検閲官によれば、この作品は「多大の煽情的場面を含み、性でアクセントをつけられた反戦映画」で、全体として慰安婦の煽情

的な面が強いのに比して、反戦の主張が弱いという。そのために最終的には、李香蘭が演じる主人公の女性は朝鮮人慰安婦ではなく日本人慰問歌手として映画に登場することになった。だが検閲官は、反戦思想を効果的に伝えるためには、罪のない日本兵が日本軍の犠牲になったことを描くだけでは不充分で、実際には、彼らよりもはるかに苦難を強いられた中国人民の犠牲を描くことが必要であると指摘した。

戦意高揚のために兵士の勇姿を描いた戦争文学は世界各地に数多く存在する。その一方、〝厭戦〟的な感情を基調として、自己の意思とは無関係に召集され戦地に送られた兵士の死を悼む作品も多い。だが私は、中国内陸部の太行山脈に遺されている抗日戦争の旧址を歩き、〝儘滅作戦〟によって殺戮の対象とされた中国人民の姿を抜きにしては本当の意味での反戦文学は描けないと考えるようになった。砲火の下で甚大な被害を強いられる人民の視点は、単に〝厭戦〟的な感情では済まされない戦争の実相をとらえるからである。

二〇〇七年四月、田村泰次郎の小説『蝗』（「文芸」、一九六四年）の舞台を取材するために河南省を訪れ、河南師範大学の劉徳潤教授にお会いすることができた。『蝗』は一九四四年四月、京漢鉄道打通のために華北地方一帯の日本軍が黄河を渡って南下し、国民党軍と交戦した河南会戦を描いた戦争文学の作品である。遺骨を納める白木の箱と朝鮮人慰安婦を前線の部隊に輸送するという命令を受けた軍曹の視点から、日本軍の暴力に満ちた実態が告発されてゆく。

劉教授によれば、国民党軍が敗北した陰には、当時三〇〇万人が餓死したという河南省の大飢饉があり、人民の視線から蒋介石の国民党政府を批判した劉震雲の小説『温故一九四二』（「作家」、一九九三年）の存在をご教示いただいた。また河南省で抗日戦争時代に創作された民謡「水旱蝗湯」は、水害と旱魃、蝗に加えて、私腹を肥やすために苛斂誅求な租税を課した湯恩伯を諷刺する内容である。

このような大飢饉の惨状におかれた河南省を描いた二つの小説『蝗』と『温故一九四二』の比較を通して、人民の視点に立つ戦争文学の可能性を考えてみたのである。

文学は読者の想像力を頼りにして読み継がれる。だが現代の日本人にとって、抗日戦争時代、中国人民に強いた犠牲の甚大さは想像をはるかにこえるものである。いかにすぐれた作家の筆であっても戦場を到底描きつくすことはできない。むしろ描かれていないもののなかに、すなわち日本の文学が決して描こうとはしなかった中国人民の姿に戦争の真実が含まれているのではないか。〝戦後的な価値観〟が揺らぎつつある現代の日本社会では、戦争自体を悪とする公式的な観念を提示するだけではなく、いかに〈個人〉が良心を忘れて〈集団〉的な暴力が行使されていたかという歴史に向き合う必要があるだろう。他方、絶大な権限を集めた〈個人〉のために、いかに〈集団〉が絶望的な飢餓に苦しめられていたかという歴史を知ることは、抗日戦争時代の中国の一面を知る手がかりになる。一見すれば対照的な両国であるが、歴史のあらゆる局面で犠牲を強いられる人民の視点に立って作品を読み進め、議論をはじめることは、中国と日本の相互理解を深めるための第一歩になるにちがいない。

（北京日本学研究センター二〇〇七年国際シンポジウム「二十一世紀における北東アジアの日本研究」予稿集から抄録）

四　代表団での訪問を終えて——隣国を愛することからはじめよう

二〇〇六年一〇月八日午前一〇時、安倍晋三首相の政府専用機が滑走路を使用していたために、私たちが搭乗した全日空機は約五〇分遅れで成田を離陸した。日本の首相としては五年ぶりとなる訪中を、中国政府は歓迎し、「人民日報《リエンミンリーボー》」は大きな見出しに「破氷《ポォービン》」という言葉を使って首脳会談の再開を祝した。私たちは黒井千次団長をはじめとする上條恒彦、宮川木末、杉本一成、吉田多最、戸室道子の諸氏七名の日本中国文化交流協会の一行で、一〇月八日から一七日までの九泊一〇日、北京を振りだしに雲南《ユイナエン》省麗江《リージャン》・大理《ダーリー》・昆明《クエンミン》・広東《カントン》省広州《グァンユー》を訪問する予定であった。

普段、強硬な対中政策の発言を聞かされている私たちには、今回の安倍首相の訪中が〈表向き〉の親善であるようにしか感じられなかったが、断交していた中国を訪問すると発表し世界中を驚かせたニクソン大統領も反共保守派に属する米国共和党の政治家であった。〈裏〉ではどのような思惑がめぐらされていたのかは分からない。しかし国民に対して、自国を愛することを勧めるのも結構だが、それ以前に〈世界市民〉の一人としての自覚を持ち、隣国との友好関係を発展させることの大切さを強調してほしい。

北京の初日、中国人民対外友好協会の歓迎夕食会で、陳昊蘇《チンハオスー》会長は、中国人は〈恨み〉を晴らそうと思って、過去の記憶を語るのではない。ただ犠牲になった無数の人々を悼み、再び戦争を起こさないための〈戒め〉にするために語るのだ。八路軍の兵士として武器を手にとった人たちも普段は平和に暮らしている農民であった。決して日本人を憎んで闘ったわけではないと仰った。

さらに翌日、鄧友梅《ドォンユーメイー》中国作家協会名誉副主席のご自宅を訪問した。強制連行によって山口県徳山市で労働させられていたころの話をうかがっていると、鄧先生は突然「ハンマー」と大声を張り上げられた。当時日本語が分からなかった自分にハンマーを持ってこいと現場監督が怒鳴って殴りつけた。その怒声は今も鼓膜のなかに残っていると語ってくださった。

今回の旅行では、多くの素晴らしい方々にお会いする機会に恵まれたが、私にとって、両先生のお話はとくに心に残るものだった。今の日本人がどれほど心のなかで想像しようとも、歴史の体験者に直接聞かなければ決して得られない重い言葉であった。

田村泰次郎は中国で山西省を中心にして五年三ヶ月にわたって従軍し、自分が見たこと、聞いたことをできるだけ正確に表現しようとしていた。私は小説に描かれた通りの時間と場所にでかけ、かつて革命根拠地といわれた太行山脈の奥深い村々を訪問しながら、抗日戦争時代の証言を多くの人々から集めている。両先生のお話とともに、彼らの証言を日本に伝えたいと思う。

(「日中文化交流」第七二七号、二〇〇七年一月一日)

Ⅳ　資料紹介　田村泰次郎「和平劇団日記」

「NOTEBOOX」薄紫・布張の手帳には、中国共産党軍の太行山劇団第二分団の俘虜たちを利用して旧日本軍の宣撫活動をさせた和平劇団に関する一九四一年六月二三日〜九月一六日までの日記が付されている。一九四〇年一〇月に山西省晋中市左権県の独立歩兵第一三大隊第三中隊に配属された田村泰次郎は、翌春、山西省の炭鉱都市陽泉にあった独立混成第四旅団司令部直属の政治工作班（宣撫班）に転属した。営外の街中にある公館で中国共産党軍の捕虜たちと起居をともにし、和平劇団の監督および制作者の立場から芝居の練習から上演に至るまで劇団運営の業務を一手に引き受けていた。日記のなかには片山省太郎旅団長が公演を見学に訪れたという記録もある。

「政治工作班編成表」（一九四一年八月一三日）を見ると「班長 中尉 勝川正義（憲兵一 下士官二 上等兵一 一等兵三）」、「日本兵八 日本人軍属一 中国人一八」ある。このとき泰次郎は一等兵である。手帳の表紙裏には「検閲済 陽憲」という印が押されている。

この資料は三重県立図書館に所蔵されている「田村泰次郎文庫」の一つで、鈴木昌司氏（三重県立四日市西高等学校教諭）が翻刻した資料をもとにしている。□は判読不明の文字、［ ］は推定で補った部分。

和平劇団日記（「NOTEBOOX」薄紫・布張、タテ二〇センチ×ヨコ一五センチ、縦書き）
和平劇団 十六年夏「検閲済 陽憲」（印）

〔資料 孔版〕
政治工作班編成表 昭十六・八・十三

区分	階級	氏名	摘要
班長	中尉	勝川正義	
憲兵	軍	小林芳俊	
伍		車谷　薫	
長		浅井信夫	
上		小林一郎	
一		田村泰次郎	
		山中吉美	
		河村義平	
新民会日系		鍋田　博	
先鋒隊長		新井茂平	
新民会華系	通訳	韓春秀	
〃		李讐全	
〃		尚金生	
先鋒隊		李財	
〃		□立明	
〃		張世英	
〃		廉従礼	

和平劇団日記

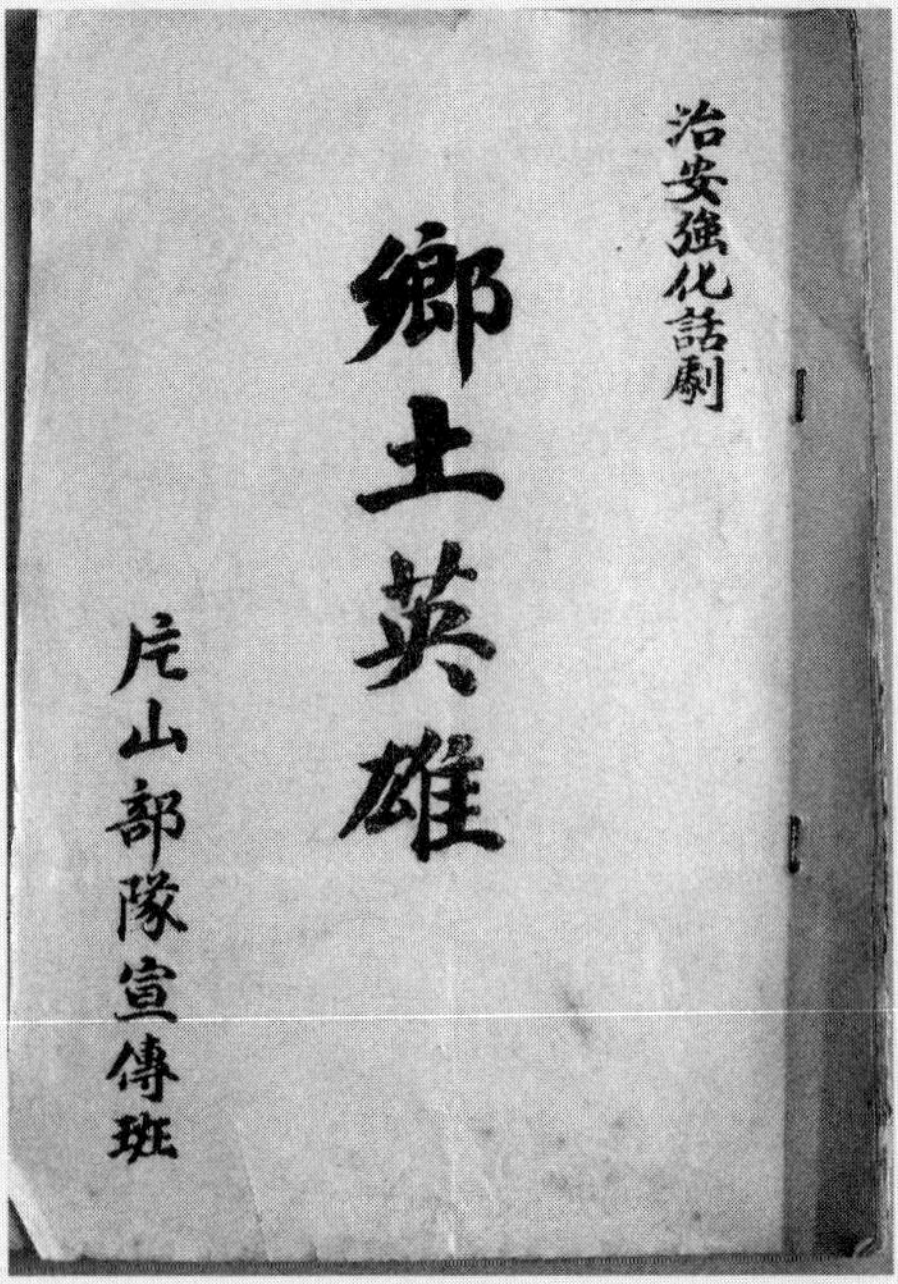

郷土英雄

和平劇団日記

〃　張埼
〃　強世文
〃　李現和
〃　王愛享
〃　高青山
〃　李華富
〃　卜培雲
〃　李吉良
〃　栄刀云
〃　趨保秋
〃　李連書
張復生（中原会戦捕虜）山東人
中央軍陸軍第五集団軍所属第十二師司令部中尉
李九貴　山西軍　伍長

六月二十三日、昔陽巻峪溝（昔陽西方四二粁）警備隊で一ケ月前（五月二十三日俘虜）に捕へた敵第三専員公署所属の劇団（太行山劇団第二分団）の団員十名来る。女二名。少年一名。陽泉劇場で、勝川少尉ら一寸芝居させて見る。善木曹長と自分、町へ昼食をたべさせにつれて行く。よく食ふ。麺を四枚食つたのもゐた。あまり汚いので、はじめて見たときはおどろいた。山から山を毎日猿のやうに歩いてゐたとか。芝居は月二、三回、廊のやうなところや、高台で催すらしい。後は日本軍に迫はれたりして、山嶽地を遊動してゐたらしい。食物もひどかつたと。事変以来三年間つづけて来てゐて、総勢三十五名とか、旧劇の大一座なり。夜、軍楽隊の演奏、陽泉クラブであるので、つれて行つて、聞かせる。

六月二十四日、野戦倉庫へ彼らをつれて行つて、粟、白麺を受領する。戦斗で負傷した少年（左腕の貫通）と足部化膿の青年とをつれ、軍医部で治療を頼む。彼らの軍隊式訓練にはたまげた。十五才の少年も五十才の老頭児も、一様に整列する。

六月二十五日、勝川少尉、精勤教育に通訳をつれて出かけたらしい。支那茶を五十銭買ひ、彼らに与へる。劇団長の鄭にいつて置いた劇団員の姓名表が出来てゐる。(1)

〔資料　手書き〕太行山劇団第二分団姓名表（十四名）

職制	姓名	年齢	性別	籍貫	学歴	備考
団長	李浴橙	二〇	男	昔陽県城裡	高級小学校肄業	兼任旧劇指導
隊長	鄭彦根	二三	男	和順県串村	太原私立友仁中学肄業	兼任音楽及歌詠指導
団員	畢世寛	二〇	男	和順県南関	高級小学校肄業	話劇演員

	馬小五	二〇	男	和順県后略村	初小三年	旧型劇演員
	郭慶泰	二一	男	五台県郭家寨	高級小学校肄業	話劇演員吹笛子
	馬来田	一五	男	和順県北関	初級小学校読書	舞踏
	超二元	三〇	男	太谷県東閑	読書五年	旧型劇演員
	王沢民	一八	女	和順県西関	高級小学校読書	話劇演員
	南玉英	二〇	女	楡次県東巷村	未曽読書但疎通文字	話劇及旧型劇演員
	張抔礼	四二	男	河北省井陘県南張城	未曽読書	旧型劇音楽打鼓板
	李成合	五八	男	楡次県小越村	未曽読書	旧劇音楽拉胡芦
事務員	笹魁文	三〇	男	昔陽県皐落鎮	読書一年	
火夫	曹月仝	五四	男	和順県東関	未曽読書	
	朱宝玉	三五	男	河北省南楽県朱家村	未曽読書	

六月二十六日、

特ムキ関の軍属の人（もと僧侶とか）、毎日、勝川少尉に頼まれたとかいつて、精勤訓練するらしい。煙草をこつそり持つて行つてやる。

酒賀通訳と行き、彼らをして、それぞれ故郷に手紙をかかせるやうにする。便箋、封筒は、北京の李香蘭君の家から贈られた支那式のもの。彼らの役に立つならば、便箋、封筒も生きるだらう。すこしづつ、自分になついて来る。

六月二十七日、

朝、軍医部へ、治療患者二名をつれて来る途中、街で、玉葱と、芹のやうなもの五十銭買つて与へる。彼らの囊中一文もないのを考へると、可哀さうで仕方がない。

六月二十八日

今日は本部営庭で戦没将兵の慰霊祭があるので、軍医部へ、治療患者をつれて来るのは午後にする。朝、彼らの宿舎へ行つてそれをいふと、おとなしくうなづく。今日は殊に腕が痛むといふ。この暑気で、化膿が悪化したのだらうか。

自分の顔を見て、すこし笑ひかけるやうになつて来た。うれしい。彼らのためには、自分は一兵士ではあるが、出来るだけのことは、してやりたいと思ふ。

「毛三爺」の脚本を渡す。話劇は不得手だといふのを、下手でもかまはんといつて、やらせることにする。夕方、午後九時頃、彼らのところへ行き、全部つれて、陽泉の街を歩き、河原へ行つて、遊ぶ。まだ明るい。灯のついた街へ、杏を小夜子と姑娘とに、五十銭山中が与へて、買ひにやる。それを買つて来て、みんなに分ける。杏を食ひながら、黄昏れて行く河原で、歌をうたふ。みんな、本当に楽しげにふるまふ。南、王、両女、抗日歌「黄水謡」、それから「送情郎」をうたふ。

ハーモニカを四個、太原へ頼んであつたのが来たので、与へる。彼らは早速それにとびついて吹きだした。

七月一日
言葉のわからない支那人の劇団をつくりあげるのは骨が折れる。けれども、自分は何んな努力をしても、こいつを物にしたい。敵側では総員三十五名から四十名近くゐたらしい。月一回ぐらゐ芝居をして、あとは山を移動してゐたといふ、その執拗な民族意識を、自分はかへつて頼もしく思ふ。今日はじめて、拙い支那語で、日本人と君たちとは、朋友でなければいかんといふ。
歌の本を買つてやる。
夜、酒賀通訳と一緒に、彼らを河原へ連れて行き、稽古する。雨上がりの河原では、濁流が唸りながら流れてゐる。その石ころだらけのところで、「毛三爺」を稽古する。自分は、何もかも鄭（劇団長）に任せて、いはない。いろいろ、演技の上でもいひたいことがあるけれど、支那人の舞台での習慣、約束もあるだらう、当分何もいはないことにする。演技する彼らは本当に楽しさうだ。いつもの憂鬱さうな顔付も、そのときだけは消え、笑ひ声など高らかにひびく。

七月二日
昨日、鄭に、背景、道具類の必要品を書き抜いて置くやうにいつて置いたら、今日早速書いてゐる。つぎのやうだ。
支那芝居の道具は平定東門裡和義成といふ店に行かなければないらしい。

七月三日

夜、新民会へ来て、「毛三爺」をやる。「新カンティン」をつくつて来る。

七月四日

独ソ開戦を知つてゐる。どこで誰に聞いたのか。新聞を見せ、独ソ国境地帯の地図を見せると、片仮名でモスコーを書いてあるのが読めない筈なのに、「モスク」と指さしている。彼らの赤色教育も相当なものらしい。「現代文学」を送つて来たのを見て、中国の現代文学について何かいふ。

今日は幕について相談した。

歌をつくつて来たといつて見せる。例によつて譜がついてゐる。

「我們奮闘在亜洲上」

我們奮闘在亜洲上

在這児看到英美的瘋狂、看到共匪的搗乱：在這児看到黄族的危難、看到人民的可憐。

我們的歌声、我們的吼声、是為求東亜的和平：為建立東亜的新秩序。我們奮闘在亜洲上。

我ら奮はん亜細亜に在りて

英米は狂気に触れ、共匪は乱脈を棲む　黄族は危難に瀕し、民族は可憐を極む

我らの歌は、我らの声は求めてやまず、東亜和平、挙りて建てむ、新秩序

我らは奮はん、亜細亜に在りて

七月五日
「和平劇団」といふ名に、きまつたさうだ。将校の人たちが相談して、投票で決めたらしい。ほかに、晋中劇団、「東亜劇団」「滅英劇団」といふ名もあつたさうだ。「和平劇団」といふ名も、すこしぼんやりしてゐるやうに思つてゐたが、それにきまつたとしてみると、案外はつきりしてもゐるやうだ。

七月七日
事変記念日。劇団員の食糧、明日一日で全部なくなるとのこと。支那楽器を商務会から借りて来て、支那劇をやる。喧しい音楽だけれど、中国人のこれを好むは想像以上なものあり。沢山の支那人あらはれ、自分は殆ど、片隅に存在を失ひさうであつた。はいつていけない、民族のちから、――さういふものを感じて、寂しくなつてゐた。打ちのめされた気持。けれど、新しい勇気となる事起さう。

七月八日
今日、民需物資ノ伝票ヲ貰ツテ、野戦倉庫へ白麺、小米ト取リニ行ク。
夜、横田中尉、勝川少尉、新民会デ、劇団員ノ稽古ヲ見ル。

七月九日
勝川少尉、犬飼一ト兵ト劇団員ノ靴ヲ買ヒニ行ク。(2) 一足二円五十銭ノヲ、沢山買フトイフノデ、二円二十五銭二負ケル。劇団員ニ聞クト、敵地区デハ一足十五円カラスルサウダ。二月デ三円五十銭ノ被服手当ガアツタサウダケド、トテモ手ニ入ラナイ。劇団ニハ、モト鞋ヲツクル人間ガヰテ、カレガ縫ツテヰタサウダ。
夜、風呂ニツレテ行ク。

七月十日　今日ハ、彼ラノ故郷へ出シタ手紙ノ返事来ル。三名（馬来田、王沢民、馬小五）デアル。夜、劇団用ノ扉幕ノ模様ニツイテ、議論スル。犬飼「姑娘ノ胡弓ヒクトコロドウカ」田村「山中ノ農民タチガ見ルノナラ、モウスコシ何カナイカ。滅共反英ノ闘争的ナモノニスルカ、ソレトモ、楽土ヲ現スモノニスルカ」「ミンナソレゾレ生業ヲ楽シンデヰルトコロヲ、影絵ノヤウナキリ抜キ式デシタラドウカ」「支那人ハ働イテヰルトコロヨリモ、クウタリウタツタリシテヰル方ガ楽土ダラウ。何ンセ阿片ヲ吸ツテ寝転ンデヰルノガ一番極楽ダラウカラ」「駱駝ガ並ンデヰルトコロハドウカナ?」「イヤ、駱駝、驢馬ハ敵地区ノ輸送機関ヂヤナイカ。コチラハ汽車、火車デ、モツパラソレガ輸送力豊富トイフコトデ、楽土ノ象徴ニナルノデハナイカ」

七月十一日
今日は、白塩がよいといふ。明日は早速白塩を買つてやらなければならない。粟、白麺、青菜に調味料といつては、塩だけだ。この辺の住民は、これでよく栄養が保てるものである。とにかく、彼らにとつて、塩は必要欠くべからざるものらしい。今日隊長の書いたものにも、敵地区では塩がろくに得られないといつてゐるところを見ると、塩は貴重品らしい。

〔資料　手書き〕和平劇団作息時間表（夏季）日課表

1　起床　六
2　早操（散歩或深呼吸）　六・三〇―七
3　発音　七・一〇―七・三〇
4　自習　七・三〇―八
5　早飯　八
6　唱歌　九―一〇
7　上課　一〇―一二
8　午飯　一二
9　午睡　一―三・三〇
10　排演（劇・舞）　三・三〇―六・五〇
11　晩飯　七
12　音楽練習　八―八・四〇
13　練歌　八・四〇―九
14　自習　九―九・五〇
15　睡覚　一〇

	月	火	水	木	金	土	日
10—11	日語	日語	日語	日語	日語	日語	休暇一日
11—12	舞台常訳	音楽常訳	自然常訳	戯劇常訳	美術常訳	衛生常訳	

七月十五日

昨日から、朱、もう一人、不要なので、どつかで使つて貰へるか、帰してくれないかと劇団長にいはれる。置いて置いても仕方がないといふのであるが、新しい人員をそれだけ入れれば、劇団がそれだけ拡充されるわけである。勝川少尉殿、善木曹長殿に話したところ、何とかするといふ。帰りたければ帰してもいいとのことであるが、一人は河北省で、とても帰れない。一人は昔陽県人である。

劇団用の伝単、プログラムを楊に書かせて、印刷屋で刷らせる。

今日から、自分のつくつた治安強化脚本「郷土英雄」を稽古する。十八日には閣下はじめ大人数に見て戴くらしい。脚本は通訳の人たちと鄭とが三日かかつて訳した。

畢、今日は腕が痛いといふ。馬小五、五日間便通なしといふ。帰りに馬小技は「サヨナラ」と日本語ではじめていつた。

今日、稽古中に自分の襦袢のボタンがとれた。それを見て、南はすぐと針と糸とをだしてつけてくれた。この間、自分がやつた針と糸だ。彼女たちは、これで、犬飼一卜兵の画いた劇団の徽章（丸い中に和平とセピア色で抜きだしてある）を、黒く染めた帽子に縫ひつけた。

七月十六日

今日は新しい衣装を与へる。

七月十七日

畢の痛みますます烈しいといふ。今日は軍医部の診断に患者が多く、それを待つまに、強気な彼が泣きだしさうにしてゐた。煙草をすすめると、「不好」といふ。鄭と、松脂、色粉、毛糸などを買ひ廻る。酒精は軍医部より貰ふ。ウイスキの瓶に入れる。松脂と酒精とで、何か顔料を制作するらしい。毛糸はないので、羊毛（黒、白）を貰ひ、鬚をつくらせる。夜、稽古。痛みの中に、畢、熱演。「郷土英雄」もセリフをすでに覚えて熱演。暗い灯の下で、紅槍の朱さ閃く。

〔資料　活版〕和平劇団首次大公演目次（裏面　歌詠歌詞）

反共話劇「毛三爺」　李恕忠作

毛三爺―畢世実
毛夫人―王沢民
毛子　―馬来田
毛女　―南玉英
張媽　―趙二元
八路軍正太大隊長―馬小五
副隊長　　　　　―鄭彦楨

強化治安世話劇「郷土英雄」捩亜作

陳捩華（自衛団）―畢世実
高―（々）馬小五

劉──（々）趙二元
朱子桂（村長）鄭彦楨
偽県政府吏員──郭慶泰
敵工作員──南玉英
陳母──王沢民
旧型歌劇「新釘缸」鄭彦楨
張大──趙二元
王員外──曹月全
王翠英──南玉英
八路軍──馬小五
歌詠
我們奮闘在亜洲上
和平反共小調
明朗世界
合力輿東亜
舞曲
航空舞（馬来田）

〔資料〕和平劇団成立第一回公演ニ際シテ　代表　鄭彦根

七月十九日
昨夜は犬飼一ト兵背景幕で徹夜、山中一ト兵と自分とは準備に終日走り廻る。

七月二十日
今日は初日。三時開演がまだ人が来ないと心配しても、時計を見ると、また二時だ。二時半にもまだ半分も来ない。今日は小陽泉で、廟会があり、支那芝居（旧劇）があつて、その方へ民衆が行つてゐるらしく、すこしはすくないかも知れないと、新民会の人がいふ。最初の日だから、彼らの意気をあげるためにも、客が一人でも多く来てほしい。勝川少尉も、ちよつと心配さうだ。楽屋で、汗だくの中に扮装はじまる。はじめ、楽屋へはいつておどろいた。何もかもきちんとしてゐて、いかにも三年間、敵地区でやつて来たことがわかる。鄭が生活隊長とあつたが、その意味がわかる。ソヴエトの訓練方法なのかも知れない。ドイツではさういふ言葉がありさうだ。つまり生活指導者といふ意味だ。日本でも生活指導部といふのが、翼賛会にあるらしいから、さういふのが、世紀の欲求なのだらう。つまり、けれども、彼ら中国人の生活指導といつても、われわれ軍隊の規律からいつたらまだ生ぬるいものであるが、一般中国人、それも山間僻地の老百姓の間にさういふものがあるといふことが、注目すべきこと。みんな元気で、演目すすむ。三時開演の頃は、案ずるまでもなく、満員。商務会長、衛公署長、警察署長、塩務局長も来る。
劇場内割れるやうな熱狂のうちに、終る。

二十一日

今日も三時から開演。入場人員八百名（中国人）

二十二日　今日は片山閣下が見られる。(3) 午後七時半開演　閣下は七時四十分から約三十分、恰度「新釘缸」を見られる。今日は兵隊だけが見ることになつてゐたのだが、定刻になると、中国人がどんどん押し寄せ、下士官席にとつて置いた二階の左側から下の方を一杯に占める。定刻すぎ、続々と兵隊来る。すこし暑い夜ではあるが、立錐の余地もない大入満員に、場内はむせて呼吸ぐるしい。今日はまた全員熱演だ。畢は痛いのを我慢して頑張つてゐる。夜はねてから、明朝七時半、平定に出発、そこで演ずるやうにと、勝川少尉殿からいはれる。帰つて寝たのが十二時。

二十三日

六時半起床すると、すぐ軍医部へ行き、衛生兵に頼んで薬を貰ふ。今日は支那の便衣で行けといはれ、便衣に銃を［担］いだ姿で、トラツクに乗る。山［黒］さんに、拳銃を持つて行けと渡される。一台のトラツクがうまく行かず、途中故障を起し、遂に善木曹長は、車の前にまたがつて、ガソリンをつぎつぎ、坂道を走る。出発八時過ぎ九時、平定につく。新民会次長の野崎さんが小生はいろいろ世話してくれる。小生は腹を毀してゐるのでうどん一杯で我慢する。百三十度の炎天下で、熱演。県知事の広播放送致辞がある。「治安強化」の熱弁。興亜促進隊の連中の口演。楽屋で、南が小さな箱を抱へて、それに顔を寄せ、何かぶつぶついつてゐるのを見る。雀をここへまで持つて来たのだ。すんで、県公署へ行く。途中、「漢准陰侯韓信下越駐兵処」といふ碑を見る。大分石摺りをとつたらしく、碑の表面が黒くなつてゐる。超（直隷、河北、山西にまたがる国）を降したとき股くぐりの韓信の駐兵した遺蹟らしい。県公署の県知事の部屋の前庭には幾抱へもある大木がある。聞くに、「唐朝から」と、案内の吏員答へる。県知事に逢ひ、劇団員に寄附をくれるといふので立ちあふ。県知事は藍？林《ママ》といふ名だ。帰りは別のトラックで、五時半帰隊。拡声器の調子もうまく行つたが、山中一卜兵、善木曹長、安井一卜兵は、汗だくになつて、ホームライトと取つ組んだ。

七月二十五日、

寿陽へ行く。今日も便衣。千人針を［袴］子に巻きつける。貨車に荷物を積み込み、劇団員と一緒にごろごろ横はる。車に乗るとき、「こら、早くはいれ」といつて、地方人に、うしろから押された。兵隊と知らないらしい。汽車の中で、彼らは汽車に乗るのがはじめてらしく、「漁光曲」、「囚徒」「松花江」を唄ふ。合唱高まり、貨車の中にひびき渡る。朝の間の美しい陽ざしが、貨車の中まではいりこんで来る。昼近くなり、やうやく灼熱となり、峨峨たる山岳地帯を、列車はのぼつて行く。灼けて輝く赤土。岩の肌。十二時寿陽着。街中が蘇省長歓迎で賑はつてゐる。今日は治安強化運動民衆大会のあることをはじめて知る。私たちはその日の催しの一つとして、急にこちらへ廻されたのだ。相変らず南は雀の箱を持ち歩いてゐる。今日は城内の廓で演じる。畢を新民会の施療所へつれて行く。綾部軍曹、木田次長など世話して貰ふ。善木曹長殿、今日は中国人巡査に咎められる。にやにや笑つてゐる。「これで黙つてゐればもういいんだ」と。夜、連絡をとると、七時、娘子関へ行くことになつたといふ。

七月二十六日
装甲列車にて、まだ明けやらぬ山地を走る。寒い。青草に蓋はれた大地表の美しさ。無蓋車で寝る。陽泉で、饅頭や、乗車券の手配に、松井、人見ら苦心してくれる。新民会のボーイは、百人分饅頭を持つて来てくれる。白羊野で、荷物を乗せた貨車を切離したので、下車。瓜を食ふ。モーターカー、来て、自分だけ資材、劇団員と先発、娘子関へ行く。二時間ほどして、装甲車来る。残りのもの来る。太原の愛路少年隊が天幕露営をしてゐる。舞台が貧弱だといふのを、そんなことはどうでもいいといひきかす。林檎と杏の合の子のやうな味のする、小さな林檎を食ふ。美しいプール。泳ぐ、芝居は成功。

六月《ママ》二十七日
十一時の交通列車で陽泉に帰るといふので、娘子関へ行き、みんなで写真を撮る。陽泉に帰り、今日は御馳走しようといふので、福順旅館で、白(パイ)酒をのみながら鱈腹食ふ。敵地区では、酒が飲めないといふので、アルコールに対して抵抗力がないのか、みんなすぐと酔つてしまひ、就中、×酔《ママ》つて、手がつけられない。「みんな、お前たち、共産党の癖に表面だけ装つたつて駄目だ」といふ。と通訳さんの話。察するに、彼の平素の行動なども照らし合せて見ると、彼は生れつきの芝居好きなのが、それで抗日劇団が組織されたときひつぱられたのだが、思想的な頭はないが、演技には自信がある。それを、イデオロギーだけの連中が(その中には鄭のやうな存在もあるだらう)彼らを抑へつけてゐるのが敵地区にゐるときから癪にさわつてゐるのだらう。問題は深く、複雑だ。雷雨あり。夜、上社鎮襲撃の報はいる。

二十七日
今日は日曜日、一日休養。趙はどうしてゐるかと思ふ。郭、鄭、畢とつれだつて、治療に来たけれど、何もきかなかつた。鄭は急性血膜炎。

二十八日
朝になつて、勝川少尉から、今日は山中一人が新民会鍋田、ケイさんたちと昔陽へ行けといはれる。自分は残される

〔資料〕鄭彦根作詞並ニ編曲 和平反共歌謡集(日訳)和平劇団
〔資料 手書き〕新編 歌詞 一冊 鄭彦根編

政治工作班
宣伝班兵二
憲兵一
配属兵三
先鋒隊一七
俘虜(逆用)二三 劇団一四 馬夫一三

七二名
馬　一三頭

八月十四日
今日は部隊が行動を起す日、陽泉は午後八時から交通遮断。(4) 政治工作班は今夜十二時出発。和平劇団も一緒だ。昔陽新民会の先鋒工作隊、憲兵、劇団、宣伝班が、政治工作班要員だ。暗黒の人通り絶えた街を出発する。私は、明日の朝六時の自動車で、勝川少尉と、出発。銃のさきに、白布をつけた伝騎が義々と飛び、いまや大作戦の幕のきつて落される瞬間、蜿蜒とつづく大兵力。

八月十五日
暗いうちから、夜明けのつめたい風をついて出発。閣下の後方に車に乗る。戦闘司令所の出発だ。盂県着。午前十時。途中、彼ら劇団員の戦闘部隊と共に行動してゐるのを追ひ越す。みんな手をあげて合図する。彼らの間隔は三十米もあいてゐるところがある。徹夜の行軍の疲れが、顔に出てゐる。小孩は車上の私を見て、暫くの間、追ひかける。乗せてやりたいけれども、何とも出来ぬ。道に、兵隊ごろごろと寝転んでゐる。盂県につくと早速ろ営にかかる。新民会に行き、劇団員、先鋒工作隊、捕虜の宿舎をきめる。午後彼らつかぬに、戦闘司令所は、状況によつて、上社鎮に出発。馬で先行してきた鍋田氏と、勝川中尉殿は汽動車で出発。政治工作班を迎へ、宿舎、給与の世話をする。みんな元気そうだ。政治工作班は劇団部を残して、同夜中一時出発。昔陽から三日三晩の行軍（約四十里）に、同情する。

期日　　場所
八・一七　東関
八・一八　大賢村 二〇支里
八・二〇　下鳥河村　一五支里南
八・二三　南河村　一〇支里西
八・二五　孫家庄村　一〇支里東北

八月十六日 休養。

八月十七日 東関で芝居をする。

八月十八日
大賢村へ行く。治安地区といつても、いつも敵がはいつてゐて、敵にも税金をとられてゐるといふ、華北の特殊地帯。今日も先県の県警備隊が、敵基幹遊撃隊と戦闘して迫つぱらつたといふところへ乗りこみ演じる。距城二十支里。日本人としては、自分と県顧問の普天馬氏の二人。廟で民衆大会。孟県知事、高邦隆は相当豪塊な男にちがひない。廟の上から見ると、青々とした高粱、麦、草が繁茂し、その間に便衣の幾名の警備隊が、部落の周囲、要処に立哨してゐる。家は、両方に税金を納めてゐるので、疲弊しつくしてゐるらしい。青い梨をくれる。さつきまで、敵が工作してゐた部落民に、こんどはこちらがはたらきかけて行く。まつたく、執拗な民衆獲得戦である。今日の支那事変の最も特色的な面だ。

八月十九日。

休養。新しい劇の練習。夜、勝川中尉殿より明日陽泉より団長来るとのこと。

八月二十日。

今日は雨模様。三時出発。雨の嫌ひな中国人だからと思つたが、下戸河村（距離十支里）に行きしばらくすると、鐘を鳴らせて、近郊から民衆があつまつて来た。このとき、便衣の警察隊が二人の男をつかまへて来る。一人は敵の農会長、で今日会合に出席する途中を捕へたとのこと、もう一人は、日本憲兵隊の密偵を詐称して、部落の良民を脅かし、金品を強要してゐた者。県長、その他、県公署の役人や区長、新民会の中国人の演説があつて、和平劇団の舞台となる。

帰ると、李浴愷、向山君たちにつれられて来ている。南のうれしさうな顔、走り込む彼女の顔がぽつと赤くなつてゐる。その夜の団員の楽しげな空気。私はらうそくを二本余計に与へた。

八月二十一日、

鄭と李と呼び、今日から二人で、劇団の責任を持つて貰ふことをいふ。李が団長、鄭が生活隊長。厳正な生活を強ひる。李、新作の旧型劇を書き下す。「花燭の夜」新婚の夜といふのだ。八路軍に掠奪された良民の娘が、婚礼の夜、貞操を守つて、自殺する話らしい。早速、猛練習。盂県城の東関や南関から、音楽をやる者、三名ばかりあつめる。みんな農民だ。山西にはどこに行つても、支那芝居をやる者があり、音楽をやる者がゐる。どこの村にも、衣裳や楽器がある。彼らはふだんは百姓をしてゐて、廟の祭りとか、さういふときに、三日間位ぶつつづけに芝居をする。さういふときは、近くの村から、或は五十支里もある村から見に来て、親類縁者をたよつて、そこに泊まりこんで、芝居を見物するのである。食物としては粟やたうもろこしの粉を持つてゐるだけだ。

八月二十二日
勝川中尉殿からの命令で、上社鎮の拡声器の放送要員として二名、姑娘を探してさしだすやうにとのこと。早速新民会の人たちと話し、新民小学校の女教員、張玉蓮と田普蘭をだすやうにして、呼んで来る。十九才と二十二才、どちらもどんなところへつれて行かれるかと思つて、恐れてゐる。よくいひきかせて、李通訳に附添つて貰つて、午後三時出発。団長に作らせた山の中に隠れてゐる敵と民衆とに対して帰来を勧告する文を五種、共に持たせてやる。
終日猛練習。

八月二十三日
天気很好。彼らは六時に昨日から起きてゐるらしい。朝起きるともう朝食［給］つている。鄭作曲作詞の「怒吼吧！　老百姓」（吼えろ、老百姓）といふのをつくつて来る。敵に「怒吼吧！　黄河」といふのがあるのを聞き、「怒吼吧！　老百姓」といふのをそれに対抗してつくれといつたのは半月も以前である。やうやくそれが出来た。共産軍の暴虐を歌つたものだ。今日は南河村行き。午後二時半出発。距城十支里。南河村ではまた敵工作員二名と部落の不良分子とが警備隊にとらへられてゐた。滹沱村の偽県公署から最近偽第二区公所に命令されて来たものが、部落の状態がわからないので、部落の不良分子が案内して、部落をまはつてゐるとき、中国警備隊につかまつたのださうだ。一人は区公所の［助］［理］員ださうだ。高県長は、敵の顔をはりつけた。戦闘的な県長だ。第二次治安強化運動の白熱を思はせる。火を吹くやうな民衆獲得戦だ。厳重な警戒裡に、公演終る。

八月二十四日

上社鎮へやつて、女教員の姑娘たち帰つて来る。毎日二回、朝と晩（九時まで）山のトオチカへ、徒歩で三十分のところをあがり敵と民衆へ放送したといふ。「辛共、辛共」といふと、「没有辛共」といふ。髪や肩に、土塊りが一杯。顔が陽に焼けてゐる。上社鎮の帰来民約三百といふ。政治工作班の活躍めざましい。河村、写真を撮りに来てくれる。

二十五日

今日は、孫家庄村の公演だ。昨夜、孫家庄村の隣の村に、八路軍が二十名ほどはいつて来て、村長、副村長、役員など六名、ひつぱつて行つたと情報がはいつた。距城八里のところで、そんなことがあるとは、早くいつてくればいいのに、みんないふ。村長は毎日寝ところをかへ自分の家で寝てないのだが、村の内通者が案内するのだ。県知事と一緒に午後二時出発。開演中、警察隊、便衣で来る。十支里のところで、戦闘して来たといふ。敵は歩哨だけでも十名ほど、山の上に立つてゐたといふ。部落民の情報がなかつたので、歩いてゐると突然山の方から打たれたのだといふ。損害なし。警察隊と警備隊と交代で、民衆大会の警戒だ。今日は、河村と兵隊は二名だ。「新燭夜」をはじめて上演。赤絵具を口に含んで、八路軍に扮した馬が、花嫁の南の顔に吹きかけたので、（あまり沢山吹きかけすぎ）衣裳から何からまつ赤になり、民衆の拍手物凄し。開演後、村民が炊きだししてゐてくれて、麵を用意してゐてくれるといふので、折角の厚意と思ひ、みんな自動車に荷物を頼み、五名の警戒員と（うち二名しか小銃なし）、食事をする。一里半のところに敵の相当な部隊が戻り、今日は、ここに民衆大会があり、県知事が来、和平劇団が宣伝に来てゐるとすぐに密偵報が敵にはいつてゐるだらうから、いまみんな警戒員も帰り、和平劇団だけが食事中とでも報告がはいると、急襲して来るかも知れない。食事をするために残り、例へ一名でも傷いたり、つれて行かれたりしたとあつては、自分の責任がたたぬと思ひ、いい加減に食事をして帰る。高粱や、粟の茂みに、基幹隊でも二、三十名眼を光らせてゐるかも知れない。けれども、我々は八支里の道を、夕陽を浴び、「漁光曲」を歌ひ、抗日歌の「黄水謡」を改造した、「赤禍恨」を歌ひ、やうやく県城に帰つて来た。部落の子供たちは夕陽に映える南、王たちの色あざやかな服に限をみはつてゐた。途中、河村一ト兵が、いろんな場面を写真にとる。夜、二時までかかり、勝川中尉殿より命じられた上社鎮民衆に与へる、「和平劇団観覧券」を、鄭、馬、郭の三名と、謄写板で一板つくる。明日、河村に上社鎮も持つて行つて貰ふつもり。

八月二十六日

朝の自動車に乗りおくれて、河村明日、上社鎮へ行くといふ。

八月二十七日
今日は、暫く上社鎮方面に出るので、県城東関でお名残に、打つ。演し物は、「新釘缸」「父与女」「花燭夜」観衆約二千名。

八月二十八日
自動車で上社鎮へ行く。午後九時出発。十一時着。午後、帰来民をあつめて、演劇。河の向ふの廟にて。約五名あつまる。八路軍の捕虜三十名観覧。中原会戦の捕虜すこし先輩顔にて、新しい捕虜を指図す。本日、武器(銃、手榴弾)を持つて、帰順せる二名の八路兵民衆の前にて賞与を高野警護より与へらる。

八月二十九日
つづいて、同じ場処にて演劇。今日は、五百名ほどあつまる。夜、勝川中尉、大串中尉殿たちと話す。

八月三十日
今日は更に前線の下社に行く。ここは割合に帰来民多く、会衆八百名。[吉]田部隊長の訓示あり。劇五つと跳舞、歌詠を全部見せる。午後六時終了。すぐと自動車にて帰る。沿道水清く、樹多く(とくに胡桃(アメリカ(□るさう□)多く、)青い胡桃の殻を割り、白い実を食べながら帰る。すつぽんもゐる。なつめの青い実をも、劇団員ら争つて、林の中に入り、樹をゆすつて実を落し、食ふ。土民はすつぽん持つて来る。新民会三宅さんの世話になる。この人の部屋に盂県では、寝起きしてゐたのだが、いひそびれて黙つてゐた。

八月三十一日
今日は八月の終りだ。光陰真に疾矢の如し。第二回村長会議を、帰来民収容所で、勝川中尉殿たち行ふ。戦闘司令所、嵐の前のしづけさといふ感じ。暴風眼か？　明日は中社行きとのこと。

九月一日
歩いて中社に行く。自分は馬で行く。草ぼうぼうたる釈迦寺で、演劇。良民たち、草を刈る。ここは、十数日前まで、八路軍の十六団××《ママ》旅の宿営してゐたところらしく、壁に、標的が書いてあり、現員表などがかけてある。帰りは、土砂降り。みんな濡れ鼠となつて帰る。

九月二日
河で洗濯。

九月三日　馬フン《ママ》村へ部落検索に行く。

九月四日

大賢村西溝へ、行く。今日も馬。長い河原を十八支里も行く。雉子多し。李荘にて検索。敵の宣伝物書類、木銃など押収して帰る。明日、盂県へ戦闘司令所移動の命令下る。梱包を遅くまでする。

九月五日

朝七時、政治工作班、捕虜、を見送り、宿舎へ来て休む。自分らは高野軍曹たちと、午後一時の自動車で行くことになる。劇団姑娘、老頭児、病人、捕虜の全民通信社記者（上海復旦大学二年修業）など載せる。羊を殺して昼飯をとる。八路軍の女兵など、一生懸命に料理す。戦闘司令所の主力が去つたあとの粛條たる気分。住民、どんどんはいつてくる。物凄い彼等の圧力のやうなもの。午後一時、出発。午後四時、盂県着、行軍部隊も一時間遅れて着く。

九月六日

城武村へ行く。援護は先鋒工作隊、勝川中尉は馬。自分たちは徒歩。支那里で八支里。天気清朗、残暑の草いきれ。女たちは牛車二台に、劇団の荷物と一緒に乗る。工作隊の中原会戦の捕虜たちは、部落に散つて、和平救国の文字を八路軍の書いた上へ書く。帰途、高粱畑の細い道を、牛車は揺れながら行く。女たちは、「赤禍恨」や、「漁光曲」を歌ひ、男たちは黙々と歩く。老頭児は、どうもマラリヤらしく、今日はプルブルふるえてゐる。けれども、太鼓を叩くときは、流石にしやんとしてゐる。彼の太鼓は、晋中で有名とのこと、七つのときから、習ひはじめたといふ。まつ赤な夕陽が、山西特有の峨々たる山に沈み、夕映えが、高粱や［包］米の末枯れた葉末をつつむ。全員、便衣の奇妙な部隊は行く。

九月七日
今日は県警備隊へ、劇団の引越し。
中国県警備隊一名戦死、葬式アリ　挺身御冠成仁　気節足励民　為国摘軀不死　精神常昭史冊
義気猶生　死得其所　英貌宛在　英名永震中国　精神猶在人間

九月十三日
東関東坡底で、夜演じる。私は、彼ら若者たちが、一度舞台に立つと、まつたく劇中の人となるのをときどき新鮮なおどろきで見ることがある。二元などは、今日老人になり、若い女になり、最後に壮士の頭になつて、青龍刀で大立廻りを見せた。芸の力といふか、私は自分がまつたく「芸」といふものに関係のない人間でないだけに、彼らのさういふ肉体に圧迫を感じる。立廻りのとき、中国人の惨虐を好むのを知つた。山西梆子だから、山西の特徴かも知れない(5)。(燕趙悲歌の士) 日本なら掛声のあるところ、支那では口笛を吹くのも初めて知つた。
この手品師はふだんは熔鉱廠の工人をしてゐるらしい、どうして大変な玄人だ。老百姓がみな「好!」といつてゐる。それが驚いたことに、箱の中から兎や鳩を取りだした。いままで昨日来てから、私は彼がこんな生き物をその荷物の中に持つてゐるなどとはすこしも思つてゐなかつた。そばにゐる私にも悟らせない周到さ。コクトオだかの文章の中に、何にもないところから自由自在に、鳩や何かをとりだす支那の手品師といふのがあつたやうに思ふが、まつたく私ははじめて、さういふ不思議な芸のたしなみを見た。

私は恐しいことを考へてゐるのだらうか。彼らを武装させて、もつと県城から部落へ出、接敵地区へ食ひ込むこと。もしものとき、一人でも失ふことは、大変な損失ではあるが、結局、大きな効果を考へれば、さうすることがいいことなのだ。

九月十四日　香河村

九月十五日　牽牛鎮

九月十六日　長池鎮

註

(1)「肉体の悪魔」の小野田中尉は、班長の勝山正義中尉がモデルである。田村泰次郎はこのとき一等兵。昔陽は山西省晋中市昔陽県、清漳河の東源地。一九四一年、独立第四旅団は中原作戦（五月七日〜六月一五日）を実施し、南部太行、中条山脈に拠点をおく衛立煌の中国共産党軍を包囲し攻撃した。さらに第二次晋察翼辺区粛正作戦（八月一四日〜一〇月一五日）を実施し、聶栄臻司令官の中国共産党軍を攻撃した。

(2) 猿江上等兵のモデルであった犬飼一等兵が登場している。

(3)「片山閣下」とは独立第四旅団の旅団長片山省太郎中将。

(4) この記述は第二次晋察冀辺区粛正作戦（一九四一年八月一四日〜一〇月一五日）が実施されたことを示している。

(5) 山西拍子劇（陝西省から流行した旧劇の一種）は、ある伝統劇に対する歌の節回しをするシステムの総称。山西省、陝西省の省境に接しているところの山、陝拍子劇から源を発している。節回しの感情や音声が高くて激越であるのはその特徴である。拍子木を敲きながら節回しをする。それから拍子劇が東、南へ進展して、地域によって違う内容の拍子劇になった。例えば、山西拍子劇、河北拍子劇、河南拍子劇、山東拍子劇などがある。

【初出一覧】

本書は左記の論文をふまえて基本的に書き下ろしの論文で構成されている。

「田村泰次郎への旅―中国山西省陽泉と鈴木泰治の潞城」（「人文論叢」第二三号、二〇〇六年三月）
「『田村泰次郎選集』の刊行を機に―『肉体の悪魔』自筆原稿の検討」（「日本近代文学」第七三号、二〇〇五年一〇月）
「田村泰次郎研究（一）―『肉体の門』自筆原稿の検討」（「三重大学日本語学文学」第一六号、二〇〇五年六月）
「『渇く日日』論―中国河北省保定市を訪れて」（『丹羽文雄と田村泰次郎』、二〇〇六年一〇月、学術出版会）
「田村泰次郎『肉体の悪魔』論―中国山西省を訪れて」（「人文論叢」第二四号、二〇〇七年三月）

【本書に掲載した図版の出典】

3頁　「山西省行政区画要図」（防衛庁防衛研修所戦史室『北支の治安戦』（二）、一九七一年一〇月、朝雲新聞社、二四六頁）
47頁　「晋察冀辺区粛正作戦経過要図」（同右書、一八八頁）
67頁　「中原作戦経過概要図」（防衛庁防衛研修所戦史室『北支の治安戦』（一）一九六八年八月、朝雲新聞社、四七六頁）
69頁　「宣撫工作実施要目一覧図」、前掲『北支の治安戦』（一）、七九頁。
99頁　「太行山劇団演出結束後、合影留念」（『太行革命根拠地画冊、山西人民出版社、一九八七年六月、六五頁）
104頁　「南部太行山脈地区敵情要図」、前掲『北支の治安戦』（二）、三五九頁。
137頁　趙洛方編『太行風雨　太行山劇団団史』（二〇〇一年六月、山西人民出版社、口絵写真）

【参考文献一覧】

〈単行本〉

春山行夫『文学評論』（一九三四年七月、厚生閣）

浅見淵『現代作家、卅人論』（十返肇「田村泰次郎の人と作品」収録、一九四〇年一〇月、竹村書房）

『情婦の火』（一九四七年一二月、北辰堂）

林房雄『わが毒舌』（一九四七年一二月、銀座出版社）

田村泰次郎『女体男体』（十返肇「田村泰次郎・人と作品」収録、一九四八年一月、報文社）

青野季吉『好色文学批判』（一九四八年九月、ロゴス）

文庫版『肉体の門・肉体の悪魔』（北條誠「解説」収録、一九四八年九月、新潮社）

『現代日本文学選集』（青野季吉「解説」収録、一九四九年一一月、細川書店）

三好十郎『恐怖の季節〈現代日本文学への考察〉』（一九五〇年三月、作品社）

『日本文学鑑賞辞典〈近代編〉』（村松定孝「肉体の門」収録、一九五〇年六月、東京堂）

『現代小説代表選集』第七巻（北條誠「作品解説──『龍舌蘭』」収録、一九五〇年一一月、光文社）

斉藤信也『人物天気図』（一九五〇年一二月、朝日新聞社）

山田明『近代四国人物夜話』（一九五一年四月、四国郷土史研究会）

荒正人『現代文学総説Ⅱ　大正昭和作家篇』（一九五二年一〇月、学燈社）

十返肇『贋の季節〈戦後文学の環境〉』（一九五四年三月、講談社）

十返肇『五十人の作家』（一九五五年七月、講談社）

文庫版『肉体の門』（十返肇「解説」、一九五六年九月、角川書店）

『現代日本文学選集』第八八巻（臼井吉見「解説─田村泰次郎」収録、一九五八年八月、筑摩書房）

竹内良夫『文壇の先生達』（一九五八年四月、学風書院）

平野謙『文芸時評』（一九六三年八月、河出書房新社）

浅見淵『人と作品　現代文学講座　昭和篇Ⅲ』（一九六四年六月、明治書院）
『現代日本文学大事典』（村松定孝「田村泰次郎」収録、一九六五年一一月、明治書院）
『日本文学全集』第七二巻（山本健吉「解説」収録、一九六五年六月、新潮社）
河上徹太郎『文芸時評』（一九六五年九月、垂水書房）
奥野健男『文壇博物誌』（一九六七年七月、読売新聞社）
『日本現代文学全集』第九四巻（浅見淵「作品解説」、保昌正夫「作品解説」「田村泰次郎入門」「年譜」「参考文献」収録、一九六八年一月、講談社）
『現代文学大系』第六五巻（進藤純孝「解説」収録、一九六八年五月、筑摩書房）
『日本文学全集』第六七巻（小松伸六「作家と作品」収録、一九六九年五月、集英社）
読売新聞社文化部編『戦後文壇事件史』（一九六九年一一月、読売新聞社）
『現代日本文学大系』第九二巻（瀬沼茂樹「解説」収録、一九七三年三月、筑摩書房）
村松定孝・紅野敏郎・吉田凞生編『近代日本文学における中国像』（一九七五年一〇月、有斐閣）
奥野健男『奥野健男作家論集』第三巻（一九七七年九月、泰流社）
『筑摩現代文学大系』第六二巻（奥野健男「人と文学」他、一九七八年七月、筑摩書房）
奥野建男『素顔の作家たち』（一九七八年一一月、集英社）
興晋会『黄土の群像』（一九七九年五月、興晋会）
安田武・有山大五編『新批評・近代日本文学の構造』第六巻（一九八〇年八月、国書刊行会）
青木正美『古本商売　蒐集三十年』（「田村泰次郎著作一覧表」収録、一九八四年七月、日本古書通信社）
池田浩士『文化の顔をした天皇制』（一九八六年一一月、社会評論社）
彦坂諦『男性神話』（一九九一年六月、径書房）
岡正基『三重ゆかりの作家と作品』（一九九三年八月、二角獣社）

三重県立図書館編『田村泰次郎文庫』（一九九四年三月、三重県立図書館）
『高知県昭和期小説名作集』第一一巻（土佐文雄「解題」収録、一九九四年一二月、高知新聞社）
『ふるさと文学館』第二八巻（藤田明「解説」収録、一九九五年六月、ぎょうせい）
藤田明『増補　三重・文学を歩く』（一九九七年七月、三重良書出版会）
中西美世『京の華』（一九九七年九月、扶桑社）
平野共余子『天皇と接吻　アメリカ占領下の日本映画検閲』（一九九八年一月、草思社）
新井利男・藤原彰『侵略の証言　中国における日本人戦犯自筆供述書』（一九九九年八月、岩波書店）
『戦後短篇小説再発見』第二巻（井口時男「解説」収録、二〇〇一年六月、講談社文芸文庫）
四方田犬彦『李香蘭と東アジア』（二〇〇一年一二月、東京大学出版会）
粟屋憲太郎『中国山西省における日本軍の毒ガス戦』（二〇〇二年一二月、大月書店）
志水雅明『発掘街道の文学』（二〇〇三年二月、伊勢新聞社）
石田米子・内田知行編『黄土の村の性暴力』（池田恵理子「田村泰次郎が描いた戦場の性―山西省・日本軍支配下の買春と強姦」収録、二〇〇四年四月、創土社）
佐藤忠男『キネマと砲声　日中映画前史』（二〇〇四年四月、岩波書店）
原仁司『表象の限界』（二〇〇四年六月、御茶の水書房）
内海愛子他編『ある日本兵の二つの戦場　近藤一の終わらない戦争』（二〇〇五年一月、社会評論社）
内田知行『黄土の大地　山西省占領地の社会経済史』（二〇〇五年二月、創土社）
外間守善『私の沖縄戦記　前田高地・六十年目の証言』（二〇〇六年六月）
奥村和一『私は『蟻の兵隊』だった』（二〇〇六年六月、岩波書店）
班忠義『ガイサンシーとその姉妹たち』（二〇〇六年九月、梨の木舎）
米田佐代子『女たちが戦争に向き合うとき』（二〇〇六年一二月、ケイ・アイ・メディア）

清水寛『日本帝国陸軍と精神障害兵士』（二〇〇六年一二月、不二出版）

（雑誌）
「季刊中帰連」（中国帰還者連絡会）
「独旅」（廣瀬頼吾編集・発行）

中国語文献

中共山西省委党史研究室編『侵華日軍在山西的暴行』（一九八六年五月）
『太行革命根拠地史稿』（一九八七年五月、山西人民出版社）
『太行革命根拠地画冊』（一九八七年六月、山西人民出版社）
李乗新他主編『侵華日軍暴行総録』（一九九五年二月、河北人民出版社）
山西省人民検察院編著『偵訊日本戦犯紀実』（一九九五年八月、新華出版社）
中共中央党史研究室科研管理部『日軍侵華罪行紀実』（一九九五年一月、中共党史出版社）
伝建文『太行雄師』（一九九五年八月、解放軍文芸出版社）
喬希章『華北烽火』全二巻（二〇〇一年六月、中共党史出版社）
趙洛方主編『太行風雨　太行山劇団団史』（二〇〇一年六月、山西人民出版社）
行龍『近代山西社会研究』（二〇〇二年二月、中国社会科学出版社）
袁徳金・劉振華編『華北解放戦争紀実』（二〇〇一年一一月、人民出版社）
谷峰『太原抗日風雲録』（二〇〇二年一一月、山西人民出版社）
黄征主編『太原史稿』（山西人民出版社、二〇〇三年七月）
趙憲『不可淡忘的往事』（中国広播電視出版社発行部、二〇〇五年三月）
軍事科学院軍事歴史研究部『中国抗日戦争史』全三巻（二〇〇五年六月、解放軍出版社）
中共保定市委宣伝部・中共保定市委党史研究室『冀中烽火』（二〇〇五年六月、中共党史出版社）

王向遠『筆部隊和侵華戦争』（二〇〇五年六月、昆侖出版社）
王向遠『日本対中国的文化侵略』（二〇〇五年六月、昆侖出版社）
孫東升・王根広編『見証抗日』（二〇〇五年六月）
保定歴史文化専輯編委会『保定歴史文化（第三輯）』全四巻（二〇〇五年七月、新華出版社）
山西省史志研究院・山西画報図片社『三晋烽火』（二〇〇五年七月、山西人民出版社）
岳思平『八路軍』（二〇〇五年七月、中共党史出版社）
宋致新編『一九四二：河南大飢荒』（二〇〇五年七月、湖北人民出版社）
王俊彦『狼犬的終結』（二〇〇五年七月、中国文史出版社）
山西省史研究院編『日本侵晋実録』（二〇〇五年七月、山西人民出版社）
『聶栄臻回憶録』（二〇〇五年八月、解放軍出版社）
陳慶港『二六個慰安婦的控訴血痛』（二〇〇五年八月、北京出版社出版集団北京出版社）
胡錦昌他主編『黄河絶唱』（二〇〇五年八月、湖南人民出版社）
胡錦昌他主編『醒獅怒吼』（二〇〇五年八月、湖南人民出版社）
胡錦昌他主編『血肉長城』（二〇〇五年八月、湖南人民出版社）
王暁栄『国共両党与察哈尓抗日』（二〇〇五年八月、人民出版社）
『太行精神光耀千秋』（二〇〇五年八月、人民出版社）
付杰・付明喜『百団大戦』（二〇〇五年八月、中共党史出版社）
師徳清編『烽火太行半辺天』（二〇〇五年八月、中央文献出版社）
『八路軍将領伝略』（二〇〇六年一月、解放軍出版社）
王全書主編『河南大辞典』（二〇〇六年三月、新華出版社）
邵樹亭『冬去春来』（二〇〇六年七月、山西人民出版社）

あとがきに代えて

田村泰次郎の研究を深めるきっかけになったのは、彼と旧制中学校で同級生であった鈴木泰治という詩人を調べたことである。本書でも記したように、大阪外国語学校で学生運動に参加していた泰治は在学中に検挙され、退学処分を受ける。折しも時代は〈転向の季節〉を迎え、自己に内向する葛藤を寓意的に表現した詩を「詩精神」「詩人」などの詩雑誌に発表する。やがて盧溝橋事件が発生し日中戦争が本格化して国内の思想統制も一段と厳しくなる。思想犯としての前科がある泰治は輜重兵として召集されて中国に出征し、華北地方の戦線に投じられた。しかし日中戦争が勃発して半年後の一九三八年三月一六日に山西省潞城市微子鎮神頭村で戦死する。生前一冊の詩集を上梓することもなく、わずか二六歳の若さで戦死したプロレタリア詩人を悼もうと思い、私は太行山脈の峻険な山道をたどって現地を訪問した。だが現地を訪れてみると、旧日本軍が味方の死傷に報復した「惨案」の歴史を知らされ、戦後七〇年が経た今もなお、家族を虐殺されて悲しみに暮れる老人の涙を眼にした。私は日本にいたときに抱いていた感傷的な気持ちを恥じるとともに、言説や表象の分析に重きをおきがちな昨今の文学研究のあり方を反省し、実証的な研究を疎かにしてはならないと痛感させられた。

泰治が戦死した戦闘は、八路軍の歴史をテーマにした映画やドラマでは「神頭嶺の戦闘」として登場する有名な戦闘で、八路軍が巧みな〝伏撃戦〟（待ち伏せ攻撃）によって旧日本軍を撃破する。泰治は歩兵に比べて軽装備の輜重兵であったために銃器は携帯しておらず、皮肉にもそのために人生最期のときまで中国兵を撃つようなことはなかったと思われる。反戦の詩を創作した泰治の願いは、このようにきわめて限定された形でしか叶えられなかったが、彼の遺志を継承して今日の日本社会に思いおこさせる必要があると思う。

泰治と同じように田村泰次郎も一兵士として他国に足を踏み入れた。足かけ七年におよぶ従軍生活で経験した戦闘は、泰次郎の戦争小説に貫かれる反戦のテーマとなった。四日市に復員して間もない頃に執筆された「渇く日日」（一九四六年一〇月）には、軍服を脱いだ直後の実感がつぎのように語られている。

究極の理想として、あらゆる戦争は反対されなければならぬ。このことは十分にうなづかれることである。死んだ戦友の遺族を前にして、曾根は戦争の惨酷さをしみじみと胸に噛みしめた。けれども、こんどの戦争の目的が侵略であり、平和を愛好する国際間の道義の上から絶対にゆるされぬものであるとしても、この戦争の中に巻き込まれて、それを国家民族のためと考へ、勇敢にそれに自分の生命をささげた者の勇気と自己犠牲とは果して戦争目的と共に否定せられるべきものであらうか。曾根には、終戦後のいまとなつて人々の言説を読んだり聞いたりすると、きまつて「生命が惜しかつた」とか「戦争は儲からぬ」とかいつた安易な平和愛好論が堂々とした正論として唱へられてゐるのは、戦争の圧迫から解放せられた反動として一応うなづけるのだが、やはり日本民族の人間性の貧しさを思はされた。

主人公の曾根は「究極の理想」として「あらゆる戦争」が「反対」されなければならないと首肯しながら、「死んだ戦友の遺族」を前にして「戦争の惨酷さ」を胸に噛みしめた。だが今回の戦争の目的が「侵略」であって「国際間の道義の上」から「絶対にゆるされぬもの」であったとしても、「国家民族のため」と考えて「勇敢に」自己の生命を捧げた兵士の「勇気と自己犠牲」は否定されるべきものだろうかと疑問に感じている。戦後になってから「安易な平和愛好論」が「堂々とした正論」として唱えられているのは、「戦争の圧迫から解放」された「反動」として「一応うなづける」のだが、それと同時に「日本民族の人間性の貧しさ」を感じさせられたという。ここでは戦後社会で疎外される復員兵の口を通して、夥しい数の犠牲者の存在を忘れたかのように戦後復興に没頭していた日本社会が非難されている。このような復員兵の心境は、戦後七〇年を経た今もなお戦没者追悼の方法が定まらず、相変わらず論争の火種となっていることや、GNPが世界第二位の水準に達した社会になってもなお「人間性の貧しさ」は改善されないままであることに対する批判にも繋がる。

右の小説を発表してから一九年後、五四歳になった泰次郎は「戦場と私――戦争文学のもうひとつの眼」(一九六五年二月)を執筆している。ちょうどこの月、アメリカが北ベトナムを空爆し、日本社会が新たな戦争に巻き込まれるのではないかという不安を抱えながら、泰次郎はつぎのように主張している。

結論からいえば、私は戦争反対論者である。いかなる大義名分のある戦争も、私は拒否する。正義の戦争というものは、理論上は成立するかも知れないが、人間の名において、私はどのような戦争もみとめることはできない。それは私が戦争の実体、戦争の実相を、よく知っているからである。どのような正常な頭を持った兵隊でも、戦場においては、人間が変質する。戦場には、人間をそうさせるものがある。戦場は人間の住むところではなく、人間以外のものの生きる場所である。私たちの住んでいる世界とはまったく次元を異にする。

泰次郎は「戦争反対論者」の立場から「いかなる大義名分のある戦争」でもそれを「拒否」すると明言し、「正義の戦争」というものが「理論上」は成立するかもしれないが、「人間の名」において「どのような戦争」も認めることができないという。それは自分が「戦争の実体、戦争の実相」を知悉しているからで、「どのような正常な頭を持った兵隊」でも「戦場」では「人間が変質」してしまうことを目撃したみずからの体験にもとづいて「戦場は人間の住むところではなく、人間以外のものの生きる場所である」とする。ここに示されたような「人間の名」において戦争を拒否するという考え方は、「渇く日日」で吐露された復員兵としての実感よりも一層反戦の主張が明快になっている。泰次郎が晩年になって戦争の描き方を意識的に深めていたことは、小松伸六氏が創作集『蝗』（一九六五年一〇月）に収録された「裸女のいる隊列」を「戦場の目撃者であり、体験者である田村泰次郎の峻厳な反戦文学の傑作」であると評価したことでも分かる。

＊　＊　＊

本書の執筆は多くの方からの協力がなければ到底できなかった。とりわけ泰次郎の作品の舞台となった中国山西省の現地に案内して下さったのは耿非祥氏（山西省中国国際旅行社）である。山西省には西北官話といわれる晋語を中心にして一〇八におよぶ地域方言があるといい、都市と農村との言葉の差が激しい。また中国では沿岸部に比べて内陸部は交通網の発達が遅く、その土地に詳しくなければ予想をはるかにこえて時間を費やしてしまう。耿氏はどんなに奥地でもその土地に案内するだけでなく、何度も同じ場所を往復したり電話や郵便などの繁雑な通信にも労を惜しまなかったりと、手間のかかる私の調査に対して誠実に応じて下さった。彼の

耿非祥氏。向かって右が耿氏。

劉徳潤先生と河南師範大学の大学院生。前列向かって右から２人目が劉先生。

誠実さは、山西省に生まれた三国志の英雄関羽の高徳をしのばせてくれるもので、本書は耿氏の協力を抜きにしては執筆することができなかった。

一九六四年生まれの耿氏によれば、一九六〇年の大飢饉では省内の人々は食べるものがなくなって石まで食べたのを聞いたことがあるし、自分が幼かった頃も食料が欠乏しアワの殻を擦って食べていたが、殻さえなくなってしまうこともしばしばであったという。最貧の頃、母は石を食べて胃腸を壊し、折れた腕は治療もできずに一生そのままであった。娯楽は月一回の映画上演会しかなく、抗日戦争を素材にしたモノクロ映画を日が暮れてから露天の広場で観た。映画のなかで覚えた日本語は「バカヤロー」という言葉で、足が寒かったのを覚えているという。私はこのような話を耿氏からうかがって、高度経済成長をとげた日本の飽食社会に比べて、八〇年代の改革開放の時代まで長く苦難の時代が続いた中国社会の重い現実を感じさせられた。

劉徳潤先生（河南師範大学）は日本研究の泰斗で、日本人以上に日本文化に対する造詣が深い。二〇〇七年には中国では初訳となる「小倉百人一首」の翻訳書を上梓するなど、すばらしい研究業績を次々と発表されている。二〇〇七年に還暦をお迎えになった劉先生によれば、折しも文化大革命の時代、下放されて黄河のほとりで羊飼いと野良仕事をさせられたという。劉先生の言葉の一つひとつには、厳しい時代を耐え抜いた中国知識人の言葉の重みが感じられ、日本の若い研究者には想像のできない労苦の道を歩んでこられたことが推察される。これからも多くのことを劉先生から学ばせていただきいと願っている。劉先生の指導を受けて日本語日本文学を学び、現在は河南師範大学の教員である張文宏氏は二〇〇七年一〇月から半年間、外国人研究者として三重大学人文学部に留学された。

王志松氏（北京師範大学）は大学生のとき以来、数えてみれば二三年におよぶ旧友である。二〇〇七年一〇月に北京日本学研究センターで開催された国際学会で私が「劉震雲『温故』と田村泰次郎『蝗』の比較——人民の視点に立つ抗日戦争期の文学」というタイトルの研究発表をおこなった際、貴重なご意見をいくつもいただいた。歳月を経ても変わらぬ友情で結ばれた旧友のありがたさをつくづく味わうことのできたひとときであった。

＊　＊　＊

泰次郎は復員兵の実感にもとづいて「自分たちの今日の平和が、戦闘といふ苦しい現実を通じて得られたものであるといふことを忘れて、戦争前と同じやうに安易な無責任な自由を追求するのでは、日本民族は同じときが来れば同じ悲劇を繰り返すに相違ない」と警鐘を鳴らした。あたらめてこの言葉の大切さを感じながら筆を擱きたい。

田村美好・青絵両氏からは、家族だけが知るエピソードの数々を拝聴し、作家のイメージを深めることができた。泰次郎が家のなかではいつも寡黙で、戦争に関する体験をほとんど家族に話したことがないというのは、戦争の傷痕を内面に遺していたことの証しであろう。

本文中に付した中国語の原音のルビは、三重大学大学院の史恵麗・王星月両氏の協力を得て作成した。最後に本書の出版を快くお引き受けくださった池田つや子社長・編集長橋本孝氏・担当の大久保康雄氏には、心から御礼を申し上げたい。

二〇〇八年六月五日

尾西　康充

［著者略歴］

尾西　康充（おにし　やすみつ）

1967年1月19日、兵庫県神戸市生まれ。広島大学教育学部卒業。広島大学大学院教育学研究科博士課程後期修了。博士（学術）取得。広島大学教育学部助手、三重大学人文学部専任講師、同助教授を経て、2007年４月より三重大学人文学部教授。2002年度文部科学省在外研究員としてオックスフォード大学ケブルカレッヂに留学。

これまでの主な研究業績として単著『北村透谷論─近代ナショナリズムの潮流の中で』（明治書院）、『近代解放運動史研究─梅川文男とプロレタリア文学』（和泉書院）、『北村透谷研究─〈内部生命〉と近代日本キリスト教』（双文社出版）、『椎名麟三と〈解離〉─戦後文学における実存主義』（朝文社）、共編『プロレタリア詩人・鈴木泰治─作品と生涯』（和泉書院）、『田村泰次郎選集（全５巻）』（日本図書センター）、『丹羽文雄と田村泰次郎』（学術出版会）他がある。

田村泰次郎《たむらたいじろう》の戦争文学《せんそうぶんがく》──中国山西省での従軍体験から

2008年８月30日　初版第１刷発行

著　者　尾西康充

発行者　池田つや子

装　幀　椿屋事務所

有限会社　笠間書院

東京都千代田区猿楽町2-2-3［〒101-0064］

電話　03-3295-1331　Fax　03-3294-0996

NDC 分類：910.28

ISBN978-4-305-70370-5

印刷・製本／モリモト印刷

（本文用紙・中性紙使用）

落丁・乱丁本はお取りかえいたします。

出版目録は上記住所までご請求下さい。

http://www.kasamashoin.co.jp